乡约

陈德智 著

陕西新华出版
陕西人民出版社

图书在版编目(CIP)数据

乡约／陈德智著.— 西安：陕西人民出版社，2024.8

ISBN 978-7-224-15302-6

Ⅰ.①乡… Ⅱ.①陈… Ⅲ.①长篇小说—中国—当代 Ⅳ.①I247.5

中国国家版本馆 CIP 数据核字(2024)第 032404 号

策划编辑：张孔明
责任编辑：姜一慧　黄　莺
整体设计：蒲梦雅

乡　约
XIANG YUE

作　　者	陈德智
出版发行	陕西新华出版传媒集团　陕西人民出版社 （西安市北大街 147 号　邮编：710003）
印　　刷	广东虎彩云印刷有限公司
开　　本	880 毫米×1092 毫米　1/16
印　　张	22.5
插　　页	2
字　　数	330 千字
版　　次	2024 年 8 月第 1 版
印　　次	2024 年 8 月第 1 次印刷
书　　号	ISBN 978-7-224-15302-6
定　　价	59.00 元

/目录/
CONTENTS

第一章 ……………………………………… 001
第二章 ……………………………………… 027
第三章 ……………………………………… 057
第四章 ……………………………………… 075
第五章 ……………………………………… 099
第六章 ……………………………………… 127
第七章 ……………………………………… 151
第八章 ……………………………………… 180
第九章 ……………………………………… 211
第十章 ……………………………………… 235
第十一章 …………………………………… 257
第十二章 …………………………………… 291
第十三章 …………………………………… 310
第十四章 …………………………………… 334
创作手记 …………………………………… 351

第一章

01

这是一条贯通秦岭南北，连接汉江和渭河两个流域的大孔道。它北起西河省省会渭川市东郊的金银镇，南止于汉江北岸的信县，与穿越秦岭南北的子午道、褒斜道平行，它的名字叫库谷道。《说文解字》云：库，兵车藏也。

循库谷道，从秦岭北坡越岭一路南行，道路一直沿一条南北走向的河流而行，这条河就是库河。这条发源于秦岭主脊，流长八百里的河流，沿途跨越四个县，水量充沛，水流湍急，是汉江的第二大支流。在库河与汉江的交汇处，坐落着一座山水环绕的千年古邑，它的名字叫信县，历史上称为信州。

从信县县城南渡汉江，就到了巴山地域。这巴山起于川北，终于鄂西，地势较北面的秦岭稍低。因为此地地理位置上更接近南国，气候似乎比北边的秦岭一带湿润，草木丰茂，山峦叠翠。这个地域在明清时期被称为汉南，但广义的汉南也指整个汉江上游地区。信县人习惯把县城对岸汉江以南这一片区叫汉河南。

从汉河南沿汉江而下，约十里地的地方，有一条从巴山深处流出的河流注入汉江。这条长度约八十里的小河，发源于溶洞密集的神仙山，故名神仙河。神仙河河谷开阔，水流平缓，两侧分布着众多大大小小的支流沟溪。神仙河名为河实为溪，溪流淙淙，鱼翔浅底，款款而行，悠然自得。

从神仙河口逆流而上，行二十里地，有一条叫马河的溪流注入。此溪得名马河，是因为发源于沟垴的马山，这个两溪交汇处便顺理成章叫马河口了。从马河口西侧一条岔道上山，行出三里地，视线豁然开朗，眼前出现一块长宽各三里的大坪。这块挂于半山腰的平坦之地，叫燕子坪。

燕子坪东侧，大坪的边缘处，坐落着一个十几户人家的小院子，院子中间的一座老瓦房里，住着一位年龄不算太大、勤快异常的老妇人。

这位老妇人有一个远近皆知、颇含褒义的外号——"耙耙儿"。

年青一辈不好意思直呼她的这个外号，就尊称她为"耙耙婆"，叫来叫去，左邻右舍、大大小小、远远近近的人都耙耙婆、耙耙婆叫开了。

耙耙婆体态精瘦，但因常年劳顿，瘦而不弱，面如刀削，永远是一身破旧的黑衣服。她面部的一大特征，是下嘴唇有一道缝合上的豁印。这豁印并非胎里带来，是她上树采摘果子时，一脚踏空倒栽于地，嘴巴磕在石头上造成的。面对这个长流血的豁口，耙耙婆回家拿出针线，一咬牙，穿针引线，硬是把这个豁口缝了起来。

耙耙婆名如其人，像个安了永动机的"钉耙"，从早到晚，手脚一直不停地"挖抓"。在家里自不必说，走出家门拾柴、拔猪草、采野菜，收获季节地里路边遗下的粮食颗粒等，都是她"挖抓"的对象，一年到头似乎一刻也不停歇。外出的耙耙婆，手上、怀里、肩上、腋下，要么是一梱干柴，要么是一笼子猪草，要么是一捧豌豆。路遇耙耙婆，与人搭话间，她的眼神仍在四下搜寻可捡可拾之物，急声急语后，便急切向前奔走了。即使如此"挖抓"，耙耙婆的日子过得并不咋样。

耙耙婆是一个典型的农村"耙耙"。相反，同样消瘦的丈夫"耙耙爷"倒是经常嘴里叼着一根长长的烟袋，慢吞吞干活，慢吞吞走道，慢吞吞说话。显然，这个家主内主外的担子都落在耙耙婆身上，她既是"耙耙"，又是"匣匣"。

耙耙婆不停地"挖抓"，而耙耙爷的淡定，除了身体素质及性情的原因外，邻人们都说，这是因为耙耙婆一生没有生下一男半女，因为"理亏"故而才用不停地"挖抓"来弥补。耙耙婆虽然没有孩子，对自己又那么狠，可一见到邻家的孩子，慈祥的本性便立刻显现。不管见到谁家的孩子，她都会马上转换频道，换了一个角色，柔声唤道："娃儿（我儿）。"此刻，你能真切体会出年老耙耙婆身上那固有的"母性"。

耙耙婆、耙耙爷和同族住在一个大院子里，老弟兄们早已分家另过。亲侄子倒有几个，可在性情上似乎没有中意的立嗣者，众侄子中似乎也没有谁愿意揽这个摊子。无奈之下，耙耙婆眼睛向外，把视线移到了距此五里之外另一个同族聚集地桂花庄。经过与一位族兄商讨，族兄答应将其长子过继给耙耙婆家。选了吉日，邀请同族长老，附近贤达，举行"立嗣单"仪式，像迎娶新娘一般把这个长子接了回来。耙耙婆摇身一变成了母亲。

为了给这个渐渐长大的儿子找媳妇，耙耙婆"挖抓"得更勤了。只是，这时的耙耙婆脸上少了凄苦，有了少许笑容。

时光飞逝，性情像蜗牛的耙耙爷已经去世多年。转眼到了新世纪初，一天，已经七十岁的耙耙婆突然提出要进城……

难道，年迈的耙耙婆要进城去"挖抓"了？

耙耙婆对于县城的认知，似乎还停留在几十年前的大集体年代。

那年夏天的一天，刚刚四十出头的耙耙婆跟随生产队的一群人，送公购粮到县城。在位于山城顶端的粮管所缴了公购粮，返身下到临近汉江的河街。刚才在粮管所缴粮时，耙耙婆因走得口渴，见粮站院内有一个水龙头，就偏着脑袋，把有豁印的嘴巴搭在水龙头上，酣畅淋漓喝了一通。这时到了河街，抬眼一看，街外临河一侧有一个石板房茅厕，这一看不打紧，登时有了便意。耙耙婆心里这个悔啊，这泡东西原打算送粮返家后解决的，不承想要糟蹋在城里了。十万火急，有啥办法呢，耙耙婆不情愿地钻进了这个茅厕。

虽然说是城里的茅厕，内部的结构与农家的并无二致，下面一个大粪坑，上面架着木板，木板中间掏出并排几个长方形孔，用作蹲位与下泻通道。耙耙婆上位，刚刚稀里哗啦两下，就觉得有点不对劲，怎么没有通常那个东西入池的"咕咚"声，还有那讨人厌的"粪花"？下意识透过长方孔朝下一瞟，哎呀，下面竟然有一个碗口大的粪瓢，正对着下泻通道，在实时承接着。从这只粪瓢摇摇晃晃的姿态看，显然是有人在用手举着这个玩意儿。耙耙婆当时气得要死，破口大骂："接你妈的个逼，你接你妈的逼！"一阵臭骂，那个粪瓢才极不情愿地缩了回去。

其实，这种事情对经常进城办事如厕的乡下人来说，已经见得多了。当时，强调以粮为纲，加之城周边的生产队都在种菜，化肥尚未兴起，种地种菜全靠农家肥，特别是肥力十足的人粪更是城周地区的刚需，粪少地多，势必形成激烈的竞争对抗。经过一番争夺，城周边各生产队在县城划分了"粪力范围"。向"粪力范围"内派驻了专职护粪人员，在茅厕旁边搭建了供护粪人常住的窝棚，在粪坑外门上加锁以防外人偷粪抢粪。

按说，在"粪力范围"已经确定的情况下，耙耙婆这次如厕，不应该发生这种强行现场接粪的事。殊不知呀，耙耙婆偶然闯进的这个茅厕，因地处城中心，街道三岔路口，濒临汉江、库河两个渡口，人流量大，产粪量极大，多方争抢引发斗殴，谁也不让谁，镇革命委员会研究并报县革委会同意，列为县镇直属茅厕，谁也不给，各生产队先到先得，迟到不得。这才有了屁股底下等粪这种奇事。

连臭不可闻的大粪都如此金贵。在大孙子考取县初级中学，用度开销大增阶段到来之时，善于"挖抓"的耙耙婆，自然想起了当年屁股底下那个摇摇晃晃的粪瓢，她一拍瘦瘦的大腿，没剩下几颗牙的豁嘴大喊道："有了！"

耙耙婆这次进城，原本是要从事给她留下深刻印象的粪业的，不承想，这时的粪业早已"内卷"成了一个死结。

耙耙婆原来想得倒美，到城里找一两个茅厕，充作看管人，或者承包扫茅厕也行，反正她老了也不要啥面子了，又天生不怕脏不怕累，老骨头豁出去了。这样总能多少减轻儿子的负担。可是她进城一看，情况已发生颠覆性改变。大粪不但没人要，没人抢了，出大粪还得请人倒贴钱，街道干部为到处粪满粪溢粪流烦恼得很。耙耙婆当然不知道这背后的化肥革命、粮食革命。土地因施用化肥产量猛增，粮食品质大幅下降，引发的人体"三高"、癌症多发等问题已十分普遍。耙耙婆只怪自个儿好多年不进城，竟然不知道这粪业发生了这种翻天覆地的变化。

耙耙婆在城里亲戚家小住了几天。说是小住，实际上只是天黑时她才回到这个临时住处。白天她一直在搞"考察"。这一天，耙耙婆在街道上偶遇一个熟人。

这个熟人叫"红娃子"。红娃子名字很有色彩，实际上是个男的。红娃子是个返乡高中生，长得结实帅气，勤快能吃苦，十余年前与同生产队的一个女子陷入热恋。这个漂亮女子是城里下放居民户，恋爱后大家都说俩人很是般配。难解难分之际，居民下乡政策调整，下乡居民可以回城了。城里女子并没有因本身就是城里人重新吃上商品粮而变心，两人快速领证结婚，女子把红娃子带到了城里。

红娃子进了城，仍然是农村户口，不可能给分配工作，哪怕是最不咋样的集体或者合作社之类企业。红娃子于是就干上了城里人最看不上的，又脏又苦的清洁工作。他整日推着一辆架子车，在街道上来来回回转悠。耙耙婆就是在离当年那个茅厕不远的街道遇见红娃子的。

红娃子一见到耙耙婆，就停下架子车招呼道："表婶，你过河来了，啥时候来的？身体刚强吧？"

耙耙婆答："哎呀，是红娃啊，你还是这么勤快，快歇歇快歇歇，我过来几天咧。"

不等红娃子搭话，耙耙婆接着问："红娃，你现在是城里人了，人情世故熟得很，你给表婶说说，这城里有啥挖抓的吗？"

红娃子说："表婶你都这么大岁数了，不用这么操心费力了。"

耙耙婆说："红娃啊，你不知道我有多心焦啊。你表哥（指耙耙婆的儿子）到处打工，有时白天晚上干双份活，也不够两个孙子上学用，我还能动弹，就出一些力，若是阎王爷收了我，就没办法了。你给表婶想想，看有啥路数。"

红娃子看了看耙耙婆说："表婶实在想弄点啥，我建议您干我这一行。"

耙耙婆咧嘴笑了："哎呀，红娃子在说笑我呢，我肯定拉不动你这个车子了，年轻时我比铁姑娘还铁姑娘，现在体力不行了。"

红娃子笑着说："表婶，我不是开玩笑，不是让您干这个体力活，我是说让您在这些恶煞（垃圾）中捡拾纸板板子卖钱，又轻省又来现钱，这个活适合老年人做。"

耙耙婆这才想起，城里零零散散有一些老年人在干这个活。

红娃子说："表婶你若想干，现在就架势。"

耙耙婆咧嘴大笑道："架势！"

架势是信县的方言，是"开始"的意思。

02

耙耙婆绝对想不到她会"火"。

这是春天的一个早晨，天刚刚蒙蒙亮，耙耙婆就走出了在县城库河边临时搭建的窝棚，习惯性朝东边望了一眼。那是她的农村老家的方向，只可惜视线被近处的云顶山挡住了。

耙耙婆只好在心里想象一番老家燕子坪天刚蒙蒙亮的样子：山影树影朦胧，薄雾笼罩大地，空气中弥漫着青草与蛐蛐的混杂味儿。公鸡已叫完最后一遍，正在鸡圈里与母鸡一块惬意地"鸡休眠"，这是它们每日的第一"功课"。牛圈里的牛已睡醒，轻轻地哞上两声，告诉主人它已醒来，要么赶快放它出去晃荡一下，要么赶紧喂草来。狗子已跑出狗窝，顺着地面，嗅嗅闻闻，左右摆着脑袋。初以为它是在寻找夜猫子之类留下的痕迹，殊不知，它实际是在寻找可吃之食，无利不起早这句话，用在此时的狗子身上就很合适。

老家的这个时辰，耙耙婆已起床了，扫地，抱柴火，去菜园子拔草，或到地里去侍弄庄稼，到处"挖抓"不停。忙过一阵子，她就会转身向屋子里喊："花娃子，花娃子！起来做啥子了，快起来！"她这是督催儿媳妇桃花起床呢。耙耙婆从城里这个临时栖身的窝棚起身，朝老家方向一望，也有督促几十里外儿媳妇起床，不要睡懒觉这么个意思。

今天，耙耙婆的"挖抓"方向是新城菜家坝。

这菜家坝是库河边的一块滩地，顺着库河南侧绵延出五里之地。早年，这里因地处城边，易于上水灌溉，家家种菜兴菜，就近供应县城之需，所以就有了菜家坝的名字，实际上这里并无姓菜的人家。菜家坝与耙耙婆搭建的窝棚中间隔了一条本地人称之为"小河"的库河。穿过几十年前"三线建设"时期修建的库河大桥，下去就步入了菜家坝地界。

这菜家坝十余年前已经无法种菜了，这里已成为县城的新区，菜地陆陆续续被征用，成为街道、住宅小区、机关单位。那一年，位于老城顶端的县府，搬迁到菜家坝的中心地段，一时带动老城机关、居民等，纷纷从库河口的老城，逆流而上迁往菜家坝。这里渐渐成了主城区。

去主城区"挖抓"，这是小老乡红娃子给耙耙婆出的主意。

红娃子说："老城这边人一直在减，纸板板子、酒瓶子越来越少，新城那边人口一直在增，纸板和酒瓶子越来越多。老城里'恶煞'产量这几年降得厉害，我的活儿越来越轻生。菜家坝我不想去，表婶你要去，守在老城出路不大。"

经过红娃子这么一番分析介绍，耙耙婆才明白，红娃子整日拉车清运"恶煞"，竟然越来越胖，连将军肚都有些"显怀"了，猛一看，还以为红娃子当了领导呐。

耙耙婆今天是直奔那个垃圾台去的。这个垃圾台，就是县城拾荒界赫赫有名的尖沟口垃圾台。这个垃圾台斜对门，就是大名鼎鼎的县政府招待所。不久前，它的房顶竖起来了晒席大的五个字——信州大酒店。

信州就是如今的信县，也可以倒着说，信县古称信州。

前不久这个政府招待所承包改制时，需要给酒店重新起一个响亮的名字，找信县有名的文史专家张修提意见。编写过县志的张修提议说，叫"信州大酒店"比较合适。张修说，我们这个信县在唐朝时期设过州一级的建置，下面管了四个县呢，相当于现今的市和地区一级，叫这个有气势，也有历史感，还能提高信县的知名度。分管改制的信县常务副县长丁亮一听这话，觉得很有道理，就当下拍板，把"信州大酒店"这个大名定了下来。

其实，张修当时还有许多话要给他们讲，只是被丁亮一声叫好给挡住了。接着，丁亮一行像捡到宝贝似的起身就走掉了。喜爱与人诉说历史的张修当时颇觉扫兴。

张修要说的是这座县城十分悠远的历史。

信州有文字可考的历史起源是在"周人克商"时期，那是在公元前十一世纪，距离今天三千年前。这年代久远得有点吓人。

话说当年周文王利用商朝国力衰弱之机，团结与讨伐并用，使原受封臣服于商朝的诸侯纷纷归附，实力日增。周武王继位后，大举向商朝的腹地中原地区进攻，在克商的最后一战"牧野之战"中，周武王统领归附于周的各个诸侯小国兵马，集结于盟津，大军北上，直驱商朝军队主力驻屯地牧野，一举攻克商朝首都朝歌，商朝灭亡，八百年周朝从此奠基。这次赶来参加牧野之战的，有不少来自西南部族，《尚书》中点到的有庸、蜀、羌、濮等八国。其中的庸国、濮国，就是位于汉江中游地带的小国。

却说庸国去参战的队伍里，有一位名叫"信"的千夫长，英勇善战。他驾驭着一辆用南山铁耩木制作的战车，如入无人之境，猛打猛冲，一时杀敌无数。因战功显著，克商之战胜利后，周武王论功行赏，就把连接周朝首都镐京与汉江之间的大通道——库河流域，即后来称为"库谷古道"的这个区域，赐予这个叫"信"的千夫长，并敕令"信"在库河汇入汉江处兴建关隘城池。此地西通陇蜀，东接荆襄，南控巴地，北扼商洛，险要无比。从此，这个汉江边的战略要冲，便叫信或信国了。

关于信州这个地名的起源，最近有一个演绎的说法，且流传越来越广，相信的人越来越多。张修对这种说法嗤之以鼻，又很是忧虑，担心会弄假成真，埋没了信县这个地方不凡的历史，把可贵的历史资源和这个起源于西周，周边县无与伦比的"软实力"糟蹋了。从常务副县长丁亮给酒店起名征求意见时，起身就走那急功近利的做派看，张修的担心不无道理。张修恼火的是，别人信了尚可，领导层信了就坏了，那就弄假成真了啊。

这个关于信县历史的演绎说法，说的是甚？

那是好多年前一个盛夏时节，在信县老城一所小学读书的徐晓同学，放学后，回家不走平常路，约了一个要好的同学，下到学校下面的库河河滩，顺着河岸沙滩朝下游蹦蹦跳跳而行。他俩这是要寻找机会，准备偷偷摸摸跳到库河里去凉快凉快。

这一段时间久旱不雨，库河水量大减，河道收缩，原来的几处可供游泳的天然河湾变成了一股细流。由于沿河集镇、院落住户把垃圾、排泄物之类直排河道，加之河水水量减少，没有了水量大时的自净力，故而这时的河水不光是水量小，水的颜色也成了浅墨色，还散发出些许臭味。徐晓两人找不到合适的游泳地方，就只好一直朝库河口方向走，准备到库河口外的汉江河里去，那里的水量水质肯定不错。

接近库河口的地方，是一个大斜坡，斜坡直抵上面的街道。这面布满垃圾和砖头瓦块的坡面，显然是从上往下无休止倾倒垃圾杂物之类形成的。只是在徐晓和他同学经过此处的当天，这个垃圾坡面与以往有所不同，面上新添了一溜黄土，倾泻的黄土疙瘩，一直溜到了他俩的脚下。挡路的黄土疙瘩，惹得徐晓抬脚一踢。

这再平常不过的一踢，竟然石破天惊，一件稀世之宝，意外地在信县被发现了。

这个从土疙瘩里蹦出来的宝贝，学名全称为"西晋新昌侯司马信多面体煤精组印"。这个小孩拳头大小的奇异印章，有着二十六个面，一十八个印章，集印章主人所有职务头衔于一身。经过当地文史专家张修一番专业考证，又经闻讯而来的省文物局专家鉴定，才有了这个长达十五个字的学名。之后，张修专就这枚印章写了一篇很专业的考证文章，发表于国家级文物专业杂志，一时引发轰动。轰动的原因，是因为这枚多面体印章罕见，印章的主人司马信身份显赫，他是西晋开国皇帝司马炎同父异母的弟弟，所生四个儿子都是威震四方的大将军。这枚不同寻常的印章出现在信县，对信县人来讲，是一个巨大的惊喜。有些信县人就揣摩说，难怪呐，信州的名字就是从司马信那里来的啊！有人更进一步揣摩说，司马信就是信州这个地方的人，司马信早年还做过信州的县令呢。社会上还真的有人相信这些无厘头的说法。张修听到这些话，嗤之以鼻之外，就有了一些忧虑。

轰动一时的文化事件热闹了好久，才渐渐沉寂下来。又一次的轰动是在几年前，那一年的高考数学试卷，在数学科目考试结束后几分钟内上线公布，其中有一道五分题是以出土于信县的这枚印章为分析计算对象的。题曰：

中国有悠久的金石文化，印信是金石文化的代表之一，印信的形状多为长方形、正方形或圆柱体，但西晋时期的官员司马信的印信形状是"半正多面体"。半正多面体是由两种或两种以上的正多边形围成的多面体，半正多面体体现了数学的对称美。司马信印章是一个棱数为48的半正多面体，它的所有顶点都在同一个正方体的表面上，且此正方体的棱长为1，则该半正多面体共有多少个面？其棱长为多少？

这道题的出现，让司马信奇异印章的影响力扩大到了全国。一时，关于司马信和他的印信的文章充斥网络，华东地区那个大影视城里，接连拍了《司马天下》和《司马皇后》两部电视连续剧。这样一来，多年前那个信州起源于司马信的说法又多了起来。一贯治学严谨，号称信县文史界"一哥"的张修更担心了。

关于信县的这些陈年旧事，只上过几天扫盲班，长年居住在巴山深处农村的粑粑婆并不知晓。她关注的是当下这个时分，信州大酒店对面那个全县最大的垃圾台里，有多少纸板子和酒瓶子可以换钱。

耙耙婆还不知道的是，前几天，信县举办了一场规模不小的招商大会。来自全国各地的客商云集信县，参观游览、座谈洽谈、大会签约，当然少不了高规格的酒会宴请、觥筹交错、莺歌燕舞。信县历史上首次招商大会取得圆满成功，粗略统计了一下，总共签约资金达到了五十亿元。当然，这里面有三分之二是意向性的协议，将来能不能落地，还真的没有把握。这个数值巨大的招商成果，让刚调任到信县任县长的魏德平笑得大嘴巴直咧咧。特意赶来信县参加招商大会集中签约仪式和庆祝宴会的洪州市市长袁永义，在讲话中对信县大加表扬，在宴会进行到酒酣耳热时，还高兴地用柔软的手掌轻轻拍了拍魏德平的肩膀。魏德平兴奋不已，当下受宠若惊接连干了三杯白酒。

参加这次招商大会的老板，都是提前几个月，由信县各个县级领导带队，分区域上门做工作游说动员来的，是请上门的贵宾。为了招待好这些财神爷，信县把仅有的三家带星星的好酒店都腾了出来，又专门给县城上档次的歌厅酒吧、洗浴城打了招呼，敞开大门热情待客。

参会的客商中，来自粤港澳地区的占了一半。由于来自国内最发达地区，自然被另眼相待，这些操着信县人不大懂的粤语叽里呱啦，大热天里习惯西装革履的老板们，被悉数安排到了刚刚完成改制，装修改造焕然一新的信州大酒店。

这天下午，在信州大酒店二楼的大宴会厅里，举行招待晚宴，欢送参加招商大会的客商，洪州市市长袁永义专程从洪州城赶来参加。袁市长的光临，使这个宴会的规格档次陡然升级，参会客商也很是兴奋，宾主尽欢，频频串台互相敬酒，觥筹交错，喝了个不亦乐乎。这场欢宴从下午六点一直进行到了晚上九点，主宾才频频握别，难分难舍地各自散去。

要说这样就尽兴了，可以了，地主之谊和朋友之情都已到位。可是，别忘了信县人招待远客贵客，还有一个不成文的习惯，在下午的正餐之外，还有一顿加餐，相当于南方人的消夜，北方人现时的烧烤。来自广州的郑秀文老板便是一个被强拉硬拽被"潜规则"加餐的对象。

郑秀文是一个四川人，早年南下创业，他所经营的风电电机配件产业，主要分布在珠三角和他的家乡成都一带。这次应邀来信县，考察和洽谈的对象是汉江河谷地区的风电项目，与信县签订了总投资二十亿元的风电场建设战略合作协议，这是这次信县招商大会最大的一单。协议签订，郑老板顿时成了招商大会的风云人物，信县人眼中的"财神爷"。

这个风电大单是县长魏德平和常务副县长丁亮亲自上手谈的。为说服郑秀文，魏德平和丁亮两人轮番上阵，反复述说着信县的优势：这个地域全年刮风，汉江是一个大风道，相当于新疆的吐鲁番大风道；分列于信县南北的秦岭和巴山，遍布着几十个大风口，有点像河北的张北、内蒙古的大青山；等等。郑秀文最后答应签订一个意向性战略合作协议，并尽快启动测试风量指标等前期工作。

二十亿大单大功告成，开创了洪州市风电项目先河，也创下了洪州市招商引资单个项目投资过二十亿元的新纪录，也是洪州这个城市新能源产业标志性项目。这样的格次格局，给郑秀文老板加加餐，也是自然而然的了。

这不，晚宴结束，送走洪州市市长袁永义。按照魏德平县长的提示，常务副县长丁亮就乘着微醺的酒意，来到郑秀文房间，拽着他下楼，上了一辆宽敞的商务车，朝信县最有档次的"凯撒宫"驶去。

03

"凯撒宫"是一个大型洗浴中心，号称洪州第一洗，坐落在信县县城濒临库河的中央大街上。整栋建筑正面被四个罗马大柱擎天般撑着，大楼四周地面上的几十道霓虹灯光柱，众星捧月般射向金色大理石材质的墙面，加上大楼四角八面轮廓灯的勾勒，在库河河水的映衬下，显得体态巨大，富丽堂皇，这在汉南一带，已是相当高级了。

丁亮、郑总一行抵达凯撒宫楼下，便有四位身着黑色西服、打橘色领结、戴雪白手套的青年男子快步上前，拉开车门，优雅地引导他们通过巨大的旋转铜门，步入金碧辉煌的大厅。

这个凯撒宫的大厅可不同寻常。进门抬眼一看，迎面呈弧形排列着的四个巨型罗马大柱，足足有四层楼高。大厅的顶端，是一个巨大的弧形穹顶，穹顶上是一幅巨型欧式绘画。画面上，青色的天穹与云彩下，是一片浅浅的海湾，一位裸女坐在接近水岸的舟上，双手向上撒开一个巨大的红色袍子，红色袍子如风帆状飘舞着。飞舞的红袍下，两个裸体小天使在追逐嬉戏。裸女的周围，是一群全裸的小天使和三两个皆裸的成年男女，或躺或跳或跑。在画面左下方，一个小天使用贝壳状的水瓢，正向一个半躺姿态裸女的腹部淋水，裸女双手也持有一个同样的贝壳水瓢，侧身半躺于沙滩，微笑着盯着小天使。这显然是一幅与洗浴有关的绘画。这幅布满裸人却充满美感的作品叫《水之元素》，绘制于十五世纪意大利巴洛克时期，作者是工于天顶画的画家弗郎西斯科·阿尔巴尼。显然，这个洗浴中心的装修，还真下了一番功夫。只是大多数来宾仅仅是抬头看看热闹，从画面上直观感觉这个地方的那份洋气而已。穹顶彩绘之下，是一个直径惊人的巨型水晶吊灯，垂直而下，下端接近到了二楼的高度。

跨进大厅，四个穿黑色西服的男子轻盈一闪，一分为二退到门的侧边，由八位身着粉色旗袍、个头高挑、身材苗条，发髻统一盘成元宝状、面容姣好的年轻女子接手，一分为二夹道恭迎。这些女孩双手呈万福状，面带微笑，柔声叫了两声欢迎光临！挺直腰身，整整齐齐伸出纤细的左手，做出有请的手势，袅袅婷婷，引导着丁亮一行进入同样装饰豪华的宽大电梯里。

电梯停在了三楼。凡是到过凯撒宫的人都知道，这个洗浴城的二楼是普通区，男宾女宾各占一半区域，形同升级版的大澡堂子，无固定的按摩技师，除了自个冲洗、泡澡、桑拿之外，要享用按摩、推油、修剪之类的服务，只能现场临时排队预约。三楼是VIP区，格局是一个个彼此独立的大套间，有独立的地沉式专用浴池，每个套间都配有专业的按摩技师。那个地沉式浴池很是特别，人一入池，整个房间和浴池水下的智能灯光和智能音响便自动开启，轻歌曼曼，灯影婆婆，顷刻间仿佛进入一个梦幻空间。

当然还有号称天下一流，精于疏通经络，手法让你飘飘欲仙，能迅速给人催眠的保健师。

郑秀文被引导到标号为 NO.1 的套间。一进门，一位年轻干练的保健师双手托着一个红色大木盘，托盘里平放着一件金色真丝浴袍，这便是产于洪州，享誉四方，人见人爱的洪州真丝大袍了。

保健师优雅地颔首微笑："先生，我是您今晚的专属保健师，请更衣！"

郑秀文确实被伺候得舒服极了。在浴城 VIP 套间里，浴池冲浪、桑拿蒸馏、松骨踩背、精油保养、洗面修脚这一整套流程走下来，郑秀文感到浑身清爽，晚宴上喝的那些酒也好像完全蒸发掉啦。坐在外间柔软的真皮沙发里，郑秀文不由自主地感叹："正规正规，有品有品！"他这才相信来时在商务车上时，看到他狐疑的目光，丁亮对他说的话："郑总放心，我们信县人做事很讲规矩，今晚是单纯的放松，让郑总解解乏。"

这一套流程走下来，郑秀文确实感觉到了信县人做事的实在、分寸和热情。品着保健师奉上的顶级红茶，随意在琳琅满目的果盘里拈起两颗美国开心果，送入口中，这一送一嚼，郑秀文突然觉得，自己饿了。

恰在此时，随着一阵欢快的笑声，丁亮带着一男一女两位随从进来了。丁亮与郑秀文一样，也是红光满面，看来也是刚刚洗了一把。他一进房门，就连连向郑秀文拱手："条件有限，条件有限呐！"郑秀文连忙起身拱手："太好啦太好啦，谢谢县长盛情美意。"并不失时机夸赞了站立在旁的年轻保健师几句："太专业啦太专业啦，全国一流啦，全国一流啦。"丁亮听得此话，自然满面春风，紧接着爽朗一笑，做了个请的动作："郑总，我们现在去消夜！"

出了 VIP 区，沿着铺着大花地毯的走廊，转了两三个弯，一行人来到一个电梯口。这部电梯已不是当初上来的那个，从里面的按键设置看，这是一部从三楼直通顶层八楼的专用电梯。走出电梯，郑秀文才明白，这八楼还隐藏着一个豪华会所。

会所装饰的豪华，红木餐桌的尺寸，餐具的档次，服务员的靓丽自不必说。菜品的精致也不必细表，是信县传统的八凉八热外加几道点心。

丁亮招呼大家坐定，给郑秀文介绍说："今天上的都是信县土菜，主要是请郑总体验一下信县民间的饮食，增进对我们信县的了解。今晚的任务主要是喝酒，按我们信县待贵客的风俗习惯，以喝好出酒为美！"

"出酒"（吐酒）这个方言在座的信县人都懂是什么意思，郑秀文却听得一脸茫然。丁亮这算是给今天的加餐宴定了调。丁亮所带两个随从，县政府办公室主任李小康和招商局女局长王兆君，当时就心领神会了。这两个信县最有名的劝酒能手，便在心里暗暗摩拳擦掌，跃跃欲试了。

其实，今天晚宴的菜品虽如丁亮所说，全是土菜，但实际上是一个改良升级版，食材新鲜考究，都是时兴的有机蔬菜，这只有开口品尝后才能知晓。按照丁亮的事先安排，特意上了两道能代表信县最高档次的"土菜"。一是"霸王别姬"。用料为重三斤以上的野生甲鱼和散养的母鸡，佐以野生天麻、人参和植物香料，盛于陶瓷砂锅内慢火煨炖五个小时，直至甲鱼和母鸡骨肉分离，汤色金黄。此菜品有滋阴壮阳大补之效。另一款菜为"美女出浴"，听这名字就与浴城有关。三斤上下的大鲵经过一番特殊腌制，上笼清蒸，平置于一个长槽形白瓷深盘，注入提前熬好的高汤，大鲵的玉体上浮，好似美女出浴一般。

这两道大菜出场，不免有一段风花雪月的演绎，齐声的喝彩，席间气氛不断升温，高潮迭起，其结果是频频地推杯换盏，加杯加量。丁亮、李小康和王兆君三人轮番上阵，祝酒词、劝酒词一套一套不重复，当然这些话题都是按丁亮预先的交代，围绕着巨额风电项目落地而展开，直吹得郑秀文心花怒放，不能自已，顺手拿起一个玻璃茶杯，拎起茅台酒瓶，咚咚咚倒满，往嘴巴里一揭，咕咚咕咚一口气喝了下去，杯子朝桌面一蹲，四川话脱口而出："窝这锅思轻，给尼梦信县办不成，窝就思这个王八！"（我这个事情，给你们信县办不成，我就是这个王八）他用手指直直地指着"霸王别姬"中的那个残缺不全的甲鱼。

丁亮一听此话，心里暗暗叫好，要的就是这个效果呀。

他用眼色向李小康示意：上醒酒汤，准备主食。

丁亮和两个随从陪同郑秀文走出凯撒宫时，抬腕一看手表，已到半夜一点。凯撒宫周边的街道依然是灯火辉煌，丝毫没有夜深的样子。

郑秀文是由李小康和王兆君二人一左一右搀扶着上车的。他今晚受到空前的礼遇，一时高兴，喝得有些过量。五十二度白酒加上"霸王别姬""美女出浴"两道大菜的帮衬，肠胃犹如一盆又辣又麻的四川火锅在里面折腾，又经初春时节半夜冷风迎面这么一激，临上车前便有胃酸上涌之感，但心想也就是两三公里的路程，还能坚持得住，待回到酒店房间解决不迟。当然，也有当着这几位信县东道主，特别是王兆君这位风韵美女，不好意思当下"出酒"这么个心思。

商务车在街道上不紧不慢地行驶，轻摇慢晃里，郑秀文胃里的东西渐渐泛到了嗓子眼，他只好硬憋着气，双手卡在喉咙处坚持着。他庆幸车里黑暗，没有人察觉他的狼狈不堪。但是，在车子行驶到信州大酒店十字街斜对面，一脚刹车等红灯时，郑秀文实在憋不住了，干脆放下了矜持，急切地叫唤："师傅，快开车门，我不行啦！"随即飞速下车，向近旁那个垃圾台踉跄奔去。

郑秀文一觉醒来，已是早上八点多了。他依稀记得昨天晚上在街边稀里哗啦了一阵子，被搀扶进房间后，又在卫生间马桶上稀里哗啦了一阵子，待从冰箱里取出一瓶冰镇矿泉水咕嘟咕嘟喝下去，才觉得好受了些。接着又钻进卫生间冲了个热水澡，然后就上床睡觉了。至于丁亮他们啥时候走的，就有点记不清了。

时间太紧，郑秀文要赶上午十点从信县过路的火车前往成都，第二天下午他在成都还有一个项目要洽谈。匆匆忙忙去一楼自助餐厅用了早餐，就坐上了招商大会会务组提前安排好的专车，由招商局派来的一位联络员陪同，快速驶出信县县城，奔往位于库河北岸的信县火车站。这时，那辆从上海开来的特快列车已经昂昂地叫着进站，这意味着距离发车只有五分钟时间了。

联络员小伙子堪称干练，拿出工作证和提前买好的软卧票，找到正在候车室值守的站长，从贵宾室那个便捷通道，一路小跑，把郑秀文送到了列车软卧车厢门口。接过联络员递上的行李箱，郑秀文便朝自己包厢走去，通过过道车窗，他还微笑着向一直在车厢外跟随自己移动的联络员招了招手。

郑秀文进到卧铺包厢，刚刚坐定，列车就徐徐起步了。他习惯性从手提包里掏出水杯，准备泡上一杯招商大会赠送的洪州毛尖，放松一下大清早以来高节奏赶时间的紧张心情。

就在郑秀文把手再次伸进手提包取茶叶的一瞬间，他突然觉得手提包里少了一样东西。提包里外一阵乱翻之后，急忙从座位下拉出行李箱，开锁，一阵翻腾，不见踪影。郑秀文急得一拍大腿："坏咧，包包儿丢了！"

他快速拨通了联络员的手机。

郑秀文丢的是一个颇具含金量的钱包。确切讲是一个钱夹。这个钱包有点像女人用的坤包，只有食指与拇指伸展开来的一拃长，四指并拢那么宽，真皮咖色，包面上有交错的"LV"图案，以金色拉链开合。见过这个品牌的都知道，这是一款法国的奢侈品，柜台标价在万元以上。当天，这个价值不菲、麻不出溜的钱夹里，装着一万元现金，夹层内插着三张银行卡和郑秀文的身份证。这个精致的微型钱夹，郑秀文一般是放在休闲裤兜里的。昨天晚上应邀出去消夜，郑秀文觉得按常理应由他来买单，不承想几次尝试都被丁亮等人坚决地挡了回去，故而这个高级钱夹当晚并没有派上什么用场。

可是，它竟然十分意外地丢了。一万元是小事，关键是那几张银行卡，还有重要得不得了的身份证。郑秀文心焦得在软席包厢里直跺脚。

过了不到一个小时，列车行驶到洪州以西时，联络员打来电话，钱包找到了，正在给领导汇报，让他放心。不一会儿，丁亮电话打了进来，说马上安排人，乘坐中午十二点半另一趟开往成都的火车，把钱包送到成都，让郑总安排人在成都站等候接应即可。

事发突然，解决得又如此之快，如此之顺，出乎意料，郑秀文欣喜之余，脑子还有点懵。

这个高级钱夹是被耙耙婆拾到的。

赶了一个大早来到垃圾台"挖抓"的耙耙婆，捡拾了一阵子纸板酒瓶塑料，不经意间踩到了一个麻不出溜的东西，那个像蛇皮般的颜色惊了她一跳，用棍子一挑，仔细一瞧，才看清是一个一拃长的小包儿。耙耙婆惊奇地"咦"了一声，拿起包包，用手掌抹了抹上面的灰尘污渍，拉开拉链，包里面那一厚沓红色票子把她惊得浑身一颤，像真的捏到蛇一样差点把包扔了出去。几张银行卡耙耙婆并不认得，那张上面有照片的身份证，耙耙婆是知道它的用途。几年前，派出所派人到村委会，给成年村民逐个照相，之后除过小孩子外，村里的大人们都有了这个小片片子。

"唉，是你掉的，你这娃咋这么不小心？"对着身份证上的那个圆脸男人，耙耙婆脱口责怪道。好像是在怪这个人给她增加了麻烦。耙耙婆心想，等一会儿这个人就会转来找他的东西。她随手把那个包包放在一摞纸板上，继续她的"挖抓"。

天很快放亮了。十字街口来往行人车辆渐渐多了起来。又过了一会儿，信州大酒店那边街道边上，多了一位穿白色制服的年轻警察。这时，耙耙婆已将所捡拾的纸板用绳子捆扎停当，酒瓶子也集中装在了一个蛇皮袋子里，她准备起身把这些东西搬到最近的一个废品收购站去换钱了。

耙耙婆望了望四周，那个丢包的人并没有如她预期那样出现。焦急中耙耙婆又抱怨了几句，之后，便拿起那个钱包，朝不远处那个警察走去。

爆炸性新闻报道出现在十天之后。

一群肩扛摄像机，手拿照相机的媒体记者涌进了燕子坪。

这时太阳已升到了燕子坪人说的两竹竿高度。已经回到燕子坪的耙耙婆正在地里忙着点种包谷，她在前头挥着板锄挖窝子，儿媳妇桃花腰里绑着籽篓子，肩上斜挎着胯篮子，紧跟着朝窝子里撂籽和抓抛干粪。这种两人配合的点种方式，俗称"点窝子"，上下两行并列进行，锄头扬起，两粒籽种和一把干粪随即落入窝子，且是籽种先于干粪落地。行距之间点种顺序先下后上，上面窝子所挖之土正好作为下行的覆盖之土，挖窝与抛籽、撂粪之间间隔在毫秒之间。配合默契时，就好似两人在土地上同奏一首美妙的二重奏曲子。婆媳俩正和谐地演奏间，地头大路上，村主任陈卫民大声呼叫："表婆，有人找你！"

地头采访随即开始。一位手持话筒的女主持对着摄像机镜头："观众朋友们，今天，我们洪州市联合采访团来到了拾金不昧先进典型王平银大娘所在的燕子坪村……"

这时，外界人才知晓，耙耙婆的大名叫王平银。

这还得从一个星期前说起。

回到成都的郑秀文收到信县专人送还的钱包，听了钱包捡拾交还的经过，感动自不必说。他把包里的一万块钱取出来，执意让信县来人带回去，送给捡包的拾荒老人，被信县来人以"做不了这个主"拒绝了，并说信县方面会给拾荒老人适当奖励，让郑秀文放心。

过了两天，郑秀文出席成都当地举办的一个企业家座谈会，在发言中讲了自己在信县经历的这个故事，当下引起了参会的《蓉城商报》一位记者的注意，会后立即对郑秀文进行了采访。第二天，《蓉城商报》在头版二条位置，刊出题为《千里奔波完璧归赵——信县清洁工万元巨款面前不动心》的重磅报道。

第二天，西河省的《渭川商报》在头版三条位置，转发了《蓉城商报》这篇报道，并在转载文章的最后说，本报将持续跟踪报道。

04

一列从省城渭川开往信县的列车，穿过中国第一长隧道——终南山隧道，沿着库河河谷，一路南行。信县县委常委、宣传部部长卢志濂，同宣传部办公室主任小潘乘坐这趟车自省城返回信县。

卢志濂这次去省城，是为了一篇关于信县的负面报道稿件，也就是说，是去"扑火"的。

昨天一大早，卢志濂走进位于县委大院主楼二楼的办公室，刚刚坐定，宣传部办公室主任小潘匆匆进来，手里拿着一个传真件说，卢部长，请您看一下这个稿子，说是明天要见报。卢志濂接过来快速翻看了一遍。这是省级机关报《渭川日报》下属的一个子报《青春报》发来的，题目很是抢眼：《信县有人在给大山"剥皮"，南水北调水源地堪忧》。

这个爆炸性的稿件着实把卢志濂吓了一大跳。马上打电话向县林业局局长询问情况，问他们是否了解这个情况。林业局局长说，那是前不久招商的那个大型水泥厂在搞矿山勘探，按审批的方案开挖山体，面积不大，只是地处山脊，老远看有些显眼。并说记者采访时，林业局安排专人配合，最后碰头时说是没有大问题，涉事企业也很配合。卢志濂听后，只说了一句：你们大意了。

自从年初从云口镇党委书记提拔到宣传部部长岗位上后，卢志濂就整天为这类"负面报道"发愁。几个月来，他从宣传口这个角度和渠道，确实体会到了所谓改革进入深水区，矛盾进入凸显期，转型发展"压力山大"，利益交织碰撞激烈这些精辟的判断。企业改制引发的职工安置，无序掠夺式采矿引发的矿权纠纷，环保设施缺位导致的污染物直排，管护执法不力毁林事件频发，等等，随便摊上一件被媒体捅出去，都是捅破天的大事。故而卢志濂刚接过这个摊子，长得五大三粗，性格直爽的县委书记王卓成就给他说，志濂，你得重视外宣，把咱信县的美誉度提升一下子。

瞅着这个"火炭"般的稿子，卢志濂稍加思索，对小潘说，马上与《青春报》熟人联系一下，我们过去一趟。通知县林业局，准备一个情况说明。

当日中午，卢志濂带小潘乘火车从信县到了省城渭川。找报社领导汇报情况，与采访写稿的记者沟通，诉说贫困山区兴办企业的艰难和不易，诚恳的态度博得记者的理解同情，最后达成共识：原稿子不发，改为正面宣传，回头由信县供稿。一套流程走下来，卢志濂说得口干舌燥，所幸问题得到了圆满解决，他长长松了一口气。

坐在回程火车上，卢志濂还在寻思着这个略带戏剧性的"由负转正"的事儿。卢志濂打算回信县后专门开一个对外宣传会议，出台几条内部规定，要求县直各部门加强对自身工作正面宣传，有外面记者前来采访时，多沟通多协调，把好第一道关口，及时消化负面报道。宣传部也要及时介入，把握主动权，以免发生与这次类似的情况，避免矛盾上交，搞得还需要他这个部长亲自出马。这便是所谓的健全机制、亡羊补牢吧。

正寻思间，刚才起身去接开水的小潘返回座位，手里拿着一张报纸："卢部长，今天的《渭川商报》有一个关于信县的新闻。"

卢志濂下意识地急问："正面还是负面？"小潘赶紧递上报纸："正面，正面！"

卢志濂接过报纸。这是《渭川商报》转发《蓉城商报》关于王平银拾金不昧的那篇稿子。

卢志濂快速阅读了一遍，脑子里打了一个激灵，脱口直叫："不得了，这是一个重大典型啊！"

这场号称全方位的"战役性"宣传活动，在第二天下午全面启动。信县县委、县政府发出《关于在全县开展向道德模范王平银同志学习，争做诚实守信信县人的决定》。红头文件以急件形式发往各乡镇各部门。晚上七点半，信县电视台全文播出这份文件。当日紧急采访制作的"学习王平银，争当信县好人"系列采访第一集也在随后节目中播出。

对外宣传也同时启动。信县县委宣传部向省上各大报社发出邀请，各报社都答应安排派驻洪州市的记者站，派员实地采访。

洪州市委宣传部嗅觉也颇为敏感，在信县启动集中宣传活动的第二天早上，通知卢志濂马上到市上开会，会议的议题是研究安排全市关于道德模范王平银的宣传工作。

接到通知，卢志濂心中一喜：这事搞大啦！便急忙带着小潘，乘车向五十公里外的洪州市区赶去。

市委宣传部位于洪州市委大院的四楼。卢志濂和小潘气喘吁吁进入宣传部会议室时，只见里面已经坐满了人。有省级几个大报社驻洪州记者站的站长，《洪州日报》、洪州电视台、洪州人民广播电台的负责人，还有刚刚组建不久的洪州新闻网的负责人，市委宣传部常务副部长兼市精神文明建设指导委员会办公室主任沈以诚坐在主持席上。显然，这是洪州市宣传口最大的阵容了。卢志濂一看这阵势，就连连点头哈腰，又带拱手："各位领导，不好意思，让你们久等啦，久等啦。"他向主持席的沈副部长投上谦卑的一笑，便快速在标示有自己名字的座牌处坐了下来，从提包里掏出笔记本和笔，还有早上紧急赶写出来的汇报材料草稿。

沈以诚副部长宣布开会。他说：

"大家都知道，中宣部和中央文明委在今年年初颁布了《公民道德建设实施纲要》，这是新世纪新征程上，坚持走中国特色社会主义道路，坚持两手抓两手硬，两个文明建设一起抓共繁荣的重大战略部署。在这个关键时刻，信县王平银这个重大典型的出现，适逢其时，这是洪州精神文明建设工作的重要成果，也是宣传战线的重大机遇。

"今天这个紧急会议，是受市委常委、宣传部部长周正南同志的委托召开的，周部长正随洪州党政代表团在南方考察，昨天晚上专门打来电话，要求我们全力组织好王平银这个重大典型的宣传工作，以先进典型为引领，推动全市公民道德建设。周部长在电话中还特别提到，同行带队考察的市委书记陈剑波、市长袁永义亲自过问此事，要求大力宣传，并举一反三，推动全市诚信体系建设，树立洪州新形象，大力优化投资环境，促进我市两个文明建设再上新台阶。"

沈副部长说了这个高屋建瓴的开场白后，卢志濂开始汇报情况。考虑到与会者掌握的信息有限，他说得比较详细：

"信县进城务工农民王平银同志，捡到巨款千里送还失主的先进事迹，最近在省内外产生了较大影响。

"王平银同志的基本情况。王平银，女，汉族，现年七十岁，半文盲，住信县汉南乡燕子坪村二组，全家五口人，丈夫五年前去世，家庭成员有，儿子范家屯，三十八岁，常年在外务工；儿媳张丽萍，三十六岁，在家务农；两个孙子，在信县上初中和小学。家有四间瓦房，十亩承包地，务有黄姜五亩，在当地属于家境一般的档次。王平银是当地有名的勤快人、女汉子，除了从事农业生产外，农闲时经常在县城捡拾废品换钱。"

在接下来介绍捡拾钱包经过时，卢志濂隐去了丢失钱包当晚郑秀文洗浴和消夜的过程。在王平银的年龄上，原稿上写为五十五岁，那是考虑到这么大年龄的老人还在拾荒劳动，怕引发其他舆论。但卢志濂脑子又打了一个转回，七十岁还在劳动，这足以说明老人具有老当益壮、自强不息的美德嘛。更何况，在农村生活的人都知道，老年人七八十岁下地干活是常有的事，说明农村环境好，人长寿。还有，这是卢志濂的亲舅婆啊，他心想，说假话减了老人家的年龄，说不定折自己寿数呢。所以他念稿到此处，脑筋急转弯，还是说了实话。

接着，卢志濂介绍了捡拾钱包事件发生后各方的反应。其中当然把信县先行一步，已开始大力宣传的做法渲染了一番。最后他就下一步工作，向市上提出了四点建议。

这四条建议，卢志濂是费了一番心思的，他自己觉得站位蛮高。

他说："王平银的先进事迹，发生在洪州汉水文化艺术节即将开幕之际，正值全国上下掀起公民道德建设热潮，我省开展道德建设年活动之时。王平银不为金钱所动，拾金不昧，千里送还失主，不计名利的高贵品德，是当代西河人，尤其是洪州人先进道德的集中体现；是新时期涌现出来的，展示西河人新形象的重大典型；是全市开展思想道德教育，推动公民道德建设的生动教材；是提高洪州知名度，优化投资环境，扩大对外开放的良好机遇。建议市上将王平银作为一个重大典型系统策划、全面部署，掀起高潮。这是建议一。"

卢志濂接着说第二条建议："深入挖掘、总结王平银先进事迹的精神内涵，举一反三，从精神文明建设、公民道德建设、优化投资环境等不同角度总结洪州市精神文明建设工作所取得的成就，寻找王平银先进典型的时代背景和理论支撑。"

卢志濂提的第三条建议如下："市级报纸、电视、广播、网站各类媒体齐动，开展系列深度宣传报道，并在洪州艺术节期间掀起一定声势。同时在洪州全市开展学习王平银活动，开展争做王平银式的好公民活动，通过报告会、文艺演出、大讨论、表彰会等多种方式营造氛围，开展公民道德建设，推动全市公民道德年活动向纵深发展。"

最后，卢志濂建议说："鉴于王平银家庭困难，年纪较大，为体现好人好报，扩大影响，可给王平银适当金额的奖励。"这一条，卢志濂实际上是给信县自己提的。他知道这类事情市上不可能拿钱，还得信县自己想办法。

卢志濂的四点建议得到与会者的一致认同，沈以诚副部长更是投以微笑和赞许的目光。在最后的讲话中，沈以诚肯定了卢志濂的四点建议，对洪州市市级各媒体联合采访、媒体发稿，以学习王平银为契机开展诚信社会创建、优化投资环境等工作提出要求，还提出在《洪州日报》上开辟专栏，延请专家学者和各界人士对王平银先进事迹进行理论解读。

不几天，《洪州日报》在第三版拿出整版，刊载由沈以诚领衔的"王平银现象解析"访谈系列理论文章，其中有几位访谈对象来自省城的社会科学院和著名高校。这样一来，王平银先进事迹便有了理论的"光环"。

随即，洪州市市级媒体联合采访团来到了燕子坪。

这天早上，卢志濂一进办公室，就见办公桌上放了一大沓报纸。这是二十多天来省内外各种报纸上关于王平银先进事迹的报道，是县委宣传部办公室按他的吩咐收集起来的。卢志濂用了不到十分钟时间浏览了一遍，这些报道的题目惹眼生动：《信县农民拾金不昧，美德义举征服成都老板》《王平银就是投资环境》《日子虽艰难捡到巨款心不贪，一万元折射西河人的诚信》《王平银就是活雷锋》《信县授予王平银"好公民"荣誉称号》《洪州在全市开展学习道德模范王平银活动》……

　　看着看着，卢志濂突然意识到，他应该回一趟燕子坪，亲自见一下舅婆王平银。之所以要亲自出面，是有几件要紧事情需要他出面协调，且由他出面会顺当一些，合情合理一些。那位在洪州以至全国掀起波澜的杷杷婆王平银，在各路媒体接二连三轮番采访下，因采访影响了干活，听说早就不耐烦了，需要安抚一下。原来准备给的奖金也一直没有着落，昨天卢志濂去给魏德平县长汇报，希望县财政拿出五千元奖给王平银，魏县长很是为难，解释说这个月干部工资还没有着落，这个资金属于预算外开支，暂时无法解决，让卢志濂先自个想想办法。卢志濂回到宣传部，找到信县某报社社长，让报社从最近所创收的广告费中借出五千元，用于给王平银发放奖金，待财政解决后归还。这个报社是宣传部的内设机构，当然不会让部长的话落空。

　　还有，王平银先进事迹系列报道出来后，反响很大。前两天，卢志濂接到由洪州市委宣传部转来的一份文件，这是洪州市亨泰集团向王平银发出的入职邀请函，函曰：

　　尊敬的王平银先生：您好！我们从多种媒体得知您拾金不昧的事迹后，为您的正直和诚信所感动，您的这种行为正是社会所需要和弘扬的。作为一家民营企业，我们深知正直、诚信是为人之本，立业之基，出于对您高尚品德的钦佩，诚恳邀请您加盟亨泰公司，请王先生和亨泰公司全体员工一道，在为社会创造更多财富的同时，用美德回报社会。

　　吸收一位七十岁的老人入职公司，应是一个噱头，要么读报不仔细，的确不清楚王平银的年龄性别。但公函字里行间显现出来的真情，也着实让宣传部的一帮人感动感慨了一阵子。接下来，卢志濂捧着这张公函纸，习惯性在办公室踱了几步，他脑子又一激灵，像是在问自己，又像是在问别人：

人家一个民营企业都有这种气度，信县这么一个大县，应该有所动作吧？

他随即去了县委书记王卓成的办公室，给王书记带去了同样一套关于王平银系列报道的报纸，递上那张亨泰集团的公函。他对王卓成说："书记，您说这个亨泰是不是将了我们一军？"

王卓成看了看公函，咧嘴笑了："老太太早就过了就业安置的年龄了，他们这是要接去养老啊？"

卢志濂说："亨泰公司来电话说，可以安排老太太的儿子进他们企业。"

"这还真有点将我们军的味道。"王卓成这才听明白卢志濂刚才所说的意思。

"你的意见呢？"王卓成问。

卢志濂说："我觉得还是我们自己解决，给她儿子在信县找个单位，这样显得大气一些。"

王卓成说："那你就考虑一个方案，我们再商量。"

卢志濂当然满口答应，心里自然喜不自胜。转身准备离开，王卓成又叫住了他。

"志濂，听说这个王平银和你是同一个村的？那你更要把这个大典型抓好啊。"

卢志濂脑子反应挺快："书记英明，书记明察。我们信县出了这个重大典型，是您治县有方啊，我也沾了大光，感谢书记对我们村的关心。不瞒您说，我与王平银扯起来还是亲戚呢，她是我的舅婆，您看我要不要回避一下？"

王卓成笑道："回避个鬼啊，又不是用干部。"

这件事基本上定了下来，卢志濂随即决定第二天回一趟燕子坪。他先给燕子坪村村主任陈卫民挂了个电话，让他通知王平银在外地打工的儿子迅速回家，就说有重要的事情要商量。陈卫民答应得很干脆："我马上与在山西的范家屯联系，让他抓紧朝回赶。"

第二章

05

燕子坪在信县县城南边的巴山山里，属于汉江支流神仙河流域，距县城有三十里，中间还横着一条汉江。

从信县县城到燕子坪这条路，卢志濂已走了三十多年，来回不计其数。从山道步行，摆渡涉水，土路骑行，到路桥配套汽车畅行，这段路的缓慢变迁，犹如卢志濂的人生轨迹，放牛、入学、考学、工作、多岗历练、升迁。虽然缓慢，但像这条路一样，一直在升级改造。

与信县众多的当地出身的干部一样，卢志濂属于"两头跑"的类型。父母居住在老家，家里耕种的有土地。隔上一段时间，卢志濂就会带上老婆孩子，买一些蔬菜水果吃货，回老家看望父母，陪父母吃一两顿饭。若逢公务繁忙，脱不了身，迟迟不能回去，他就会心烦意乱，坐立不安。定期回老家，似乎成了卢志濂的生理周期。这里面，单用乡情亲情来解释，也说得通，卢志濂倒觉得，这燕子坪好似一个磁场，有着神秘的引力。

这次回燕子坪，虽然是公事，但卢志濂觉得与以往的回家并无二致。

车子出了县城，过汉江大桥，沿汉江南岸走了一段，就开始爬坡，前行二三里上到一个垭口，翻过垭口，向东一拐，便进入呈东西走向的神仙河流域。沿着峭壁上开出的公路，曲曲拐拐，渐渐下降到神仙河的河边，后面的路都顺着河道而行，少了险峻，周边渐渐显出恬静的田园风光。

正值初春，浅浅的河水贴着浅浅的河床，不紧不慢，不慌不忙，弯弯曲曲，汩汩而流，像一条飞舞的白练在不算宽阔的河谷中游动、延伸。水岸上的各样水草正在生发，可能是近水的缘故吧，它们比山上的草露头早了许多。在紧挨河道的路段，草的清香随着轻盈的河风，轻轻地灌进鼻腔、嘴巴、耳朵甚至眼睛。还有意想不到的一阵奇香飘来，清洌、明快，有穿透力，这便是神仙河河岸上独有的成片野生水薄荷了，只是它们这时还尚年幼，浑身散发着像小孩子那样的稚气，但凡有人经过，它们自然要随风欢跳，向你展现一份天真烂漫，让你的大脑瞬间一振。这大概就是神仙河又被人称为"香河"的原因吧。

灵巧的水鸟已在河上聚集。三五结伴，沿着那白练般的河道忽高忽低，忽左忽右，这似乎是鸟界一种独特领地领空主权的宣示。那单飞的水鸟显得更为灵巧一些，扑棱着轻盈的翅膀在水田上方悬停，时机一到，便会像鱼鹰一样猛然钻进水中，叼出一条活蹦乱跳的虫子来；或是闲逛式在河面上空晃悠，在不经意间冲入激流，衔起一条小鱼，飞出老远，对着猎物一阵乱啄，左顾右盼间，摇着小小的尾翼，在那里独自享用。

农人们正在一河两岸的土地上耕作。河岸边的水田已犁了一遍，留下深翻之后一道道的犁沟。犁过的地块有的正在上水（俗称川水），上过水的地块犁沟已淹没在水下，此时的水田犹如一个沟壑纵横的盆景。这些喝饱水的水田接下来会沉寂一段时间，耐心等待山上的马桑树叶、怀香树叶、扶杨树叶长大。不出多久，这些容易沤烂的叶子就会被采摘下来，被一双双的大脚，踩进黑色的田泥中，转换一种方式，焕发出春的力量。

远离河道的坡地此时又是另外一种景象。金黄色的土地像两扇巨型的翅膀，从河谷向两边山上延展开去。土地中间错落有致的村落和树林，像是巨型翅膀上点缀的花纹。若凌空鸟瞰，这神仙河便是一只以河谷为身，两岸斑斓土地为翼的巨鸟，自东向西，振翅飞向滔滔的汉江。当然，这要有足够的想象力。

这些已经播种的土地一片平静。金黄的底色中夹杂着隐隐约约的黑色印记，那是施用农家肥留下的痕迹，记忆了一场约定俗成的精耕细作。熟透了的农家肥并没有改变这些土地的味道，行进其旁，春耕新翻时独有的泥土清香仍在散发，恰逢昨日的一场春雨，冬眠数月被翻出的蚯蚓，在不安分地到处乱翻乱扭，空气中弥漫着它们难闻的腥味。这大概就是春天土地的标志性味道吧。

历经春播的金黄土地并没有遮掩住绿色的主色调。此时的神仙河，呈现出来的是满眼的嫩绿。嫩叶刚刚从嫩芽中绽出，在千树万树的枝头伸展着婴儿般的天真，于无限的鲜翠里透出无限的生命力。绿色正在以它特殊的方式在孕育，在渲染，在蔓延，在扩张，在爆炸，这真是绿了天，绿了地，绿了眼，绿了魂哦！

此时此景，恰似卢志濂此刻愉悦的心情。

神仙河从巴山深处的神仙山发源，流到一座名叫马山的山下，突然收口成了一个峡谷。在马山的半腰处，有一个长宽各二三里的大缓坡，这个处于峡谷之巅，马山之下的平坦之地就是燕子坪。据说是因年年北归的燕子喜欢在此地农家筑巢，燕群密集而得名。

燕子坪上，从东而西排列着三个院子。最东边的院子叫范家湾，居住的是清一色的范姓；最西边的院子叫卢家庄，住户以卢姓居多；处于东西两个院子正中间的是一个袖珍院子，只居住了三户人家，且是三家三个姓。虽然是个袖珍院子，却是燕子坪入村路的必经之地，但凡从神仙河下的大路拐弯上山进入燕子坪，都要经过这个院子下面的三岔路口。

王平银就住在东边的范家院子。此时此刻，她正在堂屋里剁猪草，给猪圈里的两头猪预备猪食。最近半个月，她被接连不断的各路记者折腾得够呛，不断重复捡拾钱包的过程，还要谈思想是怎么"斗争"的。在她的印象中，仅仅留存着多少年前那种群殴式的批斗，别人批斗别人，哪会有自个批斗自个这样的事。对这些不依不饶的提问，她反反复复就是那两句话：

燕子坪人老几辈子都仁义得很，从来不拿别人的东西。这看似简单的话很快被一家报纸引申，发了一篇大稿：文明沃土绽新枝。

王平银手握柴刀，一上一下剁着猪草。一边对着收拾背笼、正准备出门干活的儿媳妇桃花说："包谷已经种完了，这两个克搂子（指正旺长的小猪）你招呼着，我明天进城去挖抓几天，找一个他们找不到的地方躲一躲，不然这样下去不是个办法，搅得弄不成啥咧。"

话音刚落，只听门外有人大声喊叫："舅婆，你在家啊。"

王平银一听，不由得叫了起来："哈了，又来咧。"

这"哈了"，在燕子坪的方言里是"坏了"的意思。

王平银停止剁草，从板凳上起身，朝门外一看，发现是卢志濂，身后还跟着三四个人。

"明义，是你啊，快进屋，快进屋。"

王平银叫的是卢志濂的小名。

卢志濂这趟燕子坪之行很有收获。王平银答应继续配合采访，不再外出躲避记者。对于卢志濂递上来的五千元奖金，王平银起初以为是卢志濂个人孝敬给她的，好说歹说就是不接，直到卢志濂拿出县文明办的文件，说明这是县里研究决定的，又让随行的县文明办主任出面，叨叨叨说了一通奖励先进，让好人有好报的重大意义，王平银才让儿媳桃花把这沓用大红信封装着的票子收了起来。卢志濂这次回燕子坪，个人出钱给舅婆买了两盒新茶，一箱饼干，一箱果汁，外加一双夏季穿的皮凉鞋，算是不轻不重的"四色礼"，王平银倒是没有过多推辞，连连咧嘴大笑："明娃孝顺，明娃孝顺。"

要告辞时，卢志濂对王平银说："舅婆，还有一件大好事要告诉你，保证让您睡着了能笑醒来！"

"县上准备给家屯表叔安排工作。"

"啊！"王平银和桃花都惊得一跳。

"他回来后请到县里来一下。"卢志濂起身走时，又特意补了一句。

公事完毕，回程行至三岔路口，也就是那个离袖珍院子不远的路口，卢志濂让同行的人先坐车回去，他要回家去看望父母，等晚上天黑时再派车来接他。

卢志濂回到的这个院子有一个奇怪的名字：乡约。

"乡约"这个地名，据说已有几百年了，比燕子坪东西两个院子的名字要古老得多。"乡约"院子里那座最古老的房子，是浑身黑黢黢的三间瓦房，从前里面住着一个乡约，乡约院子的名字便由此而来。

对于老家院子叫"乡约"这个名字，卢志濂一直没有过多在意。直到前不久，在全县文化界的一次聚会上，他与张修在餐桌上交谈，说到本县的一些有意思的地名时，张修无意中问起卢志濂老家的地名，当得知卢志濂老家院子叫"乡约"时，张修连连叫道，不得了，有内涵。并建议卢志濂看看与中国古代乡约制度相关书籍和资料，好好挖掘一下老家的文化内涵。

卢志濂便从县图书馆、新华书店各处搜罗了一些关于乡约的书，耐心读了几本。

这一日，卢志濂抽了一个下午时间，专程去拜访张修。张修在县博物馆工作，住在信县历史博物馆大院内。

卢志濂与张修相识已将近二十年了。早年卢志濂从洪州师范学院中文系毕业，因有文字方面的专长，被分配到刚刚组建的信县地方志办公室工作，当时地方志办公室主任兼县志主笔就是张修。张修是宋代大儒张载（横渠先生）的后裔，毕业于西河师范大学历史系，精于考古和古文献整理。20世纪80年代初，因在《洪州日报》上发表《洪州历史述略》系列连载文章，开洪州历史研究先河而轰动一时，名声大噪。《信县县志》编写工作启动，张修很自然被聘任为主编。初出茅庐的卢志濂自然把张修奉为老师，时时虚心求教。卢志濂成了张修名副其实的弟子。

信县历史博物馆位于信县老城正中心的文庙里。这座建于明朝洪武年间的孔庙，有前后两进院子，第一进院子两侧的厢房设为博物馆的办公区，第二进院子，除过供奉孔夫子及其弟子的大成殿外，都辟成了文物陈列室。张修的办公室在第一进院子右侧的一间厢房里。

张修前不久刚刚出版了一部历史学专著，是关于洪州历代石刻的，听说已获省级优秀图书奖。张修最近心情愉悦，精神焕发。此时，他正趴在大桌案上，手握一枝小狼毫，在宣纸上习写像蝌蚪一样的金文。这金文源于关中等地出土的殷商和周代的青铜器铭文，是大篆小篆书体的前身。两年前，张修迷上了这种字体精瘦的书法，天天都要抽出时间写上几张，技艺日进，在洪州书法界独树一帜，有了一定名气，渐渐便有人上门求字。

这天卢志濂进门时，张修刚刚一口气书毕张载的《西铭》长幅，见卢志濂推门进来，就高兴地招呼："志濂，你看看这，咋样？"卢志濂只好实话实说："写得真好，就是大多数字我不认得。"张修说："那我给你念念。"

张修接着便用手指着纸，把这个长幅一字一句读了一遍：

乾称父，坤称母；予兹藐焉，乃混然中处。故天地之塞，吾其体；天地之帅，吾其性。民，吾同胞，物，吾与也。大君者，吾父母宗子；其大臣，宗子之家相也。尊高年，所以长其长；慈孤弱，所以幼其幼；圣，其合德，贤，其秀也。凡天下疲癃残疾，惸独鳏寡，皆吾兄弟之颠连而无告者也。于时保之，子之翼也；乐且不忧，纯乎孝者也。违曰悖德，害仁曰贼，济恶者不才，其践形，惟肖者也。知化则善述其事，穷神则善继其志。不愧屋漏为无忝，存心养性为匪懈。恶旨酒，崇伯子之顾养；育英才，颍封人之锡类。不弛劳而底豫，舜其功也；无所逃而待烹，申生其恭也。体其受而归全者，参乎！勇于从而顺令者，伯奇也。富贵福泽，将厚吾之生也；贫贱忧戚，庸玉汝于成也。存，吾顺事；没，吾宁也。

读毕，张修对卢志濂说："我今天写这个《西铭》，与下来我们要交流的内容是有一点关系的。"卢志濂听得一愣，兴致大增。

张修说："在横渠先辈的文章里，这篇《西铭》是我最喜欢的，上大学的时候就能全文背下来。相对于那非常有名的《横渠四句》：为天地立心，为生民立命，为往圣继绝学，为万世开太平，《西铭》虽然没有《横渠四句》那种圣人气象，挺立天地成大业的豪迈，但却道出了一个普通士人、平凡儒生应有的思想境界、处事原则、道德修养、人文情怀，既是世界观，也是方法论，很接地气，普通人拿来就能用。"

你看，从"乾称父"到"天地之帅，吾其性"这一段，主要是阐述人在宇宙中的位置。认为宇宙是一个大家庭，乾坤是其父母，人好比是其中的儿女。天地之气构成了人的身体，天地之性形成了人的天性，人作为这个家庭的成员，就应担负一个成员的责任和义务。从"民，吾同胞，物，吾与也"以下文字，主要讲这种责任和义务的内容。这里面有三组关键词："民，吾同胞，物，吾与也"，是说要把万物看成是我们的同类朋友；"于时保之"，是说人人应该尽孝道，顺从父母的安排；"存，吾顺事；没，吾宁也"，是说应该效法事亲事天、不计个人得失的圣贤，如崇伯子、颖封子、舜、申生、曾参、伯奇……

张修不厌其烦，指着他的这篇金文书法，把《西铭》全文串讲了一遍，对其中的精辟句子、关键词进行了重点阐释。这一场讲下来，卢志濂仿佛回到了当年编写县志的时代，不由更加敬佩张修学识的渊博和做事的耐心。

讲到最后，张修才道出张载与今天要交谈的"乡约"主题的关系。

06

卢志濂今天一进门就没落座，一直站着听讲，腿已经有些发麻。张修这时似乎才意识到，赶紧招呼入座，又给卢志濂倒了杯水。

接下来，卢志濂就开始向张修请教关于乡约的知识。两人的交谈基本上是一问一答式的，像是闲聊，又像是学生在向老师提问。

张修说："志濂，说实话，我对乡约的相关情况还不甚了解，你前几天打电话后，我才找了一些资料来读。所以今天只能说一个大概，细节的东西可能还无能为力。"

张修操着渭川西府口音，娓娓而谈。他说："就我掌握的资料看，乡约这个制度在西周已经有了雏形。我是西府那边人，这几年一直比较注意那边出土的周朝青铜器铭文，每次回老家那边，我都要到周原博物馆去，看有啥新东西，每次都有收获。有一次还意外得到一张簋的铭文拓片，放在现在，已经不准拓那个了。"

说到这儿，卢志濂记得他好多年前，确实在张修住处看过那个被装裱起来的珍贵拓片，大致有一尺见方，当时，张修如同今天一样，给他读了一遍那难认的金文。

张修接着进入正题：乡约是中国古代的一种村社制度，这种制度是在奴隶制瓦解，领主封建制兴起并向地主制封建社会过渡这个阶段孕育的。当时，随着井田制的废弃和地租方式的变化，领主、地主对从事农业生产劳动者的人身依附渐渐放松，在"国"以外的"遂"，也就是城邑以外的村野，仍然处在监督下劳动的农户组成的乡村社会，被冠以邑、里、社等名称，村社中管理公务的领导最初是选举出来的，后来改为由国君或封邑贵族选派，叫"里正"；村社中设有"三老"，由五十岁以上"耆老有高德者"担任，掌教化职责；又设有啬夫，职责是收赋税、断听讼，也就是调解纠纷打官司。里正、三老、啬夫这三个人，统称乡官，其职责相当于后来的乡约。

说到这儿，张修又特意说明，这些资料来源于《尚书》《周礼》《春秋》等周朝文献，还有各地出土的周朝青铜器铭文。过去有一段时间，人们凡古必疑，认为先秦时代的典籍是后人伪作，但考古新发现和众多的青铜器铭文证明，这些典籍是可信的。

张修接着说："历史学研究已有结论，乡遂制度是周朝社会的主要结构。居住在都城和封邑中的'国人'，也叫'士'，他们拥有份地，战时充为甲士、战士，是具有公民权的统治阶层，所居住的地方称为'士乡'或'士农之乡'。他们享有对国家大事发表意见，参加国人大会，被选任为低级军官等权利。出于对这个准军事组织成员进行教育和团结的需要，所以就在此'乡'中产生了'乡饮酒礼'和'乡射礼'这种礼俗，其中的乡饮酒礼在中国一直延续了三千年，直到清末。这是那时候城里(当时叫乡)的情况。

"那时候城邑之外的地域叫遂，也叫野、鄙，这里的居民被称为庶人、庶民、鄙人或氓，他们既要耕种井田制中的'大田'，还要耕种井田制中的私田份地，承担繁重的劳役，还得接受贵族召集参与狩猎和出征。这是乡约产生的大背景。你可能不知道吧，证明乡遂制度确实存在的重要证据之一，是1986年出土于我们洪州的史密簋。这件铸于周懿王时的青铜器的铭文，记述了一场对夷族的军事征讨行动，说明当时齐国确实推行了乡遂制度。你可以查一下，周懿王时代大致是公元前900年，距今有近三千年了。"

卢志濂被这个古老的年代吓了一跳，他脱口叹道："原来历史离我们这么近啊，就在我们身边。"

张修点头笑了笑，稍做停顿后接着说："你可能已经看了一些资料，对乡约的历史已有所了解。据现有史料考证，北宋熙宁年间咱渭川蓝田县的吕氏四兄弟，就是吕大临、吕大忠、吕大防、吕大钧四兄弟制定的《吕氏乡约》，是我国最早的成文乡约。张载与四吕是同时代的人，又是关中老乡，还是好友，有确切的资料证明，张载参与了这部乡约的制定，还在他任云岩县令时进行了推广实践。"

张修谈了乡约十分久远的渊源之后，把话题直接跳到了公元1000年后的北宋。他解释说，秦汉以至隋唐五代的乡村社会结构，大抵以乡、亭、里、闾、村、保等模式运行，至于这里面有没有以及有多大的自治民主和乡约的成分，他读到的资料有限，一时还真说不清楚。他建议卢志濂若有兴趣，可以自己找一些资料看看。

张修接着讲，修身、齐家、治国、平天下，简称"修齐治平"，是中国历代读书人的共同理想。其中，治国和平天下这两个层次太高，一般的读书人不容易达到，故而过去不太得志的儒者往往退而求其次，更关注修身、齐家这类事关风俗德治的身边事。他总结了一下，古代被贬或退隐，包括一些退休回乡的儒者，除过常规的诗文唱和著述外，主要是干三件事：一是倡导参与修族谱、建祠堂之类的家族建设；二是关注以至直接参与地方土地"经界"，即为消除土地兼并、赋税隐匿而展开的田亩清查；第三就是通过推行乡约制度或类似方式，明礼正俗，推动儒学实践。在推行乡约上，历史上有这么几个代表性人物，值得重点关注：刚才说到的北宋的吕氏兄弟、南宋的朱熹、明代的王阳明，还有近代民国的梁漱溟。

"先说吕氏乡约，这个乡约原叫蓝田乡约，吕氏四兄弟里，有官员也有乡绅。这部乡约主要从德业相劝、过失相规、礼俗相交、患难相恤四个方面，对乡民的道德修养、治家孝道、待人接物、犯义犯约之过，日常礼俗礼仪，灾患救助相帮等提出详尽的要求。这个乡约在蓝田县实行后，关中各地纷纷仿效，史载关中风俗为之一振，只可惜宋朝很快被金人赶到了南方，吕氏乡约在北方地区就无从谈起了。

"朱熹是儒学的集大成者，是理学的开山之人。他在南宋淳熙年间对几乎失传的吕氏乡约进行了增损整理。这次整理意义重大，随着朱子思想被尊为正宗的统治思想，吕氏乡约在此后被纷纷仿效推广，明清两代，乡约制度成为县以下乡治的主要方式。皇权不下县，这种说法就指的是这一时期。

"明朝的王阳明是心学的开创者，是儒家中少有的达到立德立功立言三不朽最高境界的旷世奇才。他在平定闽粤赣湘边界地区匪患，任南赣巡抚后，为防止匪患再起，力推保甲、乡约制度，以期重建社会秩序，收到治本之效。明正德十五年，即1518年，王阳明主持制定的《南赣乡约》开始推行。后来逐步推广到毗邻的福建、江西、广东等行省的部分地区。明嘉靖八年，即1529年，明廷'部檄天下，举行乡约'，各地的乡约基本上是参照王阳明《南赣乡约》增损而成。《南赣乡约》与《吕氏乡约》的相同之处是成风化俗。不同之处在于，《吕氏乡约》属于民办，重在互戒互勉，实现儒家思想中的理想社会。《南赣乡约》属于官办，重在教化，规范社会秩序。"

说到近现代颇有名气的梁漱溟，张修介绍说，梁漱溟是现代新儒学的代表人物，被称为中国最后一位大儒家。1927年至1937年，他先后在广东、山西、河南、山东等省开办乡治村治学校或研究院，开展乡村建设运动，进行了一系列试验，最后还出版了《乡村建设理论》。这本书系统阐述了梁漱溟的乡村建设构想，文笔很通俗。梁漱溟认为，之所以要搞乡村建设，是因为西洋文化带来的天灾人祸、风气改变导致中国出现乡村破坏，并且这种破坏和改变是会一直延续下去的。乡村建设的意义就是救济乡村，创造新文化，从中国旧文化中转变出一个新文化来。梁漱溟认为，乡村建设顶要紧的是农民自觉和乡村组织。乡村组织的具体办法是乡学村学，把一乡一村全社会民众通统当作学生，由学众、学长、学董、教员四部分人组成，"齐心学好，向上求进步"，目标与过去的乡约相仿。乡学村学这个组织的功能，梁漱溟认为"顶能做到的"是两点："能使内地乡村与外面世界相交通，借以引进科学技术"，"能使团体里面的每个分子对团体生活都为有力的参加所以养成团体组织"。这两句话是原文，读起来有点接不上气。这是当时的行文习惯。

张修最后说，关于梁漱溟设计的这套乡村建设方案，可以读一下他的《乡村建设理论》一书最后的一段话，就好理解了：

"我们安排（乡学村学）这套组织，其用意就在：使乡村里面的每一个份子对乡村的事都能渐为有力地参加，使乡村有生机有活力，能与外面世界相交通，吸收外面的新知识方法；能引进新知识方法，则乡村自能渐渐向上生长进步，成为一个真的团体，扩展为一个新的社会制度。所以乡村建设，与其说是乡村建设，不如说是乡村生长；我们就是要乡村好像一棵活的树木，本身有生机有活力，通过吸收外面的养料，慢慢地从一株幼苗长成参天大树。"

张修一口气谈了一个多小时，才停歇下来。

卢志濂今天专程前来拜访张修，并不是为了单纯的学术性研讨，而是想通过对乡约制度历史演变的了解，理清楚下一步的工作思路。他知道，虽然现在信县内外有关王平银先进事迹的宣传搞得轰轰烈烈，但这都是表面的东西。热闹一过，就会归于沉寂。作为信县主管宣传工作的负责人，应该抓住机会，在道德建设的长效机制上做文章。最近，卢志濂的脑子一直围绕着这个问题在思考，今天听了张修一席话，他的思路变得清晰起来。

卢志濂说："张老师，您今天对乡约制度脉络的梳理和系统总结，对我启发很大。您可能还不知道，前几年我在云口镇工作的时候，在村上开展了村民自治试点和推广，效果挺好，今天听您这么一讲，觉得与过去的乡约有许多相通相似的地方呢。"

"是吗？你说说看。"张修一听，来了精神。

于是，卢志濂就把他三年前在云口镇所搞的"乡村建设"情况简略讲了一遍。

那是卢志濂担任云口镇党委书记的第二年，由于云口镇的各项考核指标都位居信县各乡镇前列，加上位于汉江沿岸和国道旁的优越地理位置，云口镇被洪州市委组织部确定为定点联系镇，就是由市委组织部包抓云口镇。由管干部升迁的要害部门直接包抓，那就像是接上了"天线"，一般讲这是求之不得的。可是卢志濂却有点高兴不起来。他觉得这种包抓联系是一把"双刃剑"，搞得好了可以近水楼台先得月，搞得不好就会在组织部门留下坏印象，反而会影响整个班子的前途。卢志濂对班子成员开会讲，只能成功不能失败，只能前进不能后退，把上级机关的联系当成重大机遇，使出"吃奶"的劲把云口镇的各项工作搞上去。

卢志濂认真调研思考了一番，又征求了镇上和村上干部的意见，最后找到了一个突破口——村民自治。

卢志濂分析认为，组织部门是基层组织建设的主管部门，作为组织部的联系镇，在基层组织建设上要走在全市前头，创出新路子新经验。那年年初，国家刚刚颁布实施了《村民委员会组织法》，前不久洪州市还召开了村民自治推进会，现在抓这项工作，应该是恰逢其时。从云口镇的现实情况看，他也觉得应该把村民自治作为深化农村改革的突破口。通过摸底，他认为要解决长期以来困扰农村发展的村级自我发展、自我教育、自我约束以及自我服务能力弱的问题，走出频繁整顿问题依然存在的怪圈，就必须寻找一种治本之策。卢志濂通过研读相关政策法规，觉得这部《村民委员会组织法》的顶层设计，真正吃透了当下的国情，通过推进村级民主决策、民主管理、民主监督，可以有效破解当前普遍存在的集体观念淡漠、公益事业无人问津、干部缺乏监督、矛盾动辄上交等突出问题。据此，卢志濂决定在村民自治上一试身手。

卢志濂先带了几个人到邻县去"取经"。取经的地点就是洪州市前不久召开村民自治推进会的岭南县。当时，洪州市召开推进会，特意在岭南县选了一个村作为参观点，这个叫河沿的村子也就成了全市村民自治工作的试点村，洪州实施村民自治的第一站。

到了位于岭南县城城郊的河沿村，只见外表简陋的村委会房门紧锁。同行的岭南县城关镇政府陪同人员好不容易叫来一个村文书，打开房门，屋里除了一套桌椅外并无其他设施，问询村民自治工作，这位文书支支吾吾说不上来，搞得客主双方都有些尴尬。岭南县的陪同人员解释说村文书不了解情况，了解情况的村支书不巧外出不在家。回到岭南县城座谈，岭南方面介绍得倒是头头是道，反复说村民自治试点工作刚刚起步，没想到你们反应这么快。看来这个试点只是走了走形式，实质性工作应该还没啥响动。这一看，卢志濂心中有了底，同时也难免有些暗喜。

回到云口镇，卢志濂马上组织了一班人马，由特别熟悉农村工作又有理论功底的镇人大主席牵头，查阅政策法规，在一周内拿出了云口镇村民自治工作试点方案，开会讨论，修改完善，迅速定稿。十天后，一支由二十人组成的村民自治试点工作队进驻马店村。一个月下来，马店村历年积累的矛盾问题得到了调处化解，马店村村民大会、村民代表会这两个全村最高的议事决策机构组建起来，村民监督委员会也及时到位，村务管理的十项制度经过村民大会表决通过，经过反复讨论的村规民约也获得村民大会表决通过，连最让人头疼的红白喜事随礼金额都有了限额。在马店村历史上第一张村务公开明白纸上墙，村民第一次知道了马店若干年来村级的开支明细。当然，更重要的是村上的支书、村委会主任两人在村民大会进行了述职，接受了评议，马店人好似真正当了一回主人，兴奋得不得了。村干部开始难免有些紧张，随着试点的开展，也感受到了群众中蕴藏的力量，慢慢对村民自治有了新的理解，觉得若这样坚持下去村干部就好当了。最后一致的结论是：村民自治还权于民，自己的事自己说了算，给了群众一个明白，还干部了一个清白。马店这个早年汉江上的著名码头，常年上访不断的难缠村，似乎在一个月之间实现了华丽转身。试点取得了圆满成功。

马店村试点结束三个月后，三年一次的村级换届工作启动。卢志濂把马店村试点方案又做了一些完善，结合贯彻上级换届工作指导意见，形成云口镇全面推行村民自治制度，抓好村级换届选举的工作方案，借助村级换届时机，把马店村模式一下推广到了全镇十五个村。这样一来，云口镇便率先在洪州市实现了村级治理向村民自治的全面转型。各村选举出来的五百多名村民代表，人手一个云口镇自制的村民代表证，很是引人注目。敏锐的洪州电视台赶来专门做了一期节目：《农民"议员"向我们走来》。

接踵而来的是各种各样的光环，参观学习介绍经验，出尽了风头。当初那种风光无限的情形，在张修面前，卢志濂还是收敛了一下，拉住了洋洋得意的缰绳，最终没好意思全讲出来。

07

这天一早，从山西晋城一处煤矿返回燕子坪的范家屯，来到信县县委大院找卢志濂。王平银的这位养子，年龄与卢志濂不差上下，但按辈分他是表叔，卢志濂是表侄。

范家屯来到县委大院门口，直直往里进，保安赶紧跑过来伸手拦住他，问他找谁，范家屯说，找我表侄，卢志濂。保安一看这家伙口气不小，就没有再说什么，让他进去了。

范家屯高中毕业后，没有考上大学，回到燕子坪务农。由于是回乡知识分子，就被选中当了几年生产小队会计，在后来的一次账务清查中，盘点账上少了八百块钱，最后认定由他负责退赔。范家屯觉得太冤枉，一气之下辞了职，把地里的活交给母亲和老婆桃花，开始外出闯荡。

范家屯在乡下算得上是个人才。个头中等偏上，身材健硕，方正的国字脸，脸上围了半圈络腮胡，刺猬样的密发，浓眉大眼阔嘴巴。他最常见的表情动作是说不上几句话，就大嘴一咧，哈哈哈，哈哈哈。当然，健谈是他的长项，自信是他最大的特点。他能把一个常人眼里不起眼，甚至瞧不上的活路——外出打工的经历，说得如同神仙生活一般。这种自信和知足常常会感染到卢志濂，让长期坐办公室的卢志濂心生敬佩和感叹。

每年春节回老家过年，范家屯都要来到这个叫作乡约的小院子，与卢志濂海阔天空聊上半天。海聊的过程，除去吃饭或端杯喝茶的时间，就是范家屯几乎一刻不歇，用那个一拃多长短烟袋猛抽旱烟的过程。这个袖珍型的旱烟袋，铜嘴铜锅，光油油的竹质烟杆上，吊着一个不及小孩拳头大的牛皮烟包。拇指大的烟锅，每次放入的烟末有限，用打火机点着后，吸不上三五口就燃尽了，磕掉烟灰后，便要把烟锅再伸进烟包里，摁满摁瓷一锅，掏出来点着又抽。如此反复，大致两三分钟就得重装一锅。这个袖珍烟袋在范家屯手里，运转得如行云流水一般，又显得自然而然，装烟，摁瓷，点火，吸咂，磕灰，复装……一气呵成，无缝对接，周而复始。有一次，卢志濂有意数了一下，范家屯在不到一个小时时间里，竟然连抽四十五袋烟，把鼓鼓的一个烟包都抽空了，最后不得不换上卢志濂奉上的纸烟。卢志濂感慨，家屯表叔活脱脱是一个嘻哈烟王呀。

范家屯这个谈不上好与坏的嗜好，源于家传。他的两个父辈，生父和养父，都有一个烟袋。只是父辈的烟袋比他这个袖珍烟袋大得多了。那种大烟袋是农家老烟民的标配，一物可以两用，行走时可以当作拐杖。烟嘴长达一拃，烟锅像个小盅，烟杆长及二尺，烟锅顶端伸出老长一节尖刺，有点像大提琴下部的撑杆，这是为了走路时拐杖杵地杵得稳稳当当。这种大烟袋上面照例吊着一个牛皮烟包，烟包用硝熟的牛皮缝制而成，宽及三寸，长及五寸，烟包表面以牛皮线编出几处花纹作为点缀，烟包的底部坠有丝状花须，当然也是牛皮质地的。另外，这种大烟袋还有一个标配：一大盘火绳，用于点烟。这种火绳是用晾晒干透的包谷胡子编搓而成，每逢外出或上地干活，就取出一盘点燃，或挂在手腕或斜挂于肩，老远看见还以为是个耍蛇的，近看才知是个老抽家儿。这种火绳长的能连续燃烧半天，点烟之外还可以当作野外引火的火种。如果不慎熄灭了，也不要紧，还有随身携带的用于取火的火链呢。

此时的范家屯，早已扔掉了烟袋，升级换代抽上了纸烟。由旱烟袋到纸烟，对范家屯来讲，不是简简单单地换个口味而已。

用范家屯的话来讲，他一直走的是"技术路线"。

最初，他干了一段时间"吆羊"的营生。"吆羊"就是贩羊。信县盛产山羊，因野外放养，善于攀爬而生得肉质筋道鲜美，是本地人们冬季的最爱。县城里的回民街长年有宰山羊和出售羊肉的摊子。范家屯曾给长期下乡"吆羊"的回民帮忙赶过羊，在卸任生产小队会计后，他首先想到的是这个熟悉的行当。范家屯凭借本乡本土人脉的优势，采取先收羊后付款的赊账方式，解决了本钱不足的问题，把每次"吆羊"的规模控制在二十只以内，每赊一只羊，他都要在羊身上用红笔写上编号，以免与路途遇到的羊只弄混。他像一个羊司令，手持一根棍子，指挥着他的队伍频频向信县县城进发。卢志濂有好几次都在回老家燕子坪路上遇见过范家屯和他的羊群。后来，山前山后，几条沟上下的羊让他收得差不多了，加上禁牧政策日趋严厉，养羊户渐渐减少，"吆羊"的生意就慢慢不好搞了。范家屯开始走出神仙河。

他先是进到一个专搞农村电网改造的工程队当小工。由于他在当会计时兼做电工，具备电力常识，所以很快就不再干搬运之类的重活笨活，转而被安排从事上电杆架电线等技术活，一度手下还有几个帮手，俨然成了班组长，在工程队里成了不可或缺的角色。两年里，范家屯随着这个工程队走了洪州市下辖的好几个县。偶尔请假回燕子坪，他很有派头地头戴安全帽，身穿胸前印有"人民电力"字样的蓝色工装，好似正式职工的模样，引得燕子坪人羡慕不已。但好景不长，两年后，这一轮农村电网改造结束，工程队解散，范家屯只好另谋出路。

他不知从哪个渠道得知贵州有个地方在修高速公路，就通过熟人介绍赶了过去，自我介绍曾干过电力，有技术专长，便被分派做电工，在隧道里安装和维护照明线路。隧道打通后，又接着搞隧道行车照明工程。这个工种不用多少气力，还能几班倒，自由轻松，用范家屯的话来说，简直就像当年生产队的队长，披着外衣，双手叉腰，整天闲逛，还指手画脚，轻松得像在玩耍。

高速公路工程完工后，范家屯一路北上到了山西晋城，这个地方地下煤多，煤矿企业遍地都是，信县老乡也到处都是。范家屯进到一家老板是信县人的小煤矿，先在井下掘进面上往车上装煤，后来由于心眼儿活开上了地下小火车，这种小火车实为矿井里平巷道上的运煤翻斗车。这段开翻斗车的经历被范家屯演绎成了开火车，在燕子坪引发了一阵热议。好景不长，这个小煤矿发生了透水事故，所幸范家屯当日不当班，躲过了一劫。煤矿被勒令停产整改，民工们闲着无事，正嘀咕着另谋出路时，范家屯接到了燕子坪村支部书记兼村主任陈卫民的电话。范家屯放下电话，自言自语，难怪这两天左眼老是跳，肯定有好事。因为此前他已经从燕子坪那边，听说了母亲捡拾钱包的事了。

范家屯到了挂有"县委常委宣传部部长卢志濂"牌子的房门前，也不敲门，径直走了进去，喊了一声"明义"。正在看文件的卢志濂被突然闪进来的黑影和叫声吓了一跳，发现是范家屯，连忙让座招呼。

一落座，范家屯就从上衣口袋中掏出香烟，要给卢志濂递烟，卢志濂忙说："早戒啦，不好意思啊，我这里没放烟，没啥给你发的。"又一愣："表叔你怎么不抽旱烟，改抽纸烟了？"范家屯哈哈哈一笑："吆羊时还抽着，去贵州后就抽不成了，影响干活，又找不到烟丝，只好改抽这个了。"卢志濂说："在我这儿你随便抽。"说话间，卢志濂另取了一个纸杯，朝杯子里接了少许水，递给范家屯当作烟灰缸。

这么寒暄闲扯了几句，卢志濂直入主题，表情也瞬间变得严肃起来："我现在是代表信县县委给你谈话，王平银拾金不昧的先进事迹影响巨大，为信县乃至全省增了光。经信县县委县政府研究，决定为你安排适当工作，以体现对先进典型家庭的充分肯定，激励更多的人诚实守信，促进公民道德建设步入新阶段。现在想听一下你的意见。"

范家屯一听，这真是喜从天降啊！安排工作的事，他回家后听说了，但有点半信半疑，现在听卢志濂这么一说，应是确定无疑啦。他咧开大嘴就要哈哈哈大笑，又猛然意识到这里不是燕子坪，就把刚刚张开的大嘴收拢了一下，变成了矜持低声的嘿嘿嘿。他毕竟走南闯北多年，见过一些场面，嘿嘿嘿之后，马上在椅子上伸直腰杆说："受之有愧，受之有愧啊，感谢组织，感谢领导，我一定不辜负期望，干好工作，继续为信县增光添彩。"

范家屯当年毕竟当过干部，没少参加过村上乡上的会议，听过很多领导讲话，所以场面话还是可以信手拈来的。

"县上决定安排你到县环卫所工作，希望你在本职岗位上努力工作，维护好先进典型的荣誉，为舅婆和燕子坪增光添彩。还有，你长年在外面工作，肯定自由惯了，到单位后要安下心来，做长远打算。"卢志濂还给范家屯讲了越来越严峻的就业形势，说大学毕业生都不一定能进这类铁饭碗单位。他这样说的意图是让生性好动的范家屯珍惜机会，干好工作。同时，他还想提醒范家屯注意形象，不要吹牛，但话到嘴边还是没说出来，怕伤了这位长辈的自尊。

范家屯听了卢志濂官话后面的一席家常话，很是感动，他罕见地收起笑容，抿了抿大嘴，用右手掌捋了捋络腮胡，很庄重地说："部长，我还是叫你部长合适些。我是一个受苦人，卖气力的，这么多年一直在外面下苦力打零工，有今儿没明儿的，几次差点都没了性命。我在人前装模作样，假五作六，那是在自我安慰打气，其实我最清楚自己是一个啥样子。这次老先人积德积福行善事，让我沾了大光。你放一百个心，我会珍惜领导给的这个机会，用实际行动感恩组织，感恩老大人。"

说到动情处，范家屯和卢志濂几乎掉下泪来。这一刻，卢志濂才突然觉得，这位嘻嘻哈哈的表叔，还是很有内涵的。

三天后的清早，范家屯按时到环卫所报到上班。闻讯赶来的《渭川商报》记者，紧随着范家屯的脚步，来到信州大酒店门前十字街旁那个信县最大的垃圾台。范家屯手持一把长把子铁铲，抡开膀子，十分卖力地朝停在道边的垃圾车里铲倒垃圾。随行记者端起相机，啪啪啪一阵快门响动，道德模范之子范家屯的劳动场景被一一定格。第二天，《渭川商报》以一个整版，图文并茂，报道了信县给模范之子安排工作这一非同寻常的举措。

道德模范的宣传向纵深又迈进了一步。

其实，安排范家屯上班这件事只是一个小注脚小动作，更大更系统的举措已经开始启动。

就在前两天，信县县委召开常委会，其中一项重点议题就是趁势而上深化公民道德建设，创建诚信信县问题。此前，卢志濂在宣传部专门召开了信县精神文明建设指导委员会联席会议和部委会，就深化宣传和诚信信县创建进行了详细讨论，制定了工作实施方案。方案初稿形成后，卢志濂带上稿子，分别到王卓成书记和县长魏德平的办公室，当面做了汇报，信县这两位主官对方案称赞有加，都说方案提出的思路站位高，抓住了关键点，可以收到牵一发而动全身之效果，能为信县改革开放增添新动力。同时，王卓成和魏德平也就宣传创建活动如何与当前经济工作融合等问题，提出一些具体意见，卢志濂都一一吸纳到了方案之中。

县委常委会自然顺利通过了这个方案。不几日，信县县委县政府发出了关于在全县深入开展公民道德建设，奋力创建信用县的决定。

于是，一场声势浩大的创建活动，在信县这个五十万人口，四千平方公里县域面积上，掀起了巨大的波澜。

08

深化宣传活动分三大块进行,由县委宣传部主抓,卢志濂亲自调兵遣将。

第一块,组建公民道德建设宣讲团,全县巡回演讲。县文明办组织了一个写作班子,搜集整理信县近几年涌现出来的道德先进典型事迹。当然,这些典型是以最近发生的王平银先进事迹为统领的,因为只宣讲一个王平银,报告的内容似乎显得有些单薄,更何况公民道德建设囊括的范围比较宽泛,把其他类型的道德模范事迹框进来,可以形成信县道德建设的群体形象,树立一组高大上的道德标杆,向聆听报告的群众传递更多的信息和正能量。故而,宣讲团在确定宣讲主题时,除了浓墨重彩以王平银事迹打头和压轴外,还选择了见义勇为舍身解救落水儿童,孝敬长期瘫痪在床的公婆,靠打工微薄收入长期资助贫困学生上学,诚实守信艰苦创业偿还已故父亲所欠巨额债务等四个类型的典型。这样一来,就形成了信县本地版的道德模范系列,整理成形后便是很有说服力的乡土教材,用身边事教育身边人,应该有事半功倍的效果。这个宣讲方案设想一明朗,卢志濂自己都觉得很是振奋。

但这仅仅是一个纸上方案,要把这个设想变为有鼓动性的演讲还有两件事要做。首先是要挑几个文字功夫过硬的"写家子"深入人物成长地或故事发生地,深入先进人物家庭中去,实地收集采访,搜罗素材,创作演讲稿。卢志濂让信县文化艺术界联合会给他提供了一个"写家子"初选名单,这个名单上囊括了信县有写作特长的各色人物,有的擅长写新闻报道和报告文学,有的擅长写小说诗歌。卢志濂从中挑选了五位,作为五个专题演讲稿的主笔人,然后由这五位主笔分别物色写作组成员,限定二十天内交稿,所有参加采访写作的人员由县委宣传部向所在单位发函临时抽调。三天后,这五个写作班子的人员全部到位,卢志濂把他们集中起来,在信州大酒店开了一个安排会,设宴招待了一顿,五个组就精神焕发地出发了。

当日下午，卢志濂电话叫来县文化文物局女局长李白云，让她在文化和教育系统物色十个口才好善于演讲的青年，当然附加条件是气质形象俱佳。

李白云年龄三十五六岁，面容姣好白润，身材凹凸有致曲线明朗，性格开朗活泼，属于气质型美女，妖娆而不轻浮，张扬而有度。她年轻时是信县汉剧团的花旦名角，又是副团长，后来剧团因生存压力解散，转任文化馆馆长，因业务能力强，一步步干到了文化文物局局长这个位置。故而卢志濂在给李白云交代任务后又补上两句，女的就要找像你这样的，男的就要找像你家小周那样又帅又有才的。卢志濂所说的小周，是李白云的爱人周震南，现任洪州市歌舞团团长，与卢志濂是交往几十年的老朋友了。卢志濂每次见到留着潇洒大背头大鬓角的周震南，都要调侃一下："兄弟，白云那边我给你盯得紧得很，没事儿。"

李白云听清了。她放下刚才领受任务时的严肃，转而用她那双好看的杏仁眼，一脸怪笑盯着卢志濂，不停地轻轻颔首，还抿着同样好看的性感嘴巴，喉咙里哼哼了几声。卢志濂被她看得心虚，就迎着问："白云，你犯病啦？"李白云鼻子里哼了一声："你才有病呐，我问你，你一次抽调这么多靓女帅哥，该不是选美吧？这事儿弄不好，外面会说闲话，小雪姐也会产生误会的。"李白云说的小雪，是卢志濂的爱人李小雪，与卢志濂是洪州师院的同班同学，现在信县高级中学任语文老师，因为都姓李，与这个李白云以姊妹相称，二人的关系是闺蜜级。

卢志濂一听，就哈哈笑了："白云妹妹呀，你咋把这事儿给想邪了呢，我们抽人搞道德模范事迹演讲，这是县委常委会确定的正经事，文件都是公开的。演讲是一门艺术，不讲形象就吸引不了人，形象好才能使观众赏心悦目，容易接受我们的宣传，这是宣传工作的基本规律，规律如同纪律，也是要遵循的啊。"

卢志濂接着又对李白云谈了"稿子是软件，讲者是硬件"，一炮打响，争取到全市全省巡回演讲的宏伟设想。直说得李白云露出肯定的佩服的笑意，才收住滔滔不绝的话语。最后，卢志濂又以无比信任的表情和口吻，对李白云交代说："稿子已经开始整了，二十天后交给你。后面宣讲团的事就交给你了，都由你全权负责。抽人的事儿由你把关，人抽拢后先集中起来搞几天培训，演讲是门艺术，这方面你是专家权威，如有必要可以去市上或者省上请专家来指导，这些都由你定，我负责保证经费。"

话已至此，李白云表态说："没问题，我尽力。"就起身扭着漂亮的身段，踩着高跟鞋，叮克叮克走了。

一天之内，安排妥了两件大事，卢志濂感到一身清爽。送走漂亮的李白云，卢志濂很自然地想到漂亮程度不亚于李白云的老婆，他看了看手表，应该到了下课时间，就拨通了李小雪的手机："老婆，我下午回去吃饭！"

宣传上的第二块，是策划编排一台公民道德建设专题文艺节目，在全县巡回演出，进村组、进社区、进学校、进工厂，用群众喜闻乐见的形式感染人，教育人，塑造人，以达到潜移默化、润物无声的功效。这项工作需要专业团队来做，讲求艺术性和思想性的完美结合。为落实这件事，卢志濂叫上分管文化艺术事业的副部长，专程去了一趟信县风雷艺术团，找艺术团团长李大年进行深度沟通。

这个风雷艺术团是个民间演出团体，已组建运转了五六年时间。它的演员班底，是信县职业技术学校毕业的两期艺术专业学生，创作团队是原信县汉剧团退休的老编剧、老演员、老作曲、老舞美。这"四老"加上年轻的演员队伍，这个艺术团的阵容在洪州各县来讲还算得上强大，在汉南一带也有一定的名气。平时除了承接信县各系统单位各企业的订单式演出外，还经常代表信县参加全省全市的调演，当然这些都要依据节目的大小、时长和难度付费。也就是说，这是一个完全市场化的演出团体。这个艺术团之所以能在市场很狭小的信县存活下来，甚至表面上红红火火，风风光光，主要得益于有一个好团长李大年。

李大年身材高大，蓄着很有艺术家气质的大背头，平时爱穿一身咖色的高档唐装，急性子，走路快，处事果断。他从音乐学院毕业后进入信县高中教书，后来由于学校音乐课经常被其他课挤占，无法施展专业才能，一气之下跳槽去了县文化馆，从事群众文化辅导员工作，后来当上了馆长，过了几年，又提拔到文化文物局任副局长，退休后就牵头组建了风雷艺术团。用李大年的话来说，我不图名、不图利，完全是出于对文化的热爱，对文艺人才断茬的担心，才组建和极力维持这个摊子的。

事实证明，这个整日为艺术团一大摊子人发工资而发愁，急急慌慌奔走的李大年确实没有说假话。卢志濂亲自上门找李大年商量道德建设专项演出，是出于对这位退休不退岗的文化界元老级人物的敬重，也有虚心向专业人士请教的意思。按照工作职责分工，这个风雷艺术团的主管部门是文化文物局，县委宣传部只需要向文化文物局说明一下，再由文化文物局具体安排即可。但是，这次的演出任务太重要了，时间紧得很，不容按部就班。当然，还有一个众所周知的原因，李大年是文化文物局局长李白云的哥哥，妹妹怎好意思指手画脚指拨哥哥呢。更何况，李白云已经领受了宣讲团的重任，卢志濂怎么忍心给这位他很是欣赏的美女局长再压担子呢？

风雷艺术团的办公地址设在信县老城滨河路的一座旧楼里。这是一座建于20世纪70年代的青砖老楼，原来是信县地方国营副食品公司的办公场所兼营业部，十年前公司改制为全员持股的股份公司，勉强经营了几年，受大市场的冲击，加上老城区人口外迁，就停业解散了，留下了一栋空楼。李大年图便宜省钱，就以很低的价钱租了下来。在一楼大厅开办了一个乐器店，这个店子填补了信县无乐器行的空白，生意还挺不错，用李大年的话来说，这是"以文养文"。

卢志濂和副部长来到楼下时，李大年已提前下楼站在门口迎接。李大年领着他们先参观一楼的乐器行，中乐西乐、吹拉弹唱各式乐器琳琅满目，还有信县民间最常用的锣鼓唢呐之类。卢志濂连连点头："品类这么多这么全，证明我们信县文化活动搞得很活跃，李老师你是领头羊啊。"李大年听到表扬很是兴奋，不知不觉也用表扬回敬了一下领导："这是卢部长正确领导的结果啊。"

接着上二楼看排练室。排练室足足占了三间房，天蓝色塑胶地面，这种塑胶地板在信县很是少见，卢志濂出差时在飞机场的候机厅见过这种又光又软的东西。排练室一侧的墙面是整幅的镜子，高度及腰的练功杆绕了屋子墙壁一圈，排练室的隔壁还设有一间更衣室。李大年很是骄傲地介绍说，我这个排练室是按省歌舞团的标准设置的，在洪州数一数二，这是艺术团的核心部位，一点也不能将就。接下来李大年又把卢志濂领到二楼顶头的一个房间，这是艺术团的荣誉室，里面陈列着风雷艺术团的演出剧照、场景照、合影照、获奖照和各类获奖证书、牌匾，还陈列着艺术团自创自编的剧本，林林总总，琳琅满目。卢志濂又是一阵发自内心的称赞与表扬。李大年更是兴奋得不得了。

这一圈看下来，卢志濂和李大年心中都有了底。接下来在李大年办公室，双方的交谈便始终充满了信任、融洽和默契，可谓一拍即合，高度一致。

李大年最后爽朗表态："以最好的剧本、最强的演出阵容、最高水平的编导、最佳的舞美设计，为信县老百姓奉献一台精神大餐！"

宣传方面的第三块工作，是让信县在全国人民面前亮亮相，借题发挥，提高信县的知名度。这个事儿太大，县内没有人能拿得下来，需要动用信县在京城的人脉。设在京城里的国视农业频道开办有一个以"三农"即农村农业农民为主题的节目，名叫《乡之约》，拍摄的地点都选在全国各地的农村一线，乡土气息浓厚，收视率越来越高，知名度越来越大。卢志濂寻思，若能争取在信县拍摄一期《乡之约》，那就会形成巨大的宣传效应，犹如动画片里"光头强"砍树，一定会事半功倍啊。

卢志濂把这个任务交给了信县电视台台长孙伟，要求他动用关系搞定此事。孙伟满口答应，说尽快疏通联系。

几天后，孙伟兴冲冲来到卢志濂办公室，说已经联系好了。卢志濂感到很意外："这么快就说好了？"孙伟告诉他："有一个信县老乡从部队转业后，在国视体育频道工作，是一个栏目的组长，混得不错，也一直想给家乡做点事。这次一听说我们想请《乡之约》，他就马上去找《乡之约》那个黑胖黑胖的大嘴主持人，原来他俩是关系挺铁的哥们，这事儿就这么成了。"

孙伟说："但人家有条件，节目制作拍摄的时间定在一个月以内，同意以新时期公民道德建设为主题，需要我们物色露天舞台的地点，他们把关。演出部分由我们负责编排节目，他们把关。访谈和其他外景拍摄由我们拿方案，他们把关。节目组接待按惯例由地方负责，未尽事宜，说是后面随时与我们沟通。"

卢志濂对孙伟说："这些都是我们的分内事，你尽快拿一个配合《乡之约》拍摄工作的方案，然后我来开个协调会，把任务分解下去。"

09

一个月时间很快过去了。卢志濂推进的宣传工作三件事都有了眉目，在按预定的方向运转。

公民道德建设宣讲团组建后，经过半个月的强化训练和试讲，达到了可以脱稿、声情并茂、收放自如、技巧娴熟的程度，AB两组人马旗鼓相当，齐头并进。在一次简单又热烈的壮行会后，宣讲团兵分两路，由县委宣传部两位副部长分别带队，按照县委县政府两办文件的分工，精神抖擞奔赴信县各乡镇开始巡回演讲。之所以派出两支队伍分片演讲，卢志濂认为AB两支演讲队伍士气都旺，要趁势而为，只用一支会损伤另一支的积极性，不如一齐出动，既能提高效率，短期内在全县形成轰动效应，节省时间，也有让AB两队摆擂台的意味。

公民道德建设专场文艺节目的脚本创作，由风雷艺术团创作组几位资深编剧突击了十天完成初稿。李大年拿着脚本找卢志濂征求意见，卢志濂叫来县文明办专职副主任邓杰，三人坐拢，李大年把脚本上所列十五个节目的创作意图、内容梗概逐个介绍了一遍。

这台名为《德润汉江，诚信信州》的综艺节目，以大型联唱歌伴舞《春意盎然》开场，下分仁、义、礼、智、信五个篇章，包括群口快板、话剧、汉剧、独唱、合唱、舞蹈、相声等各种表演形式。从节目的内容、表现形式和篇章的设计看，李大年真是下了一番功夫，特别是五大篇章的设置，体现了李大年对儒家文化伦理道德构建途径的理解，对以"四端""五常"（仁义礼智信）为核心的圣贤之道的整体把握。十五个节目中，有一首李大年亲自作词作曲的美声独唱《巴山颂》，词曲风格和演唱方式是颂歌式的，吟诵的对象是王平银和她拾金不昧的事迹。李大年为了让卢志濂和副主任对他的得意之作有直观的了解，就关起房门，声情并茂、手舞足蹈唱了一遍。歌曲中有段被反复咏唱的音节"王平银啊，王平银，你这光荣的名字，你这光荣的名字！"风格上有歌颂领袖人物的意味，显得有些夸张，但整首歌曲确实有一种气势，应该是整台节目的点睛之笔，卢志濂稍作迟疑，还是点头称好了。他寻思，在县内巡演，应该不会有人戴着有色眼镜专意挑刺，即使有人挑刺，他也有理由应对，越是平凡，更显其伟大啊。

对于仁义礼智信五个篇章的名称，卢志濂思考再三，最后他建议，前不久中央颁布了"社会主义核心价值观"，这是新时期精神文明建设的统领，五个篇章的内核维持原样不变，但标题还得讲政治，尽量朝社会主义核心价值观相关内容上靠。李大年毕竟做过多年部门领导，一听就明白，连称有道理，这样好。节目内容就这样敲定下来，卢志濂要求尽快进入排练，约定十天后，组织文化口有关人员并邀请洪州市委宣传部、市文化文物局专家观看彩排，验收节目。

十天后，在信县影剧院，卢志濂与市县有关人士一道，观看了风雷艺术团的公民道德专场文艺节目彩排，并请与会领导和专家进行了点评，领导和专家总体上给了充分肯定，对表演的个别细节进行了指点。大家一致认为节目思想性艺术性比较高，感染力较强，是一台高质量的节目，可以正式公开演出。三天后，首场演出在信县县城中心广场举行，卢志濂主持首演仪式，县长魏德平讲话，县委书记王卓成宣布信县公民道德建设大型巡回演出活动正式开幕。一时彩带飞舞，彩球升腾，台上台下一片欢腾。

《乡之约》节目拍摄方案经过信县电视台与国视《乡之约》栏目组两轮沟通，终于敲定。不几日，国视派来两位先遣人员到信县实地沟通对接。最后把外景地点确定在老城之下靠近汉江的大沙滩上，舞台背景是古色古香的老城，观众背后是碧波荡漾的汉江和汉江对岸的绵绵群山。节目内容编排上，安排有信县名优土特产的展示，展示的方式是嵌入式的，就是把产品巧妙地植入说唱节目，以村姑模样伴舞者轮番跑场的形式呈现。有邀请王平银出场的专项访谈，以及紧随其后的颂歌式歌伴舞。其中，风雷艺术团正在巡回演出的几个节目被选中，直接搬了过来，让李大年高兴得不得了。周震南的洪州市歌舞团几乎全员参与，自称是拿出了看家本领，承担了一大半节目。

半个月后，接近春夏之交的时候，《乡之约》节目如期在汉江江畔录制，信县党政人大政协几套班子全员出席。由各机关和社会各界组成的若干个观众方阵，衣着光鲜亮丽，人手一面小旗，精神焕发参与录制，在领掌人的指挥下，大家的手都拍红了，但表露出来的喜悦是真诚的。王平银身穿范家屯特意买来的新衣服，花白的头发也特意在美发店打理了一下，整个人显得很是精神。在接受那个大嘴主持人采访时，回答话语很是朴实得体，赢得了阵阵掌声。当然，这得益于演出前两天反复的交代和模拟。

演出和录制取得了圆满成功，卢志濂作为活动总负责人差点累得休克，但心里别提有多高兴啦。他上任短短的半年，竟然使默默无闻的信县走向了全国，赞誉羡慕嫉妒恨一齐涌来，得意洋洋间，卢志濂也本能地产生了一丝警觉。

一周后，这期《乡之约》在国视农业频道晚上黄金时段播出，信县上下都提前接到县委县政府两办通知，组织干部、职工、农民等进行了收看。

系列宣传活动如火如荼，收效明显，好评如潮。道德模范的潜移默化作用看不见摸不着，但你又能从信县人的精气神和言谈举止中明显感觉到某种变化，精神这种东西就是这么神奇。

其实，这些宣传都是面子，卢志濂最在意或者说信县县委县政府最在意的，是公民道德建设对经济社会的直接推动作用。这些都在卢志濂所掌管的宣传部给县委提交的计划之列。

这方面的动静挺大，只是收效来得稍迟一些。相对于宣传方面的红红火火、立竿见影，对经济社会方面的推动作用比这要复杂得多。

见效比较快的是招商引资。王平银拾金不昧事迹因招商大会而起，受惠最大的也是招商。信县招商大会一个半月后，洪州市主办的汉江文化艺术节暨大汉江经济贸易洽谈会开幕。信县作为洪州的第一大县，自然风光一时，收获满满。但是由于距离信县前不久举行的招商大会太近，新项目筹划数量有限，故而这次洽谈会签约项目，多为信县招商大会所签项目的翻版。信县的目标已不在此，他们这是要铆足了劲，到省城渭川去搞大动作。

又过了一个月，中国西部地区国际贸易博览会在渭川城隆重举行。

信县借助前一段时间王平银拾金不昧事迹大宣传积攒起来的名气和美誉度，在大会上打出了"诚信之乡投资热土"大幅标识，策划推出了一批重量级的招商项目，县委书记、人大常委会主任、县长、政协主席四套班子主官全部出席。精心挑选的十位招商形象代言美女，个个身材高挑，身着影视剧中杨玉环式样的贵妃服，独特的形象引发大量围观。敏锐的《渭川商报》记者现场采访后，在报纸上发了一个整版报道，配发极具视觉冲击力和柔性杀伤力的图片，引发渭川好奇的群众纷纷购票，挤进被围得水泄不通的信县展位，一睹汉南美女的风韵。

省政府分管招商工作的副省长吴波涛，在巡视各展位时，在信县展台处专意多停留了十分钟，对信县主打"诚信牌"给予了肯定，并在现场即兴讲了一段话，强调诚信是一个地方的核心竞争力，人人都是投资环境，信县招商工作抓住了关键，等等。吴副省长的一席话，使在现场陪同的王卓成书记高兴得直搓手。副省长讲话时，迎面一溜站立着来自信县的"杨贵妃"，其中站在中心位置的一位"贵妃"，凤眼骨感，袅袅婷婷，一直在领首微笑，似乎在不停地鼓励表扬副省长，副省长似乎很受感动。临别时，吴副省长笑指这位"贵妃"对王卓成说："这么靓丽，你能确定她不是褒姒吧？"随即哈哈大笑。王卓成脑子反应还算快捷灵敏："当然不是啦，领导明鉴，我们这是清一色的温良恭俭让。"

副省长说的褒姒，是导致西周灭亡的"烽火戏诸侯"的始作俑者。多亏王卓成粗中有细，平时还读了些书，不然还真对付不了副省长这不大不小，却深有寓意的玩笑。

信县在省城博览会上大出风头，招商项目上也收获颇丰，远远超出了预期。其中的大项目计有与省内国企巨头西河铅锌矿业集团签订的年产二十万吨铅锌锭冶炼项目，与香港亿发集团签订的库河梯级水电开发项目，与西河巨峰集团签订的信州大道房地产开发项目，与希尔乐酒店管理集团签订的新建五星级酒店项目，与上市公司西河建材巨头渭北集团签订的年产二百万吨水泥项目，与江苏环宇生物科技集团签订的黄姜皂素提取加工项目。并且，这些大项目签订的都是正式协议，就是说可以马上付诸实施，而非那些拿来凑数的镜中花、水中月式的意向性协议。其他中小型项目也林林总总签了一大堆，总投资达到了六十亿元，位居全省县级之首。

与招商引资不可同日而语，村民自治工作推进得就比较缓慢了。

实施这项乡村建设的"强基"工程，是卢志濂向县委提议的。按照卢志濂的设想，全县村民自治工作已经有了现成的模板，这就是他几年前在云口镇搞的那个模式，完全可以原样复制。但是他又明白，这个话不能从自己的口里出来，因为他的前头，有四大家一把手，有党政口的常务、常委一大帮排名在前的上级，作为排名倒数第一的县委常委，他还不具备那么大的口气和能量。况且，村民自治的主责部门是县政府所属的民政局，所涉及的基层组织建设职责在县委组织部。如此琢磨了一阵子，卢志濂在从云口镇带回来的故纸堆里，找出云口镇党委政府当初制定的那个村民自治工作方案，掐头去尾复印了一份，交给宣传部办公室主任小潘，让他把云口方案翻造成信县的方案，上报县委常委会。

常委会上，大家对这个方案几乎没提什么意见，就一致通过，并很快以县委政府两家名义联合发了文件。文件发了，也只是一个文件，工作上并没有什么动静。卢志濂仔细一打听，感觉脑袋里黑血直往上冒。

原来，《村民委员会组织法》虽然已颁布几年了，但许多人听过没学过，更谈不上领会了。农村治理仍在延续过去的整顿整顿再整顿，循环往复以至无穷的模式。负有主抓责任的民政部门，对这项工作没思考没安排，根本没有上手，直到县上发了文件还在等待观望。乡镇一级也在按惯例等着县里开会布置，自然也没有什么动作。县委常委会上那份卢志濂提交的村民自治工作方案，之所以通过得异常顺利高效，那是因为除卢志濂外，其他与会者都不清楚这项工作，更谈不上开动脑筋研究了。

据说，还有人拿到那份方案，小声在那里嘀咕："嘿，原来还有这么一部法律呀。"

第三章

10

卢志濂还是忍不住找了县委书记王卓成。

他向书记报告说，公民道德建设是一个系统性工程，需要各方联动才能形成合力，尤其是村民自治和居民自治，是基础性工程，属治本之策长效机制，应趁势而为，把这个管长远的制度建立起来。目前这项工作动静不大，疲疲沓沓，说到底还是认识不到位。他建议县上开个专题会再安排一下，然后再搞一次督察，最好能列入年度考核，这样就能把"螺丝"拧紧。

王卓成听后哈哈一笑："岂止是疲疲沓沓，根本就没有动。原因除了你说的认识不到位外，关键还在于这是一场涉及权利重新配置的重大改革，当然会有阻力啦。"

"噢！"卢志濂很是惊奇。

"你看，按照村民自治方案，村上的重大事务都要经过村民讨论，习惯于个人说了算的村干部愿意放手吗？村级财务开支都要经过村民，公开透明，接受村民监督，前一段各乡镇还在推行村财乡管，权力上收，乡镇愿意下放这个到手的权力吗？一切事情由村民说了算，习惯于强迫命令的各级干部能习惯吗？"

卢志濂没想到书记把这个问题研究得这么深，这么透。听了王卓成的分析，他还是不明白书记是支持呢还是反对呢，就接过话茬说:"村民自治的前提是坚持党的领导,党组织始终是村级的领导核心,村民自治是强化党的领导,而不是削弱党的领导。"

"是的,志濂你说的完全对。我们就是要提高站位,以改革的精神强力推进这项工作。"王卓成不愧是资深领导,站得高看得远,底子清情况明。

过后卢志濂才得知,王卓成前不久责成县委政策研究室对村民自治工作进行了专题调研,汇集了相关政策、历史资料和全国各地的最新动态,针对信县实际提出了若干条工作建议。所以才有了明察秋毫、高屋建瓴的一番高论。

王卓成接着说:"村民自治这个事我了解了一些情况,包括最近珠三角那边因村级换届舞弊引发的极端事件。从全国总体情况看,发达地区由于经济发展快,集体经济体量大,村民要求自治的愿望强烈一些,村民自治的动力很足,推进得快一些。像我们这样的落后欠发达地区,集体经济基本上是空壳,主要劳动力都外出打工了,屋里留下来的多为3861部队(指妇女和儿童),自治的愿望就弱一些,但这也不能成为不落实村民自治基本政治制度的理由和借口。基于这种现状,我慎重考虑了一下,也与德平县长、人大的常主任、政协明主席进行了沟通,计划借这次全省即将开展的农民教育活动,把村民自治这项工作掺进去,当作教育活动的重点内容。这样做,可以使农民教育活动避免空对空,也可以通过新机制的建立,给村上留下一支永不走的工作队,达到标本兼治。你觉得怎么样?"

开展新时代农民教育活动,中央和省上已经发了文开了会,主抓部门是各级党委宣传部,卢志濂最近正在学习相关文件,思考如何向县委提交工作方案呢,看来王卓成早就提前谋划了。

"这样安排非常妥当,两项工作可以有机融合,相得益彰。"卢志濂很认同王卓成的思路。同时,他觉得这样一来,村民自治工作的主导者就从鞭长莫及的民政部门转到了宣传部,他便可以无顾忌地推广云口镇的那一套经验,实现心中那个现代"乡约"的想法了。

王卓成继续讲:"有两点要特别注意。农民教育的目的是塑造新时代新型农民,就是通常讲的有觉悟、有道德、有知识、有技能,这是农民版的德才兼备新标杆。还有，村民自治在赋予权利的同时，要在如何培育集体观念，强化对村民的约束上下功夫，当前有些地方公益事业办不起来，一味等靠要，个人至上，道德滑坡，胡搅蛮缠，大操大办穷折腾搞浪费，环境脏乱差等，都是因为没有起码的约束。现在的农村，有民主欠缺的问题，也有集中不够的问题，要综合施策施治，这样才能一枪中的，靶向治疗，根除病灶。"

王卓成的这一席指示，犹如拨云见日，卢志濂一下子觉得心里敞亮了，思路也清晰了。

卢志濂按照王卓成的指点，动了一番脑筋，把书记最后着重强调的"两点"转化为两项工作举措。

培养"四有"农民，不能空口白牙，或者靠手舞足蹈的形体语言，要有教材。于是，由宣传部牵头，相关职能部门参加，编写了一套包括信县历史沿革、红色文化、地理资源、民歌民舞、先进人物、新风良俗、经济发展、实用技术、常用法规、办事指南等主要内容的乡土教材，分为十册，全县户均一套，共印刷发放了十二万套。从县乡干部中抽调了三百多名干部，作为派驻各村的教员，随即搞了一次大型教员培训。这三百个"种子"随后被撒向大大小小的村落。

这个全民学习的举动，颇有梁漱溟当年搞乡村建设试验时大办"乡治学校"的意味。由于这个自编乡土教材不同寻常的举措，信县农民教育活动受到了省级表彰。

王卓成所说的加强村民的道德规范和约束，卢志濂一听就明白，这不就是村规民约吗？在信县，村规民约不是没有，而是太多了，你随便去一个村，都可以在村部办公室里看到这个东西。只是全县所有村的村规民约长得都是一个样子，条文几乎雷同，也没有经过村民的讨论，这纯粹是应付上头检查的产物，形同一张废纸。

如何提升村民的道德水准，形成自我教育、自我约束、自我提高、自我监督的新风尚新机制，这是一个大课题，卢志濂自然想到了古人的智慧，特别是历史上影响深远的蓝田吕氏乡约，德业相劝、过失相规、礼俗相交、患难相恤，这些乡约内容至今仍有借鉴价值，积极健康的内容可以照搬，属于封建糟粕的弃之不用。当然更重要的是，现时的村规民约要体现新时代的要求，踏上上级提出的构建和谐社会、弘扬社会主义核心价值观的步子，同时要因村制宜，反映本村实际，解决道德失范中的突出矛盾。

虽然有云口镇的现成经验可资借鉴，但毕竟过去了几年，情况在不断变化，卢志濂还是盘算着选择一个村，搞一个试点，试点一结束，这个点马上就摇身一变成了示范点。试点村就放在卢志濂的联系乡下属的包抓村——鹘岭乡留侯村。

这个试点，卢志濂决定亲自上手。

说干就干。在向王卓成汇报征得同意后，卢志濂提前一天与鹘岭乡党委书记齐腾飞通了电话，告诉他县上要在留侯村搞农民教育试点，重点是抓村规民约制定与实施。鹘岭是地处后山的一个小乡，平时像试点这类在全县出头的事往往轮不上，这次轮上了，自然乐意得很，齐腾飞在电话那端连连感谢，表态一定全力配合。

第二天早上，卢志濂带着文明办主任、县委政研室主任、县民政局分管副局长、县委宣传部两名联村干部等一帮人乘车朝五十公里外的鹘岭乡赶去。

信县的北部，横亘着一座东西走向、绵延一百多公里的大山——鹘岭。在南宋与金朝对峙的年代，鹘岭曾是宋金的分界线。更久远些，汉朝的开国功臣，号称智圣的张良，功成名就后曾在此山辟谷隐居，留下了一大堆历史传奇。从那以后，鹘岭区域内便有了与张良挂钩的众多地名，让你不得不相信，那位当年策划在博浪沙给秦始皇致命一击的韩国贵族公子，后来辅佐刘邦成就大业的谋略家，真的来过这里。

鹘岭乡就处在鹘岭的南麓。一条发源于鹘岭东部地下溶洞的水洞河，自东而西，从鹘岭乡中间穿境而流，最后注入库河。鹘岭乡政府就坐落在水洞河中游河岸边的一块开阔地上。与张良有关的留侯村，还远在鹘岭的主峰之下，一条南北向的大沟里，与乡政府有十五公里的距离。这是一个典型的深山村。

在乡政府短暂停留接头后，卢志濂一行在齐腾飞等人陪同下，通过曲曲折折、坑坑洼洼的通村路到了位于这条沟垴的留侯村。这里已经到了鹞岭主峰的脚下，整个村子像是平铺在鹞岭半山腰的一块彩色毯子，平展方正、五颜六色。搭眼一看，你就会明白如此偏僻之地，却有人愿意世代相守，不搬不离的缘由。

这年年初，鹞岭乡被确定为卢志濂的联系乡后，他到鹞岭乡对接工作时，去过留侯村一次。这次又在车上看了乡上提供的留侯村村情书面材料，对这个村的情况有了大致了解：全村二百五十户，一千一百人，耕地一千六百亩，林地六千亩，以玉米、洋芋、烤烟为主要作物，经济收入中以外出务工所得为大头。全村有张王李三个大姓，分别自称是张良、王莽、李世民的后裔，早年躲避战乱隐居于此，都有着高门大户的自豪与自信。三姓长期相互通婚，亲戚套亲戚，相处还算融洽。

按照事先计划，卢志濂今天先要随机走访几户农户，然后在村委会开座谈会。此时节令已接近立夏，时间已到了上午，农民大多在地里伺候庄稼，给早包谷锄草，给烟叶施肥，给刚出土不久的洋芋秧子浇水，忙得不亦乐乎。走访只能因户因人而异，站在路边田边就攀谈上了，也走了几家没有上工或家里有人的农户，时间不长，户数有限，但对留侯村的村容村貌、经济状况、居家环境、人的言谈举止以至精神状态有了总体印象。

简单用过午餐后，提前接到通知的村组干部、党员和群众代表陆续来到村委会会议室，人到齐后开始开会。齐腾飞先讲明来意，县文明办主任邓杰就试点的目的意义、工作重点、方法步骤、组织领导、注意事项等做了讲解，算是搞了一个动员，然后就把时间留给到会的留侯村群众，让他们畅所欲言提建议。

按照卢志濂的意思，村民发言可以不受试点所列范围的限制，凡是属于留侯村的大事小事，集体的、家庭的、个人的都可以敞开说。

集体"吐槽"随即开始。

"通村路急需要硬化，坐车骑车弹得腰疼。"一个张姓中年人抢先说。

"买东西太不方便了，来回走几十里路，能不能在村上扶持开个小超市。"一个王姓年轻小伙子说。超市这一段时间在信县县城刚刚兴起，这个小伙子显然已经体验过超市购物的自由与便捷。

"我们村离变压器远，电量不足，电灯忽明忽暗，忽闪忽闪，更带不动电磨，能不能把电网改造一下？"一个李姓妇女说。

"我们村山林面积大，山上五倍子到处都是，上门收购的贩子把价压得很低，我们不懂行情，卖出去了才知道上了当，但离开贩子又不行。真是年年都上当，当当不一样。"一位已经卸任的老干部说。

"我们村人多地少，产业上除了两三百亩烟叶，还谈不上有啥硬扎的东西，收入增长没路数，与外面差距大，说来说去还是个穷村，贫困户也不少。有几个吊庄子户（指远离庄院的独居户）恓惶得很，住的还是茅草棚棚儿，上山身上穿的是烂筋筋儿，吊罐里煮的是稀糊糊儿，下山杵的是柴棍棍儿，扯的是草根根儿，要吃一顿纯糊涂儿，还得等娃子他舅舅……"这个性格开朗幽默的男子还要再说下去，突然发觉坐在斜对面的那个小名叫"喜娃子"的村支书张长喜瞪了他一眼，就戛然而止，闭上了嘴巴。

卢志濂见状，怕打击了大家发言的积极性，就用和蔼的口气说："没事的，都是自己人，想到哪说到哪，文明建设方面的事也可以说。"

齐腾飞接住卢志濂的话，连连说："放开讲，放开讲，家长里短鸡毛蒜皮都可以说。"

11

随即，座谈会的风向开始有所转变，"辣味"也越来越浓。

"有一个问题村上应重视一下，搞林地确权的时候，各家各户的林地界畔已经很清楚了。但有些人就是爱'舍远求近'，占便宜，偷砍别人家的柴，经常闹纠纷。"一位老党员说。

"我们村是后山村，过去有打猎的习惯，十几年前那个叫壮娃子的用猎枪打死了一只金钱豹，把皮子以三十万卖给了一个广东人，后来让公安知道了，壮娃子被判了十五年，现在人还在监狱劳改呢。但是有些人到现在还不吸取教训，偷偷下套子，挖陷阱逮黄羊、麂子，胆大的还套野猪，偷偷卖钱，这是违法犯罪啊。"另外一位老党员说。

"我们这里几个庄院，环境卫生太差，猪圈牛圈人圈都盖在人面子上，猪粪牛粪到处都是，各家的脏水乱排，恶煞（垃圾）乱倒，到了夏季，臭气熏天，苍蝇、长嘴佬（蚊子）大得能吃人。"一个中年村民说得有些激动。其实这种情况卢志濂在会前走访时，已有切身感受。

"有的人是忤逆材（不肖），分家另过不经管（赡养）父母，让人实在是看不下去了。"一位退休回村的老教师说。

这个座谈会还专门邀请了留侯村籍已经退休的几位老干部、老教师、老职工参加，这些人算得上是现代的"乡贤"。

有一个村民小组的组长清了清嗓子眼，稍作迟疑，开口说："有个小事，实在有些难以启齿，但好像不说又不行，不说不好。其实大家都心知肚明，就是谁也不捅破这层纸。"

这个组长还要再啰嗦铺垫下去，性格直率的支书喜娃子就冲着他说"你有话就说，有屁就放！"组长就接着说了："我们这里过去大凡小事红白喜事随礼只送一副豆腐，一升小麦或者包谷，后来演变为送二十或三十块钱，现在都涨到了二百甚至五百，还有一千的，有的户一年送礼就得两三万，哪来的那么多钱，有的还贷款送礼，简直是死要面子活受罪。我之所以把这个事挑明，不是因为我的大人都过世了收不成礼了，而是觉得农户这方面的负担过重，这不是上级加给我们的，是我们自己自找自讨的，应该管一管了。"

组长这么一讲，顿时像捅了马蜂窝，踏了蚂蚁搬家的队伍，朝平静的水面扔了一块大石头，与会者纷纷发言，七嘴八舌：有的人为了收礼，一年过阴历阳历两次生日，逢六逢九必过；有的死了娘老子，过了五期过百天、头周年、二周年、三周年年年过，没完没了；考学过、当兵过、生娃过、盖房、圆料（做棺材）、固井（挖坟穴）等，巧立名目，过得收得不亦乐乎。

卢志濂听了一会儿，就插话说："这种现象，应称为恶习陋习，据我了解，在全县有普遍性，甚至在县乡单位也有蔓延，确实成了一大公害，要下决心解决它。"这样大家才结束了这一波热议。

接着，卢志濂以主动提问的方式，又了解到一些情况：村上这几年几乎没有开过群众会，也没有建立村民代表制度，村上事务由几个村干部开会决定，也谈不上搞村务公开，也没有制定村规民约。村级民主仅仅体现在三年一次的村委会换届选举上，这届班子已连续干了三届，平均年龄接近六十，年轻人都出去打工了，也没有有意加以培养。

卢志濂觉得情况掌握得差不多了，就让乡党委书记齐腾飞先谈一些意见。

敦实的齐腾飞清了清嗓子，不住地绞搓着他那双平放于桌面的胖手。看来刚才村民的直率发言，让他在县级领导面前有些尴尬。故而他说话声音略有低沉：

"今天卢常委卢部长不辞辛苦，深入鹊岭最边远的村，亲自主持村民自治试点，这体现了县委对鹊岭乡工作的高度重视和关心。刚才，卢部长在实地走访农户的基础上，召开座谈会，认真听取大家的意见，这体现了卢部长亲民爱民、扎实过硬的工作作风，为我们树立了榜样。我们要在卢部长领导下，在县直部门各位的帮助下，抓住机遇，全力搞好这次试点，争取一举扭转留侯村的被动局面。"这个齐腾飞十余年间曾辗转四五个乡镇，由副镇长干到书记，久经锻炼，说话很是得体，能抓住重点。

齐腾飞接着话锋一转，面对坐在身边的卢志濂欠了欠身子："首先我要向领导检讨，留侯村的工作没有做好，我有很大的责任。我从小寨乡调来鹊岭已有半年，来留侯村次数屈指可数，具体村情掌握不准不全，对村上工作帮助指导很不得力，在今后工作中要吸取教训，努力改进提高。所好的是，有基层经验非常丰富的卢部长联系包抓、高水平指导，我们鹊岭的工作，留侯村的工作一定会克服困难，步入一个全新的发展阶段。"

齐腾飞喝了一口水，接着说："留侯村目前存在的问题，是贫困地区农村改革遇到的普遍性矛盾，农户在解决温饱后，由于缺乏有力有效的组织，收入徘徊不前，村民集体观念淡化，行为缺乏自律和监督，淳朴民风渐行渐远，人居环境不佳。这种现状暴露了我们对农村改革的深层次问题认识不足，推进农村改革的力度不大，基层组织建设抓得不紧。这次卢部长亲自挂帅，深入留侯开展深化改革试点，解剖留侯这个麻雀，对留侯村讲是一场及时雨。我们要深入查找影响留侯村发展进步的障碍和问题，以改革的勇气抓好问题整改，在此基础上建立新的机制，把党和国家关于村民自治的政策落到实处，努力向全面建成小康社会目标迈进。"

齐腾飞不久前参加了省农办组织的"深化农村改革，全面迈向小康"的专题培训，对新世纪前二十年实现全面建成小康社会目标，以及农村改革的大政方针是了解的。学习结束回到乡上又做了一番调研思考，组织乡班子进行过讨论，所以说到这类话题，很有见地，显示了一定的水平。从卢志濂的频频点头和赞许目光中，他暗自对自己的发言有些得意，这也在一定程度上抵消了众多"吐槽"给他带来的尴尬。

齐腾飞以"发言不妥之处，敬请卢部长批评指正"的客套话结束发言。紧接着声音提高了八度："下面，让我们用热烈的掌声，欢迎卢常委卢部长做指示！"

卢志濂侃侃而谈。

"今天，我们来到群山环绕、满眼绿茵、历史悠久、文化底蕴丰厚、大名鼎鼎的留侯村，看了庄稼长势，走访了一些农户，刚才又用了接近两个小时听取了村情介绍，对留侯的情况有了初步的了解。感谢大家对我们的信任，讲了许多大实话、真心话。这说明，留侯村的村民具有很高的政治觉悟，对留侯村充满了热爱，对留侯村的发展充满了期待。"

接下来，卢志濂谈了对留侯村的印象："通过走访座谈，我觉得留侯村虽然是个后山村，但整体条件还是比较优越的，气候湿润，背靠鸭岭大草甸，森林覆盖率高，山林面积大，土地平坦耐旱，出产的洋芋、五倍子远近闻名，这里野外放养的肉牛，因独特的喂养环境十分走俏。最为可贵的是，这里的村民非常勤劳，地无闲土，人无闲人，庄稼地里无荒草，自家屋里干净利落。我还听说，你们村的三大家族的先祖都是显赫无比的人物，大家都是名门之后，每个家族都有良好的家风家训家教传承，这也是一笔宝贵的精神财富。总体来看，留侯村的潜力很大。"

卢志濂首先对留侯村的优势进行了充分肯定，目的是消减一下村民"吐槽"对与会者产生的负面情绪影响，调动起大家的积极情绪。他讲完这段话，有意无意间用余光扫了不大的会场一圈，果然发觉与会的村民和乡村干部的神态悄然有了变化，眉眼舒展了许多。

卢志濂刚才的话中提到的鹘岭大草甸，是留侯村人司空见惯而常常忽略的一个优势。

这鹘岭山长得很是奇特，南北两侧都是壁立的陡崖，只有几道峡谷可以攀登通顶。山顶并无峰，而是方圆几十公里的高山草甸，远远看去，这鹘岭山就像是一只巨臂托起于云端的大盆景。盆景里是一个连一个的锅口状草甸，这些碧草荡漾的草甸，当地人习惯上称之为"荡"。据说鹘岭山顶总共有九九八十一个荡。这些锅底状朝天仰望的草荡，底部要么是一个小湖，要么是一个深不见底直入地心而去的竖井。草甸之草是清一色的羊胡子草，抱团而生，成为一个个身挨身的大草墩，高及人腰，连绵不绝。草荡边缘的乳头状小山丘上，生长着这个海拔高度特有的山楂、野石榴、高山松之类，它们因被霸道的羊胡子草威逼，加之高山气候的限制，而呈矮化袖珍之态。若是放在山下，这些物种便是珍贵无比的盆景了。卢志濂年轻的时候，曾经与一帮朋友相伴，参加过一次鹘岭山大草甸探险，回去后写了一篇题为《初探鹘岭大草甸》的散文，在《洪州日报》上发表，引发了不少关注，也随之引发了一阵鹘岭大草甸探险热。卢志濂还记得，他这篇文章的最后几句，一直被外界认为是描述鹘岭的经典之笔，此后常常被介绍鹘岭的旅游专业文章，描写鹘岭盛景的文学作品引用或套用："观林海碧波，赏白云草甸，探隐穴秘谷，发思古幽情！"这里所谓的思古，当然是指当年张留侯隐居鹘岭辟谷的典故了。

留侯村地处鹘岭半山，下有一条峡谷直通山外的水洞河，上有一个U

形大槽直达山顶，历来被视为鹆岭南线登山的最佳线路。留侯村人有一项副业，就是像尼泊尔夏里巴人一样，给外地来的旅游者做登山向导。这种向导，集探路开路、背负给养、搭建野营帐篷、生火做饭、提防野兽各种职责于一身，来去至少需要整整两天。鹆岭村民中，有固定的十几个人从事这份兼职，外界口口相传，都知道了他们的联系方式。

背靠鹆岭大草甸，不知道从何时开始，留侯村的几个懒汉，竟然打起了头顶这片茫茫无边草甸的主意。仲春时节，鹆岭山顶的积雪融化后，他们赶着自家的牛群，长途跋涉攀上草甸，在牛身子上用红漆做上标记，就弃牛下山而去，并用石头墙堵塞通往山下的要道，以防止牛群私自下山。待到秋凉时节，上山寻牛回家。这时，牛群已膘肥体壮，有的还在草甸上新添了丁口，带回来一两头不大不小的小牛。要不了多久，就正好赶上冬季牛肉上市的好时节。留侯村野外放养出产的牛肉，细腻筋道，鲜美无比，是本地牛肉的极品。因数量有限，一般需要提前半年预定，往往是整牛预定，现场宰杀分割。卢志濂刚到宣传部工作的时候，正值阴历年前，正巧遇见县委大院内一个单位预定了一头留侯牛，说尽好话才匀了一块，果然名不虚传，赢得了老婆李小雪和女儿卢娜娜的表扬。只是这块牛肉的价格高出了市场上寻常牛肉的一倍。

留侯村旅游向导和生态牛这两样独特的产业被卢志濂扒拉出来，大加赞扬，让留侯人的自信陡然上升，与会者的脸上有了略带骄傲的笑意。从这一刻起，齐鹏飞对身边这位几个月前还与他平起平坐，见面彼此称兄道弟的新任县委常委卢志濂，产生了发自内心的敬佩。

拉拉杂杂做了一系列铺垫和村情分析，再接下来，卢志濂就开始步入正题了。

12

卢志濂说："大家对留侯村发展提出的意见，我归拢了一下。一是产业发展慢，特色不明显，增收无支撑。二是基础设施落后，交通不便，电力不足。三是村庄建设管理没有章法，公共卫生状况差，人居环境不优。四是村级民主管理和监督机制没有建立，村级自我发展、自我教育、自我管理、自我监督能力弱。五是没有制定实施村规民约，村民行为缺乏约束引导，对大操大办等陈规陋习、忤逆不孝等道德失范行为缺乏有力整治和规范。这五大问题，是阻碍留侯村进一步发展的拦路虎、绊脚石，要下决心一一解决。"

接着，就破解这些问题，卢志濂谈道："这些问题，有的需要县乡帮助解决，如通村路的硬化、电力的改造，还有产业上的指导帮扶。有的问题，只要充分发动群众，依靠村级自身就能解决，如建立村级民主制度，卫生环境的改善，移风易俗改善民风，等等。需要县上协调解决的，我来负责。需要你们自身解决的，要在县试点工作指导组和鹞岭乡党委领导下，积极主动抓好落实。其中的牛鼻子，就是建立和实施村民自治制度。"

卢志濂随即让同行的宣传部干部把随身带来的《村民自治读本》发给与会者，让大家边听边读，这个座谈会似乎又变成了农民教育的宣讲会。卢志濂从村治的渊源讲到《村民委员会组织法》的规定，又轻车熟路讲到村民自治的方法路径。就村民自治如何具体操作，卢志濂借用他在云口镇时的做法，将其分解为民主选举，实行村民议事、村民监督委员会两项制度，村务公开，制定实施村规民约四个方面工作。其中民主选举指的是三年一次的村级换届选举。换届选举留侯村上一年已经搞了，那是全省统一规定的时间节点，这一次当然不再翻腾。这次民主选举的任务是要在留侯村二百五十户里，按照五户产生一人的名额，选出五十位村民代表，由这些代表组成村民代表会议，受村民大会的委托，讨论决定村级重大事务。同时成立由七名乡贤组成的村务监督委员会，产生的程序是村民小组推荐，村民大会表决通过。卢志濂解释说，村务监督委员会的这种产生办法属于届内变通措施。若遇换届，监督委员会的成员与村委会成员一样，是要通过投票选举产生的。

说到村规民约，卢志濂声音提高了八度，他说："这是这次试点工作的核心内容，从动议、起草、讨论，到表决、实施、执行、监督各个环节都要广泛组织村民全员参与，制定的过程就是教育村民、统一思想的过程，村民是村规民约的制定者，也是执行者和监督者。只有如此，才能使村规民约的内容入脑入心，转化为大家的行为自觉。"

接着，卢志濂提议，今天留侯村的参会者，就是留侯村首部《村规民约》起草组的成员，具体承担《村规民约》的起草任务。并要求在一个月内完成村民自治试点，总结经验后报县委研究，在信县全面推广。

座谈会到此已经接近尾声，村支书喜娃子和乡党委书记齐腾飞最后表态，坚决按照县委和卢部长的指示，抓好落实，圆满完成试点工作。

此时，夜幕已经降临，挂在鹎岭半山的留侯村，已渐渐被湿滑滑的薄雾笼罩，远山与村落都变得模糊起来。

卢志濂带着村民自治试点工作组，在鹎岭乡断断续续待了一个月。在近二十天时，留侯村召开了村民大会，这是土地承包到户后的第一次。村里不少在外务工的青壮年接到通知，专程赶回来参加大会。会议听取了支部书记兼村主任张长喜的村务工作报告，听取了村文书王大磊的村财务收支报告；表决通过了留侯村村民自治章程和村规民约；给五十位村民代表现场发放了红皮代表证；宣读了成立村务监督委员会及组成人员的通知。县文明办主任邓杰就村规民约的条文和实施进行了解读宣讲。乡党委书记齐腾飞在大会上讲话，大调门宣布：

留侯村的"小宪法"顺利诞生了，首部由村民制定并表决通过的"三大纪律八项注意"隆重出台了，今后的留侯村，应该不再是一盘散沙，而是一个具有共同追求、文明向上的优秀集体，向着共同富裕小康目标阔步前进！

这一番鼓动煽情，惹得会场群情激越，掌声雷动。

齐鹏飞讲话中所说的"小宪法"，指的是《村民自治章程》，"三大纪律八项注意"指的是《村规民约》。这两样制度，在会后不几天印制发放到了各户手中，被要求贴在了堂屋墙壁的显眼位置。

大会之后，由党支部、村委会、监委会成员组成督战队，全员出动，分片区逐院落、逐户、逐房开展清理乱占乱建，现场督促村民清扫门前屋后、公共区域垃圾、牲畜粪便，柴草杂物都重新整理，堆放整齐。对于居住在远离大院落的"吊庄子"贫困农户和鳏寡孤独户，由宣传部干部和村干部结对帮扶，要求定期入户，协助解决具体困难。卢志濂还安排宣传部办公室，联系县民政局调来一些米面油，对这些独户齐齐搞了一次走访慰问，帮助这些独户把房前屋后卫生齐齐打扫了一遍。四五天后，留侯村就变了一个样子，人们的精神似乎一下也清爽了许多。

　　时间已经到了六月底，在试点即将结束时，留侯村召开了首次村民代表会议，对村委会半年工作和试点工作进行总结。会议表决通过，成立留侯村民事纠纷调解委员会、红白理事会，卢志濂和齐腾飞亲自参加并讲话，要求把建立起来的制度长期坚持下去。

　　这次村民代表会议还讨论了产业发展议题，最后形成一致意见：组建鹘岭洋芋产业合作社，负责留侯全村洋芋的种植、加工技术服务，产品包装销售。这是经过反复权衡做出的决定。留侯村海拔高，无污染，洋芋品种一直沿用本地土种，红皮白肉，水分充足，耐储藏，加工的粉条更是筋道，所以留侯洋芋在几十年前就出了名。在比较烟草、药材、洋芋几项产业时，卢志濂与村民代表们交流，留侯村虽然适宜种植烤烟，但是由于烟叶烘烤要消耗大量的林木，不宜再行扩大。以五倍子为主的药材产业，全靠野生采集，进一步发展必须走人工繁育的路子，势必与粮食争地。而洋芋种植加工技术简单，生长周期短，还可以套种到包谷地里，家家都会，通过合作社可以打造品牌，形成价格优势。

　　至于那个名气很大的草甸养牛，卢志濂给留侯人兜头泼了凉水，提出不准在草甸放牛，坚决保护好草甸这方净土，不要再打草甸的主意，否则，牛肉固然鲜美，法律定不容情。卢志濂还郑重在会上宣布，从此不再吃留侯的牛肉。留侯村主导产业升级思路就此明晰。

　　当然，村民代表会议还讨论了一项大议题：决定多方筹资铺设通村水泥路。每户集资五百元，作为通村路自筹配套资金，缺口部分通过向上争取解决。不久，省财政厅出台了村级公益事业奖补政策试点办法，规定村一级按照《村民委员会组织法》的规定，通过村民大会或者村民代表会议"一事一议"表决，做出兴办公益事业决议，可以向上申报获得资金补助。留侯村算是搭上了这个"首班车"。当年冬季，修路补助五十万元资金到位，硬化工程启动，留侯人真切感受到了所谓改革的"红利"。此前，县电力公司给留侯村增加了一台变压器，对全村低压线路进行了检修，村上更换了懒惰不负责任的电工，电灯变得明亮多了。

留侯村村民自治试点取得了圆满成功，一份有血有肉的试点工作总结报告，以及一份在农民教育活动中推广留侯经验的实施意见文稿，很快摆在了县委书记王卓成的办公桌上。

卢志濂迂回曲折、费尽心思推进的村民自治工作，在信县终于有了响动。这个响动体现在信县县委批转了留侯村的经验材料，发出了《关于结合农民教育运动大力推进村民自治制度建设的指导意见》，把村民自治作为农民教育活动验收考核内容。又以县委县政府名义，召开了村民自治工作推进会，县委副书记主持，县政府分管农业副县长讲话，卢志濂出席，鹘岭乡党委书记齐腾飞在会上发言，介绍留侯村村民自治试点工作经验。

这项关涉信县全局的工作终于在磨磨蹭蹭两个月后，在面上启动了。

卢志濂终于歇了一口气。

金融领域的动静更大，并且立竿见影。

经济欠发达地区金融业有一个规律，存款余额多，贷款余额少，专业术语叫存贷比大。企业急需要资金，但银行却因企业信用等级低、普遍弱小不敢放款。本地的存款往往被同系统上级行调剂到发达地区去了。而发达地区的情况正好相反，那里企业又多又大又好，资金需求量大。贫困地区陷入这一怪圈之中，便变得越来越穷。贫困地区的政府和银行一直致力打破这种格局，信县也是这样。

信县商业银行的前身是信县农村信用社，网点遍布全县各个角落，在村级都设有代办点。由于是半地方的金融机构，与县域经济联系比较密切，存款贷款一直位居县上五大银行之首，存贷款余额占到了信县总额的百分之七十。在其他国字号银行业务逐渐向城市转移，只关注大项目的新阶段，信县商业银行的地位与作用更为凸显，进入业务大扩张的新阶段。也就是说，这家银行急切期待巨额的资金能够贷出去，给它生出更多的钱来。

这一日，从钖县交流到信县商业银行担任行长的钟敏，按照提前约定，来到县政府大院，找分管金融工作的常务副县长丁亮汇报工作。

丁亮的办公室在政府大院侧楼二楼的第二间，内设一个套间，一进门外间为办公室，里间为休息室。这是信县县级领导办公室的基本布局，丁亮属于从外县交流任职的干部，在离政府大院不远的怡美小区，县上给类似丁亮这样的外来交流干部每人配置了一套一百平方米的公寓房，作为住宿之所。

在丁亮办公室外间落座，钟敏行长先从随身的公文包里掏出一个精致的棕色小木盒，放在丁亮的办公桌上说："丁县长，这是我们行新定制的一款客户纪念品，给您带了一份，请提出宝贵意见。"

丁亮稍作迟疑，揭开盖子一看，是一块镌刻"100g"的黄澄澄的金条，他赶紧闭上盒盖，把盒子推给钟敏："这要不得，赶紧收起来。"

钟敏说："领导千万不要多心，这确实是一个小纪念品，放在您这儿做个纪念，也算是替我们宣传宣传，您看，这上面还有我们行的广告呢。"

钟敏随手指着盒子上印的"信县商业银行 信县人自己的银行"这两行鎏金小字。并不容丁亮再说什么，拿起盒子，转身打开丁亮办公室的里间，迅速把盒子放在了里间床铺的枕头底下。

丁亮见状，就以略带责怪的口吻说："不能这样，等会儿拿走。"

有了这个前奏曲，二人接下来的交流似乎顺畅融洽了许多。

钟敏今天是为了一件大事而来的。

前不久钟敏上任前，信县商业银行的顶头上司西河省商业银行行长专门找他谈话，告诉他，之所以把他这个全省地方商业银行最年轻的行长交流到信县这个大县任职，主要是为了扭转信县商业银行长期以来工作徘徊不前的局面。同时告诉他，省里准备在全省选择三个县搞信用县建设试点，全省三个地理单元各确定一个，重点是破解存贷比过大这个西部省份存在的普遍问题，并透露这是上层布置的推进金融改革和促进西部大开发的探索性课题。为了加大改革的力度，凡是列为试点县行的行长，列入省市级行后备干部序列，作为省行董事会成员。但能不能列上试点县，取决于地方政府支持的力度，你要向地方政府做好汇报。

对于这个利于信县商业银行发展、利于个人进步的大好机会，年龄不到四十的钟敏下定决心，一定要争取到手。

钟敏说明来意，又奉上一份提前起草好的《关于创建信用县的实施方案》。丁亮接过材料，快速浏览了一遍，抬头笑着对钟敏说："钟行啊，你的想法与县上高度一致，你不找我，我还要找你呢。最近，我们下到一些企业走访座谈，反映最多的是贷不到款，问什么原因，都说你们银行惜贷，捂着钱包不出手。追问为何不出手，有的说企业才开张，没有信用等级，银行不放心；有的说没有银行规定的抵押物，银行怕贷出去有风险；还有的反映说，银行是嫌穷爱富，喜欢锦上添花，不愿意雪中送炭。这些情况实际上你们银行界都心知肚明，你们的解释和借口是上级有规定，你们是执行者，不敢搞变通。这种体制性障碍不消除，我们这样的贫困地区就会永远穷下去，与发达地区的差距还会继续拉大。"

"你说的这个信用县创建试点，我们县上和你一道全力争取。"丁亮最后明确表态。

不出一个月时间，省商业银行董事会上报省政府同意，省政府办公厅正式发文，确定信县为全省信用县创建试点县。同时省商业银行也批准了信县政府上报的试点工作方案。信县以金融创新为重点的信用县创建工作全面进入实施阶段。信县计划用两年时间，让所有的乡镇和村都达到信用乡镇、信用村的命名标准，届时就可以对外宣布信县是信用县了。

当然，搞经济工作的人都明白，这些命名呀，牌子呀都是虚的，只有存得多放得多，扩大信贷规模，才是硬道理。故而，信县商业银行会同县工业局、工商局、统计局等单位，对信县所有成规模的企业重新进行了信用评级，按照省上给的特殊政策，适度放宽企业贷款抵押物的范围，允许企业之间搞相互担保，对信用较差有违约行为的企业申请展期，或由短期贷款变为长期贷款。这样一来，信县几乎所有的企业都因政策的调整变成了信用优良客户，被重新确定了信用额度。有了信用额度，就像一个人瞬间有了身价，只要申请贷款的数额在额度之内，就可以轻而易举拿到过去需要运作几个月才能拿到的贷款款项。

在乡下，除了五保户、吃低保的孤寡户，每个农户都被授予了大小不等的信用额度，从几千元到几万十几万元不等，农户的诚信有了量化尺度。其中，对村规民约的遵守，成了农户信用额度确定的首要依据。

精神转化为物质，有的时候就是这么直截了当。

但是，这场颇有声势的信用县创建活动，却单单把矿产领域各企业排除在外。

第四章

13

卢志濂这几天身心疲惫,快要崩溃了。

那两个来自渭川城的女人,天天随着他上班下班。有一天晚上还敲开他位于信县高级中学家属区住宅的门,坐在沙发上哭哭啼啼了一阵,他和老婆李小雪安慰了好久才止住,直到卢志濂答应开专题会才起身离开。

两个女人一走,平时性格温和的李小雪就把卢志濂埋怨了一通,你说你这个常务副县长当得有多窝囊,要账都要到家里来了。

卢志濂只好装着低三下四的样子解释说:"新官要理旧账,县上刚刚换届,很多人害怕新上任的不认旧账,所以所有的账户子们都要来找一遍,生怕把他们忘了。最近我的办公室热闹得很,要账的前脚走后脚进,我的嘴皮子都说得起茧子了。"

李小雪说:"那就要想办法解决啊,不能一届推一届,没完没了。"

卢志濂答:"我也是这么考虑的,久拖下去不是个办法。"

第二天早上八点,卢志濂走进办公室,就让秘书通知财政局、城建局、审计局的局长,九点整到县政府开会,同时通知那两个天天来政府要账的女士参会。卢志濂准备通过一个类似于听证会的方式，把这两个难缠的省城女人打发走。

九点前人员到齐，卢志濂夹着小公文包，走进位于同一楼层的政府常务会议室。那两个昨天晚上登门拜访他的女士也坐在会议桌边上的位置，见他进来，便礼貌性起身微笑了一下。卢志濂心里说，大城市的女人还是比较优雅的啊。他也是第一次察觉到，大地集团派出这两位资深美女来信县催债，是费了一番心思的。

落座后，卢志濂眼光快速扫了一圈会场，算是同与会者打了招呼，就直入主题："今天会议的主要内容，是与渭川大地集团现场沟通一下债务问题，下面先由县审计局介绍情况。"

审计局局长章涛手持一份材料介绍道："信县黄家山公园项目，位于县城中心区上部，功能定位为城市新区综合性休闲运动公园，占地面积五百亩，预算投资两千八百万元，不含征地补偿，建设工期一年，由渭川大地集团投标承建。工程于去年六月竣工，现在我局正在进行竣工审计，尚未进行工程竣工验收。工程款拨付情况，截至工程竣工，已拨付给大地集团工程款一千五百万元，还有一千三百万元待付。按照招标合同，工程竣工，拨款进度应达到百分之八十，即两千二百四十万元，审计结果出来后一个月内，除过百分之三的质量保证金八十四万元三年后兑付外，其余款项一次性付清。这就是说，除过八十四万元质保金，尚欠大地集团一千二百一十六万元。"

听完审计局局长章涛的介绍，卢志濂抬手指了指城建局局长余道新，让他谈一下工程情况。技术员出身的余道新点了点头说："黄家山公园是我县有史以来最大的园林项目，设计方案借鉴了渭川的高新公园的设计理念，起点很高。鉴于洪州本土建设企业的格次和施工能力有限，县委县政府决定把招标的范围扩大到全省，最后渭川大地集团以最高的比分中标。现在回过头看，当初的决策非常正确。大地集团的专业水平确实过硬，石材、林木和其他施工材料严格按设计标准采购，施工质量一流，通过这个工程，信县的城市建设上了一个新台阶。这一点我不是当着乙方的面卖乖，大家可以实地去看。"

余道新的这番话，让两个一直脸色紧绷的渭川讨债女人有了一丝骄傲的笑意。

接下来卢志濂示意财政局局长卿西平，让他说说。

戴着一副近视眼镜的卿西平取下眼镜，一边用小布巾擦拭镜片，一边慢条斯理地说："最近要账的特别多，找了县政府又找财政局，像蚂蚁搬家那样不断线。按照卢县长您的安排，我们初步摸了一下底子，全县新旧欠账，包括十几年前区公所时期欠的，拢起来总共有一点五亿元。这个数字相当于信县一年的地方财政收入，仅仅依靠我们自己的财力，一时半会儿还没有办法。前几天我到省财政厅去汇报工作，听厅里讲，省上正在制订地方政府债务化解方案，省里计划拿出一笔资金，采取奖补的方式，帮助县乡化解历史债务危机，这是一个非常好的机遇，我们要紧紧抓住，多争取一些补助。"

说到这儿，卿西平看了看两个渭川女人，接着说道："至于黄家山公园这个项目的欠账，恐怕要等上级的政策了，何况这个工程的决算审计报告还没有出来呢，按照规定有钱也不能拨付。"

财政局局长卿西平的话音刚落，渭川女人中的一个就嗖的一下站立起来，出乎意料地声泪俱下："审计报告和决算资料半年前就到了审计局，请问是谁交代往后拖的？你们太不像话了，讲不讲诚信？"

接着便是一阵停不下来的抽泣和呜咽，坐在旁边的另一个女人也紧跟着哭了起来。

一直站立着的那个渭川女人带着哭腔，继续说："这次来信县催款，催得急了些，但我们也有自己的难处，希望各位理解。大地集团这几年铺的摊子太大，工程垫付的资金太多，最近由于扯上渭川市的一个官员腐败案子，银行停止了对大地集团的贷款，原有的贷款也在提前催收，大地集团的资金链断裂，现在连员工工资都发不了。公司这次派我俩来催债，是下了死命令的，要不到钱就不让回去。我们到信县已经半个月了，家里的孩子正在上学呢，也管不上。我恳请各位领导可怜可怜我们吧！"

话说到这个份上，面对两个流泪的女人，卢志濂感到一阵愧意，随之一股豪气油然而生，他用右手掌击了一下桌面，陡然提高嗓门："一周内完成决算审计，除质保金外，一次结算付清，不能把人丢到省城里去了。"

过了几天，县财政划拨的一千二百一十六万元资金到达城建局账户，随即付给大地集团。在信县蹲住近一个月的两个渭川女人欢喜地离开了。

外人不知道的是，这笔钱实际上是财政本年度预算给城建口的城市建设维护费，是典型的拆东墙补西墙。

不出几天，大地集团要账得手的消息不知怎么传了出去。又一波登门要账潮连续剧开始上演。这里面，最棘手的要数新城滨河大道河堤工程。

这段位于库河边的防洪堤，长度两千米，总投资一千五百万元，由县水利局担任项目业主，已完工投入使用三年。当初为了弥补建设资金不足，还动员信县县直机关所有干部职工捐了一个月工资。其他资金基本上靠水利局自筹，截至现在，还欠工程款六百万元。

这一天清早，卢志濂步行上班，老远看见县政府大门口聚集了一大堆人，模样穿着像是农民工，还伴随着一阵阵嘈杂声。见卢志濂走近，他们就一哄而上，把卢志濂围了起来，叽叽喳喳吵嚷：我们要生活，还我血汗钱！河堤你们都享受好几年了，欠的钱还不给，不解决就去市里上访……

卢志濂听了一会儿，就明白了是怎么回事，这分明是水利局或者施工单位借农民工之口向政府施压呀。这一段时间，卢志濂经历了各色人等方方面面的讨债，已经练就了处变不惊的应对本领。他的基本感受是，人穷志短，马瘦毛长，兜里没有银子，只能服软说尽好话，以时间争取空间。何况他出身农村，又干过多年乡镇领导，知道怎么与朴素的农民兄弟打交道。

他等农民工们说得差不多了，气也消得差不多了，和颜悦色又不失威严地说："欠债还钱，天经地义，对于河堤欠款，政府是认账的，也一直在想办法解决，包括动员干部捐出一个月的工资。今天你们来政府的诉求我已经听明白了，我将很快召集水利局还有你们当初务工的企业进行专题研究，争取一次性解决问题。有了结果，会通过施工单位通知你们。方便的话，把你们牵头人的电话和到每个人头的欠账明细单子留给信访局，以便与你们随时沟通。"

上访的农民工听了此话，瞬时安静了下来。他们低头交耳了一会儿，没有推举牵头人，也没有留电话，只留下欠账明细单子，在信访局干部的劝说下，集体起身离开了政府大门口。

进了办公室，卢志濂拨通县水利局局长杨显存的电话，正要开口训斥，不想杨显存抢先连说对不起，说水利上的烂事给领导添乱了，说他听到农民工集体上访堵了政府的大门，急忙往政府赶，结果半路听说人已经散了，工作没有做好，他要向领导道歉等。卢志濂也就姑且相信他的话，不好发脾气了。

卢志濂接着在电话里问杨显存："农民工工资问题怎么解决？"

"还得请县财政给想些办法，水利局是个空壳子啊。"听得出来，杨显存显得很无奈。

"你们局收的水资源管理费现在还有多少？"卢志濂问。

杨显存说："好像有几百万元，可是领导你是知道的，那是几个水利工程的县级配套资金，早就定到具体项目上了，这是县政府常务会议研究的，进了预算盘子的。"

卢志濂说了一句知道了，就挂了电话。他嘴里嘟囔了一句："火烧眉毛了，皇帝买马的钱也得用。"就起身去找新任县长赵宇航。

不长时间，卢志濂返回自己的办公室，打电话给财政局局长卿西平，要他查一下县水利局上缴财政专户的水资源管理费共有多少。不一会儿，卿西平回话说，水利局水保专户账上还有八百万元。卢志濂说，经请示赵县长，马上从中拨付六百万元，用于支付库河河堤工程欠款，并监督施工企业做好兑付。

这又是一出拆东墙补西墙。

卢志濂清楚得很，这只是权宜之计，其他大量的欠账不具备这种拆东补西的条件，必须统筹考虑，拿出可行管用的化解办法。他明白，政府债务化解是新一届班子面临的首要难题，也是一种检验和考验。

信县县级几套班子的换届，在上年第四季度就开始了。

换届前就有传言，王卓成书记要提拔到市上任职了。有一天，卢志濂到王卓成办公室汇报工作，顺便提及这个话题，王卓成不置可否地回答说，这个还得等市上正式研究。听得出来，王卓成提拔的事十有八九是真的了。卢志濂知道，信县是洪州第一大县，在洪州市的地位举足轻重，这几年各项工作一直走在全市的前列，王卓成在洪州市下辖各县区中，担任书记的资历最长，工作能力和人品都堪称典范，提拔是水到渠成的事。所以他一听王卓成这样说，就赶紧向王卓成恭喜道贺。王卓成哈哈一笑："为时过早，为时过早啊。"

王卓成接着收拢笑意，不经意似的问卢志濂："志濂，马上换届了，你有啥想法？"

卢志濂还真没有想过这个事情，就不假思索地答道："我刚刚提拔一年，还不敢有啥想法，听从组织和书记您的安排。请领导放心，无论哪个岗位，我都会竭尽全力的。"

王卓成点了点头："你有这种平常心态，我觉得挺好。你到县里工作这大半年来，工作很卖力，在精神文明建设和乡村治理上有创新，在县内外都有响动，很不容易啊。"

卢志濂连忙说："王书记您过奖了，这都是在您亲自领导和指挥下进行的，成绩应归功于县委和您的正确领导。"

"组织心中有数。"王卓成最后撂下这句充满想象力的话。

走出王卓成的办公室，卢志濂心中泛起一阵阵涟漪。

过了不久，全省县区级班子换届正式开始。先是，洪州市委派出换届考察组来到信县，召开全县科级以上领导干部大会，印发各班子成员的述职述廉报告，进行无记名民主测评，给每个人划分格次，推荐新班子组成成员和后备干部。接着逐人谈话，当面征求意见。整个考察工作进行了三天才告结束，考察组返回市上去了。

时间到了十一月初，按照市委考察组和王卓成书记在考察大会上提出的要求，不能因换届而影响工作，要以平和的心态对待个人的进退流转。尽管大家的内心难免有大小不等的波澜，信县的各项工作还在有序地推进。

卢志濂决定利用这个相对空闲的时间，再去一趟留侯村。

14

这一次去留侯村，卢志濂让宣传部办公室通知文化文物局、林业局派员同行，并提前告知他们，走不了山路的不必参加。结果，文化文物局的李白云局长说她要亲自参加，林业局派了一位年轻的副局长参加。卢志濂给李白云打电话，告诉她："这次要上鹊岭大草甸，来回步行三十公里，你能吃得消吗？"李白云哈哈一笑："没有问题，我每天坚持跑步，有耐力。"卢志濂建议她最好穿运动鞋、运动衣，另外带一位身体素质好点的女随员，这样可能方便一些。李白云在电话那边又笑了："哎呀，领导心太细了，我明白，感谢感谢。"

地处深山的鹊岭乡，虽然时序已经到了农历十月初，仍然弥漫着浓浓的秋意。山峦沟壑间，深绿的底色上，一团团红叶肆意地铺陈着它们的深邃。车在蜿蜒的山道上急驰，迎面而来的，急速而退的，远山与近影，恰似一帧帧以万山红遍为主题的大写意国画，真可谓驱车如在画中行了。此时秋收已经结束，辛勤的农人们正成双成对地赶着耕牛在深翻土地，新翻过的土地，金黄中泛出一丝丝油亮。接下来，这些犁过的地块，将要播种上小麦和豌豆。那些还没有打动过的地块，则呈现出别样的褐色，泛出一片片白光，它们正以自己独特的方式，悄然积聚着能量，待到明年开春，去承载农人更大的希望。到那个时节，这些土地，就成了烟叶、洋芋等经济作物成长的乐园。

卢志濂此行的目的，是了解留侯村村民自治运行情况。鹊岭乡党委书记齐腾飞等人提前在乡政府院外街道边上等候，见面后，就直接到了村上，由村支书张长喜领路，把三个大院落齐齐看了一遍。

张长喜边走边汇报:"卢部长,您当初在我们这儿蹲点,帮助我们建立新制度,几个月来,我们严格按照章程和村规民约办事,群众的集体观念普遍增强了,我感到干部也好当多了。"

卢志濂说:"你有这样的感受就对了,说明村民自治制度真的落地了,大家的事大家管、大家办,你当然轻松啦。"

"但是,这并不意味着村干部可以放手不管或者歇一歇了,而是向你们班子提出了更高的要求"。卢志濂忍不住提醒了一句。

"是的,说到底还是要增加收入,富脑袋还要富口袋。我们按照您上次会上的讲话要求,征求村民的意见,制定了留侯村经济发展五年计划,争取提前五年,到 2015 年,使全体村民的生活水平达到小康。"张长喜信心满满地说。

"在村民自治方面,我们还有所创新呢。我们先在这里搞了一个试点。"张长喜将卢志濂等人领到此行的最后一个小院子,指着这个基本上普及了楼房的院子说。

来到院子边上的第一户人家,张长喜指着这家门楣上方钉的一个蓝底红字小铁牌子说:"领导请看,就是这个。"

卢志濂走近仰头一望,才看清这是一块"留侯村十星级文明户"牌子,上面嵌着十颗五角星,星星的下面,分别对应印着"遵纪守法、勤劳致富、明理诚信、团结互助、家庭和睦、卫生整洁、移风易俗、优生优育、尊师重教、热爱集体"小字,这些小字呈两行排列,打猛一看,像是十枚方形印章,循着十颗星星下面一字展开。

这种牌子,卢志濂在改革开放初期的 20 世纪 80 年代见过。在他老家乡约老宅的房门上方,也挂过类似十颗星星的牌子,后来就陆续绝迹了。据说这是当初信县有名的先进区文治区公所的发明,还上了党报党刊。前几年,卢志濂去距离信县不远的外省一个县出差,只见这个县的中心广场上,有一个巨大的宣传牌子,上面赫然印着一行大字:"全国十星级文明户发祥地。"卢志濂当时还有些懵,这十星级文明户评选的始发地是咱们信县啊,怎么让这个县给移花接木了?回到信县后,他还与县上一位领导谈及此事，这位领导也不置可否。过后，卢志濂也想明白了，那都是二十多年前的事了，领导都换了好几茬，不记得是很正常的。

今天面对这个熟悉却又陌生的牌子，卢志濂有些惊奇和激动，这不是农民教育活动和村民自治的一个非常实用的载体吗？当初在这里搞试点时，甚至早先在云口镇时，他都没有想到这一层。卢志濂脱口叫了一声好，说这是一个了不起的创新，问是谁的主意，张长喜指了指齐腾飞："是齐书记亲自指导的。"

卢志濂固然知道，十星级文明户评选在信县和外地不算新鲜事，但基层干部立足实际的创新精神，应该给予支持鼓励。在卢志濂的赞许中，齐腾飞接过张长喜的话头："前一段，留侯村在贯彻《村规民约》时，给每个农户建立了一个档案，用《村规民约》条款逐户评价打分，定期在村务公开栏公布。有一个在外地打工的留侯村民看见了，随口给喜娃子说，你搞得这么复杂干吗？干脆弄成一个牌子，给各家各户挂在门上，更直截了当。原来这位村民在南方的一个乡镇企业务工，经常见到当地居民门上挂有这种带星的牌子，当地居民很在乎星星的多少，星星少的户的儿子找媳妇都难，在人面前抬不起头。喜娃子听了这个村民的介绍，就来乡上汇报，我们也觉得是个好办法，就同意他们这样搞，同时要求不能走形式，必须搞扎实。喜娃子很精明，说他也学卢部长的样子，先抓一个院落试点。然后再推广到全村。由于刚刚开展不久，还没来得及向您汇报呢。"

卢志濂笑道："长喜同志的工作很有办法，看来高手在民间啊，非常好，建议你们把这件事抓实些，特别是评星环节不能迁就，星星多少要实行动态管理，违反了哪一条，就要摘掉对应的星星，并且至少要一年复验评议一次，形成长效机制，通过追星创星，比学赶帮超，引导大家积极向上。"

查看了这个院子所有农户和他们的星级牌后，见到各家各户星星的个数有多有少，问及丢星缺星的缘由，都有事实有真相，看来这个试点确实搞得扎实。卢志濂对张长喜和齐腾飞说："尽快总结，在全村推广，之后乡上拿一个详细材料出来，上报县里，建议县委在全县推广你们的做法。"

这天晚上，卢志濂一行就近吃住在这个院子里。齐腾飞之所以这样安排，是因为留侯村处在鹁岭的半山腰，是鹁岭周边距离大草甸最近的一个村子，再往上就没有人烟了，住在这里，可以为第二天登山节省小半天时间。何况，经过半年多时间的村民自治，留侯村的卫生状况有了很大改观，一些农户的条件已不亚于城里家庭。还有，齐腾飞把来自城里的这一帮人安排到十星试点院子，也是一种展示，也有对这些农户鼓励的意思。因为在信县农村，有一个不成文习俗，外来客人特别是各级下乡的干部，若在谁家吃住，那是一件很光彩的事情，说明这家人厚道，这家生活殷实。更何况，干部在留侯村农户留宿，那是二十年前的事了，今天干部吃住在农家，也是新时代好作风回归的一种体现吧。

第二天天还没大亮，大致六点的样子，一行人就起身出发了。

他们的前面，是一支七八人组成的保障队伍。里面有手拿大柴刀沿路又拨又砍杂草灌木开路的，有手持锄头遇到陡坡断崖开辟新道的，有背着铝锅挂面预备露营造饭的，有背着折叠帐篷睡袋准备搭建野营住所的，还有手持杀猪刀木棍一旦遭遇野兽以便壮胆的。这些行头，是探访鹁岭大草甸的标配。卢志濂头天听了齐腾飞的行程安排介绍，认为有点兴师动众，怕太铺张影响不好。齐腾飞详细解释了一番，卢志濂才没再说什么。齐腾飞还说："您在县委分管旅游工作，这次带队考察鹁岭旅游资源，是我县旅游业振兴的一个大动作，这样安排丝毫不过分。"

齐腾飞还讲了一件往事："我听乡上干部讲，前几年这里接待了一个民航局的考察团，几乎是清一色的飞行员。他们为啥知道鹁岭，还不远几百里专程来登山看鹁岭大草甸？那是因为这鹁岭的上空，有一条固定的民航飞行路线，这些飞行员整年在那上空飞来飞去，春夏秋冬景色变幻，他们就在空中喜欢上了这个地方，所以他们相约，非要到实地来看一下。他们登鹁岭时，那阵仗可大啦，除过几十人的后勤保障外，当时县里还按照他们的要求，为了确保这些金贵的飞行员的安全，还专门安排了三名武警组成一个战斗小组，荷枪实弹一路护卫呢。所以今天的安排，有些简单，很不到位。"

卢志濂听他这么一说，也就不再有什么顾虑了。

一行十余人远远跟在保障队后面，穿过一块熟地，进到一条坡度较大的沟溪里。从沟口向上仰望，到了脑袋上的帽子快要从脊背处掉下去时，才能远远看到头顶那道山脊。同行的张长喜指着这道犹如横在天上的山脊说，翻过那道大梁，上面都是平展展的草荡。留侯人一直不太习惯草甸这种叫法，他们世世代代形象地把头顶上这种一个连一个的草甸叫草荡。这个"荡"字确实让绵绵不断的草甸有了动感和画面感。

山里的秋天来得迟，去得也晚。虽然时令已接近冬季，鹃岭似乎还没有褪尽秋天的盛装。那历经千百年物竞天择的林木花草，在高海拔环境的锤炼下，慢慢演化成了几乎清一色的常绿植物。

从留侯村到那道山脊，是一面大斜坡。斜坡的表层，是连绵不绝的、大大小小的碎石堆积体。让人想象不出，是古冰川的堆积物遗存，抑或是一场从山脊处奔腾而下的大崩塌，或是哪一次造山运动中板块撞击不经意的一颠，闪掉了这道山岭肩上的一块肉。总之，看到这道奇特的山脊和顺山脊而下的巨型大槽，确实会让你的想象力瞬间迸发，不由自主去探究想象一番。

这个直通山脊的大斜坡面上，长满了各类杂木。树木不大不高，那是由于树的底下是一片延绵不断的乱石阵，树木只能选择在缝隙间落脚，不易扎深根长高个儿。这层不大不高的树林之下、巨石之上、乱石之间，是绵绵的七彩的花丛和矮小的灌木，它们犹如彩色的花巾，硬是把嶙峋的石阵兜头包裹了起来。置身大石阵之中，若不仔细辨别，还真感觉不出脚下地形地貌的异样。

这条水量不大的沟溪，犹如大斜坡表层被指甲抠拉出的一道浅缝，从山脊弯弯曲曲而下，这便是攀登鹃岭的天然通道了。沿着溪边的崎岖小径，杵杖而行，林荫不密但足以蔽日，花团似锦如穿花径。

一行人沿着这条溪边花径，一路上升。低山地带满眼的红叶渐行渐远，黛绿色慢慢成为主色调。一路上大家有说有笑，频频要求支书张长喜讲鹃岭的各种传奇，这个小名叫喜娃子、性格开朗的支书就一路信口开河：这鹊岭是天宫王母娘娘身边的一只神羊下凡所变，这座大山靠近库河的一端，有一对大犄角样的山峰，就是神羊的犄角；鹊岭草荡里的蛤蟆体型巨大，已经成精，能呼风唤雨，人若惊扰了它，天上马上就会下雨；这蛤蟆已经成军，爪子能拿刀枪剑戟，动辄还组队下山打打杀杀；鹊岭草荡共有九九八十一个草荡，荡荡相连，荡荡一模一样，若无当地人做向导，误入其中，就如同进了迷魂阵连环套，走上几天几夜都不得出来；鹊岭上的野猪体大如牛，遇上了，一个长嘴会把你撅到半空……

喜娃子神侃得正欢，已走得气喘吁吁的李白云插嘴问道："听说你们张家的老祖先张良，在鹊岭上成仙了，你们后辈咋不听话，下山来住了？"

喜娃子回答："李局长，你今天这趟可是来对了啦。你的大名叫李白云，这鹊岭古代就叫白云山，看来你和这座山很有缘分呐。"

"是吗，你胡说吧？"李白云有些不信，他问走在前面的卢志濂。

卢志濂停下脚步，转过身来说："喜娃子说得对，这山就是《汉书·张良传》中说的白云山，张良辟谷的地方。过去我也不信，前几年上鹊岭，在草甸里那个最高的山丘上，有一座不知建于哪个朝代的留侯庙，当然，庙早就被毁了，在庙的遗址上，发现了一块残碑，碑文中有鹊岭即汉朝白云山也的记述。"

喜娃子紧接卢志濂的话说："还是领导有学问。"他双手抱拳，向山顶方向拱了拱，显得又庄重又有点滑稽，惹得大家差点笑了起来。他说"想当初，我张门先祖张留侯，辅佐刘邦得了天下，怕功高盖主招惹来杀身之祸，就辞了高官厚禄，一路翻山越岭，来到白云山隐居。他不食五谷，只吃白云山上独有的天葱天蒜，喝天上落下的无根长命之水，倒也逍遥自在。还经常下山游历，在水洞河边打坐。不料有一天误食了草荡上的铁棒槌，中毒升天了。张留侯是韩国丞相的后代，自小在官宦人家长大，不认得铁棒槌倒很正常，可惜他只活了五十岁。"

李白云听喜娃子这么一说，就学着喜娃子的样子，朝他拱了拱手："名门之后，失敬失敬。"一行人都哈哈大笑起来。

"看来，鹊岭不但景色优美，还有丰厚的文化底蕴，等待着我们去发掘啊!"卢志濂大声说道。

15

接近中午的时候，这支人数不多的登山队伍，终于翻过了那道远远看去像一道横梁般的山脊。

其实，这山脊确实是个"横梁"，翻过了它，上面呈现的是一个巨大的夷平面，最先看到的是茂密的树林，这树林与卢志濂他们刚刚走过的大斜坡上的植被截然不同，高大而密集，其中夹杂的红皮桦树很是惹眼，这便是鹊岭很有名的"粉红女郎"了，它与留侯竹、格桑花、迷魂草一道被颇有文艺范的卢志濂称为"鹊岭四大精灵"，在一篇题为《鹊岭风物记》的文章里，卢志濂对这"四大精灵"进行了逐个描述：

粉红女郎。"粉红女郎"是一种桦树，分布于鹊岭半山至山顶草甸之间地带，通体粉红，体态高挑，散见于混交林中，因其亭亭玉立、色彩鲜艳而格外引人注目。"粉红女郎"皮薄似纸，且一直处于自行剥落、不断新生之中，因而通体满是翘起的粉红薄皮，这种好看的树皮随手拿来即可成为极致的书写用纸。

"粉红女郎"在密林中多独处一隅，也有少量三五成群的"群居"，她们扭着漂亮的腰肢，鹤立鸡群般傲立丛林，风情万种，似在召唤远道而来的客人。"粉红女郎"可作为鹊岭的迎宾树，因为她在妩媚热烈中显露出端庄，奔放的色彩中透出亲和之气，常让观之者想入非非。"粉红女郎"是敝人经多年多次观赏、反复琢磨后对这款"美女"的慎重命名。

留侯竹。"留侯竹"是一种丛生的山竹，它们成片分布于鹊岭半山草甸边缘地带。名曰"留侯"，源于相传曾辟谷修炼于此的汉代留侯张良。竹子中空外直、清雅高洁，应是留侯当年功成身退情怀最好的寄托和诠释。

每次探访鹊岭，留侯竹总是像一位忠实的友人，以其俊俏清秀的身姿，在半道上迎候，然后又如影相随，伴你上草甸、越山丘，最后又热情地送你下山。记得有一次上山，从水洞河沿一条大峡谷而上，经大寨、小寨和神奇的石笋地貌"夜壶荡"，在半山之上，即可见漫山满道的竹林。竹子不高，两米以内；竹竿不粗，筷子上下；竹丛密集，万株成林。穿行其间，清新之气扑面而来。至今忆起，心潮仍在起伏。此后的每一次穿行，都像是历经了一次竹海的洗礼。

再访鹊岭山，路径不同，竹子依旧，沿途要经过一条数里长的山竹甬道，被青翠无边的竹海包裹其中，漫步穿行，竹的高洁深沁心底，竹与人似成一体。留侯，这个两千多年前的大贤，似乎就在你身边。

格桑花。格桑花是藏地花类的总称，而非特指一种花。"格桑"在藏语中是"幸福"之意，格桑花被视为幸福之花，象征着爱和吉祥，它广布于青藏高原雪线以下草甸地带，装点着大美的高原。

鹊岭顶峰大草甸边缘地带的一些小荡中，草甸与林木交界处，荡与荡的分水岭，林草混交之地，遍布或散落着一荡荡、一簇簇的无名花朵，为碧波草甸增添了秀色。

这些花儿皆一抹黄色，仔细观察，花分两种。一种花花株细小，株高半米，叶圆形，花为顶花，花形似麦穗，碎小的黄花簇拥着顶部尖状的果实，像一个个"金串子"。我们见到她们时，粉黄小花由上到下依次正在脱落，花尽果出，似乎预示着此花的大功告成、功德圆满。

另一种花酷似雏菊（幸福花），花株短小，叶圆而大，花开顶部，花茎高出叶丛许多，像是刻意探出花容供人观赏，有"探春"之意，是否真为探春花，尚不得而知。此花花形似菊，条形花瓣的中央是一深黄色的花蕊，因其花高叶低，呈现出明显的两个层次：绿叶层和花层。清秀恬淡的黄花在碧绿满地叶层的映衬下，惊艳中透出一份安静，观之让人顿悟，唯有此地此景才配有此美花。

漫步草甸，此两花常在不经意中出现，小鸟依人般跟随。翻越草甸边沿下山而行，花儿便无了踪影。这些高居云端的高山精灵，留给我们的是无尽的遐想。

这一路，屡有人问此为何花，均无答案。欲下山时，又见花溢满荡，有人又问，竟不假思索答曰："格桑花！"

千仞之巅，有佳人兮；冰清玉洁，名为格桑！

迷魂草。鹊岭草甸，浩浩荡荡；草甸之草，非同寻常。

鹊岭草甸的草，品种单一，是清一色的羊胡草，因形似山羊的细长胡须而得名。这种草在每年成长初期的春夏时节，草形纤细，蓝色基调中夹杂着黄红绿紫等色，幽蓝中透出五彩。它的奇异之处在于视之即令人顿时晕眩，心慌心悸，有灵魂出窍之感，迷魂之名的确名不虚传。迷魂草只有亲眼观之才见其效，一般的照相成像方式根本无法体现它的真实状态。迷魂草就像一位绝代佳人，令人失魂落魄、手足无措。

迷魂草的"妙龄期"是短暂的，过了"妙龄期"，它就变成了普遍的、成熟的绿色，与寻常之草无异。因而欲睹其芳容，感受心悸之动，一饱眼福，要赶季节凭运气。与其相遇对视，领略其魔力，要有相当的底气和定力。

这些伴随岁月流逝、生生不息的鹊岭之草，经过长期的演进，把树木、杂草统统赶出了大草甸，从此大草甸成了迷魂草这个精灵的天下。那些偶然胆敢独自进入的松树之类，在迷魂草的驱逐下成了一个个枯枝，做了草甸的点缀；那些世居草甸的野山柳、野石榴、野山楂，也渐渐被孤立、排挤，成了伫立草甸边缘的孤独守望者。

草甸之草，不是草丛，也非草苑，而是一个个巨大的草墩，这是草千百年不断枯萎、生发，长期累积的结果。这些迷魂草均异乎寻常地长于草墩之上，而非地上。草一岁一枯荣，草墩是"抱团"的草根，不死不动。草墩粗者直径近一米，墩高过腰，草墩之间有流水侵蚀而成的缝隙。从草甸中穿行，实为在草墩的缝隙中行走，稍不留神就会扭坏腿脚。在草甸上憩息，可以很惬意地盘坐于草墩之上，柔软、有弹性、防潮，又接地气，是一种奢侈而极致的享受。若你想躺下来，其舒坦程度应超越世上顶级的卧榻，身处无尽的迷魂草中，草与我已浑然一体，思绪伴随着悠悠白云，掠过高山，飞出苍穹！

今天一路走来，"四大精灵"不时出现在众人眼前，每遇"精灵"，记性极好的卢志濂都要把他文章里的相关文字，一字不差背诵一遍，但又听不出有背诵的痕迹，赢得齐腾飞、喜娃子等人的大声喝彩。这里面，只有李白云知道，卢志濂是在背诵自己的旧作，她也跟着喝了几声彩，只是声音不大罢了。过去，卢志濂只要有新作，都会通过电子邮箱或手机发给李白云，让她给提意见。卢志濂今天背诵的这篇游记，李白云在两年前就读过了，她觉得写得很有文采，把这几个所谓的鹊岭精灵写活了。她还打算把这些生动的描述，纳入将来鹊岭景区的解说词中呢。卢志濂在"背诵"中，与李白云也有几次不经意的对视，两人目光接触的瞬间浅浅的、不易察觉的微笑，似乎表达着一种心照不宣。

穿行密林，走出老远，一行人中有急性子者忍不住问，不是说这上面都是草甸吗，怎么净是树林呢？喜娃子答，你不要着急，等会儿就到，让你看个够。

果然，走出不远，树木突然隐去，一个草甸现于眼前。这个草甸呈走廊形状，从林边伸向远处，齐腾飞说："这是鹊岭草甸的迎宾大道。"一行人纷纷说："像，太像了！"喜娃子顺着"走廊"的方向，指着远方说："过了这个草甸，那边是一个连一个的草荡，多得很啊。"

大家兴奋起来，大声吆喝："走！"

踩着软绵绵又弹性十足的迷魂草，大家共同的感觉是人变得轻飘飘起来，但这种感觉并非"草上飞"，而是轻飘飘里有泥泞中行走那般使不上劲的状态，所以走出不远，李白云就首先叫了起来："哈哈，让迷魂草迷住啦。"卢志濂脱口接话："你就是迷魂草啊。"话一出口，他又觉得似乎不妥，但又收不回去了，就喊住走在前面的喜娃子："快给你李妹子搭把手。"喜娃子屁颠屁颠跑转来，扶着李白云，一边走一边给李白云传授行走草甸的技巧：前脚跨，后脚蹬，步步踏实，避开羊胡子草下面的大草墩，免得崴脚。喜娃子交代的这个草甸行走技巧，不一会儿就被大家所掌握，李白云也不再需要搀扶了。

"迎宾"草甸的尽头，是一个矮矮的分水岭。上了分水岭，朝前一望，一行人不约而同惊呼起来："啊，太壮观啦，太壮观啦！"

只见一个接一个的草甸，连环套般铺展开去，似乎无边无际。此时此刻，李白云才明白"荡"的含义，不禁想起卢志濂不久前给她读的另一篇记述鹘岭草甸的文章，此时此地，若能呈现出来，倒是很有意境的。于是她就对正兴致勃勃赏景的卢志濂说："哎，卢部长，我记得你有一篇大作，专写鹘岭大草甸，既有地理方面的专业水准，又具有散文的经典之美，让大家欣赏欣赏呗。"

卢志濂也没有犹豫，招呼大家就地坐下休息，然后掏出手机，在里面找了一会儿，对着大家笑了笑："走累了，怕记不住，照着念了，正好给大家解解乏。说句实话，这篇文章我还是下了一番功夫的。"

接着卢志濂就开始读了。

在雄伟壮丽的鹘岭山主峰，有一块面积近十万亩的亚高山草甸，它由众多的浑圆的小山丘和彼此相连的盆地组成，整体酷似月球上的环形山。草甸的四周是壁立千仞、刀削斧劈的悬崖，巨臂般把大草甸高擎于云端，这里林深洞幽，碧草连天，湖光如镜，天高云淡。

鹘岭是秦岭在汉南东部的最大支脉。由于山体多为碳酸盐成分，经过漫长的流水侵蚀，在宽大的山顶形成了起伏和缓的溶蚀面，岩溶洼地、岩溶丘陵、漏斗、落水洞等喀斯特地貌集中分布，构成了主峰无峰的独特景观。

这些如串珠状分布的岩溶洼地被称为"荡"，呈圆形或椭圆形，据说共有一百零八个，彼此间由低矮的小分水岭相连互通。荡中土层为黑色的高山草甸土，主要草种为柔软修长的羊胡草和色彩幽艳、令人头晕目眩的"迷魂草",还有鹊岭草甸上特有的"天葱"。

当地俗语道,鹊岭大草荡,荡荡不一样。传说汉代的张良曾隐居于草甸附近的子房洞,耕作于大草甸,他对各荡进行了明确分工,或种菜、或种药、或种果,所以形成了今天这样荡荡相连,但草种植被不同的奇异现象,如名贵药材"铁棒槌"为莲花荡所独有,数量极少的"天蒜"也只分布在其中的几个荡。

在绿茵蔽天的大草甸间,点缀着一座座波状山丘,上面覆盖着茂密的松林,在靠近草甸的边坡,山柳、红桦、山杨、山楂以其弯曲变异的虬枝、盆景般的造型,展示着大自然的鬼斧神工。

这些为数众多、地形地貌非常相似的山丘和草荡,在数十平方公里范围内组成了一个巨大的连环阵和迷宫,稍遇云雾,置身其中便会不辨东西迷失方向,所以当有人准备游览鹊岭山时,当地人总是如此这般反复告诫。

鹊岭大草甸四面高中间低,构成了一个巨大而封闭的积雨扇,天长日久,积聚在各荡底部的水逐渐向下侵蚀,在荡中形成了为数众多的漏斗、沼泽和湖泊。这些漏斗均深不可测,与鹊岭众多的溶洞和地下河相通,其中以号称"天眼"的最为有名。

"天眼"是一个经流水长期侵蚀的落水洞,位于草甸中部一个荡的边缘。拨开洞口浓密的树木,但见一个幽深的地穴垂直而下直刺地心,抛石探测,撞击声绵绵不绝,不知所终。传说此洞具有一奇特现象——落石生雨。果然,在我们向洞内丢石后不到十分钟,一团薄云竟飘然而至,淅淅沥沥洒下一阵细雨,片刻后又消失得无影无踪。

鹊岭大草甸树奇、草茂、花艳、水澈、洞幽,同时它还拥有各种美丽神秘的人文传说和文化遗存,给大草甸平添了许多神奇。传说汉初"三杰"之一的张良在辅佐刘邦夺取政权后,急流勇退隐居鹊岭,最后修炼成仙。目前在鹊岭及周边地区有许多与此有关的地名和传说,如"子房仙洞"是古代信县的八景之一,旧志记载:"子房观在县北一百二十里,有洞壑极幽邃,遇旱祷雨辄应……"

这篇文章的最后，是卢志濂首创的那几句关于鹃岭山的名言：观林海碧波，赏白云草甸，探隐穴秘谷，发思古幽情。

卢志濂声情并茂读完他的美文，自然赢来了一阵稀里哗啦的掌声。

在鹃岭草甸最大的莲花荡露营一晚后，第二天下山走到半道时，卢志濂对李白云、齐腾飞等人说："将来的留侯村，旅游主打的品牌就叫鹃岭大本营，你们觉得怎么样？"

16

从鹃岭大草甸返回家的这天晚上，卢志濂只觉得双腿沉重，脚底还打了几个泡。他正在卫生间里用洗脚盆泡脚，拨弄着脚底那些血泡，手机突然响了，接通后对方说是洪州市委组织部的，要他马上到信州大酒店108房间，市委组织部领导要见他。卢志濂不敢怠慢，马上更衣出门，快步朝信州大酒店赶去。

进了108室，才知谈话人是市委组织部副部长刘英。刘英算得上是半个信县人，她的父亲早年曾在信县任县委副书记，刘英的小学阶段是在信县度过的，所以信县干部一说起能干的女部长刘英，敬佩之余都有一份老乡般的亲切感。

简短打招呼之后，刘英副部长就直入主题："前不久，市委考察组对信县班子进行了全面考察，情况汇总后，市委又进行了综合研判，认为信县班子是一个勤政务实清廉的好班子，在这次换届中，要根据各人的德能勤绩，妥善安排使用，表现突出的还要提拔重用。为体现对干部个人的关心，也是尊重干部个人的意愿，市委组织部派我来信县，分别征求一下各位班子成员的意见，以便回去做方案。"

卢志濂听到此话，感到有点突然，因为以往换届组织部门还没有这样做过。再者，他还没有正儿八经想过换届中自己应该怎么办。就接着刘英的话，连说了几声好。刘部长似乎没等他开口，就紧跟着问："志濂同志，把你交流到别的县去，你愿意吗？"

卢志濂听得心里一惊，这个事儿他真的没有考虑过。

沉默了片刻，卢志濂说："感谢刘部长关心，到外县去还有些困难，父母年龄大了，身边需要人照看，有些走不开。"

刘英说："你还年轻，到外县去发展的余地会大一些。既然你不想交流，我们在做方案时尽量考虑你的意愿。"

卢志濂连连说好，谈话就此结束。

这个简短的谈话对卢志濂此后仕途影响巨大。从这个时候开始，洪州市的领导层都知道了卢志濂不想离开信县，之后每次的交流提拔也就没了他的份。按照现行干部任用制度，干部是不能在出生地和原籍担任党政一把手的。他待在信县，要么一直担任党政副职，要么到县人大或政协任职，这也意味着他给自己的仕途，设置了一个大大的天花板。但在脱口说出不愿交流这句话时，卢志濂还真没有认识到这一点。

一个月后，信县新一届班子配备方案出炉。县委书记王卓成升任洪州市副市长，县长魏德平接任县委书记。县委副书记邓辉和常务副县长丁亮分别升任人大常委会主任、县政协主席。卢志濂出乎意料被调整为县委常委、常务副县长，接替了丁亮的位置。新任县长人选是从省直机关下派的，叫赵宇航，是省建设厅的一位资深副处长。据说，排名靠后的卢志濂之所以被委以常务副县长的重任，是因为信县在乡村精神文明建设方面的一系列大动作。

一番必不可少的迎来送往之后，信县党代会如期召开，新班子到岗。当然，涉及的人大、政府、政协口人员，按照规定与惯例，先行到岗担任党内职务，等待来年初的人大政协两会正式选举。其中赵宇航和卢志濂属于个别调整，按照人大的制度，被人大常委会先行任命为代理县长和副县长。在赵宇航从省城抵达信县一个星期后，两人同时正式到县政府上班。

元旦假期刚过，信县两会召开，几套班子正式选出，信县的历史又翻开了新的一页。

卢志濂的面前,有一大堆的事情等着他。其中当务之急就是政府历史债务问题。

赵宇航从渭川建筑科技大学毕业后,才二十出头,被分配到省建设厅工作。历经多个处室,在十二年前被提拔为规划管理处副处长,此后就再也没挪动过。前几年,省直机关开始设置非领导职务,用以解决资历老但暂时腾不出岗位安排这类干部的问题,赵宇航便搭上这趟顺风车,解决了正处级待遇。这次全省县区级换届中,省委为改善县级班子的结构,决定从省直部门里选派十名优秀年轻处级干部到县区担任县区长。赵宇航因学历资历年龄均符合条件被选中,于是便沿着古老的库谷道,来到了信县。

用赵宇航自己的话来说,从省直机关到信县这样的基层来工作,是他从来没有想到过的。按照自己原来的设想,再过两年,比他大两岁的处长就会接任快到退休年龄的那个副厅长的职位,他便可以接任处长。至于以后还能不能再往上走,那是把不准的事情。到退休前,按照现行政策以及自己的资历和人脉,应该至少解决个副厅级待遇。对出身于渭川西部农家的他来讲,已是很满足了。对于这次被组织选中,他起初并不愿意,认为到县里任职,没有十年八载别想回来,何况这洪州属于全省经济最落后的一个市,后半生待在那偏僻的地方,感觉有些难以接受。

他去找厅长。厅长告诉他,从省里下派这么多干部到县区去任职,是改革开放以来力度最大的一次,挑选的条件很严格,要求必须是正处级,任副处以上职务十年以上,连续三年考核优秀,德才兼备能胜任县区主官岗位。对各厅局推荐人选,省委组织部都逐人进行了研判和内部考察,一些条件不够的还被刷了下去,能在众多的处级干部中脱颖而出,说明你很优秀。能把你的专业技能用于基层的火热实践,靠自己的努力去改变一个地方的面貌,这是多么好的人生体验啊。你可能听过"郡县治,天下安"这句话,县一级在我们这个国家的位置太重要了,社会上不是流传着这样的说法吗?能当好一个县委书记和县长,就能够当好总理。

曾经做过县长的老厅长的一席极具鼓动性的话,打消了赵宇航思想上的顾虑。他信心满满，愉快地来到了信县。

初来乍到，赵宇航逐个登门，与新任县委书记魏德平、拟任人大常委会主任邓辉、政协主席丁亮进行了长谈，请他们介绍信县县情，征询他们对自己工作的意见，就如何做好政府工作表了态。此前，在有市委领导参加的新班子见面会上，他作为新到任县委副书记和县长人选，有一个简短的表态，但他认为那只是官样文章，非正式的个别交流更重要，可以听到一些心里话，交底的话，同时可以迅速拉近他这个下派干部与这些信县老人手的距离。

接着，赵宇航马不停蹄，把县直各部门和所有乡镇跑了一圈，这叫认人认门，也是为不久将要举行的人代会选举做个铺垫。又和新到任或留任的六位副县长做了交谈。还让办公室找来县志，利用两个晚上时间浏览了一遍。这样一来，赵宇航对信县的基本情况有了轮廓性的了解。

与魏德平书记的交谈，既是向县委一把手汇报交流思想，也算是二人的工作交接。魏德平自五年前从上任手中接过县长这个接力棒，整整干了一届，年龄已过五十，他的想法是在书记位子上，平稳干上两三年，就得赶紧回到市里哪个局享享清闲了。加之换届谈话时，市委书记给他有交代，对省里下派干部要多支持多压担子。魏德平听得出来，对赵宇航这批下派干部，省里面有重点培养的意图，他这个书记主要职责是搞好传帮带，说白了就是过渡过渡。过去有一句俗话，叫作铁打的衙门流水的官，其实每一任的官员，无论任期长与短，实质上都是一种过渡，只是你不要把这个过渡过度放大就行，否则就会真的成了过渡人物。这个道理魏德平何尝不明白，但一贯沉稳内敛的性格，决定了他的豁达稳健，决定放手而不是捂住不放。最高的境界是无为而治，会授权的一把手是英明的领导。魏德平的高明之处正在于此。

在与赵宇航一场长谈的最后，魏德平说："信县这个地方是一个能干成事、能干大事的地方，你和志濂他们放手去干，我来做你们的坚强后盾。还有，你们首先要面对的，可能是很棘手的历史债务问题，这涉及政府的信誉。同时，我们要把精力集中到抓工业经济、抓城镇体系建设上来，只有一手抓化解历史遗留问题，一手抓发展，才能实现良性循环，信县各方面工作才能再上一个新台阶。"

赵宇航与卢志濂商议之后，两人就魏德平书记提出的"两手抓"即化解债务和抓发展并举进行了分工，由卢志濂主抓化解债务，工业和城市发展重点工作由赵宇航亲自上手。赵宇航县长在卢志濂愉快接受任务分工后，不无诚恳地笑着说："这样安排可不是甩锅推责啊，我刚来信县，连人都没认全，你是信县的老人手，熟悉各方面的情况，处理协调起来可能方便一些，难度大的我们随时商量。信县的债务说大不大，说小不小，是我们这届政府的拦路虎，事关政府威信和形象，解决了就可以轻装上阵啦。"

卢志濂当即表示："您安排我分管这块工作，我自应尽职尽责，有事随时向您汇报。我们整天在引导教育群众要诚信，政府自身却在耍赖，这怎么行呢？"

赵宇航很快就进入了县长这个角色。他出手的第一招就令人刮目相看。

信县是一个矿产大县，拥有储量位居全省第二的铅锌矿床，还有储量位居全国第一的汞矿资源。这个时段，正值全球经济新一轮的上升期，对铅锌的需求旺盛，两三年间，锌锭的交易价格从每吨六七千元涨到了一万五千元以上。可是，这些利润基本上让外地的加工企业拿走了。这是因为，信县的矿石最多只能就地初加工到锌粉一级，再朝下游走就无能为力了，就是说产业的链条太短。要解决这个问题，就必须"补链"。怎么拉长补齐这个链条，当然是兴办铅锌冶炼企业。但是补这个链条谈何容易，每万吨的冶炼能力至少要投资一亿元。过去县上也讨论过几次，都因投资巨大，找不到投资主体而不了了之。在去年春季的西部地区贸易博览会上，信县与西河铅锌矿业集团签订了意向性合同，但是因为信县坚持国有资产保值增值，与西河铅锌矿业集团迟迟谈不拢，西河铅锌矿业集团已有放弃的意向，明确表示不再接触了。

赵宇航把走访企业的第一站放在了信县县办大集体企业——信县兴源化肥厂。

这个兴源化肥厂兴办于20世纪70年代，主产磷肥。后来磷肥生产受大化肥厂的冲击，改而生产新兴的复合肥，结果由于成本技术等方面的问题，竞争不过本县的一家私营肥料企业，发生亏损。看到肥料行业出路不大，这个厂便拿出一块空闲地，找外地技术人员帮忙，建起了一个冶炼炉，生产锌粉的下游产品锌焙砂，靠微薄的加工费度日。可是不多久，由于煤耗电耗太大，又发生亏损。加之锌焙砂加工中产生的硫酸气体，对厂子周围的环境造成了影响，熏死了周边的树木花草和庄稼，熏得周围的农民眼睛长流水，频繁去封堵厂门，到县上群访，向媒体投诉，工人也因发不出工资生活困难频频上访。这个厂子的前途，要么关停，要么升级改造，别无选择。

信县给西河铅锌矿业集团开出的合作条件是，企业整体出售，由西河铅锌矿业集团投资五个亿，对兴源公司实施技改，达到年产五万吨锌锭的能力。企业资产经过会计师事务所评估，价值一点五亿元，减去历年银行贷款余额五千万元，西河铅锌矿业集团付给信县财政一个亿，就可以整体把这个企业拿去了。这个数字，是经过信县政府会议研究的。

赵宇航去企业之前，听了工业局的汇报，看了相关资料，心里也默默算了一下账，脱口说了一句："这账算得实在太精啦。"

第五章

17

赵宇航带着分管工业的副县长、财政局局长、工业局局长等人来到位于城西库河湾的兴源化肥厂。

年轻的厂长肖鹏程，还有副厂长、工会主席等几个人站在厂门口迎接。肖鹏程毕业于洪州师院化学系，分配到这个厂子后，先任技术员、工程师，后任技术副厂长，三年前老厂长退休后被县工业局任命为厂长。去年在信县县办企业股份制改制中，被推举为董事长兼厂长，是信县为数不多的几个科班出身的企业负责人。

肖鹏程陪着赵宇航一行沿着厂内的循环路转了一圈，沿途肖鹏程向他们依次介绍锌焙砂冶炼的设备、管线及工艺流程。那个三四层楼高的冶炼炉，老远散发着炙热，不时升腾起一团火光，整个厂子就像一个大烤炉。上料车间和出料车间里，灰尘雾罩，操作工人们浑身上下都是灰尘，形象有点像过去的煤矿工人。最后，他们还站在已经停产的化肥车间门口，看了一下空旷的厂房，只见里面只剩下一堆黑色的石头。肖鹏程说，那是当年磷肥停产时剩下的，舍不得扔掉。

接着去会议室开会。肖鹏程和工业局局长严光明先后汇报发言，所表达的共同意见是，这个厂子的唯一出路还在于寻求与大企业的合作，不然就是死路一条。赵宇航依次询问了解厂子近三年的生产经营情况、人员结构情况、负债情况、改制情况、与西河铅锌矿业集团合作洽谈情况。最后赵宇航才弄明白，这个厂子已是一个职工全员持股，有职代会、董事会、监事会等机构，建立了现代企业制度的有限责任公司。按照国家颁布的新公司法的规定，该厂是一个独立法人，最高的决策机构是职工大会及其执行机构董事会。企业与西河铅锌矿业集团或者其他企业的合作，应由企业自己做主。也搞清楚了与西河铅锌矿业集团合作的障碍，主要还是来自信县政府。按照当初的企业改制扶持政策，早年县财政投入这个企业的生产资金，在改制时已经作为呆坏账进行了核销，并由县政府发文予以确认。这就表明，县财政与这个已经完成股改的新企业不存在财务上的关联了。可是，当兴源与西河铅锌矿业集团就合作谈判时，政府和财政局却横插了一杠子进来，认为这是与县外企业进行合作，会造成国有资产的流失，故而提出主张，至少要把历年信县投入这个厂子的钱要回来。

情况了解得差不多时，赵宇航问肖鹏程："你这么一个厂子，西河铅锌矿业集团相中你哪一点了？"

肖鹏程回答："他们首先看上的当然是信县的矿产资源，我们厂距离矿山近，县内又有六家锌粉铅粉初加工企业，这个厂的冶炼能力扩大后，就可以与县内这些上游企业形成配套。如果真能达到年产五万吨锌锭的规模，信县有望成为全省重要的有色金属生产基地。我们还有一个优势，就是有一支成熟的技术队伍，当初化肥生产线停产后，我们围绕冶炼进行了全员培训，选派技术人员到外地同行厂子跟班学习。大家别看我们这个厂子外表不咋样，技术人才方面还是有一定优势的。还有，我们这个厂子靠近火车站，占地面积二百多亩，可以放得下五万吨的生产线。只是单靠我们自己的能力，只能勉强维持生存，确实拿不出资金来搞技改了，不然的话，远不是今天这个样子。"

"对于与西河铅锌矿业集团的合作，你希望政府做哪些工作？"赵宇航继续问。

肖鹏程说："希望县上能按照企业法和改制政策办事，看得远一点，不计较那点小利。我们这个企业在册职工有二百一十人，如果垮了，这么多的人企业养不起，政府也承担不起。西河铅锌矿业集团提出的条件是零资产兼并，让兴源成为他们集团的全资子公司，并说可以向信县承诺，一年内完成五万吨新生产线建设。西河铅锌矿业集团是省上的八大国有企业集团之一，这个合作项目搞成了，关系搞好了，等于背靠了一棵大树呀。"

"零资产兼并具体是怎么操作的？"这"零资产兼并"，对于一直从事城市建设管理的赵宇航来讲，听说过，却不是很清楚。

"零资产兼并，就是西河铅锌矿业集团同时接收兴源厂的资产和负债，以及全员接收安置职工。除过承诺后期投入额度之外，不承担其他额外的费用。"肖鹏程解释道。

"目前，兴源的资产与债务基本持平，如果加上近两年的亏损，就是负资产了。"肖鹏程又补充说。

肖鹏程刚才说的几个问题，在前面座谈时工业局局长严光明等人在发言中已有涉及。赵宇航让肖鹏程再说一遍，这是专门让同行的几个人听的。他凭着多年的工作经验，知道凡是涉及国有资产流失、财政资金等问题都是很敏感的，在处理上往往是"宁左勿右"，这样才能显示所谓的"正义"。

"你们两家在商谈期间，都有法律顾问参加吗？"赵宇航又问。

肖鹏程说："有的，有的，这是大事，法律顾问几乎是全程参加的。"

"政府呢，上会讨论时，法律顾问参加了吗？"赵宇航问随行的县政府办公室主任李小康。这位主任在现在这个岗位已经干了三年，上年的会议他是参会者之一。

"好像没有。我记得当时没通知法律顾问参加。"李小康犹豫片刻，做了否定的回答。

即将离开会议室时，赵宇航对肖鹏程说："肖厂长，你与西河铅锌矿业集团联系一下，请他们过来一趟，若他们走不开，我们去省上拜访他们。"

回到县政府机关，赵宇航找来分管债务的常务副县长卢志濂和县政府法制局局长，就兴源厂和西河铅锌矿业集团合作一事做了一番探讨。从交谈中得知，坚持让西河铅锌矿业集团额外支付"国有资产"费用的是当时分管财政和招商工作的丁亮。

第二天早上，赵宇航按照前一天的约定，到县政协大院去见新任主席丁亮。

信县四大家的办公楼处在信县新城区的一块开阔地带，濒临库河，坐北朝南，四个院子在这个取名为鹊岭大道的街道上一字排开。赵宇航走出政府大院，往右一拐就到了政协院子这边。丁亮的办公室位于主楼三层的顶头。已经有点秃顶、身材单薄的丁亮已出门在过道等候。

丁亮的办公室是一个套间，布置得颇有特点。外间是会客室，摆了一圈白色布艺沙发，迎面的墙壁上挂着一幅颇有气势的国画，表现的是信县汉江段的秋景，蜿蜒曲折的汉江两岸，一派万山红遍的意境，题为"汉水秋意"，一看便知道，这是信县有名的本土画家钟祥云的大作了。钟祥云毕业于渭川美术学院油画系，中年之后从油画回归国画，拜北京的一位国画大师为师，专注于身边这条汉江，专攻巨幅山水长卷，在省城办过专题画展，几幅代表作被省市美术馆收藏。钟祥云外出进修和举办个人画展时，曾经得到时任常务副县长丁亮的资助。当然这种资助的出资人是县财政，丁亮那里只需要大笔一挥就可以了。在丁亮换届升任县政协主席时，钟祥云用心作了这幅长五米的国画，在装裱店配了红木边框，用了一辆客货两用车，送到丁亮办公室。此画一上墙，这个不是很大的会客厅，马上有了类似国家领导人会见外宾时的气派，使本来计划直接升任县长，结果因年龄超限半岁改任政协主席，心里充满憋屈的丁亮有了些许的心理慰藉。

里间的办公室内，新配了一个香樟木材质的大板台，板台后面是一个绛红色的真皮转椅。大板台的对面，是两个并排的文件柜，房子里侧的一整面墙，竖立着一个直抵屋顶的博物架，博物架大大小小的格子里，摆放着青铜鼎、铜车马和玉石雕件等工艺品。腰门对面的墙上，垂直悬挂着一幅渭川著名道教大师榜书条幅：上善若水厚德载物。近几年，这位大师的书法很是走红，据说这幅字是丁亮借到渭川开会时机，登门拜访大师，央求大师当场挥毫得来的，比市面上标价五千元一幅那些似是而非、真假难辨的东西可靠得多。在里间办公室的角落处，还放置了一个让赵宇航意想不到的黑色电动按摩椅。这间办公室既休闲又文化，又有些不伦不类。

这间办公室赵宇航已是第二次来了。第一次是他从省城到信县报到的第二天。那次来，这里的主人还是那位老主席，里面的摆设很是简约，远没有现在这么复杂。当时丁亮作为候任主席人选，只是临时被通知为政协党组副书记，还在走廊另一端那个临时办公室里办公。今天进来一看，面貌风格已经大变。赵宇航也不免俗，在丁亮的引导下，按照官场惯例，里外瞧了一遍，连声称赞："好，好，主席老兄志趣高雅啊，很有品位，很有意境！"

两人在外间的雪白沙发上落座，工作人员给他俩沏茶后就出去了。两人寒暄了几句，赵宇航就进入正题，说今天专门来向主席老兄汇报兴源与西河铅锌矿业集团的合作项目。丁亮一听连忙摆手，说不敢不敢，你是领导，政协的职能是参谋献策，有啥指示尽管吩咐就是。两人如此这般客气了几句，气氛渐渐变得融洽而自然，两个人如同老朋友般聊进了主题。

赵宇航说："丁主席在政府工作期间劳苦功高啊，去年在西部贸易博览会上一次签下了六个大项目，在全省都有反响。本届政府班子在经济发展方面的主要任务，就是按照你们上届班子定下的思路，特别是这六大招引项目，抓落地，抓落实。"

丁亮赶紧接过话说："都是大家的功劳，我只是干了一点具体工作。遗憾的是，这几个项目后续工作抓得不紧，现在还得靠你们来继续落实了。"

"这个请主席放心，也请政协各位领导多关注多支持，有的时候可能还要请你们出面督战呢。我今天来，重点是就兴源与西河铅锌矿业集团的合作项目向主席讨教。"赵宇航接着就把他在兴源厂调研了解到的情况，一五一十给丁亮讲了一遍。当然，他并没直接点明，信县坚持要求西河铅锌矿业集团付给所谓"国有资产"费用，是与企业改制政策和企业法相违背的。

丁亮从邻县交流到信县工作已有五年，加上在邻县任副县长的时间，担任县级领导职务已有十五六年，正如他的头顶一样，聪明透顶，也很是敏锐。听赵宇航说到一半，他便明白这位谦逊精干的新任县长今日登门的来意了。

故而，赵宇航的话刚落，丁亮就咧嘴笑了笑，很是诚恳地说："赵县长的工作效率令人敬佩，很短时间就找到了问题所在。当初坚持要西河铅锌矿业集团支付本级国有资产投入的，是财政局参会的一个即将退休的副局长，分管国有资产工作，年龄大了头脑有些僵化。过后我也咨询了会计师事务所和审计局的专家，他们都说不应该让兼并方负担。我原来准备再议一次，可惜赶上了换届，时间来不及了，遗憾得很。那次只是一次讨论，也没有发纪要文件，等于议而未决。建议你们抓紧研究一次，我赞同你们零资产兼并的意见。人家西河铅锌矿业集团是省属国有企业，是国家队的，国有资产从左手倒到右手，一点问题都没有。"

与丁亮主席的沟通很顺利很顺畅，赵宇航对自己对丁亮很是满意。他欢喜愉悦地告别了丁亮，接着去了人大常委会主任邓辉的办公室，如此这般全面汇报了一遍。邓辉也表示同意，并说县人大今年要把包括兴源厂在内的招商引资项目落地情况，列为重点监督议题，督促政府相关单位加大力度抓落实。

这天下午，赵宇航又去了县委书记魏德平的办公室，把近期的政府工作的摆布情况，几个准备重点突破的大项目齐齐汇报了一通。最后详细汇报了兴源公司与西河铅锌矿业集团合作项目进展情况，说明了零资产兼并的法理政策依据。魏德平听后明确表态同意他的意见，要求政府尽快召开常务会议研究，组建专门班子，明确责任限定时限，尽快付诸实施。

18

西河铅锌矿业集团董事长兼总经理金云岗接到信县肖鹏程的电话后，安排集团投资部和法务部的负责人来到信县，与兴源公司接头洽谈。其实他们前面已经接触了好多次了，结果都是因为信县坚持要西河铅锌矿业集团负担历史上县级的投入费用而无功而返。这次情形与以往不同，肖鹏程在得知西河铅锌矿业集团即将派人过来洽谈时，给赵宇航县长做了汇报，有了赵宇航县长的提前交底，肖鹏程便与西河铅锌矿业集团来人直接开始共同起草兼并协议。几天内协议文本就起草好了，分别传给了各自上级。

随着西河铅锌矿业集团董事会、兴源公司职工大会和信县政府常务会议的召开，兼并协议和兴源公司财务审计报告顺利通过审查批准，并通过相应决议。接下来就是正式签订协议了。

兼并兴源公司，是西河铅锌矿业集团进军汉南地区矿业领域的首个项目，自然十分重视。金云岗专门去了一趟省政府，想请分管工业和招商工作的副省长吴波涛出席签约仪式。吴副省长早年在省有色金属工业研究院工作，与金云岗共过事，两人有几十年的交情。金云岗所汇报的这个项目，自然让他想到当初信县在博览会上十个"贵妃"装扮的招商形象大使，信县由此给他留下了深刻的印象，他也想找个机会去信县看看，所以沉思片刻就答应了下来。

吴副省长要亲自来信县出席签约仪式的消息，很快传到了信县和洪州市。洪州市市长袁永义要求信县拿一个签约仪式的方案，赵宇航便安排政府办公室主任李小康与兴源公司对接，尽快拿一个方案出来。

兴源公司不敢擅自做主，又与西河铅锌矿业集团行政部沟通了几次，最后拿出一个看似比较铺张的方案：签约仪式在信县县城中心广场举办，各机关组织不下于一千人的方阵参会，会场四周布彩旗、气球、漂浮标语，主席台设置巨型喷绘背景墙，铺设大红地毯，来宾佩戴胸花，安排少先队员给出席仪式市以上领导献花。拟邀请的领导有副省长吴波涛、省政府副秘书长、省政府办公厅工业处处长、省工业厅厅长、省国有资产管理委员会主任、省电视台广播电台记者，洪州市委书记、市长、分管工业的副书记、副市长、市委市政府秘书长、发改局局长、财政局局长、工业局局长、国资局局长，洪州电视台、省级各大报社驻洪州记者站、《洪州日报》记者，信县四大家领导及分管领导，信县县委县政府所属各委办局，县内各媒体等。议程除必不可少的签约外，有信县领导致欢迎辞、西河铅锌矿业集团领导讲话、洪州市委领导讲话、吴副省长发表重要讲话等。签约仪式结束后是一台反映信县公民道德建设和展示发展成就的大型文艺演出。由李大年的风雷艺术团承办，节目内容是在公民道德建设专场节目的基础上，增加若干个反映信县招商和工业发展成就的节目。时长控制在一个半小时左右。

　　这个设计宏大的签约仪式方案，经过信县和西河铅锌矿业集团商定后，按规定程序传给了洪州市委市政府，又从市政府传到了省政府办公厅，由工业处阅办呈送到了吴波涛副省长的办公桌上。

　　吴副省长翻了一遍这个五页长的方案，略微皱了一下眉头，拨通了金云岗的电话："老金啊，这个方案有些铺张啦，我的意思还是简约一点好。我让办公厅与你们集团和洪州市那边对接一下，把方案调整调整。你们的初衷可以理解，是想借这个仪式宣传宣传，但是最近上面对这类事情有明确要求，动静太大反而不好，你老弟可要理解我的难处啊。"

　　金云岗连说："理解理解，严格按省长的意思办。"金云岗的确理解吴波涛的顾虑所在。今年年底就要进行省级班子换届，年届五十、技术专家出身的吴波涛还有上升空间，据传可能升任省委常委、常务副省长。若到了那个位置，距离正省级便只有一步之遥了。此时此刻，选择低调内敛一点，是明智之举。作为老朋友，自然不能因这件事情而坏了领导的大事。更何况，吴波涛能答应参加省属企业一个不算太大的签约仪式，主要是基于老同事这层关系，能去就很给面子了。

　　接下来经过省政府办公厅联系工业口的副秘书长和工业处的一番协调，

一个很简约的签约仪式方案很快敲定下来。

半个月后，这天上午九时整，在信州大酒店八楼会议厅，西河铅锌矿业集团与信县战略合作协议签约暨二十万吨铅锌冶炼（一期）项目启动仪式如期举行。按照调整后的方案，吴波涛副省长随行人员除过办公厅的工作人员外，只带了省工业厅一个部门负责人出席，洪州市按要求只来了一位分管工业的副市长，还有市工业局局长。信县方面四大家一把手外加常务副县长卢志濂和分管工业的副县长，当然还有西河铅锌矿业集团金总，兴源公司肖鹏程及其下属一干人。还有信县涉及工业经济的部门负责人，总人数按照要求没有超过五十人。仪式不设主席台，只有背景墙上的一幅红底白字会标。站在会标之下面向台下的，只有副省长、厅长、副市长、县委书记、市工业局局长、金总、肖鹏程等七个人，其余参会人员，包括赵宇航、人大常委会主任邓辉、政协主席丁亮等都被安排坐在了台下边。这种安排，凸显了仪式的主角，又无形间提升了仪式的档次。在省厅工作时，赵宇航也参与经办过类似的活动，自然看得清这貌似简单仪式背后的那点玄机。

仪式由县委书记魏德平主持，金云岗、赵宇航、肖鹏程分别代表西河铅锌矿业集团、信县政府、兴源公司签字，金云岗、肖鹏程分别表态发言，洪州市副市长讲话，最后魏德平让大家以热烈的掌声欢迎吴波涛副省长做重要讲话。

颇具学者风度的吴波涛事先没有准备稿子，他的简短讲话纯属即兴而为：

"加快汉南地区的资源开发，实现跨越式发展，跟上全省的步伐，同步迈向小康，是省委省政府做出的重大决策，也是省委省政府交给汉南地区各级组织的中心任务。同时，省里也明确要求，省属各国有企业、各大集团要发挥优势，积极履行政治和社会责任，在这一区域多布局项目，为汉南发展贡献力量。今天，西河铅锌矿业集团与洪州市信县合作项目成功签约，这是洪州市委市政府、西河铅锌矿业集团落实省上重大决策部署的具体行动，我向你们表示祝贺，作为省政府分管工业的负责人，我也感到由衷地高兴，感谢各方面为这个项目所付出的努力！

"项目签约，仅仅是一个开头，是一个仪式，距离项目落地、项目实施，最后投产运行，还有十万八千里，希望洪州市和信县组织强有力的班子，抓好项目帮扶，提供全方位服务，涉及的相关手续要依法特事特办。西河铅锌矿业集团和兴源公司要组建精干专业的团队，抓好新冶炼生产线的实施，力争项目早日建成，产生效益。

"大家都知道，南水北调中线工程即将上马，汉南是水源涵养的核心区域，国家将实行越来越严格的生态保护政策。处理好开发与保护的关系，是这个区域绕不开的紧迫课题，也可以说是一场严峻挑战。这就决定了在这一地区发展矿业，必须把环境保护放在优先位置，该投入的环保费用一点也不能省，环保设施不到位的要填平补齐，新建项目要采用最先进的环保技术和设备，确保实现'三废'零排放，全达标。"

昨天中午抵达信县后，应吴副省长的要求，信县安排吴波涛一行实地考察了几家采矿和矿石初加工企业，还专门到兴源公司进行了调研座谈，矿产行业出身的吴副省长对各企业废水废渣的乱排乱堆很不满意，当场提出了批评，要求抓好整改。当然他也清楚，目前这样的现象在全省乃至全国都具有普遍性，是寻求高速发展必然付出的阶段性代价，不可能一关了之，只能是亡羊补牢，逐步去完善。故而，他才有了这一番重点的强调。

吴波涛副省长最后说："信县是个好地方，光听到这么一个非同凡响的'信'字，就觉得了不起，不得了。一个人，一个地方，有了诚信，有了信誉，走遍天下都不怕，没有什么事干不成。我记得去年你们这里出了一个拾金不昧的大典型，面对巨款不动心，千里送还失主，轰动了全国。我听金总说，你们这次很大气，愿意搞零资产兼并，不求所有但求所在，站得高看得远，很有眼光。希望你们登高望远，脚踏实地，锐意进取，让不同凡响的信县的各项工作，走在汉南乃至全省的前列，祝福和期待你们！"

西河铅锌矿业集团兴源冶炼厂挂牌暨年产五万吨铅锌锭生产线建设开工仪式,是在两个月后举行的,赵宇航县长在现场下达了开工令。这时人们才知道,上次签约仪式上所说的二十万吨,属于西河铅锌矿业集团承诺的远期投资计划,首期实施的是五万吨。这五万吨项目之所以两个月就能开工,是借用了西河铅锌矿业集团在省内另一个相同规模厂子的设计图纸。采取技术改造这个名目,也不需要再层层申报审批。这也是西河铅锌矿业集团这个老牌国企的精明之处。至于二十万吨的远期目标,需要占地一千亩,在兴源这个厂区根本摆不下,将来需要另行选址。

请来了副省长,项目落地神速。信县人议论说,这赵宇航人缘广,头脑活,办法多,确实不简单,信县大有希望。

让信县人更想不到的事情还在后边。在兴源冶炼厂开工后不久,吴波涛副省长主持分配南水北调水源地的矿产污染环保专项资金时,给信县"戴帽"下达了五千万元,指定用于矿业重点企业的环保项目补助。围绕这一笔无偿资金的使用,信县各矿产企业纷纷施展其能,互不相让,闹出了不小的动静。

几个月前,赵宇航沿库谷道南下上任途中,就发现这几百里的库河,河谷越向下走越狭窄,不时处于深谷之中,水的流速快,很适合搞水力发电。直到靠近信县县城不远处,才在一个宽阔的地方见到一座水电站。后来几次周末乘坐火车回渭川城时,他又在途中做了观察。

这天下午,赵宇航让县政府办公室主任李小康通知水利局,要到水利局下属的水电公司调研。随后就带着李小康和秘书,去了位于库河北岸的水利局。水电公司就设在水利局的办公楼的一楼。

到了只有三间办公室的水电公司门口,才发觉水电公司的名字前有一"小"字。这个水利局下属公司的全称原来是信县小水电公司。在县机构编制委员会办公室给赵宇航提供的机构册子里,在水电公司处,由于打字员疏忽,少印了一个"小"字。交谈几句才知,这个小水电公司管理汉江、库河小支流上装机容量五千千瓦时以下的小水电站,汉江、库河上的大发电厂管辖权在省市一级。

这些状况并不影响赵宇航此行的调研。他此时才弄清楚河流开发也是分层级的，级别高的管大江大河，级别低的管小河，到县这一级，只能管那些小沟小溪啦。赵宇航觉得长知识了，这基层一线真如同一个万花筒，里面无奇不有啊。

来到小水电公司，赵宇航就先让小水电公司介绍一下全县小水电情况。年轻的经理介绍，信县的小水电站共有二十六处，目前能正常运行的只有发电量稍大的三处了，其他小电站由于挂不上大网或者亏损，在十年前陆续关停了。这些小不点儿电站属于乡镇企业，小水电公司只负责业务指导和接收企业统计报表，另外就是代政府向这些小不点征收水资源补偿费，其他事情都没有管，因为人家属于自负盈亏的独立法人。

再谈下去，年轻经理就没有话说了。一起参加座谈的县水利局局长杨显存很有眼色，马上招呼赵宇航去位于三楼的水利局会议室，说到那里做一个正式汇报。

坐定后，其貌不扬，口才却极佳的杨显存局长，竟然出人意料地道出了信县发展的一组"密码"。

19

杨显存是地道的信县人。如果上溯十余代，他与大多数信县人一样，其先祖来自千里之外的湖广地区。具体到杨显存这个杨氏家族，他们的祖先来自武昌以东的黄州。据杨氏家乘记载，杨氏迁徙信县的时间是在明朝成化年间。

在那场因大饥荒引发的大逃难之后，人流一路向西，沿着汉江大通道，男女老少混杂裹挟，足迹很快遍及汉南地区的崇山峻岭、沟沟壑壑。这些流离失所衣食无着的民众，被不负责任的朝廷冠以"流民"的称呼，视之为洪水猛兽，选派干将统兵急驰而至，实施武力镇压，其意图是驱赶他们返回老家。不想这些已经习惯疾行奔波的民众，在树木蔽天的南山老林里，驱之又来，忽东忽西，几年下来，依然集之如故，且有越来越多之势。无能之辈被朝廷撤换，新派来一位名叫原杰的统帅，他精于谋略，处理"流民"的方式是反其道而行之，顺势而为，让这些总数超过百万、居无定所、惶惶不可终日的流动人口就地"附籍"落户入册，新设无数乡里村社统辖之，又绳之于王法乡约，允许其就地开垦安家。动荡十年的汉南从此趋于安定。因人口剧增，原杰奏请朝廷，在汉南及周边地域一次增设了七个县。又在这个区域的战略要冲郧阳府，设置省级军镇郧阳巡抚，其节制范围与前些年盛传的三峡省拟辖区域相当。也就是在那次行政区划大变更中，原来面积广大的信县被一分为三。这次区划大变动，给后世的信县人留下了取之不尽用之不竭的谈资与骄傲，以至今日略懂这段历史的信县人，到了东边那个本省邻县，或是去那个早已划归外省的邻县，还多少抱有上国来使趾高气扬的派头。

杨显存是黄州杨氏迁徙信县"来祖"的第十八代孙，继承了"流民"坚韧吃苦的性格，又没有丢失"九头鸟"基因中的精明强干，加之他异于常人的手不释卷，善于思考，遂使这个因家庭贫困只上到初中的后山孩子，从村文书、支部书记、乡半脱产合同制干部，一步步干到副乡长、乡长、乡党委书记、水利局局长这个显眼位置。

赵宇航今天专为了解库河水电资源而来。杨显存并没有直入主题，而是先说了一段题外话作为引子，也有在新任县长面前显摆的意思。

杨显存说："信县二十年的改革开放史，在我来看，就是一部地方优势资源的开发史。"

"最初发挥作用的是土地资源，一百五十万亩的耕地，从单一的种粮改为种植经济作物，先是十万亩烟叶，接着是五十万亩黄姜。这个时期，我们还没有走出耕地这个传统的圈子。"

"接着而来的是开发人的脑子和身子。"杨显存这个新颖的表述让人惊奇。他故意停顿片刻，清了清嗓子，接着说下去。

"东南沿海地区乡镇企业和私营经济的率先崛起，需要大量的劳动力，而我们这里，由于化肥使用量加大，种粮效益低等原因，劳力大量剩余，东西互补，这就必然出现人力资源的大量输出，通俗讲就是劳务输出。有的人脑子活，事情搞大了成了老板，绝大多数人还是靠卖力气。这个群体的数量一直维持在十五万人以上，占了全县二十五万劳动力的百分之六十。这些人赚到的收入占到了农民人均纯收入的百分之七十。可以讲，劳务输出是信县的第一大产业，现在是，将来一个较长的阶段内仍然是。除非我们改变自身的产业结构，扩大经济总量，能够自行消化这些劳动力。

"再接下来，信县依次开展了圈矿、圈河、圈地运动，这标志着我们已经走出几千年赖以生存的黄土地，开始真正意义上的资源开发。"

"圈矿运动在十年前就开始了。主力是熟知矿产资源分布的地矿部门的关联公司，政府权力部门下属的三产公司，实力雄厚的国有大企业，最后连军队、公安都参与进来，有的矿区有点像当年美国西部，上演了一幕幕争夺矿权的闹剧。以上这些资本都是来自信县之外。这期间也有本地的一些能人和资源所在地乡镇政府参与，但所占比例很小。不出几年，横贯信县中部几百里长的铅锌矿带，被圈得一干二净。北边的岩金，库河的沙金，东北部的汞锑，南边的铁矿、毒重石、绿松石，东边的铜矿，被圈得一点不剩。现在只有满山的石头没人圈。圈矿带来了信县矿产业的异军突起，造就了信县经济十年快速增长，现在的年产值还维持在二十多亿元。但是，这个行业由于资源高峰已过，正在走下坡路呢。"

听了杨显存这段有鼻子有眼的话，赵宇航无意间想到了西河铅锌矿业集团承诺的远期二十万吨铅锌冶炼项目，难免生出一丝担心。不及多想，杨显存接着又说了。

"圈河是从三年前开始的。先是国家直属企业大元集团，你听这名字就气势汹汹，大元的奠基者成吉思汗曾经横扫大半个天下。大元集团下属的西河分公司从省政府那里，一次性拿去了汉江汉南段干流上的八级电站开发权。汉江属于大江大河，地方政府管不上，只有干瞪眼。汉江在信县的几条支流的情况大致是这样的：东边的育河，靠近湖北省，河谷开阔，河流比较低，没有建设电站的条件，自然不会有人去圈它。南边的驴河，发源于利川县，在信县境内只规划了一座电站，发电指标不行，外面人看不上，已经被本地的一个企业拿了去。潜力最大的是库河，在信县境内规划了五级电站，被浙江一个女老板从省里做工作，空手套白狼，拿去了三个，剩下的两个，一个早年县上给了本地一个私营老板，剩下的一个最近让一个港商看上了，正在谈。信县水电资源蕴藏量总共一百五十万千瓦时，可开发的有一百万千瓦时，目前已经被圈完了。水电是信县经济的又一个增长点，但目前还没有起步，那些占着资源的企业，有的是真干，比如大元集团在汉江上的项目，他们有的是钱，只是在全国布点太多，先干发电指标好的，其中在信县河段布局的两个中型电站，指标不行，前期手续和开工一直在向后拖延，县长去省里开人代会时应该提个建议督促一下。有的"圈河"者是假干，真正的目的是转手把开发权卖出去，从中赚上一笔。香港的那家公司像是要真干，其他企业在我看来有些玄乎。库河上的电站布局数量多，但都是装机一万千瓦时左右的小家伙，最好是集中于一家，这样上下游的流量好统一调度，县上防洪方面的协调工作也就好做了。

"至于圈地，才刚刚开始。随着城镇化的推进，县城及周边的土地是新的财富制造者。位于库河沿岸的新城片区的土地已经首先热了起来，那个来自重庆的开发商，去年率先在库河西岸征地一百亩，改制后的信县建筑公司紧跟其后，开展职工集资，也在隔壁征地一百二十亩。县政府一看这还得了，就决定开发汉江南岸的洄水湾，先征地搞三通一平，再转手卖出去，去年都上会定了，只是因为换届来临没有进地开工。圈地的高潮还在后头呢。现在我们这边的领导，说句不好听的话，就像是得了精神病，只要见到一块平展展的土地，首先想到的是能不能在这里搞开发建房。"

杨显存说到这里，自己都忍不住呵呵笑了起来。

杨显存是个聪明人，他在纵论信县经济发展历程中，不经意间把赵宇航想了解的都说了出来，极具潜力的库河流域水电开发，路径似乎豁然明朗了。

离开水利局时，赵宇航对杨显存说，你与那个港商谈谈，问他是否愿意把整个库河"打个包"。因为他来水利局前，看了去年西部贸易博览会上那位港商与信县签的协议，协议文本里，信县承诺库河水电由这家公司整体开发。听了杨显存关于库河开发的见解，他觉得当初信县做出这样的承诺，是很有眼光的。刚才，他也追问了一下当时决策的背景。杨显存说，水利行业对像库河这类的小河流，有整体规划开发的政策要求。当时县上研究协议文本时，王卓成书记和魏德平县长一致主张，库河水电开发要整合资源，才能加快速度，实现发电与防洪双重效益。

"杨显存是个人才。"在离开水利局返回县政府的路上，赵宇航萌生了让杨显存接任县发改局局长的念头，他觉得把善于思考的杨显存放在水利局有些屈才了。县发改局那位老局长年龄已大，再有两年多就退休了。

杨显存电话与香港那家公司联系，对方回应积极，双方约定见面详谈。

赵宇航把协调主谈的责任交给了杨显存。

这是一场三角式的谈判。杨显存先与香港亿发公司派来的副总裁许豪泰举行商谈。许豪泰表示，只要信县支持，那几家公司转让费不要要得过高，他们有决心把库河梯级水电开发做成集清洁能源、包装饮用水、生态旅游于一体的样板工程，打造库谷生态走廊。杨显存表示，发挥地方政府职能，协调各方，对占着国家资源漫天要价的采取必要的措施。

浙江那家公司在接到信县通知后，那位漂亮的女老板乘坐航班，从渭川国际机场迅速赶来信县，入住信州大酒店当日，就与杨显存进行了商谈。在杨显存告知信县方面的整体开发意图，以及不同意合作就必须马上开工的通牒式要求后，她很是爽朗地同意转让手里的两级电站开发权。

原来这位女老板是一位房地产大亨的女秘书，趁着西河这个西部穷省出台招商优惠政策，急于引资的机遇，一次打包，从西河省获得了汉南地区十余个小电站的开发权，这体现了东部企业家"春江水暖鸭先知"的政策敏感性，以及擅于"空手道"的那份精明。大亨没花多少代价，轻而易举拿到这些水电开发权后，就分地区各注册一个公司，作为开发主体，以项目前期可行性研究、技术咨询、项目设计等名目，有模有样开展各项准备，而实际上，是在等待接盘人。据说信县这两级电站，相对比较容易出手，大亨就把项目法人代表确定为他很欣赏的这位美女下属，承诺将转让费的一半作为奖励资金，分给项目法人代表。这个美女法人代表不费吹灰之力，转身就要成为"发人"，当然很是爽快了。

至于本县老板拿到开发权的那一级电站，是库河规划五级电站中指标最差的。加之这位老板是农民工出身，在山西承包煤矿赚了几千万元，前几年听说水电站是个长效产业，河水日夜不息，效益就会源源不断，连你在睡觉它都在给你赚钱、数钱。于是头脑一发热，就回到信县，给信县交了三百万元资源开发费，拿下了这一级电站开发权。接着又花了些钱，把省里的手续也拿到手了。可是，相对于这个电站动态化的投资，大坝建设、征地搬迁、发电设备等等总共一亿元的投资，他在山西挖煤赚到的那点钱远远不够，何况他在家乡信县还没有其他产业或者物业，可供银行贷款抵押，贷款的路子也走不通。正当他像握了个烫手山芋，后悔当初的冲动时，杨显存找他来了。

20

杨显存的"皮条客"角色扮演得很是卖力。在与香港亿发公司许豪泰、浙江美女老板和当地那个老板谈妥转让意向之后，他让香港公司与浙江美女老板、本地老板分别见面，商谈转让费用。三家企业谈了两个回合，在转让费上基本达成一致意见，以每座电站的规划装机指标为依据，每千瓦时的转让费为一千元，转让发生的交易税由卖家承担，手续变更发生的行政性费用由买家承担，相关资料由卖方全部移交买方。这样算来，浙江公司的两级电站转让费用为二千四百万元，本地那家电站转让费为一千一百万元。三方谈妥后开始起草协议，发给各自公司的律师进行把关，报请公司决策层最后拍板。当然，对本地这位老板而言，就不存在向谁请示了，他自己一拍脑袋就行了。

几天之内，各方决策意见反馈回来，均无新的变化。杨显存便适时地在一天下午，邀请县招商局局长王兆君把三家召集在一起，进行了一个简短座谈，对三家企业达成协议和配合县上工作表示感谢，就后续的协议执行、项目移交等事项做了沟通，提出明确要求。也让即将拿到库河五级电站整体开发权的亿发公司谈了接手后的计划安排。亿发公司说他们集团这两天召开董事会，会有一个让信县满意的进度安排。座谈后，杨显存做东，在信州大酒店那个最大的包间里，以丰盛的晚宴招待三位老板，觥筹交错把酒言欢，皆大欢喜。

之后，杨显存向赵宇航汇报了三方洽谈过程和结果，赵宇航当然是一通肯定表扬。随即，由信县水利局和招商局承办，信县四大家分管领导和相关部门参加，赵宇航出席，在信州大酒店八楼大会议室举行库河梯级水电开发权转让签约仪式，赵宇航在协议签字后发表简短讲话，要求亿发公司在五年内全面完成库河五级电站建设。

仪式结束后，在会议室外走廊里，许豪泰告诉杨显存和王兆君，刚刚接到公司电话，他们的老总、亿发集团董事局总裁孟子雄，将率集团董事局全体成员到信县访问，实地踏勘库河项目。

这位据说为春秋时代大儒孟子后裔，孟子第七十代孙，个头瘦小、精明干练的孟子雄，原是地道的广东商人，20世纪80年代初期移居香港，从事转口贸易。财富和人脉积累到一定程度，就与一些商业伙伴一道，合股成立了以贸易、智能玩具制造、能源为主业的亿发集团。孟子雄占股百分之五十一，属于控股方，出任董事局总裁。看到国家正在搞西部大开发，孟子雄就瞄上西部地区的水电资源。孟子雄仔细研究政策后认为，这类资源虽然投资大，投资回收周期长，但一旦建成，大坝使用寿命至少一百年，运行成本低廉。地方政府还出台了地方税收"减二免三"先征后返优惠政策，对电站使用国产发电设备，还有增值税抵扣特殊优惠。这样七算八算，等于电站投产运营前五年，几乎是免税的，这样好的机遇怎能错过呢？

电站的发电指标一般，但地方政府给予的政策优厚，短期和长期的利益都有诱惑力，可是一次性投资数额太大，五座电站动态投资需要六亿元。这是亿发集团成立以来在内地最大的一笔投资，按照公司章程，孟子雄当然无法自己做主。况且，这么大一笔投资，除动用集团历年提取的投资基金外，不足部分还需要各大股东追加投资。于是，孟子雄安排董事局秘书处筹备加开一次董事会，要求远在信县的许豪泰团队，尽快拿出一份库河项目的综合报告出来，以便上会时，各股东了解这个项目的各项主要技术和效益指标。这一紧急任务可难住了第一次接触水电开发的许豪泰。此前，他们集团虽然在去年西部贸易博览会上签下了库河两级电站项目，但是一直没有委托水利设计院做勘测设计、指标论证测算等基础性工作，这次整体拿下库河，实属突然和偶然，自然来不及做这些工作。

无奈间，他想起了处事果断的水利局局长，便去水利局机关找到杨显存，告知原委请他帮忙。杨显存听后爽朗一笑，说信县水利局下属的水利水电勘察设计院级别虽小，但技术实力在洪州市还是首屈一指的，正愁着没有活干，你若愿意，我给他们安排下去，让他们给你赶一赶，十天半个月就出来了。杨显存还建议许豪泰干脆在信县租一处房子，作为库河水电开发筹备处，这样在信县这边就正式有个门脸了。紧接下来就要正式在信县注册成立亿发集团库河水力发电公司，不然整天住在信州大酒店，不像个正规单位，每天三四个房间的费用上千元，也显得有些浪费。许豪泰听得此话，自然很是感动，说信县县如其名，信县的领导心这么细，对外来投资者体贴入微，连连谢，一一照办。

香港亿发集团董事局考察团抵达信县时，立夏节气已经过去了好几天。亿发集团除过个别董事在国外因事赶不回来外，其余二十多位董事、监事、律师悉数参加，这也是信县历史上接待规模最大的港商代表团。

接到亿发集团发来的考察团名单，赵宇航眼前一亮。

亿发集团董事局的构成堪称阵容强大，绝大多数董事是香港或珠三角地区公司的CEO，行业涵盖航运、贸易、电子、基金等领域，一半以上有大紫荆勋章太平绅士的头衔。赵宇航在省直机关工作时，曾被单位派往香港短期培训，知道荣授大紫荆勋章的，都是对香港做出重大贡献之人，非同寻常。这分明是一个高规格的香港企业家代表团嘛。赵宇航头脑一激灵，不一般的代表团，就要有不一般的接待方式。这是推介信县的一次绝佳的机会，必须紧紧抓住。于是他决定亲自安排。

赵宇航随即召开了一个接待工作专题会，决定自己亲自挂帅，由卢志濂担任接待组组长，接待办公室主任、招商局局长、水利局局长任副组长，从县直部门抽调了二十来个形象气质俱佳的工作人员。设立了项目联络、招商推介、后勤服务、宣传报道、安全保卫等若干职能组，明确了任务分工，编印了招商项目册，安排信县电视台赶制时长十五分钟，反映信县山水风光和文明新风的专题片，片名为《大美信县这厢有礼》，其中有上一年发生，轰动一时的王平银拾金不昧的故事片段。考察团要入住的信州大酒店和参观点涉及的乡镇和单位，都如此这般做了详尽安排。

亿发集团考察团在孟子雄的带领下，这天上午由香港启德机场起飞，中午时分抵达渭川国际机场。由卢志濂带队，招商局局长王兆君、水利局局长杨显存同行的接待组，已于前一天带着一辆从洪州市旅游公司租来的豪华进口大巴，入住机场旁边的航空大酒店。

当孟子雄一行乘坐的南方航空公司班机降落地面，正在向廊桥滑行时，机舱里响起了空姐甜美温柔的播音：

"来自香港亿发集团的各位贵宾请注意，我们已经为您安排了专用的接机通道，请您出舱后按照工作人员的指引，从廊桥贵宾通道直接下飞机，各位的托运行李已安排专人领取，谢谢！"

用普通话和粤语各播了两遍。机舱内的乘客听到播报，马上不约而同地左顾右盼，用目光寻找广播中所称的香港"牛人"。

孟子雄一行出了舱门，在两位彬彬有礼的地勤的引导下，从廊桥内的一个岔道下了飞机。飞机近处，已有两辆机场专用考斯特在此等候，卢志濂等人站在通道梯口，与他们一一握手致意，表示热烈欢迎。考斯特驶出机场，不到几分钟，就开进了航空大酒店高大的门廊。在酒店一楼的宴会大厅里，一场以西河风味为主的接风宴正等着他们。

卢志濂告诉孟子雄，这顿饭按信县的风俗讲，叫"打尖儿"，不算正餐，填饱肚子而已。这当然是客气话，虽然只是"打尖儿"，西河特色的七碟八碗，面食小点的洋洋洒洒自不能少，宾主尽欢。一场没有上酒却堪称丰盛、热情洋溢的接风宴下来，孟子雄等人已产生了宾至如归的感觉。

沿着高速公路一路向南，三个小时后，香港客人抵达信县，入住信州大酒店。信县四位一把手魏德平、邓辉、赵宇航、丁亮在酒店大门外迎接。待客人稍事休整，便进入欢迎宴会环节。

欢迎宴会在信州大酒店一楼最大的汉江厅举行。宴会厅舞台的大型电子显示屏上，打出了"热烈欢迎香港亿发集团各位企业家光临信县"的标语。主客坐定，卢志濂主持，赵宇航致欢迎辞，许豪泰代表亿发集团致答谢词。卢志濂宣布宴会开始，并提议共同举杯预祝考察圆满成功，双方合作硕果累累。一片喜气祥和中，觥筹交错之声随之而起。

随即一位年轻靓丽的女主持人闪亮登场，妙语连珠的开场白后，一台简约而不失大气的文艺演出，在开场舞"风从汉水来"中拉开序幕。曲调时而婉转时而高亢，舞姿时而优雅时而粗犷，风格兼容南北，以男女情爱为主要表现内容的信县民歌民舞，集含蓄高雅热烈奔放于一体，给香港客人留下了深刻的印象。演出到了精彩处，绅士般矜持内敛的他们，仍忍不住用信县人听不太懂的粤语，抑或是英语，哇哇地说上几声。信县兼收并蓄，有酸有辣有甜，出产于山上的河里的地里的树上的各样佳肴美馔，让客人目不暇接，赞不绝口。只是，信县人善于劝酒的功夫似乎在这场高规格的宴会上没有发挥作用，自始至终西装革履的客人，不管怎么劝说，下巴底下始终挂着雪白的餐巾，优雅地不紧不慢地朝嘴里送着美食，顶多象征性举举面前的高脚杯，轻抿一小口，让血色的葡萄酒打湿一下嘴唇，让急于表达热情的信县人下不了手。但是，这丝毫没有影响宴会从头到尾的热烈氛围。

第二天，由赵宇航、卢志濂陪同，孟子雄一行沿着紧贴库河河谷的省道，对五级电站的拟选坝址、电站涉及区域的库河干流、淹没区重点居民点进行踏勘。每到一地，都有所在地乡镇村组的负责人介绍情况，并当场表态说，如项目上马他们全力支持云云。至于技术性问题，赵宇航让随行的信县水利水电勘察设计院的两位专家进行解答。

一路走下来，到了最后一个考察点。这个考察点是库河边的一个村落，考察资料上显示有十五户、六十五人，需要整体搬迁，但进到村里一看，好像只有五六户的样子。考察团中的一位戴眼镜、身材偏瘦的人询问道："这个淹没区调查指标是哪一年的？如果我没有猜错的话，应该是在十年之前吧？"

同行的信县水利水电勘察设计院一位专家回答："您说得对，是20世纪90年代初做的，超过十年了。"

这位人士又接着问："五级电站发电指标测算时，考虑没考虑全面建成蓄水后，全流域流量调度产生的削峰填谷这一些因素？还有，是否将来利用形成的库区，兴建抽水蓄能电站？"

信县专家犹豫片刻："实话实说，流量调度没有考虑，这个测算要用计算机建立模型，比较复杂，我们院还没有这样的人才。抽水蓄能电站也没有考虑。"

此时，赵宇航才明白，这个孟夫子的后代可不是吃素的，那么大的生意盘子不是随便就搞大的。孟子雄随行带着专家，只是在接待名单中没有明确标示出来。

这天晚上，赵宇航加了几个小时的班，召集水利局、计划局、水利水电勘察设计院等单位的领导和技术人员，进行了一番技术层面的会商，就亿发集团专家当天考察中提出的问题形成了答复意见。因为第二天上午，县上就要与孟子雄的考察团举行座谈了，他觉得现在的自己就像是孟子雄的帮手，应该与孟子雄一道，尽力说服那帮衣冠楚楚的绅士，痛快地从兜里朝外掏钱。

21

第二天上午，香港亿发集团库河梯级水电开发项目座谈会在信州大酒店三楼大会议厅举行。信县四大家主要领导和分管领导，各职能部门负责人参会。会议以座谈会的常见形式安排座次，不设主席台，只在主席台位置侧边放置了一个报告台。宾主双方分坐两边，香港客人被礼貌地安排在了正对门口的上首位置。这种座次安排是赵宇航特意吩咐的。

昨天，赵宇航让政府办公室电话通知信县所有的参会人员，一律穿西服、打领带、穿皮鞋。因为他已经注意到，尽管这个时节信县的太阳已有些火辣，站在太阳底下直冒汗，信县本地人都脱去了外衣，只穿长袖衬衣，火气旺者已经穿上了短袖。可是你看人家香港来的客人，无论哪个场合，室内室外，即使在昨日的烈日炎炎之下，都是清一色的西服领带领结，严谨、平和、谦逊，细声细语、温文尔雅。这让见过不少大世面的赵宇航深有感触，觉得习惯高声说话，只在县上"两会"时穿西服打领带说普通话的信县人，内外形象上还真的有些差距。他想从这次座谈会开始改变。于是乎，参加今天座谈会的信县人士，连最不习惯穿西服，一直学不会打领带的人大常委会主任邓辉，都按通知要求，齐齐换了装束。这场座谈会似乎一下子提升了规格。

可能是双方西服风格的不同，相对而坐时双方的差异也是明显的。亿发那边服装颜色鲜艳，有赤有黄有紫甚至有绿，料子上有大小不等的格子，衬衣也是五颜六色，格子图案多，领带更是色彩斑斓，还有几位领口上扎着雪白的领结。信县这一方，则是清一色的蓝黑，白色衬衣，单色领带，有两位部门负责人还没打领带，露出个光脖子，坐在那里显得有些不好意思。文化与职业的差异性在这个会场里，很是直观地体现了出来。

会议由赵宇航主持。开场白后，播放赶制出来的专题片《大美信县这厢有礼》，光看这片名就很稀奇。这部集信县山水人文和经济社会建设成就于一体，短小精悍却信息量够大的影视片，在放映的最后，赢得了香港客人的一阵掌声。

接着由信县招商局局长，堪称美女的王兆君上台推介项目。先是介绍信县的资源与投资优势，招商引资优惠政策，优化投资环境的主要措施。接着逐个推介项目，包括项目的策划背景、资源特点、技术路线、主要经济指标、项目选址等。每说到哪个项目，背后的大显示屏上便播放相应的画面，一看就知道是下了一番功夫的。当然也不可能把项目册子里的所有项目都说一遍，只是挑选了一些王兆君认为能撑场面的，不然的话，她怕见多识广的香港老板笑话，看低了信县。

计划中的座谈会第一篇章就此打住。紧接着是计划中的第二篇章，议题转为库河水电开发。这个篇章的主角转到了亿发方面，不然就显得不很对等。

先由亿发集团董事局副主席许豪泰介绍库河梯级开发整体设想，细分为流域概况、资源特点、产业政策、投资指标、移民搬迁、远期综合开发构想等部分。详细而不冗散，数据体系逻辑严密，遣词用语恰如其分，又照顾了香港人的语言表达习惯，显得文质彬彬。其实香港客人不知道的是，这份材料是杨显存召集信县各方水利水电和项目方面的专家，费了大力搞出来的。单靠初来乍到，对水利行业两眼一抹黑的许豪泰是拿不出这个样子的大作的。材料形成后，杨显存还专门送到赵宇航县长那里审阅了一番。

接下来由信县水利水电勘察设计院院长、库河梯级水电开发筹备组技术顾问介绍五级水坝结构及发电设备选型技术指标，五级水库形成的淹没区搬迁补偿指标，移民搬迁后期产业发展计划，远期蓄能电站可行性初步论证，等等。这突然冒出来的技术顾问也是杨显存给赵宇航出的主意，于昨天晚上临时征得了孟子雄和许豪泰的认可。让这位拥有教授级水利水电工程师技术职称的院长出面，以亿发集团自己人的身份进行技术性讲解，是为了回应昨日孟子雄所带专家提出的技术性问题，消解亿发集团方面可能的疑虑。

再下来进入座谈环节。孟子雄先做了个简短的讲话，类似于动员，有点像内地先统一一下思想，防止跑偏的意思。

孟子雄说："昨天中午，我和我的合作伙伴，众位同仁和朋友，从祖国的明珠香港抵达中华民族的发祥地，一十三朝古都渭川，还没有下飞机，就感受到了信县人民的莫大热情，给予我们以贵宾级别的待遇。一路走来，无论是食宿，还是参观考察，还是其他细枝末节，都安排得十分周到体贴，我和我的同仁和朋友受宠若惊，十分感动，也十分感谢！"

孟子雄随即起身，弯腰鞠了一个近乎九十度的躬。信县这边魏德平书记赶紧起立鞠躬还礼，会场顿时响起热烈的掌声。

孟子雄坐下后接着说："信县县如其名，是诚信礼仪之邦，古有敢于亮剑的千夫长，言必信行必果的司马信，今有拾金不昧的王平银。"

孟子雄此话一出，与会的信县人便是一片惊讶，几乎异口同声"啊"了一声。

孟子雄说："这不奇怪啊，信县三千年的历史我多少还了解一些，我们中国人讲入乡随俗，信县的历史典故，我在行前还专意读了读，贵县的确是个人杰地灵的好地方。至于王平银，我是上年听我的好朋友，就是老家在成都的那位郑秀文说的。"

这就更显得神奇了。又是一阵惊讶的"啊"声，在座的丁亮和卢志濂等人更是惊奇。卢志濂想到了最近流行的"万物皆互联"这句话，又想到了"冥冥之中有神灵"这句似乎是唯心的话。

孟子雄在"啊"声中几乎没有停顿，话题继续向下走：

"库河水电开发是亿发集团响应国家西部大开发号召，向清洁能源领域拓展的首个项目。在信县领导的倾力协调下，五级电站开发权顺利转让，在各方资本纷纷涌入清洁能源领域，竞争激烈的情况下，这种转让实属不易。昨天，各位同仁沿着库河做了实地考察，今天又听了很专业的项目情况介绍。我的印象是，库河梯级开发各项指标比较优越，投资回报时间长，综合开发大有潜力，是一个值得投资的好项目。希望各位同仁多多支持。"

孟子雄这样讲，显然是为库河项目投资定下了调子。

接下来便由亿发的各位董事、大股东发言。这些老板发言时，先是站起来深鞠一躬，再头朝左右点上一点，然后坐正，面带优雅微笑，操着拗口的普通话，语调平缓地开口讲话，极具绅士风度。他们的发言似乎也有约定的程式，先是介绍自己的身份职务，所经营企业的业务范围，上年实现的业绩。当然，说出来的销售值和利润数额都令在座的信县人咋舌。接着是对信县的考察印象，对库河水电开发项目的评价。当然，评价的口径与孟子雄所说如出一辙。最后是对库河项目投资的表态，一致的意见是愿意投资，踊跃出钱。

座谈会最后一项议程，赵宇航请信县县委书记魏德平讲话。按照官场的惯例，最重要的人的讲话一般是放在最后的。

魏德平的讲话是提前准备了稿子的，比较简短，但文风很是文雅。

几句开场白后，魏德平说："孟子曰：人之相识，贵在相知；人之相知，贵在知心。今天，我们欢聚在汉文化的发祥地汉水之滨，古库谷道的重要节点，千年古邑信县，共商库河开发大计。通过实地考察和今天的互动交流，我们在库河项目的关键点上达成了共识。沉睡千年美丽库河，将在我们在座各位的手中焕发青春，为国家富强人民幸福贡献力量。通过这两天的短暂相处，我们真切地感受到，咱们一见如故，心心相通。今天，我们播下友谊的种子，不久的将来，一定会结出累累的果实。我对此充满了信心。

"孟夫子还说，天时不如地利，地利不如人和。库河开发是一个大工程，项目的实施肯定会遇到许多困难。在诸多的障碍面前，我们将以踩石留印，抓铁有痕的干劲与作风，以干克难，务求必胜。在项目外部环境保障方面，我们将组建专班，为项目实施提供全方位服务，特事特办，马上就办。在诸位特别关心关注的库区淹没补偿、移民安置上，我们将承诺提供打包服务，不让项目业主在此类问题上分心分神。合作共赢，共建共享，把客商当自己人，当好企业的娘家人，有事多商量，平时多沟通，这是信县一贯的待客待人之道。我们将言必信，行必果。

"苟日新，日日新，又日新。商汤王的这句座右铭，后来被孟子的师长曾子在《礼记》大学篇中大加引申引用，它告诉我们要不断创新，天天进步。信县具有丰富的水能、矿产、生物和旅游资源。改革开放以来，勤劳勇敢的信县人民，立足优势资源开发，走出了一条生态立县、工业强县、文化兴县、产业富民的新路子，初步构建了以有机食品、矿产加工、水电能源、生物医药为支撑的骨干产业体系。面向新世纪，全面建成小康社会的重任落在我们肩上，我们将时不我待，汇聚各方面的力量，借助政策和市场的力量，激活激发各类市场主体的动力，加快优势资源开发，加快产业转型升级，建设富裕和谐美丽新信县。在新的征程上，我们热切地期待在座的各位商界巨头及你们的朋友，为信县的发展多提宝贵意见，对信县的资源和项目多多关注，让您的资本在信县大地上生根开花，在给您带来资本增殖的同时，为信县的发展进步人民幸福贡献您不凡的智慧才华。"

说到这里，魏德平放缓语速，一脸笑意，脱开稿子，对着显然被他讲话打动的客人说："孟总孟主席的好朋友郑秀文先生，在去年已经先行一步，看准了信县的风力资源，与我们签下了二十亿元的风电项目，英雄所见略同，信县愿意为各位商界英才尽兴施展才华，而效洪荒之力。"

最后一句话，魏德平原来是想说"效犬马之劳"的，脱口时又觉得似乎不妥，赶紧改口为"效洪荒之力"。接待香港客人的前几天，他听说这位孟子雄是孟子的后裔，就专门找了几本儒家经典读了一下，孟荀和董仲舒等大儒的"正名"思想对他很有启发，尤其在身份敏感的港商面前，言辞的准确妥帖更为重要，否则会造成不必要的误解。

在"谢谢各位"的客套话后，魏德平书记的讲话戛然而止。他的讲话为这场座谈会画上圆满的句号。当然后面还有会议主持人赵宇航县长短短的结束语。

座谈会在一片欢喜的氛围中结束。

共进午餐时，孟子雄对魏德平说，库河梯级开发项目，他们争取年内完成前期，明年上半年五级同时开工，提前一年，在四年内干完投产。

这天下午，赵宇航、卢志濂等陪同孟子雄一行参观了正在进行技术改造的兴源公司、历史博物馆，又登临信县县城对面的留停山观景台，俯瞰汉江风光和县城全景。

只见浩荡的汉江像一条巨龙，穿越秦岭巴山之间的谷地，从西边蜿蜒而来，又朝着东方浩荡而去。再看那库河，从北边极远处的绵绵群山里逶迤而出，像一条玉带，又似步态轻盈的少女，飘飘洒洒，摇摇曳曳，款款而来，在信县县城东边汇入汉江。如果把汉江比作慈祥的母亲，那库河就是她袅袅婷婷的女儿，母女相拥，成就了一场伟大的交融。一路奔波的库河，终于躺在汉江母亲的怀里，再一路向东，汇入长江，奔向大海！

　　香港客人深为这壮阔的景象所感动，所感染，放下了矜持和严肃，不禁齐声高喊蹦跶雀跃起来：伟大的汉江哦，壮美的库河哦，我要为你歌唱！

第六章

22

郑秀文忽然到了信县。

来信县的前一天，郑秀文电话告知了丁亮。丁亮说自己现在到了政协，属于二线，但让郑秀文尽管过来，他来联系安排。

丁亮接着去了赵宇航办公室，把郑秀文的来龙去脉讲了一遍，赵宇航联想到孟子雄上次讲过，他和郑秀文是很要好的朋友，就笑道："这个郑总与我们信县算是老朋友啦，也是提高信县美誉度的有功之臣啊。"赵宇航让丁亮一起参与接待。

郑秀文带来一个不好的消息，信县的风力资源现阶段还不具备开发的条件。

原来，自上年在信县招商会上签订二十亿元的风电大单后，郑秀文随即委托南方一家风电设计院到信县开展测风。设计院在信县的南北两山，汉江河谷架设了可以自动收集发送数据的测风塔，开始风力资源基础数据收集。一年下来，数据指标不理想。原因是信县的北方，横亘着一道巨大的山脉鹘岭，挡住了南下的北风。汉江以南的巴山区域，属于低山，南来的季风被更南边的高山挡在了远处。汉江河谷的情况更不如意，汉江流到信县一带，进入峡谷地带，河道变得曲曲弯弯，有几处还拐成了 S 或 U 字形状，无形中封闭了偌大宽阔的河道，让南来的暖风，北来的寒风没了流通的通道。于是乎，信县便成了南方的北方，北方的南方，夏季的炎热超过了火州吐鲁番，当然也远超四大火炉的川渝、武汉和南京，故而屡屡荣登中央气象台最高气温榜首，让夏季生活在信县的人十分狼狈。郑秀文带来的测风数据，让信县的炎热得到了大气环流方面的科学佐证。这样看来，信县上一年与郑秀文签订的那个风电大单，显然有点一厢情愿，缺乏科学依据。但是，若不是郑秀文测了一年风，又怎么知道信县搞不成风电呢。

郑秀文本可以不来，电话告知信县这边一声就可以脱身而去了。可是，别忘了郑秀文在信县曾经受到的高级礼遇，特别是他的那个精致钱夹失而复得，由王平银拾金不昧事件形成的对信县的极度好感，让郑秀文在风电项目夭折之后，于内心深处产生了对信县极不好意思的愧疚，总觉得亏欠了什么。上年西部贸易博览会上，孟子雄的亿发集团与信县签约，准备试水库河，其间有郑秀文推介的因素，也有王平银事件的影响力。前不久，他知道孟子雄来了信县，俩人通话中，他满怀真诚地为信县说了不少好话，暗暗地为库河水电开发使了一把力。当然这些，对于温和内敛的郑秀文来讲，是不足为人道的。

郑秀文这次信县之行，是来寻找替代项目的。对于投资信县，他显得很是执着。这一点，他在行前与丁亮通话时，就明确表达了。

这次从渭川国际机场赶到信县后，已是下午四点多钟，郑秀文仍被安排住进了信州大酒店。赵宇航、丁亮、卢志濂提前在酒店门厅外迎候。他们把郑秀文安排在八楼的一个套间，随行人员也都安排在了同楼其他标准间。几个人像久别的老朋友，坐在郑秀文套间外间客厅沙发上，边喝茶边聊。赵宇航与郑秀文是第一次见面，之前听了关于郑秀文的一些情况介绍，见面后交谈了几句，就觉得这位老板实在干练，思维敏捷，一阵寒暄之后，两人就像老朋友似的，没了距离感。聊着聊着，话题自然扯到了项目上。

郑秀文说："实际上，我的人早就来过信县了，收获不小。"

赵宇航以为他指的是测风，就笑着说："知道知道，怪我们先天不足，没有这个条件，只有等将来气候变迁了再说吧。"

郑秀文摇摇手说："不是的，不是说那个事，我说的是新项目，一个全新的计划。"

赵宇航、丁亮和卢志濂都不约而同"噢"了一声。

"我准备把你们那个已经停顿的水泥厂接过来，重新设计，按日产四千吨，年产二百万吨能力来搞。前期我已派人过来摸了一下情况，还对汉南一带的水泥市场做了调研，情况不错。"郑秀文解释说。

郑秀文说的这个水泥厂，就是去年差点让报纸曝光，卢志濂专门跑到省城去"灭火"的那个水泥项目。

这个项目的业主是省政府直属的一家国企，名叫渭北水泥厂，是全省水泥行业的龙头老大，属于20世纪50年代苏联援建项目。渭北水泥厂的生意几十年间一直不错，在渭川一带水泥市场上独占鳌头。不承想，中原地区的几家大型建材巨头，早就觊觎渭川乃至西北水泥市场这块肥肉，于是借着西部大开发的声势，开始进军西河省，在三年前已经在渭川的东西两端，各建成投产了二百万吨的水泥生产线，从东西两个方向实现了对渭北水泥的"合围"。在距离渭北水泥厂不远的邻县，又有一家来自河东的水泥厂正在搞三通一平。渭北水泥厂审时度势，决定不与强劲的对手在渭川地区死缠烂打，决定向水泥供应几乎全靠外部调运的汉南进军。

渭北水泥在信县的这个项目，于三年前在西部贸易博览会上签约，当年开始做厂区选址、矿山勘察、委托设计等工作，举行了开工仪式。

纵观此时的汉南地区，已经处于水泥行业黄金期的前夜，长期的平静很快将被打破。汉江干流上的两座中型电站正在施工，有三座电站将于两年内开工。连接南北、东西的两条铁路复线已经开建，两条高速公路即将开建，城市化加快了脚步，房地产开发商们跃跃欲试，正在准备圈地。这个区域水泥的供应量将会成十成百倍地增长。这一点，连傻子也能看得明白，何况是嗅觉十分灵敏的企业家呢。

渭北水泥实施新项目的速度太慢。设计慢慢腾腾，做了大半年，还确定不了供应矿石的矿山放在何处。不是因为没有矿山，而是厂址周边可供生产水泥的石灰石矿太多，距离近的储量不够，距离远的储量大，但是需要修建专用运输公路，迟迟定不下来。好不容易在拟选厂址对面的那座山上发现了整装石灰石矿床，刚刚剥离一处的表层，准备下钻机，就被对面乘车路过的记者发现了，差点闯了大祸。表面看这是矿山选址问题，实际上是经济问题。渭北水泥这几年在那两家外地新建水泥厂的夹击下，销量下滑，加上设备老化，粉尘乱飞污染环境，经常被环保局勒令停产整改，企业实际处于亏损之中。这次进军汉南，也是想另辟蹊径，寻求一个新的出路，无奈心有余而力不足，自然要在矿山投资上掐尺等寸，精打细算，在几处矿山面前举棋不定。

国有企业的决策程序过于繁琐。派到信县的筹建处负责人是渭北水泥厂的一个中层领导，技术科副科长，遇事做不了主。大的决策要等到渭北水泥厂的一把手亲临现场决断，从渭北的厂本部到信县，还不通高速公路，过来一趟费力费时，这样无形中就耽误了不少时日。

这些都是摆在桌面上的原因，还有不为大多数人知道的隐因。当时主抓这个项目的丁亮心里十分清楚，只是由于涉及一些敏感的人和事，生怕扯出是非，他多数时候也不想提及。渐渐地随着时间的流逝，信县人难免把当初的那些人和事当成了传说。

渭北水泥在信县的项目，可行性研究和生产线设计是由位于陇川的西部建材设计院承担的，这是与渭北水泥厂长期有业务合作的一个单位。由于是老关系，项目规模较大，便由设计院的一位副总工程师亲自领队，来到信县开展可行性研究和初步设计。

这位副总工程师叫惠东生，南方人却生得北方人的性格，正值壮年，性情潇洒不羁。他的饮食爱好是吃烧烤，作为晚餐之后的加餐，配以时兴的罐装啤酒。当天新鲜的羊腰子是他的最爱，每餐必点，有时还直接血淋淋地生吃。大快朵颐酒足饭饱之后，这位惠总就把持不住自己了，回到宾馆就开始乱打电话，他什么时候与社会上的不良女人勾连上的，他的同事也说不清，或是知道，也都知道他的毛病，司空见惯了。初开始，信县参与接待和配合设计的人还有一些看不惯，反馈到丁亮那里，丁亮说推进项目要紧，那是个人生活小节，人家又是客人，不要管，只要不闹出事情就行。

丁亮的话说出没几天，这天早上，丁亮照例去惠东生下榻的宾馆，陪设计院一帮人吃早餐，进了小餐厅，却不见惠东生，就让一直陪同设计院一帮人的工业局局长严光明去房间叫一下，看是不是昨天晚上喝多了。

严光明犹豫了片刻，支支吾吾说："昨晚半夜时，公安上把惠总在床上抓了个现行，经过宾馆解释就离开了。惠总很生气，说没见过这种落后的地方，躺在床上不起来。"

丁亮听罢，顿时觉得心纠结成了一个疙瘩，怪这位惠总不争气，又觉得公安上不长眼色，也不看看人家是谁，惹他干吗。思忖片刻，丁亮说："走，我亲自去请！"

到了宾馆客房三楼惠东生住的房间门口，只见宾馆经理和惠总的秘书呆立于门外，房门虚掩着。在丁亮示意下，秘书上前轻轻敲了两下门，轻声报告："惠总，丁县长来了。"

几个人推门进去，穿着睡衣、半躺在床上的惠东生连忙支起身子，端坐起来，脸上有些微愠色，也有一些不好意思。丁亮哈哈一笑，说："惠总别介意，已经批评了他们，见谅见谅。"惠总登时脸色好看了许多，就连忙找衣服。丁亮等人退出房间，在外面等候。

不一会儿，惠东生洗漱完毕穿好衣服出来，一行人说说笑笑朝餐厅而去，饭桌上仍然有说有笑，像没有发生什么事儿似的。当然，这都是丁亮有意挑头调动起来的，他在有意减轻和消解昨晚这个尴尬事体带来的影响，试图安慰、安抚一下惠东生。

这件事发生后，惠东生从此就不愿来曾经让他丢脸的信县了，渭北水泥的信县项目也就越来越慢了。

这次抓嫖事件，对水泥项目推进的影响是明显的。把时间再放长些看，正是由于渭北水泥推进迟缓以至停顿，才为后来实力雄厚的郑秀文带来了进军信县的机会，才有了超出原来规模一倍新项目的落地。塞翁失马，焉知非福啊。

瞅上汉南即将膨胀火热起来的水泥市场的,不光是渭北水泥这样的行业巨头,也有一些中小企业。来自东边邻省的一家私营老板,在他们当地有一家大水泥厂,销路有限,厂家之间的竞争也很激烈,就想西进紧邻的汉南地区,但是苦于公路运距太远,走火车又运距太短,上下车折腾得麻烦,就想在距离他们厂最近的信县先设一个水泥熟料厂。就是把母厂烧制好的半成品主料,用大罐车运到信县这边加入辅料,成为水泥成品,就地销售,这样就可以大大减轻运输量,产品也摇身一变成了信县的地产货,销售上也可以避免地域歧视。这个熟料厂,就像进占汉南市场的一个跳板,也算是这家企业在汉南的"桥头堡"。

可是,进军汉南的路上又突然出现了一只"拦路虎",这只虎就是渭北水泥厂。这是一只大虎,不可轻视。于是,这家外省水泥厂开始想办法,怎么能让渭北水泥的项目慢下来停下来。想着想着,主意有了!

原来,渭北水泥厂所在的渭北市,市长是新近从邻省交流而来的,这位市长的家乡就在外省水泥厂所在的那个县。于是这个外省水泥厂的厂长就以拜会老乡的名义,去市长那里套近乎,在谈到渭北经济发展时,这位厂长还以水泥行业内行的姿态,建议市长下大力气,振兴渭北的水泥建材业,发挥好渭北水泥的龙头作用。接着又话题一转,说到渭北水泥进军汉南,不是一个明智的选择云云。

市长一听,觉得颇有道理,又听到渭北水泥视本厂经营困难于不顾,却跑到汉南去搞什么新厂,是不是脑子进水了?不久前刚刚到任,正在研究渭北市经济转型破解之策的市长,难免有些来气了。过后,他找来市国有资产管理局局长询问此事,要求国资局发挥职能作用,干预渭北水泥的吃里爬外。原来,这个渭北水泥厂属于省直属企业,只在国有资产上由省上委托渭北市代管,从其他角度,市长还无处下手。

渭北市国资局一过问,渭北水泥厂虽然觉得渭北市奈何不了他们,但也有些怯火,对信县的水泥项目也就抓得松了。

23

在渭北水泥项目因这样那样的原因基本停摆的同时，那个外省水泥厂投资的水泥熟料厂，在渭北水泥拟选厂址不远处建了起来。只是加工能力太小，只有区区的三十万吨，对于需求日益增长的信县乃至洪州市水泥市场来说，远远供不应求。

赵宇航听了郑秀文从风电转而投资水泥厂的想法，当然喜出望外，觉得事关重大，就马上出了郑秀文所住房间，来到楼道里给魏德平书记打电话，告诉了这个消息，并问魏德平是否下午有时间，一起参与接待郑秀文，共进晚餐。魏德平很是高兴，答应饭时过来。

饭桌上，自然是老朋友般的融洽热情。郑秀文上次在信县酒桌上被灌醉丢了钱包，在垃圾台前吐得一塌糊涂，还引发了一场拾金不昧的轰动，虽然出了一些风头，但仍觉得很丢人，也觉得喝酒误事，少喝为上。于是今天一上桌，就对魏德平和赵宇航等人讲，今天喝酒随意，老朋友一年不见，主要是叙叙旧，顺便汇报项目上的想法。同时建议，他这次想接手的这个水泥项目，决心很大，但也存在着变数，尚不知道渭北水泥愿不愿意放手，还有没有其他竞争对手，所以今天拜访信县领导，算是初步汇报通气，企业之间的事先由企业之间自己沟通协调，按市场法则办事。所以建议信县官方暂时先不出面，也不必开协调会之类，工作由他们先来做。

赵宇航听明白了，郑秀文的意思，今天这顿饭的交谈就算是正式的沟通，不再需要另行搞正式洽谈协调会之类。另外就是，今天饭桌上主要是谈项目，谈工作，喝酒就只能是象征性的了。魏德平一想也是，人家老远来是为了项目，我们热情奉陪接待也是为了促成项目。于是想法意见高度一致，形成共识，魏德平和赵宇航两人几乎同时说："好，好！"内心都佩服南方老板的实在和高效率。

于是一桌人就在这个大包间里，边吃边喝边聊。说话最多的，当然是主角郑秀文了。

郑秀文断断续续聊着他的汉南水泥战略设想。

郑秀文说:"汉南地区是一个相对比较独立的地域,是一个被夹在秦岭巴山之间的封闭地带,又是连通东西、沟通南北的接合部。从这里可以东出湖广,西达甘青,北抵渭川,南下川渝。这种地理特点,短期内不利于商品的进出,但为水泥这样的傻大笨产品就地生产销售提供了有利条件。当这个地域的大交通有所改善,进出运输成本降低时,又为水泥这样的商品向区外销售提供了便利。所以目前时段是布局水泥的最好时机。"

魏德平等人对郑秀文的这个高屋建瓴的分析很是欣赏,就不由放下杯子筷子。只听郑秀文继续说:

"汉南地区具有发展水泥产业的有利条件。这一带遍地是山,石灰石矿广泛分布。这一带是连接东西的电力输送走廊,洪州市上游不远处有中型水力发电厂,电力供应充足,煤炭可以就近使用渭川东边一带的优质煤,煤炭运输可以由已经建成的渭洪线,通过火车直达。

"为什么把这个项目放在信县,渭北水泥前期的做法就能证明,不必多言。我们公司的想法是,以信县这个厂为支点和前进基地,合纵连横,先兼并洪州市内所有的小水泥厂,然后向汉江上游汉川市和东边的雒山市进军,最终拿下整个汉南地区的市场。"

自从上年拾金不昧事件发生之后,郑秀文就觉得自己与信县的缘分太深,有意无意把自个视同信县人。所以就乘着些微的醺意,把自己的宏图大略和盘托出,不做丝毫的隐瞒忌讳。这个计划让信县在座的各位很是振奋。因为这个计划一旦实施成功,信县就为整个汉南水泥行业的振兴立了首功。

接着,郑秀文开始说信县这个项目:"渭北水泥退出,据我们了解已成定局,这是我的情报系统掌握的情况。"

说到这儿,郑秀文自己笑了起来:"开个玩笑,是市场分析,不是搞情报,我没有那么大的瓷器。商场如战场,要精准调查分析。在座的领导都是行家，见笑见笑。"说着还抱拳拱了拱手。

一笑而过，郑秀文接着往下说："贵县的这个水泥项目要继续推进，下一步要重点解决好几个技术性问题。首先是选址。若要我来选择，我趋向于选紧挨信县火车站的那个地方，这个场地的优点是紧邻火车站，便于原材料和产品运输，不足是场地太小。前不久我去欧洲考察，发现人家那里的水泥厂采取了一种集成化的设备布局模式，占地面积可节省三分之一，若采取这种工艺路线，这个二百亩的土地摆放二百万吨，就绰绰有余了。我查了一下最新的国家建材业产业政策，明确鼓励企业集约利用土地。"

郑秀文见信县的各位领导听得很有兴趣，就不失时机站起来提议敬大家一杯酒。之后又接着说下去。

"其次呢，是十分关键的矿山问题，远近的各处矿山，人家渭北水泥厂都看过了，近处的储量小，远处的又嫌运输成本高，迟迟定不下来。我们聘请矿产专家对各处矿山进行了评估，认为矿石储量必须保证服役五十年以上。综合专家的意见，我们倾向于把矿山放在黑山寨，这个地方渭北水泥厂已经开展了一些前期工作，后来因为媒体找麻烦又放弃了。这个矿山的优点是储量大，按照年产二百万吨可以服役一百年以上，而且属于整装矿床，整个山体都是优质的石灰石。缺点是距离厂区八公里，运距太远。但是已经找到了一个破解办法。

"这个办法就是在矿山与厂子之间，架设一条皮带廊，从空中输送经过破碎后的矿石。"

郑秀文这么一说，大家内心都觉得不以为意。因为国内大多数水泥厂都采用这种皮带长廊的设备输送矿石，郑秀文说的这个方法，也在渭北水泥原来的备选计划之列，并不新鲜。但郑秀文下面的话就让他们觉得有点吃惊了。

"可是，我说的这个皮带廊实际是一个全程密封的管道，破碎后的矿石在管道中像水一样流动，矿山那边进，厂子这头出，没有一点粉尘外溢。"

郑秀文稍作停顿，进一步解释："这种管道运输方式，是受管道天然气运输启发而发明的，在南美洲的智利一家铁矿上首次使用。去年我去欧洲时，特意绕道去考察了一下，的确很环保，运输成本只是传统皮带廊运输的三分之一，比起公路专线，那更是天壤之别了。这是一种全新的矿石输送方式，代表着矿石短途运输的发展方向，将来会在矿山企业大面积推广。"

说到这儿，赵宇航插话问："这种设备是不是需要进口，若进口就有些麻烦了，周期太长。"

郑秀文答："不需要的，我已经打听清楚了，国内的一家建材设备设计院正在研制这种管道机，关键性的技术已经攻破，因为这个东西说到底，不是高精尖技术，它的关键是运输皮带要是韧性强，足够耐磨，有足够承受力的钢质管道材料。我国是钢铁大国，制造大国，这难不倒我们，听说已经研制出来了。与天然气输送的区别是，天然气在管道内移动，而这种输送矿石的管道是管道和矿石一起移动，既能卷起来运料行走，又能在出料后展开，返流回去继续装料。

"说来也巧，设计院正与我的家乡成都附近的一个矿山机械制造公司合作，试制这种管道机呢。如果我们这里抓紧一些，可能会成为首批用户，成为水泥行业矿石环保运输、零污染的第一家。那么，我们共同担心的矿石运输污染环境问题就可以迎刃而解了。"

"出奇制胜靠科技，郑总谈的这个新型运输技术可以引领整个水泥行业，甚至可以给采矿业带来革命性变革。"魏德平显然对郑秀文所说的这个新技术很是期待。

郑秀文连忙接话："魏书记说得有道理，应该称得上革命性的。尤其是信县这种水源地，一江清水供北京，责任重如泰山啊。"

郑秀文的话题仍集中在大家最关心、容易被一票否决的环保上，他继续说："信县是个矿产大县，我听说有不少选矿厂，使用的都是化学浮选工艺，矿石中的金属成分被析出的同时，产生了大量的尾矿渣，排放到尾矿库里。这些尾矿库基本上都建在沟道中，倘若遭遇洪灾，很容易溃坝，是一颗颗的定时炸弹。这种尾矿渣实为石头的细粉，可以作为制造水泥的辅料。我们若在这里建厂，在工艺设计上就把消化尾矿渣考虑进去。"

赵宇航一听此话，很是激动，连说了几个好。因为他到信县后，已经收到省市安全生产监督部门的好几份督办函，要求对信县众多的尾矿库安全隐患进行整改。他一打听，这些分布于全县各处的尾矿库，大多数库容已满，为了不停产，企业还在强行往上堆，尾矿渣已远远高出了坝顶，真可谓隐患重重。如果制造水泥能够消化一些，就可以大大降低风险，还可以变废为宝，让尾矿这个累赘产生效益，这可是天大的好事啊。

"还有就是，我们将利用回转窑的外溢热量，附带建设一座装机超过一万千瓦时的余热发电站。"郑秀文说的这个余热发电，在座的也是首次听说。

"至于最棘手的征地拆迁，请你们相信我，我不会亏待涉及的每一户每一人，除了按通行的工业用地征用补偿标准兑现外，可以做出承诺，将矿山和厂区辅助用工及短途运输交给所在地村上。企业办到一个地方，就是要为这个地方群众带来利益，不然办这个企业有何意义呢？"郑秀文慷慨激昂、充满正能量的话语，让在场的每个人都听得感动。

"但是，我有一个请求。"郑秀文停顿片刻，似乎要宣布一件大事。

"按照国家鼓励资源综合利用的税收优惠政策，考虑到矿渣和余热利用这些因素，我们将按照国税、地税的相关条款，向省上发改、税务部门申报绿色循环企业认定，申请税收减免。这种减免一般采取先征后返的方式，不影响地方政府的收入基数，但是会影响一部分实际收入，我们严格按程序政策走，希望各位能够理解支持。"

听说要影响本级财政收入，作为分管财政工作，正为还债焦头烂额的卢志濂就有点急了，随口问道："每年大致影响多少？一直免下去吗？"

"我们的财务人员测算了一下，每年接近三千万元。每年的缴税总额接近九千万元，占到了三分之一。每年要评估一次，不合格或者作假的就取消优惠减免。"郑秀文很是诚恳。

"这个是国家和省里出台的政策，县一级无法做主，按规定执行就是，县上不会干涉的。"赵宇航从省级机关而来，知道这个政策，这是国家鼓励资源综合利用，开始实施循环绿色发展战略的重大政策导向。赵宇航主管经济工作，觉得应该表明态度。他说完这些话后，微笑着向魏德平投去请示征询的目光，魏德平轻轻点头："是的，是的。"算是认可了赵宇航的表态。

郑秀文见状，急忙起身，拿起分酒器，齐齐敬了一圈。

第二天，郑秀文不要信县派人陪同，去了位于库河边的平坝镇，渭北水泥的筹建办公室设在那里。接着马不停蹄，一路北上，去位于本省渭北市的渭北水泥厂，很快谈妥了项目前期补偿费用，以五百万元成交。

不久，郑秀文旗下的洪州大禹水泥有限公司在平坝镇挂牌成立。赵宇航出席挂牌仪式，并出任大禹水泥项目协调领导小组组长。

大禹水泥这个总投资五亿元的大项目，实施起来出奇顺利和高效。正如郑秀文所设想的，厂区占地不足二百亩，还预留了边上的一块土地作为后期发展用地。

大禹水泥的矿山位于厂区八公里之外，就是郑秀文所说的那个黑山寨。这是一座顶部圆溜溜的巨大山丘。从矿山侧面一块平地处，引出一条绿色巨龙，架空蜿蜒盘旋而下。绿色的钢架中间，是一条会走动的钢带管道，里面装着经过矿山机械破碎的矿石颗粒，源源不断输往厂区边上巨型的料库之中。管道工作起来平静如水，悄然无声，更谈不上有恼人的粉尘外泄了。

管道试运行的第一天，赵宇航应约去管道运输机的出料口观摩。只见比成人双臂合拢还要粗许多的黑色管道，行至出口处就自动伸展开来，在不间断倾泻细碎石料之后，就展开变成了一个平面，向相反方向疾速而去，那是返回矿山再次承料去了。负责管道运输的技术负责人指着设备介绍说，皮带卷起和展开的秘密，在分布于皮带周边不同角度的滚轮。不同方向的数千个滚轮，强迫硬度极高的管带适时卷起与展开。接着，技术负责人又把赵宇航领到堆放皮带的备件仓库，让赵宇航近距离看这种特种皮带，因为刚才看的皮带正在高速运转，虽然近在咫尺，但是并不能看得十分清楚。

赵宇航走近一看一摸，这哪是皮带嘛，简直就是钢板，一寸多厚的尼龙板里，密密麻麻穿满了筷子粗的钢筋。这要多大的力气才能把它卷起来啊！赵宇航不由地叫了起来。

关于这个不同寻常的皮带机，《渭川商报》过了不久发了一个专稿：

> 依托当地得天独厚的石灰石、铅锌矿等资源及便利的交通条件，洪州市大禹水泥有限公司厂址设在信县平坝镇国道边。结合石灰石矿山到厂区地形复杂的现状，选用了具有国际先进水平的大流量、长距离管式胶带输送机，输送量可达每小时八百五十吨，输送距离长达八公里，它具有输送效率高、环保、节能等特点，是世界工况最复杂、输送量最大、亚洲第一长管式胶带输送机。
>
> 据了解，此输送长廊翻越三座大山，横跨两条河，穿越两条铁路和一条国道，最高处离地面六十八米，设有二十七个电子监控点，最大坡度十八度。像一条巨龙腾跃起伏，盘旋在崇山峻岭之中，成为信县一大景观。

此后，这个名冠亚洲第一的皮带机，成为各地游客竞相观光的一个景点。

24

郑秀文的大禹水泥厂在一年后正式投产。征地拆迁、厂房设备、原辅材料、资源利用、达产规模、税收优惠、环境保护等等，都如郑秀文当初在酒桌上所言，悉数兑现。此时信县人才相信，郑秀文做得比说得好。厂子的建设速度，也创造了信县重大工业项目一年之内建成投产的新纪录。

接着，郑秀文在洪州市开始实施他的纵横捭阖策略。先是兼并收购了离大禹厂子不远的那个外省投资的水泥熟料厂，消除了身边的竞争对手。接着兼并了位于洪州市南部和西部的两个县办水泥厂，占领了这两个方向的市场。只剩下位于洪州市的一个厂暂时没有动它,这也是洪州市境内仅存的一家本土水泥企业。

大禹厂和它收购过来的两个厂联动,开始打价格战。不管什么型号的产品,都比洪州市那个厂出厂价每吨少五十元。两个月下来,那个厂子就受不了啦,主动找上门要求合作,愿意作为大禹水泥的分厂。大禹水泥当然不答应,要求整体兼并。那个厂子只好答应。大禹接手这个厂子后,考虑两者距离只有四十多公里,就干脆停了这个厂的生产线,把这个厂变成了大禹的熟料车间。如此这般,大禹水泥厂成功实现了在洪州的一统天下。

与此同时,郑秀文另派一支团队,去了洪州西边的汉川市,在那里如法炮制,兴建了与信县水泥厂规模一样的厂子,把一只脚稳稳地踏进了汉南西部。离郑秀文原来设定的目标,越来越近了。

信县,俨然成了新时代汉南水泥行业的重镇。

就在信县产业建设一路高歌猛进的时候,一件对信县乃至汉南地区影响深远的事发生了。

赵宇航则将其形容为信县矿业的浴火重生。

那天晚上,赵宇航正在信州大酒店包间里招待一位来自省建设厅的前同事,包间的墙边立有一台时兴的大屏幕投影电视机。通常情况下,当包间的主客的身份是领导干部时,包间的服务员会主动将电视调至新闻频道,以投其所爱。今天也不例外。

七点半,新闻摘要节目开播,接着是天气预报。再下来,就是以新闻监督为职能之一的"焦点时刻"节目了。节目还没有开始,餐桌上的食客就有人发话,看谁今天要背时了。对于喜欢猎奇的人来说,这是一个让人充满期待、莫名兴奋甚至刺激的时刻。

焦点时刻如期而至。在一组快速切换穿插的画面里,伴随该栏目播音员疾速有穿透感的画外音,这个处于偏僻汉南,在王平银事件后渐渐沉寂下来的信县,一夜之间又一次名扬天下。只不过,这次突如其来的名,是由负面报道带来的。

这个重量级的报道的标题是：信县铅锌矿废渣直排汉江，南水北调水源地遭受严重污染。

赵宇航只觉得脑袋嗡的一声。

省政府督导整改专班是在第三天上午浩浩荡荡抵达信县的。

在省上来人到达的前一天，洪州市委副书记、市长袁永义代表市委市政府来到信县，到焦点时刻节目中点到上镜的选矿厂实地查看。这个闯了大祸的企业已在焦点时刻节目播出后几个小时内被勒令停产。

袁永义查看了尾矿泄露点，只见这个选矿厂临汉江而建，尾矿库建在厂下游不远处的一条小山沟里，尾矿坝垮了一个大豁口，白色粉末状的废渣在雨水携带下通过沟道泄入汉江，在河滩上形成了厚厚的一层白色沉积，格外抢眼。袁永义见这个操着南方口音的老板说话战战兢兢，就强压住情绪，没有在现场发脾气。

回到信县县城召开会议，研究如何处置。袁永义要确保省上以至京城来人督导时，信县的整改已经有实质性进展，以免造成更大的被动。

在听取赵宇航代表信县县委、县政府关于铅锌选矿厂污染环境情况汇报和魏德平的表态发言后，袁永义在分析严峻形势的基础上，就目下如何处理这场危机，说了三个字：断、拆、抓。

袁永义解释说，断，就是断电，供电局立即掐断涉事企业的动力电源。拆，就是立即拆除选矿设备和扒掉厂房。抓，就是由公安机关和检察院对涉事企业老板采取刑事措施。

说完这些意见后，袁永义让大家发表意见。

赵宇航对市长提出的三条处理意见，有自己的看法。头两条，即断电和拆除设备厂房，在目前这种高压态势下，应该采取这样的断然措施，不然不好对上交代。何况这个选矿厂的位置确实放的不是地方，即使继续办，也要另行选址搬迁。对袁市长提出的第三条意见，抓人，他觉得有些过头。据他了解，这个老板来自浙江农村，在信县创业已经快二十年了，从最初的办小面包房，贩运粮油，到开小饭店，承包采矿，到最后兴办信县第一家选矿厂，创业之路十分艰辛，做事也很讲规矩。如果贸然把这位外地老板抓进去，个人事业家庭毁了，同时也会给信县企业界带来震动，很容易把外地在信县创业的老板吓跑，招商引资也就无从谈起了。那么，赵宇航想在信县大干一场的愿望就会受阻，信县换届后这几个月产业发展上的强劲势头就会戛然而止。这样做的后果是弊大于利。

可是，在这个洪州市行政一把手面前，谁敢表达不同的意见呢？所以在市长说了这三个有力度的字之后，大家或选择了沉默，或者不假思索表示赞同。在市长环视会场一周快要发表决断意见时，赵宇航思忖再三后，鼓足了勇气，要求发言。

在市长点头同意后，赵宇航说："信县矿产业发生这么严重的问题，我作为县政府主要负责人，负有不可推卸的责任，我愿意接受组织任何方式的处理。对于企业业主的刑事处理，考虑企业正在接受调查，整改的任务主要靠企业来执行，我建议能不能缓缓，先启动行政追责程序，由行政部门采取行政处罚措施。待事件调查结束，够得上追究刑责的，再追也不迟。"

说话间，赵宇航也在观察着市长的脸色，他隐约看见袁永义点了一下或两下头，觉得自己的话没有引起市长的反感，就接着说了下去：

"市长以及在座的各位领导都清楚，我们信县目前当家吃饭的，还是矿产业，它的产值占到了全县的百分之六十，占到洪州市的百分之三十；实现税金占全县的百分之五十，洪州市的百分之二十。三五年内还没有其他产业可以替代。从资源蕴藏量和产业链条延伸两个方面衡量，这个产业还处于上升期，只要大力扶持培育，还会为全市的经济发展做出更大贡献。我直观的感觉，这次事件是信县矿业转型升级的一个机会。我们有信心变不利为有利，变被动为主动，打一场矿产业发展翻身仗，还望各位领导多多指导支持。"

赵宇航一口气表达完，才发现自己的手心都是汗。

袁永义听后，点了点头，说："宇航同志说的有道理，第三条先不执行，由安监、环保部门严肃查处。"

赵宇航上述一番话，实际上点中了洪州的"命门"。信县经济在洪州市的大盘子里举足轻重，其中矿产业处在重要的支撑地位，产值和税收在洪州全市的占比不可小觑，不可能一关了之。作为洪州经济发展的第一责任人，袁永义市长是知晓这个再浅显不过的道理的。

第三天中午刚过，西河省有关部门的厅长或副厅长，相关处室的处长，在省政府秘书长的带队下，浩浩荡荡而来。此前一两个小时，洪州市与省上来人对应的部门局长、科长，由市委常委、常务副市长带队，已先行到达信县。来到信县的省市两级领导，加上随行的领导秘书、司机，共计达到一百人。信州大酒店通过做客人的工作，动员入住的客人转到城内其他酒店，把信州大酒店整个腾空，用于接待省市两级督查组。并非通衢要隘的信县一时冠盖云集。

接待工作事关重大。信县成立了以县委副书记和常务副县长任正副组长，有关部门为成员的接待工作领导小组，安排所有涉及的县直部门实行对口联络，由有关部门的局长对应各自的省市上级，一对一、人盯人。抵达时到县境入口处迎接，抵达酒店时送入房间，主动汇报新闻报道后这几天的整改动作，请求指导支持。用餐时到房间邀请并全程陪同，开会时提前去房间门外等候，帮忙提包。在省市领导统一组织到矿产企业实地察看时，提前去检查点等候，随时接受询问。这时的信县，就像一个犯错的小孩子，处处小心翼翼，生怕些微出错，惹毛满肚子怒火的大人。

至于魏德平、赵宇航和人大政协两位主要领导，当然是紧紧围绕省市两级带队的领导左右转了。

中午时分，各路人马会齐，午餐后回房休息到下午两点，分乘两辆大巴出发去现场。按照省市两位带队领导商议的意见，重点查看一个矿区，一个选矿厂。

先是就近查看位于汉江边的那个涉事选矿厂。一行人到达这个用铁皮板材搭建起来的厂子时，老远就听见里面传来的"哐当，哐当"的巨响。进入一看，原来是一群工人正抡着铁锤拆除设备，见有人进来，就抡得更欢，金属撞击声震耳欲聋，引导督导组的赵宇航连忙摆手让停了下来。

赵宇航边走边指介绍情况："这是选矿厂的核心部位浮选车间，上面那两个斜竖着的大圆柱体，叫球磨机，里面装着比拳头还大的钢球，矿石经过破碎机破碎后，被传送带输送到这个旋转圆筒里，在钢球的研磨下，由颗粒变成细微的矿粉，通过注水变成稀糊状，就可以引流到下面进行浮选了。这个球磨机是个大件，每个重量有一百多吨，需要起重机才能搬离，只有暂时就地封存起来。"

顺着赵宇航手指的方向，大家看见，并排斜立的两个粗大黑圆筒外面，各贴着一张白纸黑字封条，大大的黑体字"封"字上，盖着信县工商管理局的鲜红公章。这个昔日威风凛凛，运行起来噪音震天的铁疙瘩，在那个如审判书的封条镇压下，似乎失去了往日的神气，在人们眼里变成了一堆烂铁。

站在选矿车间中间的通道上，赵宇航顺着已拆得七零八落、依稀可见的生产线，指着脚下一排底部残存有黑乎乎矿液的池子，继续介绍。

"这是浮选池，由两个阶梯组成，第一阶池子选铅，第二阶池子选锌，因为信县的矿石属于铅锌伴生，铅少锌多，所以要经过两道筛选才能分离出这两种金属。我们这些厂使用的是国内目前普遍采用的水法浮选工艺，就是在池子里添加不同的化学反应剂，通过浮选机叶轮的搅拌，让铅锌金属成分析出，产生凝结漂浮到表层，被浮选叶轮依次刮走，输送到下面的沉淀池子里。等到水分控干，就可以装袋了。这些东西还不是成品，金属含量只有百分之六十左右，专业名称叫锌精粉和铅精粉。要变成铅锭锌锭，还要运到冶炼厂去做进一步加工。下游配套的冶炼项目，我们与省上的西河铅锌矿业集团合作，正在建设。"

说着就出了铁皮厂房，沿着一条不太宽的小道，朝汉江下游方向走上一段，来到尾矿库所在的小沟边上。站在这里，这个小型水库模样的尾矿库一览无余，白色的废渣已经充满了库容，那个垮塌的泄露口已经被砌石堵上。一辆装载机正在库里作业，铲斗正在一上一下，朝一辆大卡车上装着尾矿渣，近处还停了一辆卡车，正在等候。赵宇航指着库尾那个黑色管道，又开始介绍起来。

"选厂的废渣通过这个大管子排到了库里，经过沉淀变干就成了这样的白色。库尾还有一个沉淀池，尾矿沉淀中产生的水都存在里面，用水泵抽回厂里循环使用。这次溃坝的原因是前一段连续下雨，坝子内形成积水，尾矿表层含水太多，压力增大导致溃坝。据我们测量估算，大致冲走了两千多个立方。教训十分深刻，我们的工作没有做好，汉江遭受污染，让人十分痛心。"

赵宇航最后检讨似的结束语说得很是诚恳。从听者流露出的表情看，大家似乎对这个来自省城、昔日一个大院办公的同事，有了一丝同情。

还有一个方位，赵宇航没有指，也没有说，其实大家都看见了。尾矿渣下泄后，在沟口外的汉江河滩上，形成了一个百余米宽的冲积扇，此时，冲积扇已经被新近运来的沙所覆盖，与两边的沙滩形成了明显对比，一眼就能看出来。

这种欲盖弥彰的做法，信县民间称之为"猫盖屎"。

25

查看完这个选矿厂，一行人上车，朝汉江下游走。在沿江国道上行驶不到二十公里，离开国道，拐进一条山沟。这条叫梨园河的汉江一级支流的深处，就是闻名全省的梨园铅锌矿区。

从梨园河口到矿区，有十五公里的路程。连接矿区与国道的，是一条不太宽的矿山公路。一拐进梨园河，就只见不太宽的公路上，装满矿石的重型卡车成群结队疾驰，卷起阵阵灰尘，像是进入硝烟弥漫的战区。

坐在第一辆大巴上的魏德平当下黑了脸，邻座的赵宇航心里一紧，昨天不是通知停运吗，怎么大车还在跑？也顾不得回避，当即给矿区所在地梨河乡书记打电话，质问为什么不听招呼，车还在跑。已提前到达矿区等候的梨河乡书记在电话中连说对不起，说本来通知中午十二点就停，结果路上有一辆卡车坏了，堵塞了道路，半个小时前才修好，交通刚刚恢复。

已经到达矿区的拉矿车已经全部停在原地，河口外的车已经被交警拦停在国道上。等一会儿这些车都出了梨园河口，就畅通无阻了。赵宇航也不好当着车上这么多上级的面发火训斥，只有连连向车上领导致歉。

两辆大巴和前面的引导车，在轰隆隆的运矿车阵里走了一段，就发现由于道路太窄，随时都有被矿车挤压滚坡的危险，就停在一个稍宽的路边等候。过了近二十分钟，运矿卡车才过完，这才继续朝前走。几十辆载矿重卡轰轰隆隆、威风凛凛的阵仗，给车上的省市来人留下了深刻的印象，也让他们感受到了信县矿业的实力和潜力，开始对这个出问题的信县矿业刮目相看。这些，一定程度上还真的促成了决策观念的转变，打消原来准备一刀切、一关了之的念头。尾大不掉，大致说的就是这么个意思吧。

梨河矿区位于这条小河的顶端，是一个出人意料的圈椅状、略显平坦的地形。在这里，梨园河的两个源头一个向东，一个向西，朝着远处的两座山峰伸去，众多的采矿硐就分布在这两条支流的两岸和这个"躺椅"中。矿区沿线公路上，停放着一排排卡车，无聊的年轻司机们三五成群，围在一起甩着扑克牌。对于这几辆官方车辆，他们似乎已经见得多了，大巴呼啸而过时，他们只顾打牌，连头都不抬一下。

采矿作业似乎并没有停工。矿硐里灯火通明，矿硐口的送风机在喔喔地鸣叫，又长又粗鼓囊囊的送风管道，朝山的肚子里延伸而去。小火车模样的矿车在矿硐口进进出出，把矿石倾倒在沟边的矿堆里，这些矿堆有的已经堆得像个小山。

大巴车在一个矿硐口停了下来，一行人下车，戴上工作人员递上的安全帽，被带入这个像公路隧道的矿硐里。沿着矿硐边的水泥人行道，走出两百多米，矿硐自此开始呈斜坡下行，不能再走，就停了下来。众人顺着矿井向下望去，只见矿井斜插而入地的深处，一眼望不到头，洞顶的照明灯一路而去，亮光越去越小。那两道小铁轨也是越去越小，变成了一条棍，最后变成了一个点。

一位戴着眼镜的矿主手持电喇叭介绍情况："这个矿属于北方电力公司兴办的三产公司，是梨河矿区最大的采矿企业，也是开采技术最先进最规范的一家。年产矿石二十万吨，最大掘进长度达到了两千米，以外面的梨河水面为基准，深度达到了四百米。就是说，现在的采矿作业面位于大家脚下四百米深处。"

在大家一阵"咦！咦！"的惊讶声中，这位负责人继续说："多年来，我们严格执行国家法律政策和行业主管部门的要求，在缺乏地质资料，资源状况不清的情况下，坚持边采边探，环保优先，在掘进中就地就近消化弃渣，没有向硐外倾倒过一立方弃渣，实现了真正的零排放，也避免了将来闭矿后可能发生的采空区塌陷。"说完这话，负责人就招呼大家出了硐子。

出了硐口，大家很自然地朝不远的河道方向走去，到了河边，果然只见矿石，不见弃渣。沿着河道边沿，还修了一道混凝土河堤，用作矿石堆场的挡护。所以搭眼一看，这家企业所在的河道显得很是开阔。但是，站在这里朝附近的上下游河岸一看，情况就截然不同了。一河两岸稀稀拉拉分布的矿硐外面，都堆放着大堆的废渣，把河道压缩成了一条细沟，更谈不上有与这家企业一样的坚固河堤了。这正是被焦点时刻节目曝光的那些地段。

赵宇航在略微的尴尬中要过电喇叭，挨在嘴边，提高嗓门开始汇报：

"无须讳言，各位领导刚才所看的这个企业，是梨河矿区运行最规范的一家。这种孔雀开屏只看前不敢看后式的做法，不是想一叶遮目，而是想表达一个方向，一个坚定不移的决心，这个决心就是，我们有能力有条件努力改进工作，使这个矿区所有的企业，所有的硐子，都达到这家企业这个矿硐的管理水平。"

赵宇航的这一招颇为灵验，省政府秘书长和副市长等督导组领导紧绷着的脸色有了明显松动。

赵宇航稍作停顿，继续说："各位领导可能知道，梨河矿区是汉南地区最大的铅锌矿区，矿石产量占到了汉南地区的百分之三十，信县全县的百分之七十。由于早期地质勘察队只在这里下过四个钻孔，资源状况比较模糊，所以就没有进入国家队的大规模正规化开采行列，说通俗点，就是国企起初根本看不上这个地方，因而政府就把开采权放开了，只要有能力都可以进来。所以这个矿区企业的成分构成比较复杂，有国企名义的三产公司，也有各级机关人员领办的，还有私人集资合股的，来自四面八方。正因如此，有的事情，比如环保这类事情就不容易协调。"

说到这儿，赵宇航就一边指点一边介绍，这是某某军区后勤部的，这是某某大型国企的，这是某某公安局的，这是某某电视台的，这是某某航空公司的，等等。

但是，赵宇航话锋一转，语气明显加重："不管这些企业的关系有多硬，财力能量有多大，只要他们造成了污染，破坏了环境，为我省我市我县抹了黑，就要依法依规处理，责令他们掏钱搞整改。凡是存在安全隐患，不启动废渣防护处理工程的，县上已经勒令停产整顿。"

这时大家才觉察到，除过刚才看的这家企业一片繁忙景象外，这个矿区的其他矿硐大多处于停产状态，显得很是冷清。

紧接着，督导组步行到上游不远处，近距离查看了两个矿硐。这两个矿硐比起刚才进去的那个小得多了，硐口只有半间房子那么大。一个硐子硐外铁栅栏上贴着封条，硐里面黑乎乎的，硐口外的河滩上，一辆自卸小卡车和一台小型装载机正在作业，清运占了河道的弃渣。一个硐子正在生产，是个平巷矿硐，运矿车只有单独一节车厢，靠卷扬机的钢绳拉动行走，这个矿硐外面只有矿石，没有弃渣。弃渣与否，清理与否，显然是能否继续生产的标准。

带队的省政府秘书长对这种以环保为标尺，区别对待的做法是首肯的。他说："对于信县这样的山区，环保和发展两个目标都要兼顾，不能顾此失彼。但是在矿业这个特殊领域和这个敏感的水源地，环保始终是第一位的，我们切不可再走先污染、后治理的老路了。这个矿区乃至整个信县和洪州市的矿业，如何吸取这次经验教训，行稳致远，还得费一番功夫。"

这位当过县委书记和市委书记的秘书长，对于基层的情况还是很了解很在行的。他的这段话，既是对信县应急措施的肯定，也包含着对环保法规政策执行不力不到位的批评。同时，也给信县和洪州市的领导提出了新课题。

第二天上午，省市来人分成几组，在信州大酒店几个小会议室查阅资料。此前，信县县委办公室、县政府办公室和县直与矿业管理有关的部门都接到通知，要求这些单位把近五年内所有涉及矿业的会议记录、制发的各类文件，上级关于矿业环境保护文件的收文、传递、领导批示、贯彻措施所形成的材料的原件，集中收集起来，送至信州大酒店。这些行政轨迹记录性质的文书档案，由信县县委机要室主任和两名工作人员负责收拢，专车送到信州大酒店，按照督导组的要求，分送到各个会议室，供省市那几个组查阅。

信县的领导和参与人员感觉，这不是在办案吗？

这就是在办案。

这是一个在焦点时刻曝光之后，上了大内参，中枢首长批示要求严肃查处，并报送结果的案件。

第二天上午，带队的省政府秘书长召集魏德平、赵宇航谈话时，明确告诉他们，信县矿业污染汉江事件在京津一带反响很大，上级首长批示要追究当事企业和职能部门相关人员的责任，并要求我省举一反三，对矿产业污染防治全面检查，加强整改，坚决保护好一江清水，走出一条资源开发与环境保护协调共赢的新路子。魏德平和赵宇航知晓这个谈话的分量，分别表态诚恳接受上级检查和处理，迅速开展矿业环境污染整治，加快谋划信县矿业转型发展。

谈话到最后，按照两人事先商量，赵宇航小心翼翼地向秘书长提出，请秘书长抽出时间，去信县几个企业看看，给我们指导指导。秘书长稍作考虑说，可以，只要不是去景点就行。

这日下午，魏德平、赵宇航陪同秘书长和洪州市常务副市长，先后看了香港亿发集团的库河梯级电站建设工地，江苏环宇生物科技集团投资的黄姜皂素提取项目工地，大禹水泥年产两百万吨水泥项目工地。几个如火如荼建设施工的场面，让秘书长大为感叹，认为信县工业势头强劲，抓发展很有魄力。

最后一站，他们陪同秘书长和副市长来到已经开建的兴源年产二十万吨铅锌冶炼技改项目工地。兴源原有的陈旧冶炼设备已经拆除，正在进行地下管道铺设和地平施工，厂区边上的动力车间里，龙门架正在吊装巨型卧式锅炉。厂门内一个巨大的展板上，绘制着彩色的新厂规划图和项目工期计划。穿着西河矿业蓝色工装，戴着安全头盔的肖鹏程拿着一个电子发光笔，指着展板，介绍厂区布局和施工进度。当得知这个项目签约时，吴波涛副省长曾亲临指导时，秘书长连声说好，并说回去要给吴副省长专门汇报，你们一定要把这个省长关心的项目搞好。赵宇航就趁机对秘书长说，我们初步打算，由这个厂子来充当信县铅锌矿业的龙头老大。

这也是他和魏德平处心积虑，请省市领导到这个厂子来看的目的。

因为，既不能一关了之，又不能放任的信县矿业已经走到了一个十字路口，到了痛下决心的时候了。这时信县的领导层要找一个理由，或者说找一个依据，说服那些来路广泛、牛气哄哄的采矿企业，游说兴源这个省属国企，按照信县提出的方案，进行一次空前的行业大整合。不然的话，红火的矿业将会成为一个烫手的"火炭"。

省政府督导组到达信县的第三天上午，督查反馈会如期在信州大酒店举行。头一天晚上，秘书长和洪州市常务副市长进行了闭门交谈。查阅文件资料的几个组也都加班，把查阅情况做了汇总。这个反馈会似乎要对污染事件下定论了。

其实不全是。反馈会由洪州市常务副市长主持，督导组成员、省政府工业处处长通报督查情况，并就后续工作提出意见。

这些意见概括起来就是，信县矿业污染汉江事件，是一起企业违规、职能部门失职导致的重大环保事件，造成了恶劣的社会影响，教训十分深刻；突出采矿废渣治理、选矿尾矿库安全两个关键部位，全面抓好整改；建议依据法律法规和党纪政纪，责任轻重，按照管理权限对责任人予以处理；信县配合督查态度诚恳积极，局部整改工作富有成效。

第七章

26

督查反馈会开了整整四个小时。

在工业处处长代表省督导组对污染事件进行定性，并提出下步工作意见后，陪同督查的洪州市委常委、常务副市长做表态性质的讲话，表示要认真汲取信县矿业污染汉江事件教训，举一反三，在全市开展工业污染、江河沿线生活污染专项整治；坚决贯彻落实省委省政府督查组对信县矿业污染汉江事件的处理意见，迅速组织纪检监察部门对有关责任人开展责任追究；督促信县严格按照督查组的要求和秘书长讲话精神，开展矿业综合整治，全面提升环境保护工作水平；责令信县县委县政府向市委市政府写出深刻检查，由洪州市转报省委省政府。

接着，由魏德平代表信县做表态发言。自然是态度诚恳，认识深刻，痛心疾首。也表示完全赞同和拥护督导组和上级领导的指示，服从组织处理，变压力为动力，视挑战为机遇，恪守环保为先、绿色发展理念，标本兼治，下功夫开展矿业污染整治和资源整合，把资源优势真正转化为经济优势，在推动信县经济突破发展，为全市全省经济多做贡献的同时，守护好一江清水。最后还表示，县上将按照管理权限，对相关责任人迅速做出处理。

省政府秘书长、督导组组长最后讲话。

他说："进入新世纪以来，党中央向全党全国人民发出了到2020年全面建成小康社会宏伟目标的号召，在发展方式上提出了可持续发展、构建和谐社会的指导方针。针对改革开放以来一度片面追求经济高速增长，忽视环境保护，导致环境承载能力下降，危及国土安全等突出问题，把环境保护上升到国家战略，出台了环保工作一票否决等重大决策。我们要努力转变思想观念和工作思路，适应新形势新阶段，造就新环境下推动经济发展的新本领。"

秘书长短短的讲话，既讲清了新的形势政策，也暗含了对信县矿业污染汉江事件根源的解析，对魏德平、赵宇航的内心很有触动。这些看似宏大的话，他们近一个时期参加省市会议时真没少听，在本级组织的学习会上也没少学，但唯有今天，事到临头时，才切实感受到这些话中蕴含的真理，也可以称之为行政规律、执政规律，违背了就会偏离方向走弯路，付出相应的代价。

秘书长继续说："汉南山区是我国经济最欠发达的连片贫困区之一，省上对这一地区提出的任务，就是要加快水电、矿产、生物资源开发，加快脱贫攻坚步伐，加强环境保护，构建特色产业体系，不断缩小与省内先进地区的差距，到本世纪末，与全省一道同步实现小康。信县在贯彻省委省政府战略部署，推动特色产业建设上步子较大，取得的成效也是很明显的。大家来到信县这两天的所见所闻，可以证明这一点。我们不能因为信县这次出了问题，给省上闯了祸，就一棒子打死，否定了这些扎根于山区的干部付出艰辛努力来之不易的工作成绩。"

秘书长的这席话，赵宇航听得心里一热。

但是，不出所料，秘书长话锋一转：

"功不抵过。信县矿业，特别是这次涉及的铅锌矿业的确存在着许多问题，企业规模普遍较小，经营主体多元，成分复杂，在开采环节不乏竭泽而渔、逃避治理责任的问题。在选矿环节有选址不当，尾矿库建设管理不规范的问题。在发挥矿业整体优势，带动地方经济发展上，存在产业链不长，综合效益不高的问题。当然，还有有关执法职能部门履职尽责不到位,对企业监管不力的问题。这次事件,是一个教训,也为我们上了深刻生动的一课,它充分暴露了企业的软肋,政府监管上的短板,也为基层政府下大力气,组织开展矿业污染治理,加强矿产资源整合,做大做强矿业提供了条件和机会。希望信县很好地研究并把握住这个机遇,变被动为主动,化危为机,打好主动仗,开创新局面!"

秘书长讲到此处,就干净利落地结束了他的结论性讲话。很显然,作为一名熟悉基层,熟悉经济工作的高层领导,他清楚信县两位主官的苦衷,对这个尚且戴着国家级贫困县"帽子"的山区县,他考虑最多的是如何推动经济发展,而不是单纯的追责。

午后,省政府督导组一行离开信县,去了洪州市。他们在市上停留半天,向洪州市委市政府主要领导通报督查情况,就洪州市管干部纪律处理交换意见。结束后就连夜返回了省城。

督导组离开信县后的几个小时后,当日下午三点,魏德平书记主持召开信县县委常委会,通报传达督查反馈会议和秘书长讲话精神,决定由赵宇航牵头,开展全县矿产业污染集中整治行动,同时启动铅锌矿业产业链整合。会议责成矿产管理、环保、安监、工商部门对企业环保违规问题依法调查处理。会议还根据纪检部门的提请,决定免去对本次曝光问题负有直接责任的县矿产资源管理局、环境保护局、安全生产监督管理局三名分管副局长的职务。

第二天,洪州市纪检委牵头的调查组来到信县,对污染事件中涉及的市管干部涉嫌违纪问题开展调查取证。

十天之后,洪州市委常委会研究通过,给予负有领导责任的魏德平、赵宇航警告处分,给予在选矿厂选址中负有分管领导责任的原常务副县长、现任政协主席丁亮记过处分,对于负有具体责任的分管工业副县长行政记大过处分。

对于处分,赵宇航没有觉得委屈。虽然自己刚刚上任不久,隐患是前任留下的,但是问题是在自己任内发生的,出了事就要担责。来不及多想,他一头钻进了铅锌矿业的整合之中。

卢志濂最近很忙。

除了被安排应付临时性工作外，他把主要精力放在了消化政府债务上面。黄家山公园和库河河堤两宗欠债以挖东墙补西墙的方式偿还后，产生了正面影响，社会上都传言，信县这届班子认老账讲信用，所欠的陈账迟早少不了，何况政府已经表态正在想办法，所以要账的就逼得不太紧了，直接到县政府上访讨债的人渐渐少了。卢志濂暂时消停了许多。可是他清楚，这只是暂时的平静，过一段时间若无大的举措，掏不出真金白银，情况就会出现反复。

卢志濂再一次翻看财政局报来的债务摸底表，用计算器算了一下，一点五亿元的债务中，乡镇一级的债务有四千万元，但是这部分债权人却占了债权人总数的百分之八十，最多的欠两百万元，最少的只有两千元。债权人的身份，有的是乡镇机关干部，有的是村干部，有的是小包工头，有的是农民。如果能筹措一笔资金，把这支人数庞大、遍及全县各地的债权人的问题解决了，无论是从关心基层的角度，还是提高政府公信力的高度，都是一个明智的选择。

卢志濂叫来财政局局长卿西平，让他代县政府向省财政厅起草一个报告，请求将信县列入全省化解基层政府债务试点县。被要账的死缠紧追，整天处于烦恼之中的卿西平也早有此意，答应抓紧准备。

报告第二天就准备妥当。卢志濂给赵宇航汇报，说要亲自去一趟省财政厅，把试点县争取到手。

当日午后，卢志濂、卿西平带着县财政局农财科科长，驾车去省城渭川。此时连接省城到洪州市的高速公路正在建设，从信县去省城，要么乘坐火车，要么自己开车。他们此行的目的是争取补助资金，自然不能空手，提前准备了五六份礼物，无非是信县出产的木耳、香油、金银花，还有洪州特产真丝睡衣之类，装了满满一后备厢。卢志濂临上车朝后备厢放行李时，见到这一大堆东西，就笑道："看着堆堆儿挺大，其实不值钱，我们这是糊弄人呢。"卿西平说："多少是个心意，心诚则灵。"

其实，他们这样说是有背景和道理的。上一年，洪州市下属一个县的一个局长，去省厅争项目资金，给一位副厅长和处长硬塞了个红包，事情也办成了。过了两个月，这个局长因经济问题被下属举报，在县纪委找他谈话了解情况时，为了自保，拉大旗做虎皮，主动把他在省厅送红包的事说了出去，纪委层层汇报到省上，副厅长和处长所收礼金被追缴，还双双被免职，在全省上下引发了不小的震动。省上各厅局从此都怕与洪州市的干部打交道，或者根本就不到洪州来。纷纷扬扬说，洪州人嘴贱毛长，又刁又穷。被污名化的洪州干部去省上争取项目、联系工作时，也就变得谨小慎微了。

省财政厅办公楼位于渭川城东的高新技术产业开发区。卢志濂、卿西平沿着库河河谷边的国道一路上升，翻越秦岭进到渭川城时，还没有到下班时间。他们在财政厅附近的一家酒店住了下来。

刚才还在路上时，卿西平电话联系主办基层政府债务业务的财政厅改革办主任，请他下班后出来吃顿饭，并说信县常务副县长一起来了，想与他见个面，主任开始不答应，后又经不住卿西平一阵好话，才勉强答应下来，并说如果来就要再带一个下属，卿西平当然表示同意，连说好好好。随即安排同车的农财科科长抓紧联系确定用餐地点。科长打了几个电话，又不停地收发信息，最后反馈说，问了一圈，通过他的一位财校同学，用餐地点定在他们入住酒店的隔壁，是一家主打粤菜的酒楼，并说粤菜最近在渭川很时兴，是上档次有品位的象征。

入住酒店后稍事整理，卢志濂等人就下楼出了酒店，进了隔壁与酒店大楼并排的一栋楼。这个叫"粤海鲍翅大酒楼"的粤菜馆位于这座高楼的裙楼，在一楼正面辟有一个大门面。进门就是接待大厅，大厅正面的玻璃柜里，摆放着一个船舵板似的硕大干鲨鱼刺，侧面的一面墙通体是一个巨型鱼缸，里面随水流飘动的海草间，一群色彩斑斓的海洋生物在游弋。大厅一侧，一个半弧状的宽梯通向二楼。

上到二楼预订的大包间，农财科科长拿来菜单，请卢志濂点菜。信县的干部都知道，卢志濂擅长点菜，无论是在外出差，还是几个朋友在一起聚餐，或是在外接待上级，凡是经卢志濂之手所安排的席面，荤素、炒炖、汤羹小吃搭配得当，组合一起既有档次，价格也很合适，还能顾及同桌各人的口味喜好。卢志濂自豪地把这个称为功夫，就像工作上的运筹帷幄、点兵点将一样，需要系统思维，让有限的钱发挥最大的效能。对自己这点本领，他常常沾沾自喜。

今天来到省城这个包间，他搭眼一看，包间面积至少有八十个平方，分两个区域。靠窗的一面是一组栗色真皮沙发，半圈状围着一个像小床般大的玉石茶几。包间靠里侧摆放着一套可以坐二十人的红木餐桌餐椅。餐桌背后的墙上，镶着一幅早年香港街区的黑白照片，照片的远景是香港的维多利亚湾。这个巨幅旧照似乎在暗示，这家酒楼起源于上个世纪英属时期的香港。

卢志濂接过大画册似的菜单，从头到尾翻了一遍。菜品标价高得吓人，即使是素菜，也很少有一百元以下的。楼下那种鲨鱼翅，一人一盅按位计，标价998元。还有必点的鲍鱼捞饭，每位标价388元。人家的名字就叫鲍翅大酒楼，你若不点这两样，显得心不诚，面子上也过不去。卢志濂心里算了下，这两样必点菜加在一起就接近一万元了。卢志濂的"铁算盘"式的点菜经验在这里施展不开了。但是人已经约好，农财科科长和司机已经出发去接，总不能因菜品贵而换地方吧。办事就得求人，求人就要有付出。想到应付各路讨债的种种艰难无奈，卢志濂心里一横，把菜单推给卿西平："老卿，你与厅里的人熟，知道他们的口味，你来安排。"

27

与改革办主任朱义龙一起应邀赴宴的，是省财政厅改革办公室负责承办基层政府债务化解业务的年轻干部小吕。小吕的到来，让卢志濂感觉到了朱义龙的诚意，也体会到了省级机关对洪州来人的那份戒备。

从一楼门厅将客人迎至包间，让至沙发上，寒暄、品茶，无非彼此介绍自个的籍贯、工作经历，说一些年轻有为、事业有成的奉承话之类。所好卿西平是个老财政，过去与两人打过几次交道，不时插话，恰如其分对两位客人恭维几句。

卢志濂就近观察了一下两位客人。朱义龙接近四十岁的样子，面容硬朗，身材中等，身穿时兴的栗色休闲西服，黑色休闲裤，脚蹬一双乌黑发亮的休闲皮鞋，头发乌黑偏分，随意的装扮中显露出一派精力旺盛、事业中天的景象。那个小吕，不到三十岁的样子，面部清瘦，个头不高，穿着一身藏青色西服，显得短小精干，浑身洋溢着青春的气息和职场年少的那份干练。

交谈得知，这个改革办公室是经过省政府常务会议研究设立的，主要承担全省财政系统深化改革的方案设计、重点改革推进的综合协调，对基层的考核等职能，人员从预算处、农财处等单位选调，由厅长直接分管，常务副厅长协管。据说能选调到这个改革前沿单位的，都是有培养前途的"苗子"。而化解基层政府债务这项涉及面广的业务，是改革办设立后着力推进的第一项任务。

片刻，菜已上桌，酒已斟好。卢志濂招呼朱义龙、小吕入席，并把朱义龙让至主座位置。朱义龙推辞不干，说按照惯例那是主人的位置，应该由卢志濂坐。卢志濂说，主任属省上领导，全省不管啥地方都是您的地盘，在这儿您就是主人，您不坐我们就无法坐了。二人拉扯了一会儿，卿西平也在跟前帮腔推让，朱义龙拗不过，就只好半推半就坐了主位。

他们接着又想把小吕推让到朱义龙隔壁的主陪位置，小吕说不合适，我怎能与我的领导平起平坐呢。坚决不干，并提议由卢志濂和卿西平分坐朱义龙左右两侧，他与农财科科长坐在对面下首。都认为妥当，就不再客气推让，依次入席坐定。那些多余的椅子已被移走，餐椅重新摆放，椅子之间拉开了距离，稀疏的餐椅和偌大的餐桌，搭配起来显得更有档次，无形中提升了这个招待宴的品位。

卢志濂端起酒杯，站起来致辞，人数虽少，但礼数程序不能少。

"今天，我们专程来到渭川，拜会尊敬的朱主任和吕处长。二位领导在百忙之中抽出宝贵时间接见我们，这体现省厅改革办对基层的关心，对信县的高度重视。我们非常感动，也十分感谢。作为信县分管联系财政工作的班子成员，能结识省厅两位年轻有为的领导，这是我的荣幸，今后还要向两位领导多多请教。"

随即，卢志濂提议按信县喝双不喝单的风俗，敬朱主任和小吕两杯，祝两位领导事业兴旺发达，事事顺心如意。

朱义龙从座位上站起来，说卢县长太客气啦，谢谢盛情，一桌人就接连干了两杯。

接着，卢志濂请朱义龙"看望"大家两杯，就是由朱义龙提议大家共饮两杯，朱义龙说声好，就要站立起来提议，卢志濂连忙按住他的臂膀，不让起来，说您是领导，站起来不敢当。朱义龙就坐着拱手提议共饮了两杯。

宴席的氛围慢慢升温。

鱼虾翅鲍交替而上，酒过三巡之后，一桌人已经聊得喝得如同老朋友一般。卢志濂趁热打铁，向朱义龙诉开了信县的债务之苦，表达请求列为试点县的迫切心情。并招手喊农财科科长到楼下车里取那份报告，朱义龙连忙摆手，说不用拿，明天送到机关就行，卢志濂也不再坚持。朱义龙透露，由于省上筹措的首笔补助资金有限，化解债务试点县只能定在十个左右，原则上一个市确定一个县，并且这个县自己能拿得出配套资金。省上的一次性补助大致比例为百分之六十，其余百分之四十由县上自己解决，省县两方面资金归拢后，打到一个还债专户上，专款专用，以防止县上弄虚作假。但是这次的补助范围只限于乡镇债务，县本级的债务还顾不上。

卢志濂听后心里快速算了一下，若按八千万元的乡镇债务总额算，省上的补助是四千八百万元，解决乡镇债务还绰绰有余。

原来，前几个月向省上上报债务摸底表时，卢志濂和卿西平商量，乡镇债务的数字是按八千万上报的。这次打报告时，采用的是与摸底表相同的数字。

卢志濂听清了朱义龙的话，当下端起酒杯，对朱义龙说："领导放心，领导若把试点放在信县，我们保证使用好每一分资金，一次性解决乡镇的债务，让乡镇轻装上阵，抓好乡镇财政综合改革，把乡镇级的财源建设搞上去，在全省创出经验。至于县级配套资金，更没有问题，请主任放心。"接着就连干了两杯，让朱义龙随意。

朱义龙一时兴起，朝桌子对面的小吕喊："小吕啊，卢县长的话听清了吗？"小吕说："听清了，听清了。"

卢志濂乘着卿西平与朱义龙正在相互劝酒，把同桌用餐的司机叫到一边，吩咐他去楼下车上取两样东西上来。

不大一会儿，司机提着两个小袋子进来，卢志濂接过其中一个，从袋子里取出一个精致的小木盒，打开木盒，原来是一枚红颜色的石头印章。卢志濂拿着这枚虎口粗、一拃长的章子，介绍说这个是信县出产的红石头，是汞矿的伴生矿石，他到矿山检查工作时顺手捡了几块，寄到福建那边加工了一下，放在家里玩，据说这个东西能辟邪镇宅，随身带了两个，送给朱主任和吕处长玩玩儿。

朱义龙和小吕连说不能要。卢志濂说这东西就是山里的石头，每个只花了几十块钱，真的不值钱，也与公家无关，不信你问老卿。卿西平还真不知道卢志濂带着信县刚刚兴起的鸡血石印章，他咋没有想到带这个。这么想着，头脑里一激灵，连说："是的是的，这就是石头，不值钱，这是县长私人的一点心意。"朱义龙和小吕就不再推让了。

其实，这两枚鸡血石印章的来历真如卢志濂所说，是他在云口镇当书记时，去比邻那个出产汞矿的乡考察工作时，随手在矿石堆里捡来的，放在家里，好几次差点被老婆李小雪扔了出去，说是怕石头里的水银挥发出来，影响孩子健康。前几年看了一些金石方面的资料后，觉得大有用处，便邮寄到福建的石雕城，雕刻成了印章。只是这时的信县鸡血石，还叫红石头，也没有后来的朱砂、宝矿、鸡血玉、鸡血石等分级。按照后来制定的所谓信县鸡血石国家标准，卢志濂今天带来的两枚印章，石质光亮光滑，在光线照射下有通透性，表明石质已经玉化，属于珍贵的鸡血玉，若按后来炒作的价格，每枚印章标价至少在三五万元。

但在当时，卢志濂心里只想着办成事，又能让公家少花钱。

在酒店外送朱义龙和小吕上车时，朱义龙告诉卢志濂，明天去厅里，最好见一下协助分管此事的常务副厅长，这样试点县的事儿保险一些。

第二天上午，卢志濂等人起了一个大早，在酒店用餐后，就早早去了财政厅大院，在门口登记后，上到主楼三楼，在挂有改革办公室牌子的门外走廊上等候。因为他们清楚，财政厅是个热门单位，需要赶早去排队，去迟了可能半天还轮不上。果不其然，他们刚刚站在走廊上，就有两帮人随后到达，一看装束就知道是县上的。彼此见了只是点点头，并不说话，这似乎是一个心照不宣的规矩。

接近上午九点，改革办的干部陆陆续续上班来了。卢志濂提前安排农财科科长拿着县政府的报告，分别送到改革办行政科和财政厅机要处收文，这样才能使信县的这份报告进入厅里的公文传递程序，到达领导那里获得批示。他和卿西平手持着同样的一份文件，守在挂有"改革办主任"牌子的房间门口，等候朱义龙。

不一会儿，朱义龙提着一个公文包快步走来，卢志濂和卿西平赶紧打招呼，朱义龙说了声你好，伸手与他们握了握，随即开了房门让他俩进屋。朱义龙的办公室不大，不到二十平方米的样子，一个办公桌，配一把后背不太高的皮椅，皮椅的对面，放置着一把轻便椅子。皮椅的后背墙上，立着一个玻璃门文件柜。进门靠墙的一面，放置着一个两人沙发、一个小茶几。整个办公室显得局促而又紧凑。

在沙发上坐定后，卿西平向坐于皮椅上的朱义龙递上那份县政府报告，并说这份是专门给主任的，另外两份已送厅机要处和行政科正式收文。乘着朱义龙一边翻看报告，卢志濂开始口头汇报，刚说了两句，朱义龙抬手示意暂停，说我把副主任喊过来一起听。接着起身出门去了。不一会儿，身后领了个人进来，朱义龙介绍说，这是改革办副主任姚主任。卢志濂与姚主任客气了几句，卿西平赶紧从包里掏出一份报告双手递给姚副主任。姚副主任便坐在了朱义龙办公桌的对面那个轻便椅子上。卢志濂就开始汇报，大体上是把报告上的内容重复了一遍，又说了请求两位领导大力支持关照等话。

卢志濂汇报完后，朱义龙问姚副主任："像信县这样由县长亲自来汇报的不多吧？"姚副主任说："全省没有几个。"朱义龙说："姚主任，你让小吕那里多研究一下信县的债务情况，在做方案时把信县排在洪州市的最前边。"

卢志濂和卿西平二人从朱义龙办公室出来，走到楼梯拐弯处，农财科科长的电话来了，告诉卢志濂，常务副厅长这会儿在办公室，门外等的人不多。卢志濂和卿西平赶紧下到二楼，通过主楼的拐角走廊，朝副楼那边赶去。

副厅长办公室隔壁的秘书室已经有人坐着等候接见，看来见这一级的领导需要预约。所好卿西平昨天晚上打电话，已经在秘书这里挂了号，就直接进了秘书室。卿西平与这位年轻秘书打过招呼，向卢志濂做了介绍，二人伸手握过，就准备落座。原来坐在椅子上的两个人见状就起身要出去，说马上轮到他们了，他们去外面等。过了五六分钟，卿西平探头见刚才出去的人已经进了隔壁副厅长办公室，就招呼卢志濂出门，站在走廊里等候。

不到十分钟，前面的两个人从副厅长办公室出来，卢志濂和卿西平就迫不及待推门进去了。

常务副厅长办公室是个套间，外间办公，里间房门关着，卢志濂估计是个起居室。外间办公室的布局与朱义龙办公室差不多，也是一桌两椅一柜一个沙发，只是所有的用具比朱义龙那里大了一号，沙发也变成了三人的。另外在桌子头的地板上，多了一盆绿植。

身材中等，脸面方正、略有发福的副厅长很是和气，在卢志濂自我介绍后，对着桌上的一张纸，嘴里重复了一遍他二人的大名，就开始主动发问。信县的基本县情、主导产业、财政收支、供养人口等，卢志濂一一作答。问完这些，副厅长让卢志濂说说债务形成的原因、债务余额、化解债务的思路等等。卢志濂觉得厅长时间珍贵，就把报告内容提纲挈领讲了一下，对于化债工作打算，他说，如果省厅给予信县一定的补助，我们计划在今后三年内消化完所有的政府债务。

从昨天晚上与朱义龙的交谈中，卢志濂已经打听到，除了乡镇债务化解补助外，省上正在考虑县级债务化解补助问题。他接着汇报说，乡镇债务的构成，有一部分是以干部个人名义贷款，发了工资，其余大部分是村一级修桥补路带来的欠账。现在干部工资已经按照省上要求列了专户，有了保障，不会再发生过去的荒唐事情，但乡村的基础设施欠账仍然较大，群众的呼声很高，保不准这方面还要欠，这是个难题。我们初步考虑在化解乡镇债务的同时，在这个方面做些探索。

副厅长对他这个想法似乎很感兴趣："是吗？你具体说说。"

卢志濂接过厅长的话头说："村级是实行统分结合双层经营的集体经济组织，多年来只重视了分户经营，而忽视了集体统的一面，造成了习惯性的等靠要，该由村级自己解决的事情，都推到乡镇政府。这个问题不破解，今后乡镇欠账的事还会发生。我们考虑，还是要按《村民委员会组织法》办事，在村级建立村民民主议事和村务监督制度，制定实施村规民约，对集体和农户的行为形成一定的约束，兴办公益等大事由村民大会或者村民代表会议决定，发动群众集资投劳，政府用以奖代补方式给予适当补助。这样既能促进村级公益事业，又能避免政府大包大揽，产生新的政府债务。"

厅长听了很是高兴，说："这个办法好，这样做，就与省上出台的村级公益事业一事一议奖补政策衔接上了，你们回去好好实践探索，我让改革办多关注一下你们。"

临别，副厅长告诉他们，农村两税马上要取消了，乡镇一级财政下一步怎么搞，要多想办法。

副厅长说的"两税"，是指农业税和农林特产税。

28

一个多月后，省财政厅下发文件，确定包括信县在内的十个县为全省化解政府债务试点县。随后四千八百万元偿债补助悉数下拨到账。

这些年乡镇财政捉襟见肘，实在没有办法时，那些书记镇长和财政所所长什么钱都敢用，这次好不容易从省上争取的这笔资金，属于还债专项，是不允许出任何问题的。何况，省试点文件中也说得很清楚，凡是进行试点的县，都要在做实乡镇财政，培育财源上有新举措，在加快改变农村面貌的同时，避免发生新的债务，总而言之是要闯出一条良性发展的新路子。按卢志濂的理解，这个钱不是白用的，要发挥四两拨千斤之效，否则就会在上级那里失去信任。以后再去汇报就难以启齿了。

为郑重起见，卢志濂让县财政局通知，召开一次乡镇财政所所长会议，就化解乡镇政府债务和财源建设进行专题安排。

会议在信州大酒店召开。各乡镇财政所所长已经听说从省上要了一笔资金，恼人的欠账就要了结了，进了会议室，都是喜笑颜开的神态，嘻嘻哈哈地互相叫外号，开着玩笑，一派喜庆景象。可是，卢志濂的讲话给他们泼了一盆凉水：

"我们自个的欠账，惹下的麻烦，最后却要靠上级来揽这个盘子，作为分管财政的领导，我感到很羞愧！"

这几句振聋发聩的话，让刚才还乐滋滋的所长们像是挨了当头一棒，有了少许不好意思的神情，会场气氛瞬间变得严肃起来。

接着，卢志濂阐述了一番这样理解的道理，他这样讲的指向，还在于激发大家的所谓"内生动力"。接下来，卢志濂就新形势下怎样抓财源建设，加强财政精细化管理，讲了一大段话。其大意是：要树立大财政的观念，把抓农村主导产业放在首位，把富民与富乡富镇有机统一起来，不断壮大主体税源，实现财政稳定增长；要把好运转经费、公务接待、项目资金、兴办公益事业等支出关口，精打细算，把有限的资金用到刀刃上；改革县对乡镇财政考核办法，乡镇新增收入全留乡镇财政，增加财政工作在县对乡镇综合考核中的分值；严明纪律，专款专用，保证偿债资金不折不扣兑付到债权人手中，出了问题严肃追责；今后乡镇财政一律不准发生新的债务；发挥村民自治的作用，动员组织群众参与公益事业，创出民办公助，兴办村级公益事业的新路子。

这篇讲话被整理出来，冠以"抓好大财政，打好小算盘"的题目，上报到了省财政厅改革办，改革办在工作简报上做了刊发。

卢志濂在这次会上透露，从今年起，县财政每年拿出五百万元，用于村级公益事业的奖补。当然，当年的这五百万元，是从向省上多要的那八百万元里出的。

一举解决乡镇欠了几十年的外账，各方面的反响肯定是出奇地好了。

可是，剩下的一亿多的债务，来自各方的债主仍时不时在催着。卢志濂一点也轻松不起来。

不可能再向上伸手要，还得自己想办法。想了又想，卢志濂有了主意。

前一段，在配合省环保督导组工作时，卢志濂注意到，信县众多的采矿选矿企业，在坚持环保设施建设运行与规划设计、项目投产、项目运行"三同步"方面，存在很大差距。同时，在依据法律法规，向有关部门缴纳矿产资源管理费、水土保持费、环境保护费、育林基金这"三费一金"上，也是象征性的。这里面有企业利益至上恶意逃费的原因，也有职能部门的懒政不作为，与企业有说不清道不明瓜葛的原因。按年产值二十亿保守算账，信县全县"三费一金"年度征收总额应不低于六千万元，可是卢志濂在财政账上一查才知道，多年来每年的收入只有区区二百万元，着实把他吓了一跳。

这些国家明文规定的行政收费，若能应收尽收，矿区环境治理补助资金、县级的债务偿还资金等不是有着落了吗？卢志濂为他的这一重要发现而激动。他找来财政局局长卿西平，问他知道这事吗？知道为啥不组织催收？

卿西平哈哈一笑："报告领导，这事我的确知道，也在往年的财政工作会上向征收部门提过要求，但是推不动，企业要么耍赖，要么找领导说情。这些征收部门碰了钉子，就成了缩头乌龟。"

"有些人吃谁的饭，就砸谁的碗！"卿西平还气愤地补了一句。

卢志濂听清了。这分明是在暗指县级领导啊。联想到赵宇航县长在梨河矿区当着省督导组面说出的那一串企业背景名单，还有这几年陆续传到他耳朵里的风言风语，他明显意识到，这不单是个收费的问题，还是一个涉及廉政建设的问题。

卢志濂决定去找一个人。

他要找的，就是原县委副书记，现任信县人大常委会主任邓辉。

邓辉是土生土长的信县人，只是由于他的老家在信县最南端的帽顶乡，紧挨湖北省，他的口音是地道的湖北腔，故而常常被错认成了外地人。他出道很早，从生产队小队长、大队文书、公社半脱产干部、公社党委副书记、党委书记、区长、区委书记一直干到副县长、常务副县长，才三十出头，其间还在省城上了两年党校。这么快的节奏和步伐，缘于他的好学、勤奋、实干。当然起关键性作用的，还是那个时代不拘一格唯才是举的用人政策。人们纷纷预测，照他这样的速度和势头，不出十年就进京了。可是天不遂人愿，到了副县级这个位置，邓辉仕途似乎遇到了天花板，在常务副县长岗位陪了一任县长，转任县委副书记。过了两年，从外县派来的常务副县长拟任人选临时变卦去了省级机关，一时物色不到合适之人，他又被调回政府任常务副县长。后来上级为实现干部年轻化、高学历化，从外县调来具有本科文凭，年龄比邓辉小五岁的丁亮，邓辉又回转到县委任副书记。来回这几番折腾，邓辉就错过了提拔党政正职的年龄。到这次换届时，他只有去人大任职一条路可走了。

人们都在为邓辉可惜。但性情豁达，注重养生的邓辉却不这么认为，他说，比起童年时在一起玩的伙伴，他已经很知足了。那些玩伴儿，有的在外打工出事故死了，有的还在地里担粪干活，有的还是贫困户。对于现在任职的人大岗位，他说按照现行干部选拔任用制度，人大常委会主任一职已经到了本县籍人任职的顶端，还有什么不满足的呢？更何况在这个所谓二线岗位上，避免了繁琐的事务，有大把的时间养生健身，说不定还能多活上几年呢。人们听得此话，都会竖起拇指说，领导说得在理。

邓辉主任最难能可贵的是正直，敢讲真话。最大的特长是对信县情况了如指掌，熟悉经济工作。

可以说，卢志濂是邓辉看着成长起来的。卢志濂参加工作的第二年，邓辉就已经是副县长了。卢志濂从县直机关下派到云口镇任职，还有后来列入县级后备干部，一直到提拔进入县级班子，邓辉作为分管干部工作的副书记，都是鼎力相助的。对此卢志濂心中当然有数，无论从个人感情上，还是工作上，都对邓辉充满了尊重，也有意无意间把邓辉当成了老师。当遇到矿产业行政性收费这个棘手问题时，他脑子里首先想到的是向邓辉请教。

邓辉的办公室设于人大常委会机关大院主楼的二楼。卢志濂进门时，邓辉正在办公桌与沙发之间狭小的空间里，手舞足蹈比划着太极拳的招式，见到卢志濂，就笑着让座，说最近正在学一种新式太极拳。卢志濂说，老领导的好学精神值得我们学习。说着就在办公桌另侧的椅子上落座。乘着邓辉给他沏茶的间隙，他打量了一下这个办公室。出乎意料，邓辉的办公室只有这一间，办公室内的设置，除了通常的一桌两椅一柜一沙发外，在进门靠墙的一侧，还安置了一张一米宽的小床。这让卢志濂感到有点意外。

卢志濂就不解地问邓辉："领导，按照惯例，您的办公室可是两间啊，怎么搞得这么紧张？"

"唉，你可能不知道，人大常委会机关老人手多，退休干部有三十多位，退居二线的副县级干部有五位，科级干部退二线的有二十位，是全县二线干部最多的一个单位，副科级以上在职的有十八位，必须安排单独的办公室，否则会影响工作情绪和人际关系。加上省市人大要求搞的代表联络站，还有图书阅览室、老干部活动室等，办公用房就很紧张了，我就动员各位主任从原来的套间里腾出一间。这样与退二线的领导也就平衡了，都是一间，宿办合一，谁也没话说。"邓辉对卢志濂解释道。

卢志濂朝对面的墙上一看，那个被封堵的腰门门框的印子还清晰可见。

"邓主任艰苦奋斗的精神值得我们学习啊。"卢志濂情不自禁又说了一句称赞的话。

二人谈话转入正题。卢志濂把他对矿产行政性收费存在的乱象，准备从这个环节入手增加财政收入，以及自己的对矿业领域错综复杂关系的担心等想法，一五一十说了出来。

邓辉听后,从桌子那端直直地望着卢志濂:"你真的下了决心?"卢志濂肯定地点了点头:"是的,不搞不行。"

邓辉轻轻拍了一下桌子,又把乌黑的头发向脑后捋了捋说:"这个问题,我已经观察多时了,应该下茬解决。"

邓辉接下来就如数家珍似的开始扳指头算账,这是他先后两次分管财政工作养成的习惯。从邓辉口里出来的矿业收费数字,竟然与卢志濂前面测算的几乎一致。看来邓辉确实认真研究过这个问题。

算完大账,邓辉接着说:"收费的法律政策依据是非常充足的,不容置疑的,除非将来传说中的资源税政策落地,中省明令取消这些收费项目,但三五年内还没有这种迹象,所以还得下决心推进,否则就是政府失职。这些钱征收上来,可以弥补财力不足,解决财政燃眉之急,也可以用于重点矿区的环境修复,农村公益事业补助。至于你担心的阻力,肯定会有,明的暗的,上级的本级的,都少不了。可是都摆不到桌面上来,只要宣传到位,讲清讲透政策,公开的对抗谁都不敢,邪不压正嘛。"

二人说到最后,邓辉给卢志濂出了个主意,说自己已经打听过了,本省渭北高原的几个矿产大县这项工作搞得不错,每年收入几十亿元,可以去参观借鉴一下,开开眼界,也借机统一一下思想认识。卢志濂说,这个办法好,并约邓辉同行。邓辉说没有问题,工作启动时县人大可以作一个决议,便于政府推进工作。

七月的渭北高原一片葱绿,连绵起伏的黄土塬被稀疏的树木和待收割的庄稼所覆盖,像一个个绿色巨象,在湛蓝的天空下奔驰,无边无际。久居山区的人乍到高原,在开阔的视觉感召下,莫名的豪情竟然油然而生。站在高原一处高阜处,俯瞰这片壮美辽阔的高原,卢志濂脑子里确实产生了人生难有几回搏的冲动。

卢志濂和邓辉此行的目的地有两个。一个是位于本省最北端的产煤大县石峁县,一个是位于本省西北角的产油大县白于县。卢志濂从网上查了一下,石峁县位于毛乌素沙漠南缘,处于号称中国"科威特"的鄂尔多斯盆地，地表是荒漠，地下是煤海，全县生产总值已过五百亿元，财政收入一百五十多亿元，位列全国县域经济百强县，这种经济实力，几个洪州市加起来也赶不上。那个白于县，因地处渭北最大的一片山地——白于山脉腹地而得名，地上是高大起伏的土石山，地下三四千米的地层里，却埋着富集的石油，年生产总值二百多亿元，财政收入七十多亿元，去年也进了全国百强。

出发之前，卢志濂征求邓辉对行程的意见，邓辉说先东后西，先看大的，再看小的。于是就决定先直奔最北边的石峁县。

到达石峁县时，已是晚饭时分。信县考察组从人数上讲，实际是一个小分队的规模。除邓辉和卢志濂两个带队者外，组员计有人大常委会分管财经工作副主任，财政局局长卿西平，财政局分管行政性收费的副局长，政府办公室副主任，加上卢志濂的秘书，共七个人。

入住石峁宾馆时，石峁县方面并没有人出面迎接，更谈不上设宴接风。这大出卢志濂的意料，问办公室副主任怎么回事，副主任打了一个电话回话说，石峁县政府办公室说，明天上午八点半准时到石峁县政府会面座谈，明天中午县上设宴招待，今天请客人自由活动，他们就不影响客人休息啦。

29

石峁县的这种接待方式，让卢志濂产生了被轻视的感觉，他和邓辉相视一笑，只不过这是一种苦笑。性格大大咧咧的邓辉摆了摆脑袋："嗨，谁让我们实力不行呢？"卿西平接过话茬："领导甭生气，晚上我请客，来个烤全羊。"

过后，两县政府办公室工作人员私下交谈时解释，这几年各地来石峁县参观学习的批次和人数太多，应接不暇，因而仿照东南沿海地区的接待模式，不管谁来，只招待一次正餐，其余由考察者自理。大家听了解释，就议论说，这石峁刚刚富起来，就像日本从来不把自己视为亚洲国家那样，一头钻进了富人俱乐部里，搞什么与东南沿海地区接轨，也太薄情寡义啦。

看来这事儿对大家刺激挺大，一时半会还放不下。

第二天早晨，信县考察组一行在酒店用了自助餐，就上车去石峁县政府。

这石峁县城此时正随着产值的猛增而急剧扩张，占地面积已经达到七十平方公里，一片片高楼、路网在这块紧邻沙漠的荒原上尽情伸展，让古老而寂寞的塞上焕发出神奇的魔力。

石峁县政府办公大楼位于县城东边的新区。沿着一条百米宽的大道北侧，坐北朝南，一字形排列着四栋体量巨大的办公楼，依次是石峁县政府、县委、人大、政协四大家的办公场所。建筑规模与气势似乎超过了渭川城里的省政府，据说这是复制了东部一个副省级城市首脑机关办公楼的样式，投资四个亿。因投资巨大，情况特殊，获得了省政府破例审批。

接近这一排巨型建筑时，信县的一行人还是被震住了，嘴里心里不停嘀咕，有钱就是任性呵。

在石峁县政府办公室工作人员的引导下，邓辉、卢志濂等乘坐电梯上到政府办公楼的十楼。进入会议室，石峁县方面与会人员已落座等候，见到信县客人，都起立点头打招呼，并没有预想的门口恭迎，热情握手之类。信县客人包括卢志濂在内，心中略有不快，但又不好明显表现在脸上。

按桌上的名字座牌坐定之后，拿起石峁县方面提供的参会名单，信县客人才知，石峁县今天出面接待的领导，是一位副县长和人大常委会副主任，并不是想象中的对等出席。对方好像察觉到了这边人的不适，就解释说上午县委召开常委会，人大常委会主任和常务副县长来不了，中午时陪他们共进午餐。邓辉笑着回应，你们来就好，一样一样。

石峁县副县长在会上介绍说：石峁县是国家级煤电重化基地，出产的煤炭多一半通过运煤专线去了黄海边的黄骅港，再通过海运供应南方各大电厂。有一部分煤炭就地转化为化工产品和供应本地火电厂。但是由于缺水，就地消化的煤炭占比并不大。还说产业单一，一煤独大，是他们最大的忧虑。将来煤挖完了，或者国家实施能源转型，石峁到时候怎么办，这是他们考虑最多的问题。

"人家这是走一步看十步啊,而我们只盯着脚背,眼界上就差了一大截。"这话对卢志濂很有启发,他边听边思考。

石峁县副县长接着介绍:"矿产业行政性收费,具有中国特色,是与行政审批许可、环境损害补偿、社会公益事业关联的一项财富初级分配制度,是政府实施宏观调控和行政管理的重要手段。石峁县目前财政收入构成中,非税收入占到了三成,去年大概达到了五十亿元,其中来自矿业的非税收入有四十五亿元,这些收入除上交省级三四亿元外,都是县本级可以支配的真金白银。"

卢志濂等人这时才明白,人家把行政性收费叫非税收入,与税收收入相对应,称呼一变,法定性和严肃性陡然增强了。所谓名不正则言不顺是也。看来我们的理财观还有些保守。

副县长接着介绍矿业非税收入如何具体征收的。他说:"依据有关文件和行政规章,石峁县制定出台了非税收入征收办法,水土保持费、矿产资源管理费、环境保护费、育林基金"三费一金"合并收缴,测算的综合费率为百分之五。为体现关心企业,给企业让利,在此基础上降低一个百分点,实际按企业销售值的百分之四收缴。为了确保非税收入应收尽收,县上在财政局之下设立了非税收入管理局,正科级规格,编制五十人。向各重点矿区和企业派驻了征收组,在运煤主要线路上设置了检查站。审计局每年都要开展非税收入专项审计,以堵塞可能的漏洞。"

副县长最后还说:"如果需要,我们可以提供石峁县出台的有关文件。"

这个经验介绍确实细致,又毫无保留。这多少抵消了石峁县接待方面的所谓"怠慢",似乎让信县考察组感觉到了一点自尊。

"收获满满,非常感谢!"邓辉和卢志濂在座谈会最后,都对石峁方面的坦诚表达了由衷的谢意。

中午,石峁县在信县客人下榻的酒店设宴,招待信县来客。石峁县人大常委会主任、常务副县长出面作陪。自然是席面丰盛,频频碰盏,宾主尽欢。只是因为下午还有考察行程安排,双方都没有放开饮酒,让酒量非同一般的卿西平引以为憾。

下午，按照石峁县那位人大常委会主任的推荐，由石峁县政府办公室一位副主任陪同，信县考察组参观了两个矿区。先是从石峁县城沿一条荒漠公路东行，在一处高地上停了下来。顺着副主任手指的北方望去，只见不远处的那道长长的山梁上，地表土正在被剥离，露出黑色的煤层，几十台重型推土机正在你来我往作业，冒出股股黑烟。一些重型卡车在来回奔跑，那些长着长臂的装载机，正一下一下朝卡车车厢里倒煤。

"这是一个整装煤田，剥掉几米厚的表土，下面全是煤，储量有五十亿吨。"同行的石峁县政府办公室副主任现场解说。

接着转而向北，行三十多公里，到达一个叫小屯的镇子。这个小屯实际不小，是个新兴工业区，四周依然是荒漠。

卢志濂等被领到一个高塔之上，从这里可以俯瞰整个工业区的全景。以一条运煤铁路专线为界，一边是采煤区，一边是高楼林立、设施现代、有花有草的生活区。铁路专线上，一列火车正在装煤。只见这列火车正以很低的速度朝前行走。车厢上部，一个宽宽的传送带从不远处的地面几经周折，源源不断向这里输送着细碎的煤炭。输送带的终端，犹如一张大嘴，不停地向火车车厢里狂吐着煤块，不出三五分钟，那个巨大的车厢就已吃饱，缓缓离开，让位于下一节车厢。朝这列火车后面望去，专线远处，还有几列运煤火车正在蠕动等待。

下到地面，他们又被带到装煤输送带的起点处，只见一股直径二三米粗的黑色"煤流"，如井喷般喷涌而出，闪现出耀眼的黑色。这就是所谓的"黑金"了。

"这就是一个永不停歇的印钞机啊！"邓辉不由地发出感叹。

从石峁县到白于县，有三百公里路程，先要一直向西，走二百公里的沙漠高速，再转而南行。这时已经没了高速，道路已变成了三级的国道。进入白于山区，道路更是曲曲拐拐。接近白于县地界，路上装载原油的罐车越来越多，一辆接一辆，哼哧哼哧，鱼贯而行，在上坡路段常常形成堵车。远山近岭的山峁上，树立着高高的采油井架，田地里，河谷边，甚至农舍院落里，散布着一个个"磕头机"。这个看起来并不起眼的山地下面，竟然到处都是石油。看到这个阵势，卢志濂打趣说："看来这个白于县和我们信县差不多，也是各方诸侯云集，各显神通啊。"

鉴于在石峁县遇到的"冷遇"，从石峁出发之前，邓辉对卢志濂说，白于县那边我来联系，你让政府办就不要管了。随即邓辉把电话打回信县人大常委会办公室，让办公室通过传真，给白于县人大常委会办公室发一个公函，告知考察行程、人员组成、联络人及电话号码等，请安排接洽云云。从石峁出发不久，就收到了白于县人大的回音，说热烈欢迎信县邓主任一行到白于县参观考察，并说他们县的人大常委会主任届时去城外的路口迎接。

邓辉放下手机，有点得意地说："你们看看，还是我们人大的人情长吧。我们人大系统流传着一个俗语：天下人大是一家，谁不接待谁违法。相互热情接待，已经成为各地人大间交往的一种习俗和礼仪。"

邓辉接着还讲了一件不算笑话的趣事。说的是洪州市下属有一个袖珍小县，人口只有三四万人。有一年，这个县人大常委会机关组织部分班子成员集体休假，说白点就是组团带薪旅游。在东北地区转了一大圈后，准备第二天返程。在宾馆里无聊，有人忽然想起了本系统的这两句俗语，就从蓝本电话册子里找到所在省人大常委会办公厅的电话号码，试着打了过去，称前来贵省考察，对方说非常欢迎，问他们人在哪里，马上派人过来接洽。结果这帮人在那个省人大接待处的安排下，由省人大机关一位处长陪同，好吃好喝了两日，还参观了两家工厂，搞得很不好意思。

大家听后觉得这事挺有意思，也笑袖珍县的人脸皮挺厚，让一个省级人大出面接待一个区区县级人大。同时，一车人也对即将开始的白于之行充满了期待。

越过一个个油罐车阵，正午过后，信县考察组抵达白于县城。白于县人大常委会主任和一位副主任、常务副县长、政府办公室主任等在城西十里处迎候。一阵寒暄后，由一辆警车开道，几辆车打着闪灯一路畅行，不一会儿就到了位于城中心的白于宾馆，被直接迎到餐厅大包间里用餐。白于地处黄土高原北缘，盛产土豆和小米，还有味道鲜美的山羊肉和各种山野菜。故而这里的接待宴,基本上围绕着这几种食材变换翻新着花样,极具地方特色。因下午有考察公务,午宴中的喝酒就只好象征性表示表示了。

在宾馆休息到下午三点,信县考察组被邀至八楼会议厅参加座谈会。偌大的会议厅正墙上,投影仪打出大幅会标:洪州市信县来白于县考察矿产资源开发工作座谈会。会议桌子上摆放着白于县石油产业情况介绍书面材料。座谈会由白于县人大常委会副主任主持,双方相互介绍与会人员,介绍到谁,谁就起立点头致意,赢得一阵稀拉的掌声。掌声稀拉,是因为参会人数加起来只有十来个,但这丝毫不影响座谈会的热烈氛围。

接着由白于县人大常委会主任致欢迎辞,播放介绍白于县情的专题片,展示白于县的山水风光、经济发展、城市建设、社会事业等情况,用了十来分钟时间。接下来,由白于县常务副县长介绍石油产业发展和非税收入情况。白于县原油开采非税收入征收方式与石峁不同,是按照开采的吨位计算的,每年收入二十亿元,非税收入占财政总收入的百分之三十。也出台了征缴办法,向重点采区企业派驻有征管组,在县境出境口设有检查站。对于私营个体的零星开采,向乡镇下达有指标任务,由乡镇政府组织征收,按四六开,乡四县六的比例分成。

白于县人大常委会主任最后的一席话,对卢志濂很有触动。他说:"大自然是公平的,经过千百年的困苦之后,上天赋予我们地下这片油海。这是国家和人民的公产,应该拿来为国家和当地人民造福,而不能单纯为某一个企业、某一个团体谋利。资源是有限的,总有开采完的那一天,作为地方政府要抓住机遇,合理合法征缴有关费用,筹集更多的资金,改善当地恶劣的基础条件和生产生活条件,要理直气壮地收,错失良机,就是失职。"

据会后私下交谈,白于县这位主任说这段话的背景,是白于县境内几家大型采油企业,一直对采油企业缴纳非税收入明里暗里抵触对抗,还到京到省到处游说,企图取消县级对采油企业非税收入的征缴权,白于县领导在非税工作上始终存在着不小的压力。但是,不管怎么闹怎么吵,县上都坚决顶了回去。

资本在利益的驱动之下,锱铢必较,是什么事都能做出来的,你动了人家的奶酪，人家岂能不争。返程中，卢志濂脑子里盘旋着这个问题，看来，这还是一场斗争呐。

返回信县途中，在渭川住宿停留时，考察组开了一个讨论会，消化所学内容，探讨怎么借鉴学习。最后大家形成一致意见，信县矿产业非税征收，侧重于采用石峁县的模式，同时吸收白于县好的做法，当年启动，力争收入三千万元。

30

从渭北高原考察返回信县后不几天，一份标题为《关于石峁、白于两县矿产业非税收入的考察报告》起草形成，以送阅件的方式发至信县全体县级班子成员、县直部门和各乡镇。卢志濂和邓辉认为，这种方式可以制造一种即将进行非税征收改革的舆论氛围，属于打招呼性质，有利于后期工作开展。

紧接着，由卿西平负责，财政局代县政府起草了《关于加强矿产业非税收入征收管理工作的通知》，经过邓辉和卢志濂把关定稿，以财政局正式文件报送至县政府，提交县政府常务会议讨论。此前，卢志濂带着卿西平，分别向县委书记魏德平、县长赵宇航和政协主席丁亮做了单独汇报，他们听说一下子就能增加几千万元收入，都表态同意，还就加强征收管理，堵塞漏洞提出了要求。

财政局代为起草的这个"通知"，实质上是一个工作实施方案。里面详尽罗列了财政工作面临的形势，矿产业非税征收存在的主要问题，加强矿产业非税征收的重要意义，非税征收由分散征收改为集中征收改革措施，测算确定费率的原则，征收管理的方式方法，加强组织领导等各个方面，很多内容照搬了石峁和白于的做法。考虑到长期放任形成的惯性，也考虑到企业的承受度，卢志濂让财政局反复测算，把综合费率确定为百分之三，还建议在财政局之下，设立正科级规格的信县非税收入征收管理局，从全县财政系统抽调四十人，组成十余个驻厂征收组，进驻重点矿区和选矿厂，对企业矿石、矿粉调运进行实时统计，并提出架设覆盖所有矿产企业的网络监控系统的建议。

这个工作方案通过信县政府常务会议讨论通过后，又提交信县县委常委会进行审定。之后，以县政府名义，向信县人大常委会提交专项报告，请求人大常委会专题审议并做出决定。经主任邓辉提议，信县人大加开了一次人大常委会，会上举手表决通过了《信县人大常委会关于加强矿产业非税收入征收管理的决定》。至此，信县矿产业非税收入改革走完了既定法律和行政流程。

这天，信县矿产资源管理局局长朱守成匆匆进了卢志濂的办公室，说有重要情况报告。卢志濂见他气喘吁吁着急的样子，就给他倒了杯水，让他不要着急慢慢说。

这个曾经早于卢志濂在县委宣传部任副部长的朱守成，是个心直口快之人。因宣传部这段工作经历，他一直视卢志濂为他的老领导，感情上有一种自然的亲近。党政干部的这种同出一门，类似于毕业于同一所学校的学长学姐、学弟学妹，毕业不分先后，都是校友学友，这是政界一条很隐秘的规则。故而，听到有人要告卢志濂的消息，朱守成第一感觉好像是在告他自己，何况告状者出自他管辖的系统，就在第一时间赶过来报信。

朱守成坐下来后，急急慌慌说："卢县长，有人要告你，狗东西坏得很。"卢志濂吃了一惊，连忙问怎么回事。

朱守成说："还不是为矿产非税收入的事？我是从一个关系比较好的朋友那里听到的，有一个老板串联企业，已经起草好告状信，准备寄到省上和北京去。"

"你知道写的内容吗？"卢志濂问。

朱守成说："他们正在到处找老板联名签字。那位朋友说，那个牵头告状者找到他签字时，他说需要再考虑一下，就没有签。信的内容倒是浏览了一遍，记得大概。说你为了谋取政绩，不顾企业死活，对企业乱收费，破坏投资环境，要求上级制止和查处。"

"呵，说得还挺严重。偷费逃费这么多年，还有理了，岂有此理！"卢志濂一听，气一下就上来了。

"告状信应该还没有寄走，制止还来得及。"朱守成说。

"怎么制止，你说说。"卢志濂问朱守成。

朱守成说："既然到了这个地步，就不绕弯子，直接跟他们摊开了说。"

"好，你通知那个老板，让他来见我。"卢志濂觉得工作筹划推进到这个地步，已经没有退路，如果告状信递上去，上面不明事理派人来查，就会耽搁时间，甚至会造成工作停摆，只能是直接交锋了。

直接与告状者见面，对手剥皮，这在信县还不多见。

第二天上午一上班，这位名叫熊小发的矿老板，腋下夹着一个小手包敲门，喊了一声报告，进了卢志濂的办公室。

这位熊老板四十来岁，在信县搞矿产已经将近十年了，手上有矿山，也有选矿厂，已经在信县赚得盆满钵满，据说他用在信县赚的钱，在广东农村老家盖了一座城堡样的别墅，十分风光。熊小发虽然已是大亨级阔佬，却长得黑瘦精干，发型也很是怪异，蓄着三面刮光，脑中央一撮头发高竖的"公鸡头"，穿着棕色短夹克，八分长白色休闲裤，脚蹬黑亮泛光休闲皮鞋，乍一看还以为是个小青年呐。

卢志濂抬眼一看，这不是那个在政协会上发过言的矿业协会会长吗？

"熊总很精神啊，请坐。"卢志濂笑着招呼。

"卢县长好，县长召见，我就赶紧来了。"熊小发用蹩脚的普通话回应道。

"听说你在撑头告我，说不该征缴非税。"卢志濂单刀直入。

"是的，大家都觉得负担重，推举我出面向上头写信反映，这是我们的权利。"这个熊小发倒是干脆得很。

卢志濂从桌上拿起一个册子，递给熊小发："你是会长，应该多掌握政策，为企业带好头。你先学习一下政策，看信县哪一点违反了。你若能从这里边找出问题，我们改正。"

这本非税政策汇编，是卢志濂安排政府办公室和财政局连夜加班赶出来的，里面汇集了上级关于"三费一金"征收管理的文件，后面还附有几张表格，分别是："三费一金"应征数额测算表，近五年"三费一金"征收情况统计表，实行"三费一金"征收改革后各项指标测算表。从第一个表格最后的汇总栏可以看出，信县全年应征收矿业非税收入八千万元。从第二个表格可以知道，近几年企业年均实际缴纳二百五十万元。从第三个表格可以看出，实行统一征管后，按减免两个百分点之后百分之三的综合费率，企业每年缴费四千五百万元，比应缴额少三千三百万元。为了使三个表格的内容一目了然，在三个表的后面，还专门有一张简短的文字说明。

这个装扮新潮的熊总没敢马虎，坐在沙发上一页一页认真读了一遍，又用手机里的计算器功能，把那几个表格的数字验算了一遍。这个过程，足足用了三四十分钟。卢志濂似乎不着急，坐在皮椅上翻看着一沓文件。中途有人推门进来谈事，都让卢志濂摆手挡在了外面。

看毕之后，熊小发揉揉眼睛，抬起头对卢志濂说："卢县长，你们没有错，那个信我回去就烧了它！"

信县矿产业非税收入征收管理工作会在信州大酒店召开了。人大常委会主任邓辉、政协主席丁亮、县长赵宇航、县委副书记、卢志濂等县级领导出席，县政府各部门，各乡镇镇长和各矿产企业参会，会议人数超过两百人。县委书记魏德平因去市里开会没有与会。会上印发了县政府关于非税收入征收管理的通知，非税征收管理暂行办法、实施细则和若干配套文件，根据上年矿业产值基数，向各乡镇下达了当年非税收入任务。会议还印发了一个非税征收宣传提纲，基本内容与卢志濂给熊小发阅读的那个册子差不多。这是未遂信访发生后，根据卢志濂的安排，临时加进会议材料中的。

卢志濂代表信县县委、县政府做主题讲话，邓辉、赵宇航、丁亮分别讲话。卢志濂的讲话开门见山，出人意料没有"序子话"。

"目前,全县财政举步维艰,全面推进矿产业非税收入征管改革,是'破冰'之举,意义非凡。"

接着,卢志濂从四个方面阐述矿业非税改革的意义:是建立合理的资源补偿机制,促进企业树立矿业资源国有意识,开发与保护并重,积极履行社会责任的迫切需要;是规范矿产业开发秩序,解决乱圈滥采、"三废"治理不到位等痼疾,从体制和机制上遏制资源浪费,提高资源利用效率的重要手段;是优化投资环境,消除"婆家"众多,"三乱"名目繁多,加强对部门执法权监管,从源头上预防和治理腐败的有效措施;是破解地方财政收入增长乏力,走出财政困局,增加城乡基础设施和社会事业投入的根本出路。

接着,卢志濂提出了今后一个阶段的改革目标:在科学发展观指导下,以规范矿产资源开发秩序,加强生态环境建设,优化投资环境为目标,坚持依法征管、简便程序、减轻企业负担的原则,建立健全高效透明、公平公正的矿产业非税收入征管体制,使征管工作走向制度化、科学化、规范化,促进全县矿产业持续健康发展。

对于开好头、起好步,做好当年征收工作,卢志濂要求:迅速组建机构。乡镇在财政所成立非税征收机构,在县非税收入征收管理局管理下开展工作,从国土、水利、林业、环保等部门抽调业务骨干到县非税收入征收管理局配合工作。完善非税收入票据管理办法。以票管收,各企业对非专用票据收费可以抵制拒付。完善银行账户管理办法。归集非税收入,取消擅自设立的账户,征收资金当月汇缴,票款同行,票款两清,待解账户月终为零等。还要求做好企业非税任务测算,搞好部门工作配合,加强对企业的服务。

这些措施,卢志濂在与财政局商讨工作时,借用甚至照搬了税务部门的通常做法。对于信县来讲,表面看是每年多收入几千万元,实质上是对财政非税收入征管体系的一次再造。实践起来,远比渭北考察时所想象的复杂多了。

会议结束的这天下午,在财政局大院内,举行了信县非税收入征收管理局挂牌仪式。新组建的这个正科级单位的几十名干部，身着财政制服，齐刷刷排列于台下。望着这支新诞生的队伍，卢志濂想起过去几十天殚精竭虑的筹划，不由得发出轻声的感叹。

随即，为期一个月的矿产业非税收入征收管理宣传月拉开帷幕。信县电视台、广播电台、信县报、信县政府网连篇累牍播放登载非税政策解读，财政局局长和非税收入征收管理局局长答记者问，征收工作实时动态，非税缴纳先进企业新闻等，形成了所谓的强大舆论氛围。那些等待观望的，到处找关系说情的，就慢慢退缩了。这场宣传战役效果极佳。过后，卢志濂还专门让已兼任宣传部副部长的李白云召集，邀请昔日的宣传口同事聚了一次。

当年年底，信县矿产业非税收入征收达到预期目标。三千万元的净增收入，一半用于解决黄家山公园和库河河堤的偿债，补了前面挖东补西形成的缺口；一半拨给了环保局，用于梨河等重点矿区的生态环境治理。

第二年，信县矿产业非税收入达到五千万元，全部用于偿还政府债务。

第三年，由于铅锭锌锭的价格大涨，信县矿产业非税收入达到了八千万元。仅熊小发的那个企业，就上缴了八百万元。

三年后，信县政府债务实现了清零。入冬时节，省政府召开化解地方政府债务经验交流会，信县作为工作先进县，在会上介绍经验。卢志濂的大会发言，以"新官要理旧账，还债也是政绩"为题，把信县的债务化解方法概括为：狠抓收入挣钱还债，严控支出挤钱还债，清收债权以债还债，以奖代补激励还债，强化约束杜绝新债。

债亦有道，引起了主持会议的常务副省长吴波涛的关注。吴副省长在最后的总结讲话里，对信县班子树立正确政绩观，以增收促化解，以改革添活力，不等不靠打好主动仗的成功经验，给予了表扬和肯定。

第八章

31

赵宇航牵头的矿产业整合正在按计划推进。整合的重点当然是存在问题最多的铅锌矿业领域。

按照赵宇航的设想，是成立一个紧密型的集团公司，以便加强采矿、选矿、冶炼各环节的协调，在县内形成比较完善的铅锌产业链，最大限度增加县内附加值，提供更多的财政收入。

谁来充当这个集团的头儿，是赵宇航首先要考虑的问题，其次是新联合体运行的方式。

赵宇航召集工业局、矿产局、财政局等单位负责人开会讨论，有的主张由拥有最大采矿点的熊小发牵头，认为可以借助前几年成立的矿业协会的框架，从矿石供应角度对整个行业进行掌控。有的主张由正在实施技改的兴源公司当头儿，从冶炼环节对全行业实施调控。有的说铅锌矿业是高度开放的领域，市场法则起关键性作用，信县铅锌企业成分复杂，老板们来自天南地北，都是独立法人，相互之间互不买账，即使拉郎配整合到一起，恐怕也是各自为政，难以达到预期。

赵宇航听了大家的意见后说，整合是必须的，这是处理污染事件时就定下来的，也是省市的要求，不然还会出现类似于污染事件那样的大问题。至于能否整合起来，这是对政府管理能力的考验，也没有退路可言。整合之后能否正常运转，既取决于政府的指导和把控，又取决于能不能给企业带来好处。

想到"好处"，赵宇航忽然想起了兴源公司技改启动时，省上给信县的那笔五千万元环保专款。他电话联系卿西平，询问此款使用情况。卿西平让预算科查了一下，回复说还在账上。赵宇航心里说，这就好办啦。

听说县里正在制订矿业整合方案，各路人马迅速行动起来，都想当这个将来的铅锌矿业"龙头"。

前一段还在牵头告状，被卢志濂"制服"的熊小发，第一个找到了赵宇航。

熊小发进门自报家门后，就直截了当，说他担任整合后的铅锌矿业集团董事长比较合适。理由是他到信县十几年，一直从事铅锌矿业，对这个行业非常熟悉，见证了信县铅锌矿业从小到大的历史，所经营的企业采矿、选矿一条龙，可以担纲行业领头羊。

赵宇航看着熊小发的这身打扮，又联想他联名告状，差点把非税征收工作搅黄的事，心里就直犯嘀咕：这个公子哥行吗？

赵宇航发问："熊总，你牵头的矿业协会工作运行得怎么样？"赵宇航前不久才知道有这个协会，在处理污染事件时，没有人提及这个协会。

"当着县长的面，不敢隐瞒实情。这个协会是前年成立的，当时省上发文，要求各地整合矿产企业，县里为了应付上面，就成立了这个协会。当时大家都忙着赚钱，都不愿意当这个挂名会长，县上领导给我做工作，硬要我当，就这样当上了。"熊小发回答道。

"这几年协会开展了哪些活动？"赵宇航又问。

熊小发答："除过成立时开过一次会外，还没有搞过什么活动，原定的会费各企业都不交，没有经费，活动不起来。"

赵宇航心想：不搞活动，告状时怎么就串联到一块啦？顾及这位熊总的脸面，他没有点破。

"当了这个董事长，对你有什么好处？"赵宇航想摸摸底。

"好处当然多啦。先不说企业的好处，单就县里而言，整合后可以通过一些内部约束手段，实现县内采选冶一条龙配套，促进资源就地加工、就地转化增值，扩大财政收入。对我这个企业而言，自然是行业的龙头老大，其中肯定有利可图呀。"熊小发对企业的好处，可能还没有想明白，要么就是刻意不说。

"你的意见我听明白了。"赵宇航结束谈话时，没有对熊小发的毛遂自荐给予明确表态。因为此时他对整合之事还处于思考酝酿阶段，不能轻易表态。

第二个来找赵宇航的是巨鑫公司的老板冯霍霍。这家采矿企业据说有警方背景，矿上经常停有警车，豢养有狼狗，管理人员身上挂着手枪。

冯霍霍进门，倒是没着警服，身上穿着一身考究的休闲服，腰部也显得空荡，似乎没有传说里的手枪。只是他手腕上戴的那块带有"纳粹"标识图案的蓝面钢带手表，很是引人注目。赵宇航记得他前几年出国在江诗丹顿专卖店见过，这是一款名为"纵横四海"的豪华名表，标价在百万元以上。

这个冯霍霍是个眉目清秀的帅小伙，与传说中的凶神恶煞形象似乎不沾边。他以一口地道的渭川腔调自我介绍之后，不等赵宇航搭话，就紧接着说："赵县长，我们是西府老乡，与你是邻县，你们建设厅的余厅长我们挺熟的。"

"是吗？在信县的西府老乡不少啊。"赵宇航这样回应。

"听说县上正在筹备成立铅锌矿业集团，我们巨鑫实力雄厚，撑得起这个头，还请县长老哥给予关照。"冯霍霍没说两句就开始称兄道弟了。

"噢，你说说看，你们怎么牵这个头？"

"我们公司在信县算是老资格的企业了，有两口掘进达两千米的矿井，销售值名列梨河矿区前茅。我们热心当地公益事业，为梨园河小学捐款两万元，我还被聘为学校名誉校长。我们最大的优势是有公安机关的强力配合支持，可以从炸药审批上把控采矿环节，离开了炸药，企业就得停工，总不能靠锄头去挖矿。"

这个冯霍霍倒是不遮不掩，直接亮出底牌。赵宇航到信县工作后，尤其是前不久处理矿业污染事件时，对这类企业有所耳闻，但没有料到他们竟然这样无所顾忌，大言不惭。

"这次整合，原则上要求牵头企业能兼顾统揽采选冶各个环节，你的意愿我们会提交会议研究，也请你对上级各位领导做好解释。"赵宇航不得不绕个弯子，没有答应也没有拒绝，他察觉到这个冯霍霍的背后似乎有一帮人，正企图利用这次整合，把控这个全省最大的铅锌矿区。

来见赵宇航的第三个人是前不久闯下污染汉江大祸的那个浙江籍老板。这大出赵宇航意料。

原来这位名叫蒋金夫的老板在环保事件后，专门回了一趟浙江老家，从亲戚朋友处组织了一笔不小的资金，准备东山再起。他在环保和安监部门的指导下，在远离汉江的一条沟的上游，选择一块平坦之地作为选矿厂新址，这里靠近他所经营的矿山，其下还有一个深涧可供筑坝建设尾矿库。拟建选矿厂的规模可谓空前，日处理矿石能力一千吨，相当于目前信县全县选矿能力的总和。这就意味着，这个厂建成投产后，信县的铅锌选矿能力可以扩张一倍。用这位蒋总的话来说，他从哪里摔倒，就在哪里爬起来。他对赵宇航说，是信县领导仗义执言，才使自己免于牢狱之灾，得以有机会重整旗鼓。他之所以下这么大决心，就是要以实际行动回报信县。

听完蒋金夫的陈述，看着这位面部黢黑、明显从苦日子中熬煎出来的老板，赵宇航抛开矿业整合这个话题，让他凭着在信县多年从事矿业的经验，说说信县矿业之路下步该怎么走，怎样才能做大做强。

蒋金夫略微思考，对赵宇航讲："难得县长这样礼贤下士，我就按我的理解直说了。"

"信县是汉南地区矿藏的富集区，汉江的南北两山都有矿。北边有超大型汞锑矿，已经开采了十年，据说这类严重污染环境的矿种已经列入国际禁采名单，按照国际条约，不出几年将全面关停。南边的巴山有铁矿和铜矿，地质队正在做勘探评估，据说很有潜力。汉江和库河里有沙金，采金船遍布上下，这是信县环保上的一个隐患。从西到东，横贯县境中部的是铅锌矿，据说远景储量二百万金属吨，已经开采过半，还能维持二十年。当然不排除在地质资料空白区域，通过勘探还有新的储量发现的可能，铅锌业的生命说不定还能再延续一二十年。"

这位样子像农民的外地老板，对信县的矿产资源如此熟悉，出乎赵宇航的意料。他对信县矿业的分析，与不久前水利局局长杨显存的分析不差上下。

蒋金夫继续说："铅锌矿业目前位列信县第一大产业，是财政收入的顶梁柱，目前还处于强劲的上升期，只要倾力扶持，还会有一个大发展。就这次整合来讲，对县上而言，整合的目的是提高行业整体效益，增加附加值和税收。对企业而言，县内采选冶一条龙实现后，矿石矿粉一律不许出境，增加的利益体现在哪里，这个需要研究，不然就是拉郎配，会引发企业与管理部门的冲突，增加行政成本。"

"那你说说，应该怎样提高集团对企业的吸引力，让企业有利可图，达到双赢多赢？"这个问题近日一直困扰着赵宇航，他问蒋金夫。

"可以从金融方面入手。您可能知道，矿产企业运转中需要大量的流动资金，比如购买每天必用的爆破器材、矿石矿粉的预付款、越来越高的人工工资。尽管信县在搞信用县建设，但是由于这个行业的特殊性，企业老板多数是外来的，在本地无个人信用资格，采矿权又不能抵押，采矿附属设施多为临时建筑，也形成不了固定资产，所以信县的采矿、选矿企业绝大多数没有被银行授信，就更谈不上从银行贷款了。要维持生产，要么靠背后的股东，要么用矿石矿粉做抵押，相互自行拆借救急。成立矿业集团后，政府可以协调各企业和银行，组建贷款抵押公司，破解成员企业资金难题。有了这个纽带，啥事都好办啦。"

蒋金夫的这个主意让赵宇航茅塞顿开。

蒋金夫最后才说到他为何要牵这个头。他说他这个企业现在看来并不大，但是他拥有信县最大面积的探矿权，几乎涵盖了现有矿区以外的所有区域。这种高投入的探矿，国家地质部门不愿做，企业又无力做。这是个长线投资，是为未来做准备的。争取集团中的牵头地位，也是着眼未来。

赵宇航所期待那两个企业并没有出现，这让他有些不解和失望。这两个赵宇航认为最有资格充作铅锌矿业集团牵头者的企业，一个是有西河铅锌矿业集团背景的兴源公司，另一个是位于梨河矿区、在污染事件中给信县争了脸面的那家采矿企业。

赵宇航打电话给工业局局长严光明，让他从侧面问一下两家企业，有无牵头的意向。严光明第二天回话说，兴源公司认为由他们牵头最为合适，但他们属于西河铅锌矿业集团的独资控股公司，需要汇报后才能答复，并说马上向集团老总请示。梨河那个矿山企业，上上下下商量了半天，答复说他们牵不了这个头儿，做好自己就可以了，感谢县上的关心等等。

情况已经掌握得差不多了，赵宇航就着手安排工业局、矿产局起草整合方案，然后由两局召集矿产企业征求意见，再行完善。分管工业副县长主持召开县直各部门负责人会议征询意见，书面印发全体县级领导征求意见。来来去去，就用去了半个月时间。

还有一个企业最期盼的大问题还没着落。这件大事，赵宇航准备亲力亲为。

他决定去一趟信县商业银行，名目为调研信用县创建工作。

32

信县商业银行与设于信县的其他金融机构一样，属于上级垂直管理单位，归属于西河省商业银行联合理事会及其设在洪州市的办事处。由于信县商业银行起始于农村，业务上又侧重于农业农村农民，即所谓的"三农"，与地方有着天然的联系，故而信县商业银行一直视自个为县上的部门，县上也对商业银行另眼相待，视为自己的嫡系。这样一来，信县商业银行就如鱼得水，在县内各银行间脱颖而出，存贷款数额远远超过其他银行的总和，一定程度左右了信县的金融市场。凡是信县领导前来商业银行检查视察调研，或是联系工作，商业银行都如同对待省市直属上级一般，接待汇报的礼节极尽周全，而不像其他银行，在接待地方领导时，以"条条"单位自居，只做表面上的应付。因之，对赵宇航等信县领导前来调研，钟敏是按直接上级的高规格安排的。

这天上午九点整，赵宇航、卢志濂带着卿西平、严光明、朱守成等几个政府部门负责人，来到位于库河大道中段的信县商业银行办公大楼。信县商业银行行长钟敏领着几位班子成员在楼外迎接。信县人民银行行长、银监分局局长也在场迎接，他们是接到县政府办公室通知，赶来一同参与调研的。因为按照地方金融体制，这个被通俗总结为"中央的银行、发行的银行、银行的银行"的人民银行，对商业银行负有政策指导和宏观管理职责。不久前才设立的银监分局是洪州市银监局的派出机构，对各家银行负有监管责任。各银行的重大信贷项目，是要报这两家审核把关的。因为赵宇航今日名为调研，实为与信县商业银行探讨矿产业信贷这件大事，故而就通知这两个监管单位负责人与会了。

按照事先沟通好的行程安排，钟敏行长先是陪同赵宇航等人参观设于一楼的营业大厅。营业大厅占据了这座大楼一楼的多一半，另一小半被辟为商行办公区的门厅。

这个营业厅足有两千平方米，呈弧形分布，几乎缠绕了这座巨楼一楼内部一圈。临库河大道一面，是一长溜营业柜台，足有二十几个窗口。进门厅的右手一侧墙边，是一长溜自动存取款机，这个阵势有点像大型机场的办票区。

营业厅刚刚开门营业，前来办事的人流正在增加，有的窗口已经排起了队。客户等待区的十几排椅子上，也坐着不少拿着号条、等待叫号的人。见此情景，赵宇航就对钟敏打趣说："钟行长，信县人手里的钱都跑到你这里啦。"这句表扬的话让钟敏很是受用，他边走边介绍，信县商业银行由农村信用社改制而成，下设三十个分行，有职工近五百人，拥有固定资产二亿元。截至上月底，存款余额一百二十亿元，贷款余额七十亿元，分别比上年同期增长百分之十二和百分之九。实现税收三千万元，利润五千万元，与上年同期持平。贷款结构中，农业农户贷款二十亿元，工商贷款五十亿元。

赵宇航听后发问:"这种贷款结构,说明你们的扶持重点正在从农村转向城市,是不是可以这样理解?"

钟敏答:"县长很内行啊。也不全是,现在城乡一体化推进太快,工商企业已经跨界了,农工商分得不是很清了。对农服务还是我们行的重点,农村是我们起家的地方,不能轻易放弃和忘记。我们现在的股东构成,虽然改制后有些工商资本进入,但农村农民股东在数量上仍然占大头。我们永远是信县人的银行,农民的银行。"

沿着弧状布置的营业大厅走了一会儿,拐过一个弯,眼前出现一个旋转式步梯。一行人在钟敏的引导下,沿着又宽又缓的大理石台阶,上到二楼。

二楼的面积比一楼稍小一些,一个宽大的走廊里侧,竖立着一排玻璃隔断,隔断的里面,被分割为两个区域。依次挂着"信县商业银行小微企业贷款服务中心"和"信县商业银行规上企业贷款中心"两块牌子。

钟敏领着赵宇航等人边看边介绍:"这是我们行的小户室和大户室,专门用于接待企业客户,这是借鉴了证券交易所的做法。两个中心面积大小一样,但是里面的配置稍有差异。你看这个小户室,配的是简易沙发、木质茶几,墙上挂的是励志名言和广告,只提供茶水,业务办理上实行随机服务。大户室的配置就不一样了,真皮沙发、玉石茶几,墙上挂的是名人字画,另外还提供点心水果咖啡,实行的是预约一对一服务。"

看了两个中心的内部布置,赵宇航等人都笑了。卢志濂说:"这两室放在一起,挺刺激人的,啥叫看客发货,啥叫瞅红灭黑,在这儿表现得淋漓尽致啦。""瞅红灭黑"是信县的方言,用来形容嫌贫爱富的势利眼行为。怕钟敏等人听了多心,卢志濂又补了一句:"开个玩笑啦。"

赵宇航说:"你这个做法,倒是挺励志的。"钟敏连忙接话说:"就是,就是,对小户刺激挺大,这两年有不少人从小户室升舱去了大户室。"

大家发出一阵爽朗的笑声。

钟敏招呼大家在大户室里的一组沙发上坐了下来,身着黑色西服、雪白衬衣，领口打有粉色蝴蝶领结的两位年轻女子，袅袅婷婷端上果盘和红茶。大家环顾着这个气派考究的大户室，嘴里说着挺好挺好的赞语，一边端起茶杯，轻轻放到嘴边，象征性抿了几抿。

赵宇航问钟敏："这个大户室的客户有多少？放贷规模怎么样？这里面工业企业有多少？"

钟敏回答："客户维持在五十户上下，放贷规模在四十亿左右，占到工商企业贷款总额的百分之八十。工业企业占了一半，有二十多家，贷款规模接近三十亿。"

赵宇航转身问坐在侧面沙发上的工业局局长严光明："全县规上工商企业现在有多少家？"

"报告县长，截至本季度末，共有规上七十五户，其中工业企业六十户。"严光明回答。

所谓规上企业，是指产值或销售额达到一定数值的企业，信县执行的标准是年产值或销售额达到两千万元，就可以成为"规上"。其他达不到这个标准的，统称为"规下"。

"这就是说，规上工业企业中的一半，还没有享受到这个大户室的服务，是不是可以这么理解？"赵宇航说。

钟敏说："是的，没有享受到这个大户待遇的工业口企业，都集中在矿产领域，这确实是个大问题。等一会儿我要向县长做重点汇报，请您给指导指导。"

"好，时间差不多啦，去会议室"。赵宇航轻拍了一下玉石几面，说了一声走。

在挂着"信县商业银行信用县创建工作汇报会"会标的会议室坐定之后，钟敏就按会议桌上提前摆放好的汇报稿子，开始汇报。大致分为基本情况、创建工作主要做法、取得的工作成效、下步工作打算及建议等几个部分。大意是，自去年下半年开展信用县创建工作以来，信县商业银行与各乡镇联手，对全县所有农户进行了摸底建档，结合十星级文明户评定，对所有农户进行信用评级，除过鳏寡孤独五保户之外，对十一万个农户给予了五到二十万元不等的贷款授信,总计授信额度六十亿元,比原额度增加了三十亿元。同时按照尽量降低门槛的原则,对全县五千家企业的信用等级进行新一轮评定,与公检法司机关协作,加快化解经济类纠纷案件,让一批官司缠身的企业脱离了失信黑名单。企业授信额度达到了五十亿元,比原额度增加了二十亿元。全县信用额度共计一百一十亿元,其中新增额度五十亿元。运行一年来,贷款余额增加二十亿元,创建工作成效显著。对于下一步工作,钟敏说,要从培养增强诚实守信思想观念,加大对主导产业和重点企业扶持,银企互动提高企业管理水平,为客户提供高效优质服务等方面着手,力争达到应贷尽贷,有求必应,实现双赢目标。

钟敏最后还提出了工作建议。请求县上将信用县建设作为经济发展的基础工程,作为塑造良好形象、优化投资环境的关键抓手,在公民守信和政府诚信两个方面持续用力,使诚信成为信县深化改革、扩大开放的金字招牌。还建议加强银企银政互动,破解矿业贷款难题。

钟行长的最后一个建议,与赵宇航的想法不谋而合。

随即,会议的主题便倒向到这个具体问题。赵宇航让大家开动脑筋,发表意见。

工业局局长严光明首先发言:"矿产业是信县工业的支柱,在产值和税收上,三分天下有其一,当前正处于高速增长阶段,随着兴源公司技改项目的建成,我县矿业将有一个突飞猛进的发展。这种高速增长的势头,需要金融部门的强力支持,而非现阶段这种两张皮状况。反过来讲,金融部门也可以从矿产信贷中获得可观的回报,两全其美的事,何乐而不为呢?"

对这样有指责意味的话,钟敏解释道:"我们也想做,可是这矿产业确实特殊,无抵押物无法授信,还请各位领导给支支招。"

卿西平接过话头说:"还是要调整思路、解放思想,矿产企业的采矿权、采矿选矿设备、生产出来的矿石,这是货真价实的企业资产,我觉得可以视同固定资产,用作抵押物。"

钟敏说:"采矿权是依附于所有权的,并且每年省上年检一次,有很大的不确定性,所以不能当成抵押物。至于那些采选矿设备,除了矿上的鼓风机、选矿厂的球磨机有些价值，其他都是低值易耗品，也没有多大抵押意义。矿石可以随时变现，有点像企业存款，只是流动性太大，如果企业愿意是可以作为抵押物的，但是一旦抵押了，就要就地封存起来，或者变现存在银行里，趴在那里不动弹。倘若一动，抵押就失效了。"

卿西平一听，就忍不住笑了起来："人家账上有钱，还找你干啥？"

其他参会人也被刚才钟敏说的弯弯绕逗笑了，说你话说了一大堆，到头来等于没说。

等大家笑过了，朱守成说："信县矿业集团马上就要成立了，各加盟企业的资产都要重新评估，我咨询了一下会计师事务所，刚才卿局长提到的采矿权、设备、矿石矿粉都可以纳入企业固定资产，希望银行在这方面不要固守过去的观念，把这些都列入可以抵押的范围，这个难题就可以迎刃而解了。据我测算，照这个口径，这个集团的固定资产总额在五亿元以上。这里面，技改后的兴源公司的固定资产占了一半份额。相对于这么多矿产企业来讲，资产还是显得少了。"

钟敏说："如果会计师事务所能认定，我们可以变通处理，也请银监局给予支持。"银监局局长点了点头，表示同意认可。

赵宇航向卢志濂示意，让他发言。

卢志濂说："今天赵县长专门抽出时间，带领大家到商行开展信用县建设专题调研，这体现了县委县政府对金融工作的高度重视。看了现场，听了汇报，尤其是刚才大家的讨论，我觉得信县商业银行一年多来，在信用县创建中发挥了金融主力军作用，无论是信用大环境的改善，自身指标的增长，还是所扶持企业的生产经营状况，都有了长足的进步，这值得充分肯定。"

"刚才大家对矿业贷款问题进行了讨论，开拓了思路，我听后也很受启发。把矿产企业的固定资产与其他类型企业的固定资产同等对待，我觉得这是一个重大思路和政策突破，希望能够付诸实践。但是，即使这样做了，也只能解决矿产企业的部分问题，距离满足矿业庞大的资金需求胃口还差得很远，我估算应该有十亿元的贷款缺口。怎么解决，我建议通过两个渠道：一是银行对整合后的铅锌矿业集团进行授信，发放不需要抵押物和担保的信用贷款；一是动用省上给我县矿业的扶持资金，委托银行面向矿产企业放贷，周转使用。但是为了提高使用效率，这部分资金最好用于短期贷款，如果一年能够周转十次，五千万元就变成了五个亿。"

卢志濂最后说："以上是个人不成熟的想法，仅供参考，最后以赵县长讲的为准。"

卢志濂的想法与赵宇航不谋而合。

对于矿业整合，赵宇航最近思考最多的，还是怎样在新组建的矿业集团内部各企业之间形成一个联系的纽带，把这些拥有独立法人地位的企业绑在一起，实现抱团发展。这既是省市领导在处理环保事件时做出的决策，也是信县矿业转型发展，做大做强的自身要求。无利不起早，这是人的本性。企业是由人经营的，本性也是如此。对企业经营行为实施管理干预，除过行政命令、指导协调等手段之外，县级政府手里并没有像高层手中的那些利率、存款准备金、减税、发行债券等诸多工具。这就让赵宇航这个七品芝麻官感觉到了无能为力。苦苦思索一番之后，他蓦然回首，想到了吴波涛副省长给信县解决的那五千万元专项资金。这不是一个很好的"工具"吗！

其实在这之前，自从那五千万到账之后，信县的矿产企业，还有各矿区所在的乡镇都闻风而动，向县政府呈送报告，要求安排资金，有的企业还动用各种关系，托上级领导或熟人打招呼。西河铅锌矿业集团虽然是个实力雄厚的大企业，但是俗话说"钱多不咬手"，也多次通过肖鹏程表达了争取资金扶持的意愿。有的说如果处理不公，就向上反映等等。各方争持的结果是谁也得不到，这笔资金就一直趴在账上。此时，各矿区环保治理工程已经接近完工，按照县上出台的方案，这些工程的投资由各企业自行分担。省上给的资金似乎暂时用不上了。这就为赵宇航筹划"纽带"这件事提供了契机。

所以当分管财税金融工作的卢志濂表达出同样的想法时，赵宇航觉得两人之间很有默契。

当然，这都是一厢情愿的想法，行与不行，决定权在银行。尽管信县商业银行对政府领导十分尊重，但二者毕竟不是业务上的上下级关系。赵宇航让钟行长谈谈意见，实际上是让钟敏表态。

钟敏说："政府领导这么关心爱护企业，又这么替我们银行着想，我们还有什么可说的，一定把这个事儿办好。整合后各企业的固定资产可以打包在一起，进入贷款抵押标的。这里面西河铅锌矿业集团的资产占了大头，要提前做好他们的工作。至于对整合后的企业重新授信，这个没有问题，我们行在去年启动信用创建时就摸过这些企业的底子。刚才卢县长所提出的政府注入资金，委托银行发放流动资金贷款的思路，在南方发达地区已有实践，这可是一个创新，请县上放心。"

信用贷款，抵押贷款，委托贷款，手上一下子有了三个"工具"，赵宇航紧锁的眉头一下舒展开来。

过了不久，以兴源公司为龙头的信县矿业集团有限责任公司正式组建。由于集团下属共有九个松散型子公司，这个公司被通俗地称为"九联公司"。为了不分散肖鹏程的精力，经信县政府与西河铅锌矿业集团协商，从集团总部选派了一位名叫王宏勋的中层干部，到信县矿业集团任董事长，肖鹏程、熊小发、蒋金夫、冯霍霍等担任副董事长，卿西平兼任监事会监事长。梨河矿区那个当初出彩的企业负责人，也被推举为副董事长。集团总部在兴源公司挂牌时，信县四大家领导悉数出席，西河铅锌矿业集团董事长金云岗专程前来出席，赵宇航讲话，金云岗和魏德平揭牌。

随之，这个全新的"九联公司"，按照预定的方案和公司章程，开始步入新的发展阶段。

至此，信县水电、水泥、矿产三大集团三足鼎立局面基本形成。

33

信县又要修铁路了。

对于铁路，信县人太熟悉啦。因为信县有汉江贯通东西，库河河谷沟通汉南与省城渭川的地理便利，成了两条铁路大动脉的交会之地。修筑于二十世纪七十年代的襄阳至重庆铁路，简称襄渝铁路，是信县人见到的第一条铁路，沿汉江河谷而上，在信县设置了惊人的十四个车站，曾经以中国之最登上某电视台知识竞赛节目。修筑于二十世纪九十年代的洪州至渭川铁路，简称洪渭铁路，沿库河河谷而上，穿越秦岭主脊，创造了亚洲第一铁路长隧的新纪录。这条铁路在信县设置了四个车站，其中靠近县城北边的车站被取名为"信县北站"，据说这是信县一位有眼光的副县长全力争取到的大名。这个站地处信县即将启动开发的工业新区，小地名叫后村，原先被铁路设计人员顺理成章取名为"后村站"，争取改为"信县北站"后，这个站的"级别"从村级一下冲到了县级。那个原来位于县城附近的襄渝铁路信县站，就自然变成了"信县南站"，坐火车经过信县的旅客听到信县南站、信县北站的报站，都以为信县如同当年的"达县市"，是个大城市呐。

修建于不同时期，在信县交会的这两条铁路，是国家沟通东西和南北的大动脉。

现在，随着经济发展，运量日增，这两条单轨铁路已经不堪重负，需要各增建一条复线，变成双轨铁路。襄渝铁路复线早在三年前就已动工，现在已经接近完工。洪渭铁路复线开始外业调查设计，设计院已经与洪州市政府进行了正式沟通，信县政府接到消息，近日设计院要到沿途各县开展线路勘察，一行五十多人。这个消息是从负责路地配合工作的交通局系统传下来的。

这是一件大事，省政府此前专门发过文件，要求地方政府密切配合。赵宇航安排卢志濂具体负责此事，分管交通的董副县长参加，做好工作衔接。

这天上午，卢志濂接到交通局局长电话，说设计院中午从库河上游的乾佑县出发，下午两点抵达信县与乾佑县交界处。卢志濂说，我们下午两点去交界的界牌关迎接。局长说，不用那么隆重吧，我刚才与乾佑县交通局通了电话，他们县上领导根本没有出面接待，只是交通局出面接触了一下,连饭都没管。我看您和董县长就不去了,他们到县城后,视情况再说。

卢志濂不假思索:"必须去迎接,还要早点去等候。"

卢志濂之所以对这个事情这样重视,甚至有些敏感,是有原因的。

这就牵扯到信县那件几乎全国皆知的,让人当成笑料,把"通县高速"弄成"绕县高速"的陈年旧事。

多年前,洪州市至省城渭川市的高速公路开始前期设计。这条南北走向的高速公路,是规划中的一条国家南北大通道其中的一段。据说最初的走向方案是沿库河河谷一直向南,到达信县后,再转而向西沿汉江而上,通往信县西边的洪州。这个走向与已经建成通车的洪渭铁路平行,可以通达库河流域的所有县城,如此,就向省上既定的县县通高速目标又迈进了一步。

可是事到临头却发生了变故,让洪渭高速公路信县段的线路走向发生了重大改变。这条高速公路在进入信县北边的边界后,离开了南北走向的库河河谷,身子一扭朝西而去,穿过一座大山,直接去了洪州。信县人翘首以盼的高速公路,就这样擦肩而去,信县上下,无论是官员还是老百姓,都恼怒不已,骂骂咧咧。

这个对信县极其不利的高速公路走线方案,最初只是一个传言。当时的信县领导班子闻讯后大惊失色,县委书记王卓成连忙带队去了铁道设计院所在的金城市,拜会设计院领导和设计团队。设计院领导答复,方案已上报西河省交通厅,要变更难度极大。欲拜访设计团队,这个长年忙碌的团队已经去了南方,正在云贵高原的大山里勘察设计一条铁路,行踪飘忽不定,难以联系,更不说见面了。

王卓成气得要命。转身返回省城渭川,去找主管此事的西河省交通厅,又去省政府找分管副省长汇报,均被告知方案已报国家交通部,木已成舟,国家马上就要下达洪渭高速开工批复了,劝他不要在这个关键时候为局部利益而搅黄了全局,奉劝王卓成"息诉罢访",性情刚直的王卓成气得差点吐血。

回到信县，王卓成书记经过一番了解，才知悉了事情的原委。王卓成气得摔了茶杯，找来"肇事者"拍桌子大骂了一通。

王卓成了解到的情况是：上年冬季，铁道部金城铁道设计院副院长带领二十多人的设计团队，沿库河而下，勘察渭川至洪州高速公路，这天中午时分抵达信县县城，住宿在信县条件最好的金鹰宾馆。带队副院长考虑到队员们一路奔波，十分辛苦，中途从未休整休息过，就宣布放半天小假，原地休息自由活动，下午六点钟在酒店集中，参加信县交通局的宴请。

设计团队中的一部分人出去逛街了，另一部分人就地在房间休息闲聊。话聊得差不多了，就觉得无聊。无聊间，看见房间里配置的麻将桌，就想放松一下，也借以消磨时间。须知，那个时期的金鹰宾馆，作为信县餐饮住宿业的翘楚，为了体现档次和赶时髦，每个房间都配备有麻将桌。于是，在午休后不长时间，在金鹰宾馆三楼临街的几个房间里，便响起了哗啦哗啦的搓麻声，在外面的街道上都能听得见。

麻将声就是命令，这在当时的信县已经司空见惯。麻将声起，警力必达，处罚必到，绝不容情。

原来，信县公安局刚刚完成办公大楼基建，形成了两千万元欠账，被基建队和农民工整日纠缠的局班子，在向县财政求援无果后，不知是谁出了个馊主意，求人不如求己，向全县各个基层派出所下达收入指标，视辖区大小实力薄厚，二十万元至一百万元不等，完不成任务的，主动让位。一时把派出所办成了财政所，突出以抓收入为中心。当然，这些任务指标并没有下达正式文件，是内部会议口头交代的。县城所在地的库河派出所，作为全县第一大所，据说领受的任务是骇人的一百万元。

这日午后，金鹰宾馆楼上毫不掩饰的搓麻声，很快惊动了派出所撒在民间的"线人"，接报不久，一队便衣警察很快突击了这几个房间，打了他们个措手不及。这些走南闯北的设计人员，自以为搓麻带点"小彩"根本不是问题，在其他地方也从来没遇到过被"突击"，所以那些视为常规的"小彩"都是毫无戒备放在桌面上的。这就让便衣轻而易举搞了个人赃俱获。

赌款没收，参与者每人处罚三千元，现场交清罚款者免于拘留。库河派出所一下子收入五万元，称得上凯旋。为防止夜长梦多，没收赌款连带罚款所得现金当下就上交到了县公安局，锁进了局财务室的保险柜。下午饭时，前来接待设计院的县交通局局长闻知此事，觉得有问题，给公安局局长打电话说情，说这是县上的重要客人，得罪不起，要求退还罚款，公安局局长推说不知此事，让他找分管治安工作的副局长。电话打到副局长那里，说这事需要局长发话才行，一来一回毫无结果，交通局局长只好满脸愧意，连声道歉。过了一会儿，交通局局长觉得应该再努力一下，就拨通了常务副县长丁亮的电话，请他出面协调公安退还罚款，以免造成后果。这段时间，分管财政工作的丁亮被公安方面的欠账缠得心烦，又苦于财政囊中羞涩，正在发愁。对于公安局给下面派出所下达收入指标的事，他早有耳闻，采取了不过问的态度。接到交通局局长的请求电话，他只是含糊不清地支吾了几句，并没有给公安局打招呼。

金城铁道设计院一行第二天一早就离开了信县。他们放弃了原计划对信县境内库河河谷地区的踏勘，转而去了界牌关以西，并且谢绝了信县交通局的陪同。

过了一阵子，传来洪渭高速公路走线甩掉信县，外绕直达洪州的消息。这家设计院给出的理由是，这个外绕方案可以缩短里程二十公里，还可以少征用土地五百亩，节省投资三十亿元。至于信县通高速问题，建议在将来修建汉江沿线高速时再行考虑。这一堆堂皇的理由是无可挑剔站得住脚的，信县喊天天不应，叫地地不灵，吃了一个闷亏。

洪渭高速公路避开信县县城、绕行而过方案实施的结果，是在信县北境与洪州交界处，增加了一条号称亚洲第三的超长公路隧道。由于地质资料不清，打到大山的深处时，才发现这是一座由碎石构成的山，且里面富含地下水，掘进中经常塌方涌水，出了几次大事故。仅这个隧道，就施工了接近五年，工期比预计的时间推后了一年多。高速公路通车后，这条隧道因地质环境先天不足，部分路段隧道顶部一直漏水，让管理部门和行车者提心吊胆。为防不测，省高速公路管理局启动了备用线路设计论证工作，就是说，一旦这个隧道发生垮塌导致大动脉中断，要有一条备用线路。这个备用线路别无选择，就是当初被设计院取消的，沿库河而下，通过信县而达洪州的那个走线。很快地，这个备选方案被省上采纳，上报进入国家交通大网规划，还在报纸和网站上做了公布。可是，直到二十年后，这个备选方案还停留在纸上。

对于这个事情，卢志濂由于当时并不在县上工作，只是模糊地听到一些传言，不知真假，所以一直将信将疑。他转任分管财政的常务副县长之后，公安局为基建欠账很快找上门来。刚刚到任的公安局局长可怜巴巴叫苦说，前任局长在社会上搞了一些罚款，消化了一半债务，因为高速公路的事，被信县人骂惨了。现在还剩下一半，大账一千万元，再也不敢那么整了，希望县财政把他们局的欠账列入支出预算盘子，逐年解决。

卢志濂答应了。他带着财政、审计部门的局长专门去了一趟公安局机关，参观了气派的办公大楼，刚刚投用的监所，还有旁边的公安居住小区。局长汇报说，这些设施的建设资金，大多数来源于争取上级补助以及公安系统的自筹。说到自筹时，这位局长不由自主摆了摆头，同行的几位局长也忍不住笑了。在人们心目中，这种"自筹"是与乱罚款画等号的。听了看了之后，卢志濂心里五味杂陈，几乎不要本级政府一分钱，建了这么一大片，精神实在可嘉，一般人还没有这个能耐。因为资金而猴急抓脸，胡乱执法，导致全县大交通滞后，引发全国皆知的笑话，可敬又可悲。

调研结束座谈时，卢志濂当场表态：公安局剩余的债务，全部由县财政承担，分三年安排。附加条件是，停止乱罚、文明执法，重塑信县公安形象。

34

前车之鉴，岂能马虎。卢志濂和分管交通的董副县长带着交通局局长、政府办公室副主任等人，午餐后从信县县城出发，沿着与库河平行的省道，提前二十分钟，赶到了与乾佑县接界的界牌关。为了保证一路畅行无阻，卢志濂还通知县交警大队派了一辆警车随行开道。

他们抵达界牌关不一会儿，两辆涂喷有"铁道部金城铁道设计院"标志的黄色中巴车疾驰而至，停稳后，卢志濂快步向前，跟从前车上下来的几个人握手，连说欢迎欢迎。相互介绍得知，金城铁道设计院一行共五十人，包括了铁路建设所涉及的地质、隧道、桥梁、供电、水文等各个领域的设计人员。带队的是一位姓李的副院长，与前几年带队到信县搞洪渭高速公路设计的是同一个人。

世事难料，就是这么巧。攀谈了几句，当卢志濂得知此副院长即彼副院长时，不禁出了一身冷汗，也庆幸自己的些许敏锐。

警灯闪烁，警笛不时昂叫，几辆车以警车为先导，威风凛凛行驶在省道上。中途在洪渭铁路沿线几处车站、隧道进出口、预架桥梁处停了下来，设计院来人展开图纸对着地形实物，不停地指指点点。卢志濂虽然对铁路设计是外行，但从技术人员的指指点点中，也听看明白了大概。这条洪渭铁路复线，在当初建造原线时，就做了预留，如有几处大型桥梁的桥墩，当时是按照架设双梁建造的，只需在上面加上预制梁即可。这就意味着，整个复线是紧贴着原线布设的。在卢志濂最关心的几处车站保留或是撤销上，似乎也没有问题。因为此前已有传言，洪渭铁路开通双线后，为了提高速度，信县境内的两个小火车站会被裁掉。

车队行至信县县城以北三十多公里处，停了下来。这段公路处于半山，站在路边的一处高地上，可以居高临下，一览库河对岸那个叫作"巨岭"的火车站全景。这个车站是洪渭铁路设在信县的第二座车站。从这里朝库河下游再走上二十五公里，就是靠近信县县城的信县北站了。

巨岭火车站的斜对面，即卢志濂一行站立之地的侧面不远处，有一条河流从西边而来汇入库河，河的名字叫仆河。仆河得名，缘于它谷底开阔、流速缓慢，是古库谷道的一个支线。由渭川翻越秦岭，沿库河而下，转而进入仆河，在仆河源头处翻过一座山，就到了洪州地界，可以比经过信县县城去洪州节省三十公里，自古就是库谷道上的一条捷径。只是与沿汉江而上的那条水路相比，这条捷径都是旱路，没有舟楫之便，故而虽是省路，在肩挑背扛时代，选择走这条路线的人并不多。

站立在带队李副院长身旁听介绍的卢志濂，听着听着就觉得有些不对劲。只听那个戴着眼镜的年轻人摊开图纸，四处指点着说：

"洪渭二线从对面的巨岭站引出，跨过库河，进入仆河流域，在距仆河口十五公里加六百米处，通过十公里隧道群进入洪州东部，以明线前行七公里，接入洪州东站。这个方案比原来我们做的 A 方案省时二十分钟，缩短里程二十五公里，年节省运费十五亿元。"

原来，按照铁路上的专业术语，复线叫"二线"，原来的线路自然是"一线"了。

卢志濂已经注意不到这个术语的变化，他听得此话，大吃一惊。正要发话，那个年轻工程师并没停嘴，继续说：

"二线按照 A 方案从巨岭直行洪州后，巨岭到信县的这条单线，只作为襄渝和洪渭两条铁路的联络线，信县北站改为货运站，远期有可能撤销。因为据我们测算，信县北站周边地区的货运量，还不足以支撑这个货运站的长远运行。"

卢志濂听得脑袋要炸，他顾不上礼仪，带着气恼的腔调质问这个工程师："这是怎么回事，这个绕行方案不合适，我们不会答应，信县全县人民也不会答应！"

董副县长也急得嚷了起来。

看着脸已涨红的卢志濂，已经上了年纪的李副院长宽厚地笑了笑说："这个抛开信县的绕行方案，可是你们洪州市政府提出来的呀，我们拿的方案是经过你们信县的，保持原有走线。"

"洪州市提出的？"卢志濂还是第一次听说。

"洪州市出有红头文件，我们随身带着，等一会儿到住地后拿给你们看。"李副院长说。

卢志濂不信这种说法。他认为设计院还在记仇，又要像高速公路那样，再次报复信县。他心里说，这次你们再那么搞，我就去铁道部、国务院告你们。卢志濂与董副县长在车上商量，无论如何要把这个方案扳回来。

卢志濂给接待办主任打了个电话,让他把信州大酒店那个总统套房预备好,这几天接待标准和服务档次上调到最高级别。如此这般嘱咐了一番。

设计院一行抵达信州大酒店门厅外下车时,已有一队漂亮的女服务员列队欢迎,然后直接引入大厅里侧的电梯间,按照接待指南的指引,直接入住房间。房间茶几上已提前摆放了茶叶、果盘、点心、饮料、香烟等赠饮赠品。原来带队领导以下人员两人共住一间的住宿安排,已经调整为一人一间。客人还被告知,接待费用全部由信县承担。

卢志濂和董副县长陪同李副院长上了位于八楼的总统套房。这个总统套房面积有二百平方米,分门厅、会客厅、餐厅、大小卧室、洗浴、健身、视听娱乐等区域,中式仿古装饰风格。家具的规格样式据说是照搬了国家领导人接见外宾的场景。在客厅等处墙上,配饰有几幅高仿古代名人山水画,茶具是从景德镇定做的,在显眼处镶嵌着金线。那个大卧室的床足有三米宽,可以电动升降,随意调节改变体位,奢华、高级、无法细表。总之,在洪州地界是绝对第一,找不到第二家。

为了铁路不再绕行,卢志濂今天豁出去了。

李副院长在卢志濂等人簇拥下,进了总统套房,抬眼一看,吓了一跳,连忙转身要走。说房子太大,住着浪费。

卢志濂拽着李副院长的手,说这个房间一年四季,天天打扫整理,就是无人光顾,您这么大年纪,为了祖国的交通事业四处奔波,是人民的功臣,住多大的房子都不为过。并说这是酒店听说您老来了,专门免费提供的。

一席话说得倒是实在,也很感人,说到了长年奔走于中国西部的老铁路、老专家的心坎上,他就不再推辞,在总统套房住了下来。

在总统套房偌大的会客厅里,李副院长与卢志濂和董副县长寒暄几句后,就让随行人员取来一份文件。卢志濂双手接过,这是洪州市发展改革委员会的一个红头文件:《关于洪州—渭川铁路二线信县至洪州段走向问题的意见》。文件的内容如下:

省发改委，渭川铁路局：

　　省发改委、渭川铁路局关于征求洪渭铁路二线信县段线路走向的函收悉。经我委与洪州铁路局论证研究，并报洪州市政府同意，现回复如下。

　　近几年来，我市在省委省政府的正确领导下，认真贯彻落实省十次党代会提出的"壮大区域特色经济，实现汉南突破发展"战略，国民经济和社会事业持续健康发展。经济发展，交通先行，洪渭铁路二线的修建，是洪州市四百万人民翘首以盼的大事，建成后必将极大地提升我市铁路运输的能力，开辟对外开放新通道，为突破发展提供坚强动力。我们将举全市之力，优化建设环境，提供优质服务，为项目早日上马和建成做出不懈努力。

　　洪渭铁路一线在我市境内线路长101千米（信县界牌关—洪州东站），其中界牌关—信县北站50千米，信县北—洪州东站51千米。线路沿南北走向的库河河谷而下，转而向西，沿汉江北岸引入洪州东站，与襄渝铁路交会，线型整体呈弧形。我委意见，为了增强洪州与渭川经济带的联系，缩短运输时间，降低运输成本，建议在此次修建二线时，将此段铁路走线由弧形改为直线。具体方案为：信县界牌关至巨岭站之间线路保持不变，在巨岭站至洪州东站区间改为新建双线。由巨岭站跨库河至仆河河口，沿仆河而上，在仆河中游以隧道直达洪州东，长度30千米，比原来的一线缩短21千米，运行时间节省近二十分钟，年减少运输成本15亿元。（具体测算数据见附表）

　　此段线路走线调整后，巨岭—洪州北段原有线路改作襄渝线与洪渭线的联络线（增加新建信县北站—信县南站双线5千米）。信县北站客运取消，改为四等货运站。

文件最后署名盖章单位是洪州市发展改革委员会，落款时间2007年1月25日。

文件结尾显示，这个文件抄送了省政府办公厅、交通厅、铁道部金城铁道设计院等单位。副院长手里的这份文件，应是抄送设计院的那份了。

读了这份非同寻常的文件，卢志濂才相信副院长所言不虚。根子出在洪州市内部，怪不得眼前这位老者。他转而向李副院长道歉，说今天在现场有些冲动，还请见谅等等。副院长笑着说，没事儿，没事儿，可以理解，可以理解。并说他们这次来的一个工作重点，就是对洪州方面提出的方案进行实地考察。

已到了晚餐时间，卢志濂已顾不得多说，即使现在说，几句话也难以说清楚，就招呼客人到餐厅用餐。

本来，遇到这样的突发状况时，县上党政一把手应该出面，以增加挽回的权重。不巧的是，魏德平和赵宇航都有事去了省里，电话里汇报后，魏德平和赵宇航都要求竭尽全力，争取把事情扳回来。

卢志濂感到了前所未有的压力。

晚宴设在信州大酒店小宴会厅里。这个宴会厅像一个小型演艺厅，在正厅的墙上设有电子显示大屏，大屏之下是一个被垫高的主席台。这个宴会厅平时可以摆放十张台面，今天只摆了六个。在主席台下的正中位置，设一个主桌，台面稍大，可坐十二位。其余五桌，台面略小，每桌可坐八位。这五桌以主桌为中心，呈半圆状摆放，有众星捧月的意味。主席台的大背景墙上，电子显示屏上打出了"向为祖国铁路建设做出卓越贡献的金城铁道设计院致敬！"巨幅标语，标语的背景照片是刚刚建成通车的青藏铁路的"天路"风光。

原来，卢志濂打听到，这支铁道设计队伍，就是著名的青藏铁路的设计单位之一。他们在完成青藏铁路设计和配合建设任务之后，转战汉南山区，是铁道设计队伍的一支铁军。

卢志濂和董副县长陪同李副院长在主桌就座。设计院客人陆续下楼步入餐厅，按照提前编排好的座次依次入席，由信县发改局局长、交通局局长、政府办公室副主任、文化局局长李白云、接待办主任、交通局副局长分别充当各桌的主陪人。按照卢志濂的安排，今天破例上了茅台酒和法国红酒，菜品是改良版的信县八大件。卢志濂对李副院长介绍，这八大件起源于明清，是湖广移民带进汉南来的，最初是富豪大贾招待贵客的专属，后来慢慢普及到了民间，是信县招待贵宾的最高礼仪。李副院长连连拱手，表示感谢。

宴席开始，卢志濂先上台讲了一段欢迎辞，对金城设计院各位领导和同志光临信县，开展洪渭二线勘察设计表示热烈欢迎和感谢，对曾经奋战在青藏高原的英雄群体表示崇高敬意，祝愿大家在信县期间工作顺利，身体健康。最后举杯提议，为洪渭二线早日建成，造福沿线人民，带动地方脱贫致富奔小康，共同干杯。简短的致辞后，宴会正式开始。

卢志濂今天的致辞很简略，主要是考虑设计院一行长途奔波，应尽量减少一些虚虚套套，突出吃和喝两大主题，让客人尽享美酒佳肴。再者，铁路走线方案如何争取，心中没底，有些心神不定，也不愿意多言。致辞一结束，他就把话筒交给了文化文物局局长李白云。

李白云今天是被紧急通知来的。卢志濂给她的任务是突击组织一台节目，在招待宴会上助兴。并要李白云给演员们说明，演出事关信县发展，并非通常意义的接待，是一项政治任务。李白云电话里说："好我的大哥，你不看现在几点啦，来得及吗？"当时卢志濂正陪同设计院一行在朝县城方向走，他看了一下手表说："才四点多，还有两个小时，来得及，我相信你。"就不等李白云再说话，就挂了电话。

凭着他对李白云能力的了解，他相信李白云能完成这个任务。

35

李白云参加今天这个晚宴，有着多重身份，既是部门领导，充当其中一桌的主陪，又是晚宴小型演出的带队兼导演，还是临时客串的主持人。

这天下午，接到卢志濂电话之后，李白云就马上给她哥李大年打电话，要他紧急支援一下，准备五六个小节目。李大年说在渭川市办事，不在信县，节目是现成的，前不久县上接待外地领导来访时演过，稍做调整即可。

李大年让李白云赶紧去风雷艺术团，他马上安排在家的副团长，召集演员在排练厅集合。

李白云匆匆赶到风雷艺术团，副团长和十来个男女演员已在排练厅等候。副团长拿出一个节目单，说这是上次演出的单子，共有十个节目，今天因为有几个演员请假，只能凑合六个。并指着单子说，这个应该有，这个应该有。李白云急了，都啥时候了，你还在这里应该有，应该有，到底有没有？副团长笑了，看把李局急的，开个玩笑，应该有就是有。

李白云拿过节目单，仔细瞅了瞅，这几个"应该有"的节目依次是：歌伴舞"请到古城来做客"、新编汉调二黄"秦巴放歌"、群舞"汉江纤夫"、信县民歌联唱"樱桃花儿开"（五首）、舞蹈"库河神女"、独唱"风景这边独好"。

李白云迅速看完后，问这六个节目总共时长是多少，副团长说不到一个小时。李白云以商量的口气说，能不能再加两个，时长不行，怕中途冷场，并说今天的客人不同寻常，决定着信县交通大动脉走向命运。见副团长还在犹豫，李白云说，加两首歌颂青藏高原的独唱。因为李白云听卢志濂在电话中说，这批客人来自青藏高原，突然想到节目中应该有这方面的元素。副团长说，能唱那样高调子的主持人王慧娟请假外出了，其他人拿不下来，声音上不去，若勉强上去吼，唱黄了丢人。

"啊！坏啦，王慧娟不在，也没有主持人啊"！副团长突然的惊叫，把在场的人吓了一跳。原来这个不在家的王慧娟还兼着节目主持人的角色。

李白云也惊了一跳，没有主持人，节目就串不起来。思考片刻，她杏眼一亮，大声说："主持和独唱，我来！"

随即招呼大家，走起，抓紧把所有流程走一遍。

李白云今天换上了一身粉色的连衣裙，头发也在美发店紧急捯饬了一下，发髻高耸，面部也画了淡妆，脚上穿了一双白色中跟鞋，清秀可人，苗条高挑，落落大方，完全看不出是接近四十的年龄。她的登场，自然引起台下一阵惊叹。卢志濂在一片惊叹声里，对李副院长耳语："刚才忘了给您介绍，这是我们信县的文化文物局局长，听说您来了，就赶排了这台节目，聊表对您和设计院诸位的敬意。"李副院长高兴得眼睛眯成了一条线，连连说好。

李白云声情并茂，开始主持：

"尊敬的铁道部金城铁道设计院李院长及各位专家朋友，为我国铁路运输事业做出重大贡献的共和国功臣们，你们好，你们辛苦啦！"

"七月晴好，骄阳如火。炎炎夏日的炙热挡不住铁军铿锵的脚步，巍巍的群山遮不住雄鹰展翅高飞的飒爽英姿。在这生机勃勃万物盎然的季节里，我们非常高兴地迎来了铁道部金城设计院的嘉宾，迎来了为汉南、为信县人民造福的最可爱的人。"

"为了表达对各位的敬意，我们信县的文艺工作者赶排了这台小节目，以民歌民舞的形式展现古老信县的风土人情，展现信县人民在这片贫瘠大地上不凡的奋斗足迹，希望我们微不足道的节目展示，能给您带来些许的放松和快乐！"

演出随之正式开始。伴随着轻歌曼舞，台下也开始了觥筹交错。

主桌这边，卢志濂站起来说："按照信县八大件宴席的规矩，我先提议敬客人四杯，恭祝大家四季平平安安。"之后又邀请李副院长"看望大家"两杯。待上了第一道热菜之后，卢志濂从李副院长起首，挨个给每个客人敬了两杯。然后就让同桌的董副县长接手，按他的套路继续转圈敬酒。

卢志濂起身端着酒杯，来到另外五桌，一个不落，与每位客人碰了两杯。只是在这些桌子，他本人每桌只陪喝了两杯。这一圈走下来，卢志濂已经喝了二十多杯，已经相当于他最大酒量的一小半。信县参加宴会的几位属下，见卢志濂今天上场就高调起步，很是吃惊，都劝说少喝点，卢志濂摆手说，这么重要的贵客来了，我们一定要陪好。客人一听此话，都爽朗地喝了个杯底朝上。有他的这种示范，信县几位陪客者也就如法炮制，每人都到各桌敬了一圈。接着又鼓动设计院客人中的活跃者，也按部就班，在六张桌子间巡回了一圈。这种人人见面"打通关"的喝法，是信县酒文化的最高境界，借以表达主人热情似火的待客之道。

高度酒在体内燃烧所释放的热量，转化成了情绪的高涨，宴会的气氛越来越热烈。

在节目进行到三分之二的时候,卢志濂走到舞台侧面,与李白云小声交谈了几句,然后向李白云做了个请的手势,两人各持一个话筒,一前一后走到舞台中间,台下见此,便知是要共同表演节目了,就大呼小叫起来。

待台下平静下来,卢志濂用浑厚的男中音报幕:

"千里有缘来相会,今天,我们以洪渭铁路二线为媒,相聚于汉江库河交汇之地,有幸结识在座的国之栋梁,民族精英,感到无比的喜悦。"

"忆往昔峥嵘岁月稠,信县人民不会忘记铁路大动脉给这里带来的天翻地覆,念念不忘铁军为此付出的卓绝贡献,也期待和珍视二线建设带来的千载难逢的机会。为了这一天,我们已经等了很久很久。"

"阳光普照大地,汉南一片艳阳天。展翅翱翔于雪域高原,鏖战在生命禁区,用一腔热血扛起民族的脊梁,神奇的天路,把人间温暖送到了远方。伴随着各位的到来,五十万信县人民已经感受到了你们高尚无比的精神力量,你们的辛勤付出和鼎力相助,必将化为信县人民奋勇前进的强大动力!"

"为了表达感激之情,下面由我和李白云女士为大家献上一首歌曲:《长江之歌》。"

你从雪山走来,
春潮是你的风采;
你向东海奔去,
惊涛是你的气概……

这首曲调高昂,颂歌式的男女二重唱,表达的是对曾战斗在长江源一带铁道设计队伍的赞美,自然引发来宾的共鸣。到了最后男女合部演唱时,在场的人一齐打起了节拍,欢呼声掌声响成一片。

接下来,由李白云独唱了两首歌曲:《青藏高原》和《天路》。空灵、清脆、明快、高亢、专业,在歌曲进行中,这些把年华和汗水洒于高原的汉子，触歌生情，情不自禁地齐声伴唱起来，有的还热泪盈眶。晚会的气氛达到了高潮。

宴会结束时，酒量甚大、已经微醺的李副院长站起身来，高举酒杯，用地道的金城方言高声说："感谢信县各位的盛情，你们的愿望，我感同身受！"

回到总统套房，李副院长对送他的卢志濂说："你们起草一个关于走线的报告，明天交给我。"

促成李副院长重新考虑洪渭铁路信县段线路走向的因素，除了卢志濂策划的超常规热情接待、文艺演出感染、唱赞歌赢得好感之外，还和卢志濂在酒桌上与李副院长的一段对话有关。

当时，卢志濂为了让李副院长多喝几杯，就与董副县长一道，向李副院长敬酒。名目是代表不在家的魏德平和赵宇航给老院长分别敬上两杯，中途李副院长突然问他俩，洪州市为何主张丢开你们这个人口大县和经济大县，让铁路绕行呢？

这个问题，卢志濂今天在路上给市发改委的一位副主任打过电话，询问绕行决策过程。副主任说没上过会，是发改委主任与市政府沟通后起草的文件，除了主任，其他班子成员还真不知道这件事。卢志濂听后更加生气，这么重要的事不与县上商量，简直是害人。李副院长突然发问，卢志濂脑子一激灵，回答说："院长您有所不知，洪州市发改委的这个文件并没有经过正规程序，而是个别领导公报私仇的随意行为。"

"是吗？"李副院长显然吃了一惊。

"这事我今天初步了解了一下，据说发改委这位领导去年找我们书记县长，要求他的一个亲戚承揽信县的一个大型工程，由于他的那个亲戚在信县搞过豆腐渣工程，县上怕再出事就没有答应，这样便得罪了他，和我们记仇了。"

立在旁边的董副县长也帮腔说："我也听说了，确有其事。"

身为高级知识分子的李副院长一听，就鄙视地说："这样的人不配当领导。"

几个因素加在一起,才有了李副院长让信县补报文件这个重大转机。

刚才酒酣耳热之时,酒桌上紧挨而坐的卢志濂和李副院长俨然成了忘年之交。两人不经意间,谈到了往年洪渭高速公路大幅度绕开信县直通洪州这件事。卢志濂道歉说,当时县上对执法部门约束不严,伤害了设计院同志的感情,造成了恶劣影响,今天也算是再次赔礼道歉了。李副院长正色道:"当时你们的执法部门没有什么错,错在我们没有带好队伍,国字号的设计院就要有国字号的样子,事后我们还进行了专项教育整顿,从那次事情之后,大家出来就规矩多了,队伍也好带了。"

李副院长接着说:"至于流传甚广的那个传言,也仅仅是个传言,当时我们设计院也确实有人出于气愤,提出过绕行的建议。但是最终决定权在你们省的高速集团,他们是企业,讲究经济效益核算,走直线肯定比走弓线要好。我们当时为省上提供了直行和绕行两套设计方案,供省上选择,最后是省上决策的,这里面可能有误会。作为一个国家级设计院,作为一个老铁路,土生土长的西部人,我不是那样小肚鸡肠的人,这一点,还请给信县的同志多做解释,不然我就会背一辈子黑锅呀。"

李副院长说这一席话时,很是真诚的样子,卢志濂相信说的是实情,就连说好的好的,理解理解。举起酒杯,与李副院长又干了两杯。两人的心理距离似乎更拉近了。

传说的东西,也可能是一个永远解不开的谜团,谁能说得清楚呢。

这一夜,卢志濂几乎没有休息。他与董副县长、交通局局长等几个人,待在县政府机关的小会议室里,一字一句"抠掐"起草那份报告。这个报告确实不好写,刚才在酒场上讲的那些话自然上不了台面,又不能直接驳斥否定市发改委前头那份报告,那毕竟是上级的决定。思前想后,最后还是决定把立足点放在信县自身情况的陈述上,对市发改委报告内容避而不谈,以免造成市县两级报告观点的抵牾,起不到信县报告应有的作用。

要达到铁路不绕行,必须要有充足的理由,七嘴八舌讨论了好长时间,最后达成一致意见：信县是革命老区，是国家扶贫重点县，是省政府近期确定的汉南地区唯一的扩权改革试点县，拥有市级的行政审批权。信县经济份额占洪州市的四分之一强，是全省重要的有色金属工业基地、水电能源基地；信县工业园区正在申报省级高新技术产业开发区；信县城市远景规划六十平方公里，已经启动县改市申报，信县北站这一区域是城市北区的中心，即将实施大开发，是信县的客流物流枢纽；等等。若贸然取消信县北站，将会使信县失去北向的开放通道，不利于与渭川经济区乃至与西部地区的经济交流，推高经济运行成本，不利于落实省市对信县提出的"率先突破发展"的战略决策。据综合测量，铁路绕行每年将会给信县带来经济损失二十亿元以上。信县测算的这个绕行损失费，已经远远超过了市发改委提出的直行节约费用，很有说服力。

这个报告洋洋洒洒近五千字，打印了将近十页纸，后面还有两张数据测算附表，很像是一份信县县情的速览，又像是一篇论据充足的论文。无论是在篇幅，还是在说理上，都超过了市发改委的那个两页纸的报告。在最后通读一遍宣布定稿时，大家就像历经了一次大考，稳操了胜券，长长舒了一口气。

卢志濂忙完这些，时间已经到了下半夜，为了不打扰李小雪和孩子休息，就在办公室里间的休息室眯瞪了两个小时，手机闹铃一响，就赶紧起床洗漱，然后又匆匆赶到信州大酒店。

昨天晚上宴会结束时，他已给接待办打了招呼，让客人第二天早晨多休息一会儿，早餐推迟到九点钟。这也是为起草打印那份报告争取一点时间。

八点二十分，卢志濂赶到李副院长所住的八楼，在总统套房外走廊上等了一会儿，只见房门开了，李副院长穿着一身运动衣和跑鞋出来，看样子是要出门去锻炼。卢志濂赶紧迎上去，把已经印好的信县政府报告呈送给李副院长。李副院长接过文件，快速翻了一下，说效率这么高啊。卢志濂说，还请李院长为我们做主，要不我陪您转转？李副院长说了声好，转身回房间放下文件，二人就乘电梯下楼，出了酒店，朝不远处的库河滨河公园走去。卢志濂一边领路，介绍沿途景色，一边抓住机会，向李副院长汇报铁路走线问题，几乎把政府那个报告的内容复述了一遍。那十页文字，几乎搞了一个通宵，都装在他脑子里了，自然熟谙得很。

早餐还是安排在那个小餐厅。菜品是按正餐安排的，八凉八热，但花样已不同于昨晚那顿。举凡信县的山珍河鲜，都呈了上来，特色小吃诸如信县面皮、肉夹馍、油条油糕、葱花饼、千层饼等，更是琳琅满目。自然是客人尽兴，气氛融洽，皆大欢喜。

信县人表达出来的，是掏心窝的诚恳和实在，没有虚假的成分。

待到客人上车装行李时，才发现中巴车的尾部，已经塞满了信县的土特产礼品盒。又是一阵感动。纷纷议论说，信县人人如其名，难怪会出拾金不昧那样的大典型。原来，昨天晚上的演出中，李白云见时间尚早，就临时把歌颂王平银的一首合唱和一个说唱节目加了进去。

一个月后，李副院长从金城给卢志濂打来电话，说洪渭铁路信县段维持原一线走向不变。

第九章

36

信县的发展已经步入快车道。

摆脱了债务上的纠缠,大交通得到改善,矿产、水电、水泥等几大支柱产业陆续发力,税收每年净增长达到一亿元以上,一派蒸蒸日上的景象。

赵宇航经过一番考虑,觉得应该在城镇建设上有点动作。从省建设厅下派到信县任县长后,大家都以为赵宇航会发挥自身的优势,在城市建设方面有所作为,不承想他首先一头钻进了工业里面。其实,赵宇航何尝不想利用自己的专业优势,在最容易见效的城建领域一展身手。但信县工业转型缓慢、财政危机显现等客观情况,决定了他只能从最紧要处着手,把各方期待甚高、利益关系复杂的城市建设朝后放放。

在理顺工业和财政之后,他终于可以腾出精力,把城市建设这件大事好好推进一下了。

可是就在此时,信县领导班子突然发生了变动。随之而来的是,全县工作的组织体系和运行机制发生改变,打乱了他的节奏。

上年,洪州市委主要领导易人,新任市委书记何家凯是从中央机关下派而来。他在调研干部工作的时候发现,洪州市各县区的党政正职，竟有三分之二没有国民教育本科文凭，与新世纪新阶段干部队伍知识化的要求差距很大。于是，何家凯书记与省委组织汇报沟通，逐步选拔一批具有国民教育本科文凭的干部充实县委书记县长岗位。摸底排名的结果，信县县委书记魏德平在十二个县区书记中，学历最低，只有成人教育大专学历，年龄最大，已经整五十岁，是首先要调整的对象。

这种新的用人导向，按说对信县现任县长赵宇航非常有利，他具备国民教育本科文凭，年龄四十出头，工作成绩突出，由他接任魏德平担任县委书记再合适不过。可是，组织部门在干部名册中横竖一比较，发现赵宇航在洪州市所有县区长里，担任实质正处级领导岗位的时间最短，尚不具备直接晋升县委书记的条件。这样，在魏德平离任后，信县县委书记一职，只能是从外面交流了。

经过一番操作，人事调配方案很快报省委组织部批准，魏德平升任洪州市政协副主席，因属届内调整，不占职数。位于洪州最东边的清川县县长白世伟被交流提拔为信县县委书记。

宣布人事更迭的信县领导干部大会，在信州大酒店大会议厅举行，洪州市市委组织部部长到会宣布并讲话。信县全体县级领导，各乡镇书记、乡镇长，县直各部门负责人参会。魏德平、白世伟、赵宇航先后表态发言。三人的发言是程式化的，都表示坚决服从省委市委的决定，认为白世伟任信县县委书记是合适的。当然这几个人的发言也有各自的重点和特点。魏德平的发言，所表达的是对信县同事和群众的依依不舍，表示要一如既往关心关注信县的发展。赵宇航要表达的，是对魏德平致力信县发展、辛勤付出的感谢之情，对离任领导的依依不舍；对白世伟任职书记表示诚挚的欢迎，表示要在新班长的带领下，把信县各项事业推向新阶段。

白世伟的发言，是在信县人面前的首次亮相。他出人意料地没拿稿子，凭着一张嘴，滔滔不绝说了二十分钟，层次清晰，语言丰富，口齿伶俐，中途没有一点磕巴，让参会者暗暗称奇。他表达的是对信县发展成就和魏德平工作成绩的肯定，对信县未来工作的决心和信心。提出要争做洪州经济的领头羊，在全市实施率先突破，实现信县经济发展大跨越、城市面貌大改变、精神文明大提升、干部作风大转变，建设全省经济强县。全力推进经济发展的里子工程、城市建设的面子工程、乡村文明的提神工程、干部作风的强筋工程。这"四大一强四个工程"，随后被提炼为"四一四"战略，作为白世伟书记执政信县的指导方针，并转化为信县县委的最高决策。白世伟还表示，要不负组织和人民重托，夙夜在公、殚精竭虑，五加二、白加黑，带领信县脱贫致富奔小康。与会的信县干部有不少人为白世伟出口成章，洪亮中略带尖声的高分贝讲话所折服。也对这位身材高挑、衣着板正、面部棱角分明，嘴巴略微突出，蓄着乌黑大背头，眉眼细小，却闪烁着夺人光亮的新掌门人所提出的新思路、新举措充满了憧憬。

洪州市市委组织部部长在最后的讲话中，对魏德平的工作和人品给予了高度评价：善谋善断，工作务实，处事低调，清正廉洁，赢得了信县干部群众的拥戴。特别是近几年在骨干产业培育和精神文明建设上，创出了亮点特色，为信县的转型发展做出了重要贡献，市委是满意和充分肯定的。

对到任的白世伟的个人特点优点也做了介绍：历经市直和县区多岗位历练，思想活跃，雷厉风行，善抓落实，在渭川任县长期间，在推进城市建设和旅游发展方面取得了良好成绩。市委认为，白世伟同志担任信县县委书记是合适的，相信在白世伟同志的带领下，信县的各项事业一定会再上新台阶。希望大家像支持配合魏德平同志工作一样，全力支持配合好白世伟同志的工作，共同努力，建设美丽富饶新信县。

通过组织部部长大会上的公开介绍，大家才知道今年四十五岁的白世伟是洪州城人，毕业于渭川交通大学地形测绘专业，从洪州市国土局副局长任上下派到渭川县担任县长。在渭川已干了整整五年时间。

会后好奇者到处打听了一下，说这个白世伟是洪州市市委副书记的侄女婿，因能言善辩被取了个绰号"白铁嘴"；又因擅于权术、假话连篇被人背后称为"白失鬼"。

当然，这都是流行于民间的传言，不足为信。在正规的官方场合或者组织程序里面，那是忌讳禁口的。

领导干部大会一结束，魏德平就出发去市政协机关报到去了。此前，他已被市委下文通知为市政协党组成员。正式任职副主席，那要等到明年开年后的"两会"了。

在信县，一个属于白世伟的时代开始了。

当日下午，在白世伟的办公室里，白世伟与赵宇航做了一次长谈。除过彼此客套几句外，其余时间基本上是白世伟滔滔不绝地说，赵宇航竖起耳朵听，并不时"对对对""嗯嗯嗯"附和几句。谈论的内容，是白书记对自己上午大会讲话的深度解读阐发，也算是为几天后召开的县委常委会议题做会前沟通。

作为县委二把手、政府一把手，赵宇航之所以"好好好""嗯嗯嗯"，往大点说，是组织原则，下级必须服从上级。按照常规，新书记到任后，肯定要提出自己的一套新思路，尽管有时会被看作是"下车伊始哇里哇啦"，但不可能悄无声息，原封原样延续上一任的思路，如果那样，会被理解为没有魄力，这是大变革时代各级走马上任者的普遍做法。至少在当下，是合情又合理的。

往小处说，这是赵宇航的个人品性决定的。赵宇航入职后一直在省级机关工作，长期的环境熏陶，养成了中规中矩、服从上级的意识和习惯。从省建设厅来信县报到之前，曾经在县上担任过县长和书记的老厅长，也专门给他谈过如何处理好与县委书记的关系。告诫他说，书记与县长的关系就像夫妻，又像是过去的皇帝与丞相，有时又像是一匹双头马，一荣俱荣一损俱损，有时又是你死我活。如果把书记和县长二人比作一对彼此咬合的齿轮，作为被动轮角色的县长，要因人因时准确拿捏，否则一旦出现问题，就会首先受到伤害。特别是在当地没有什么根底的下派干部，更应注意。

在上午的大会之后，赵宇航一直在回味琢磨着老厅长最后交代的这几句话。何况，他到信县是为干事谋发展而来，并非冲着权力而来。干事谋发展的路径很多，只要能加快信县发展，就是好思路好措施。反过来讲，一个思路若不付诸实践，怎么能知道它的好坏呢？如此这般，赵宇航就很释然了，对白世伟任书记充满了信任和希望。他唯一的担心是，新老工作体制的转换不要过多地影响各项事业的推进，信县的工作能一直保持这几年高涨旺盛的势头。

白世伟与赵宇航的长谈，一直持续到下午下班时间。白世伟说下午他做东，在县委机关食堂的小餐厅吃顿饭，并说已经通知了人大常委会主任邓辉和政协主席丁亮参加。赵宇航说，白书记刚到任，应该是我们请您啊，怎么搞颠倒啦，怪我考虑不周。白世伟哈哈一笑："都是自家弟兄，不要客气。"

小餐厅设在县委机关大院附楼的二楼。这栋二层小楼专做机关食堂之用，一楼是操作间和职工餐厅，二楼原来用作机关仓库。在王卓成任书记的时候，县委办公室多次提议为县级领导单辟一个小餐厅，以免领导们与干部一起排队等候，或是一时工作太忙错过了饭点。可是王卓成就是不同意，认为人人都长有一张嘴，应该平等对待。魏德平任书记后，县委办又提出领导餐厅单列，有利于工作，也免得排队买饭时推来让去，反而影响了机关干部用餐。生性随和的魏德平就默许了。于是就把二楼原来的通间做了隔断，辟出一间作为领导专用餐厅，其余部分仍然作为仓库使用。

白世伟和赵宇航在县委办公室主任陪同下，从主楼大门出来，走出不远就到了附楼门口。进到一楼餐厅，只见就餐的干部排成两队，正缓慢向打饭的窗口移动。见到他们三人进来，赵宇航和办公室主任大家自然认得，另外一位气度不凡者肯定是刚到任的书记了，于是两排队伍自动从中间闪开了一个口子，让出一个通道，并友好而谦卑地露出微笑，以示礼貌和欢迎。白世伟矜持地向大家露出笑意，赵宇航也频频向大家点头。在干部的注目礼中，三人上了楼梯。

上楼迎面这间房子便是供县委领导使用的小餐厅。二十多平方米的样子，里面放着一张圆形餐桌，七八把木椅，正对门的那面放着一组一大两小木沙发，木沙发面前放着一个不太大的茶几，整个空间显得很是局促。

邓辉、丁亮和县委副书记已经提前到了，正坐在木沙发上喝茶。见白世伟等人进来，连忙站起来招呼握手。邓辉和丁亮也表达了书记刚到，应该先请书记才对等意思。白世伟爽朗地说，谁请都一样，我初来乍到，权当是拜拜码头，说完还抱拳拱了拱手。

客套了几句，见凉菜已经上桌摆好，那套木沙发又坐不下这么多人，就招呼直接入席。白世伟也没谦让，直接坐了主位。几个人推让了一会儿，邓辉、丁亮分别坐在了白世伟的两边，赵宇航、副书记和办公室主任紧挨着邓辉和丁亮，依次坐定。按照县级几套班子的排序，赵宇航应该坐在丁亮那个位置，但赵宇航强拽着丁亮的臂膀，说年龄上你是老兄，硬是把丁亮按在了第三的位置。

坐定后，白世伟问这个名叫王博的办公室主任他带的酒拿来了吗，王博随声应道拿来了。就起身从屋角地面上的一个不起眼的纸箱子里取出一个小箱子，原来是一箱贵州茅台酒。王博边拆茅台酒包装箱边说，这是白书记专门从洪州家里带过来的，他们原来准备了本地的甘蔗酒，书记说还是喝自己带的这个，服务不周，实在不好意思啊。邓辉等人连忙致谢说，书记破费，档次太高，实在不敢当呀。白世伟说，不用客气，这是前年去茅台酒厂考察时带回来的，不会有假，各位尽管放心喝。

正式开席。白世伟先说了一小段开场白："各位老兄、老弟，承蒙组织厚爱，信县各位的热情接纳，从今天起我就是信县人啦。信县在历届班子特别是在座各位的辛勤耕耘下，经济快速增长，社会不断进步，人民安居乐业。现在，脱贫致富奔小康的接力棒已经传到了我们手里，信县五十万人民在期待着我们，我愿与各位一道风雨同舟、风雨兼程、风雨无阻、昼夜干、拼命干、加油干、开拓创新、登高望远、大步前进，开创信县各项事业新局面，在全市全省争先进、创优秀、拿名次、当表率。为了信县的美好明天，我提议三杯。"

在座的几位一愣，信县的风俗是喝双不喝单，提议敬酒要么两杯，要么四杯，酒量大的可以敬到六杯八杯，敬三杯酒那是过"白事"所用的礼仪。

但是，初次见面饮酒，又不好意思说什么。都端起酒杯站立起来，扬起脑袋，共同干了满满三杯。

从此，信县公务接待和领导间宴请，只要有白书记在场，敬酒规格都改为喝单不喝双。

信县人也知悉，白世伟书记只喝茅台，换喝其他酒时皮肤会过敏。

37

白世伟提议共饮三杯后，接下来把"提议权"交给了邓辉。

邓辉站起来，举起酒杯说："今天是个不同寻常的日子，白书记走马上任，信县历史翻开了新的一页，我代表县人大对白书记到信县任职表示热烈的欢迎。我从乡镇到县上任职已有三十年时间，其间陪了七任书记，你是第八位，这个数字很吉祥。听说你在渭川县干得不错，思想活跃有魄力，年轻有为干劲足，大家对你到信县任职充满了期待。现在流行两句俗话，天上玉皇大帝，地上县委书记。古话还说，得一官不荣，失一官不辱，勿说一官无用，地方全靠一官。吃百姓之饭，穿百姓之衣，莫道百姓可欺，自己也是百姓。"

邓辉还想滔滔不绝说下去，却瞥见白世伟脸上有一丝不易察觉的不悦，就收住话题，也不易察觉地转了个弯，继续说道："书记上午大会上的表态讲话振奋人心，我们期待在书记的领导下，全县上下团结一致，扎实苦干，信县的各项事业一定会百尺竿头，更进一步。我从不喝酒，今天白书记上任初次见面，情况特殊，就破一次例，用书记的酒借花献佛，按照信县的规矩，敬书记和大家两杯。"

大家互相碰杯，干了两杯。邓辉没有像白世伟刚才开场那样敬酒三杯，而是坚持按信县规矩，只敬两杯酒这件事，据说是白世伟任县委书记期间，唯一的"双杯"个案，堪称此间信县双杯制之绝唱。

接下来轮到赵宇航提议敬酒。赵宇航推让，请丁亮先来，丁亮推辞不干。白世伟说，宇航同志，按规矩来，你就不要客气啦。赵宇航才停止推让，端起酒杯站了起来说："热烈欢迎白书记到信县任职，白书记与在座的各位老前辈一样，阅历经验都十分丰富，是我仰慕的对象，能与各位共事是我的福分。我到信县已跨四个年头，仍然觉得处在实习状态，还需要不断向各位学习。这几年尽力做了一些工作，但是由于时间精力水平有限，还存在许多短板弱项，下一步要在新班长新老师带领下，按照书记上午大会上提出的'四一四'战略，全力以赴抓好落实。为了信县工作上台阶迈大步，为了白书记的光荣履新，我提议三杯。"

大家连说好，共同站起来喝了三下。白世伟上半天在大会上提出的战略，经过赵宇航县长总结提炼，第一次有了"四一四"这个正式名目。

轮到丁亮敬酒了。丁亮说："今天是个好日子，心想的事儿都能成，明天又是好日子，千金的光阴不能等，今天明天都是好日子，赶上了盛世咱享太平。县政协将在新班长的正确领导下，身在二线，关注一线，充分发挥职能作用，当好参谋助手，为信县发展献计献策。我提议大家共同敬白书记三杯。"

大家都为丁亮引用歌词的贴切而喝彩，咧嘴笑着叫着，站起来又共饮了三杯。

轮到了姓李的县委副书记提议。李副书记站起来说："在座都是我尊敬的领导，刚才县委这边白书记已经代表了，我不敢笼统提议啦，我等会儿单独敬各位。"

白世伟说："还是提议一下，这是态度问题。"

李副书记应声说："那就听首长的，我代表县委机关大院的同志热烈欢迎白书记，祝首长工作顺心如意，同时也向邓主任赵县长丁主席光临表示感谢。县委食堂条件差，菜品不怎么好，还让白书记自个拿酒，没有服务好，实在不好意思，回头马上改进。我提议的这三杯，既是欢迎酒，也是道歉酒。"一桌人又共同举了三下。

坐定之后，白世伟接过李副书记刚才的话题，对着王博说："小王呀，你这个用餐环境确实太差啦，据我所知是洪州各县区中最差的，没有吃好，怎么能工作好呢？"

王博被说得有些脸红，又不好争辩说是前任书记不让改造装修，只有连连点头："我们抓紧改，抓紧改。"

白世伟又看了看邓辉等人，补充了一句："几大家小餐厅要统筹考虑，都改造一下。"

邓辉、赵宇航、丁亮都说了一声好，丁亮还说："感谢书记关心。"

李副书记说："我回头给财政上打个招呼，四大家同时搞。"

信县四大家一把手，加上一个李副书记，五个人各自"提议"了几杯，算是完成了宴会的第一乐章。办公室主任王博在这个环节只有陪喝的份，没轮上"提议"，加之没有专门服务人员，他便充当了斟酒的角色，围着桌子不停跑前跑后。

接下来第二乐章是人人见面打"通关"，互相见面碰杯。这两轮下来，除过邓辉象征性举杯呡呡舔舔外，其他人都已经下肚二十多杯，开始红头胀脸了。只有白世伟例外，他是越喝脸越白，越喝越清醒，越喝话越多。

第三乐章按照信县人的说法叫"转磨芯子"，全桌人围绕桌上最重要的那个人敬酒。今天这个"磨芯子"当然是刚刚到任的白世伟书记了。白世伟似乎意识到了这个，就先发制人，说从现在起，谁要是与他喝，就要把桌子上的所有人都拉进来，一人敬酒，全桌共饮。他官最大，酒又是人家拿的，当然没有人敢说个不字，酒量小的丁亮和李副书记心里连连叫苦。

一桌人陆续上阵，轮番向白世伟敬酒。每上一人，都要拖拉好长时间。拖拉的原因，是白世伟书记在酒精刺激下，打开了话匣子。

冗长的第三乐章。白世伟边吃边喝边说，全面阐述了他的"四一四"战略。当一箱茅台酒喝光，宴席结束时，大家才明白，白书记是借用这个温情又热烈的场合，统一几个一把手的思想呐。

对于上午亮相大会上提出的"建设西河省经济强县"，白世伟解读说："就是要吃准吃透省市对县级的考核指标和考核办法，月月分析动态跟踪，榨干捞尽深挖潜力，确保数字一路领先。具体目标是，勇夺汉南地区四市四十五县第一名，跻身西河省县级综合排名前十名。为此，在县委设立考核办公室，对上搞好数字衔接，对下强化统计报表，确保各类增长性指标，如国内生产总值、工业产值等指标保持两位数增长，各类控制性指标如污染物排放、越级上访等指标大幅度下降。这就叫以考核定乾坤，凭数字争位次，数字出英雄，看似歪理，实为秘诀，可以意会，也可言传，这是我在渭川县工作的切身体会。悠悠万事，唯此为大。说句狭隘的话，信县考核位次上去了，在座各位的年终奖金也就涨上去了。此事我初步考虑由李书记来牵总，以后其他的事你就不过多参与了，把这件头等大事抓好就成。考核办公室的人由你来选，要谁给谁。"

李副书记随即应道："好的，好的。"

对于他提出的"四大"，即经济发展大跨越、城市面貌大改变、精神文明大提升、干部作风大转变，白世伟解读说："经济发展大跨越，除了刚才说的强化考核，还要帽子底下有人，不然会被误解为玩虚的。产业发展思路上要拓展思路，在巩固现有成形产业的基础上，寻求发展新兴产业，对县域经济形成新的支撑。具体发展什么产业，我初步考虑，将芍药作为新的产业支柱来培育，芍药全身都是宝，根部可以入药，叶子可以做茶，果子可以榨油，开出的花可以观赏，带动生态旅游。据测算，芍药的投入产出比为一比四，每亩综合收益可以达到两千元，是一个既富县又富民，还可以装扮美丽河山的好项目。"

"至于如何实施，我初步考虑，为慎重起见，先委托渭川农学院组织专家进行可行性论证，看信县的土壤气候是否适宜芍药的大规模种植和高产稳产。此事由县政协丁主席牵头，成立芍药产业领导小组和办公室，具体负责芍药产业的规划布局、种苗供应、技术指导、深加工项目的推进等等。产业振兴，要舍得投入，没有投入哪有产出，扶持资金每年不少于五千万元，来源分两大块，一是整合上级农业方面的扶持资金，每年不少于三千万元；二是县财政每年安排不少于两千万元的配套资金。"

一口气说完这些，白世伟问丁亮："丁主席，你觉得怎么样？"

丁亮说："书记对这个产业很有研究啊，考虑得细，我可以试试。但是大事还得请书记定夺。"

白世伟对丁亮的表态甚是满意，说那就拜托丁主席啦。

说到城市建设大提升。白世伟说："这方面宇航县长是行家里手，下午我们也有交流。信县县城处于汉江库河交汇处，处于库河口的老城不足两平方公里，面积狭小，现在靠几个学校的人流勉强支撑。自20世纪80年代初开始，县城的中心向库河口上游转移，形成了现如今的新城。新城呈块状分布于库河两岸，朝北边再扩展，形成了工业区。再向北去就是库河峡谷了，已经无路可走。下一步怎么办，汹涌而来的城镇化浪潮需要大量的土地作为承载，我来之前，仔细研究了信县县城周边的地形图，觉得还是要走出库河狭小空间，杀一个回马枪，在汉江沿岸的广阔天地做文章。这个区域的可供开发的土地面积，我粗略估计了一下，至少在三千亩，完全能再造一个信县县城。至于大家最担心的建设资金，其实只要用好市场机制和融资政策，政府不仅不会赔钱，还会大赚一笔。"

白世伟的这番分析，似乎合情合理，思路也很新奇。因为这几年信县领导班子也时常讨论城市建设，县城下一步往哪个方向发展，过去普遍的观点是挖掘库河沿岸的土地潜力，修河堤造地，河道被挤占得越来越窄，结果也没造出多少土地，似乎走进了死胡同。白世伟提出的返回汉江沿岸，开辟城市新区的思路，的确打破了固有的思维模式，让大家眼前一亮。都说这个思路好，有高度。

白世伟话语几乎没停，继续说："走出库河天地宽，至于大家最担心的资金问题，这根本就不是个问题。"

他无意间又重复了一遍刚才已经说过的话："只要用好市场机制和融资政策，不但不赔钱，反而会赚钱。我给你们说这其中的道理，政府贷款征地，转手加价卖给开发商，同时收取土地出让金和土地交易税，建设期间还要产生很多其他税费，怎么可能赔钱呢？"

邓辉一听说政府贷款，就有点急了："好不容易还清了政府陈年老账，又要贷款，这个还得慎重一点。"

白世伟瞅了邓辉一眼说："邓主任有所不知，现在已经不同以往了。如今地方政府已经迈入土地财政时代，以地生财，靠卖地过日子谋发展已经成为一种大趋势，用小的举债，换取更大的收入，何乐而不为呢？现在城镇化浪潮风起云涌,我们要勇立潮头,抢抓机遇,顺势而为,打一个城市提等升级翻身仗,早日实现县改市目标。城市新区开发的第一场战役就放在老城对面的洄水湾,那里的土地听说已经征用到手,可以省去前期的很多麻烦。"

"城市建设是个硬骨头,涉及方方面面,矛盾复杂,我就不推不让,主动请缨,亲自担任城建领导小组组长,宇航同志任副组长,政府分管城市建设的副县长任责任副组长。你们觉得咋样?"

同桌都说好,书记亲自挂帅出征,啃硬骨头,为我们树立了标杆。

38

说到"四大"中的精神文明大提升,白世伟说:"精神文明建设信县已经有了良好的基础,有全国皆知的重大典型王平银,村民自治的机制初步建立,信用县创建也搞得不错,在外界已经有了一定影响。下一步要继续提升广度和深度。如何提升,我觉得从两个方面入手。一方面,要把信用县创建作为经济转型的动力源泉,引导各家银行加大对新兴产业行业的扶持,特别是蓄势待发需要大量资金投入的城市建设领域,让创建结出实实在在的果实。另一方面,要把农村精神文明创建的重点放在提高农民道德素质上来,通过制定和实施村规民约、创建十星级文明户、创建文明村、道德评议、红黑榜等方法,约束村民行为,治理失德失信、大操大办红白事、忤逆不肖、扯筋闹祥等行为,造就新民风新风尚。这项工作有很好的基础,再添把柴加把火,加强对上汇报和对外宣传,就会一炮走红、一鸣惊人,成为全省乃至全国的典型。"

说到这儿,白世伟对邓辉说:"我已经听说了,县人大这几年一直在抓村民自治工作,据说很有效果。新民风建设与村民自治工作紧密相连,这件事还请邓主任挂帅担任领导小组组长,由县委宣传部主抓。"

邓辉回应说:"好吧,我试试,按照《村民委员会组织法》的规定,指导村民自治是县乡两级政府的法定职责,县乡人大负有监督职责,建议领导小组里面要有政府分管领导参与，主抓单位应该增加县民政局。"

白世伟说邓主任的建议非常好，就这么办。

白世伟接着说："信用县创建涉及银企对接，这些条条单位有的比较牛，不一定听我们地方的话，这也是个硬骨头，由我和宇航县长亲自上手来抓。"赵宇航点头表示同意。

最后，白世伟阐述了"四大"中的最后一个：干部作风大转变。他说："转变作风，首先必须树立县委的权威，坚持一元化领导，防止政出多门，形成一盘棋大合唱的局面。县委成立产业建设、城市建设、新民风建设、作风建设四个领导小组，几大家领导共同参与，分几个板块运行，直接对县委负责。"

白世伟把这个"板块运行"工作新机制形容为一个木桶。木桶桶壁上的各块木板，相当于各个领导小组，木桶的桶箍相当于县委的坚强领导和严格的组织纪律约束，木桶的提手相当于我这个县委书记和在座的几个一把手。

桌子上的几个人都上过党校，或是在行政学院进修过，对著名的木桶原理还是熟悉的：一只木桶盛水的多少，并不取决于桶壁上最高的那块木块，而恰恰取决于桶壁上最短的那块。木桶原理又称短板理论，它提示管理者，只有桶壁上的所有木板都足够高，那木桶才能盛满水。反之，只要这个木桶里有一块木板不够高，木桶里的水就不可能是满的。桌子上的几个人对白世伟将"木桶理论"改版运用感到新奇，觉得蛮有意思。邓辉哈哈一笑："书记这个形容很生动，只是那个木桶提手肯定是书记了，我们几个只能做桶壁，咋能算得上提手呢？我们争取不当那个短板就好。"

赵宇航和丁亮也随声附和："是的，是的。"

打了一会儿哈哈，白世伟接着说："作风建设的第二点是要狠抓落实。县委设立抓落实办公室，由纪委书记兼任主任，抽调专人办公，主要职责是对县委重大决策部署、重点工作、重点项目进行督导，跟踪问效问责，以铁的纪律保证各板块工作落到实处。"

最后，白世伟又把他在领导干部大会上提出的"四个工程"，即经济发展的里子工程、城市建设的面子工程、乡村文明的提神工程、干部作风的强筋工程，又做了简要说明。他说信县今后的发展，既要里子，也要面子，目标是在上级考核中争先进位。提神树正气，强筋聚合力，关键是管得住群众和干部。如此，才能上下拧成一股绳，心往一处想，劲往一处使，无往而不胜。

至此，白世伟把他的"四一四"执政新思路系统阐释了一遍。

宴席结束，大家一看时间，已接近晚上十点。离开时，大家不约而同朝墙角一瞅，一箱六瓶茅台已经让他们喝了个精光。

白世伟书记这次晚宴上的"酒话"，在几天后召开的县委常委会上变成了县委集体决策。又在十余天后召开的县委全委扩大会上进行了全面安排，几个制度性质的配套文件同时印发出台。

信县各项工作的运转随之步入新的轨道，开启了新的模式。

卢志濂好长时间没有去见张修了。记得还是几个月前，他陪同省上一位退下来的厅长去历史博物馆参观时，两人站在博物馆院子里聊了几句。

这天上午，卢志濂见下午没有其他工作安排，就给张修打了个电话，说下午去馆里拜访，问张老师有没有空。张修说："你来嘛，我这儿你知道的，清闲着呢，你来。"卢志濂说："那我就下午两点半过去，不能影响您午休。"

下午两点半，卢志谦提了两盒茶叶，准时到了张修的办公室。一进门，看见张修俯在大桌案上写字。张修招呼他坐，说茶已沏好。卢志濂没有落座，径直到桌案前欣赏张修的书法。张修今天的书体不是以往难认的小篆，而是比较好认的隶书，一大张宣纸上已书写多半，即将收尾。虽然张修写的都是繁体，没有标点断句，卢志濂还是能通读下来：

诚者，天之道也；思诚者，人之道也。至诚而不动者，未之有也；不诚，未有能动者也。

最后落款处有"录自孟子离娄"几个字,卢志濂才知道张修书写的这几句话出自孟子。

张修写毕后,从桌子上的红色印盒里取出印章,摁在落款处他的署名旁边。又把这幅字左右端详了一会儿,露出满意的笑意,说道:"志濂,这幅字是专门给你写的。"

"哎呀,那太感谢您啦!"卢志濂很是惊喜。虽然他与张修以师生相称,但他知道,张修现在已是国家级书协会员,又是全省知名的文史专家,多年专攻篆隶,在书法圈内名气很大,求字的人很多,润格也一路攀升。志趣高雅的张修并没以此为业,依然把主要精力放在古籍整理和出土文物考证上,除过每天一个小时的闭门研习书法外,轻易不会答应别人的索字请求。今天张修突然主动提出送字给他,卢志濂当然感到很意外很惊喜了。

张修手指着桌案上墨迹未干的作品,对卢志濂说:"给你写幅字是有原因的。你到政府任常务之初,我还暗暗为你担心呢。结果证明,你这几年干得不错,想尽办法偿还清了历史欠账,政府重拾了威信。争取铁路走线这个事儿,说它利在千秋都不为过。我觉得你之所以能做到这些,除了能力因素之外,最重要的原因,是你内心深处有诚、有信,有了这个立人之本、为人之道的支撑,你就能感动他人,就会从外界汲取力量支持,所以你的成功是自然而然的。我虽然整日在书斋坐着,但是你知道,我原先在底下学校教书,当了好几个学校的校长,我的许多学生在你手下当局长,见面经常谈到县上的情况,对你的工作我还是比较清楚的。"

卢志濂连忙说:"感谢老师关心关注。"

张修笑了笑说:"我们是忘年交啊,应该关注。这就是我今天要送你这幅字的原因之一。之二我等会儿会告诉你。这幅字写的内容你也看了,我再给你具体说说。"

"你先看前两句:诚者,天之道也;诚之者,人之道也。这是说诚实是天道的法则,做到诚实是人道的法则。"

"这句话出自《孟子·离娄上》。诚,是真实无妄的意思。天指自然,天之道就是自然之道或自然的规律。自然界的一切,宇宙万物都是实实在在的，真实的，没有虚假；真实是宇宙万物存在的基础，虚假就没有一切。所以说诚是天之道。人之道，是指做人的道理或法则。中国传统文化认为人道与天道一致，人道本于天道。思诚者，人之道，就是说追求诚是做人的根本要求。这段话从宇宙万物存在的现实和规律上说明了诚是宇宙万物存在的基础，因此也是为人的根本，当然也是为政的根本。"

"你再看后面这两句：至诚而不动者，未之有也；不诚，未有能动者也。直译过来的意思是，一个人做到至诚而不能使人感动，是从来没有的事。同样，缺乏诚心的人是无法感动别人的。"

两人说完这些，就移步坐到了书案对面的沙发上，边喝茶边聊。

卢志濂说："张老师，我今天来主要是看看您，说是没事儿，实际上还是有事的。"

"是吗？有事你尽管说。该不是跟小雪闹别扭吧？"张修见卢志濂犹豫的样子，很是关心地问道。

"不是家里的事，是工作上有些迷茫。"

"噢，说说无妨，我这个人嘴还是挺严的。"

卢志濂说："您是知道的，最近县上班子做了调整，领导体系和工作机制都发生了比较大的变化。事无巨细，尺权寸柄悉归一人，这些都没有什么，不管谁做主，只要有利于发展，无非是环节多点，效率低些。"

张修说："你说的这些情况我知道，县上发了不少文件，馆里学习会上都组织学了，我的几个局长学生也在闲谈中提说过。这是个领导方法问题，一人一个路数，各人有各人的风格，当下的国情就是如此。对一个地方来讲，遇到一个品行好的领导是这个地方的福分，遇到品行差些的领导算你背时，所以才要不断深化改革，把权力关进制度的笼子里。在现阶段，你还得克制住自己，强迫自己适应这个。"

卢志濂说："老师说得极是。这些变化对我来讲确实不算啥，我是副职，按照安排干好本职就行，最为难的是我们的一把手赵县长，他现在是立不起、蹲不下、干急不出汗。"

卢志濂继续说："这些说过撂过。我现在最苦恼的是观念上的颠覆。

比如，过去我认为还债也是政绩，并为债务清零使尽了力气。可是现在人家认为举债也是政绩，借债是发展的必然途径。再比如，过去我们为了争取上级更多的项目和转移支付资金，故意压低一些统计指标。可是现在人家提出要榨干吃净、拔高虚报，以数字论英雄，以利于在上级考核中争抢名次。这样演变下去，我对信县的前景有些担心。"

"结果如何，有待时日呐！"张修看着卢志濂忧心忡忡的样子，哈哈一笑，说了这么一句，然后起身，走到大桌案背后的书架前，搜寻了一会儿，抽出一本书，打开书页翻到一处，折叠起来，回到座位，指给卢志濂看。

卢志濂凑过去一看，书名叫《中庸讲疏两种》。张修指着折着的那页里的一段文字让卢志濂看：诚者，天之道也；诚之者，人之道也。

"这不是刚才您书写的那个吗？"卢志濂说。

"你再往下看。"张修笑着说。

卢志濂按照张修的提示继续看，果然下面的内容与张修所书不一样了：诚者，不勉而中，不思而得，从容中道，圣人也。诚之者，择善而固执之者也。

卢志濂说："似懂非懂，您给解读解读。"张修就指着这段文字说："《中庸》是《大学》中的一篇，据史记记载，是孔夫子的孙子孔伋困于宋国时而作，《中庸》以仁为指导，以诚为基础，以中庸为方法探讨人生哲学，旨在追求人类社会协调和谐，既是认识论方法论，也是儒家道德伦理的行为准则。这一段和前面我写的那个，是儒家经典中关于诚的两个经典版本，也是两种经典表述。因为孟子是孔伋也就是子思的学生，所以这两个版本有的说是子思说的，有的说是孟子说的，师生之间，谁说不重要，关键是说得太好了。"

张修端起杯子抿了一口茶，接着说："前面两句刚才都讲了，我给你说一下底下的这几句。"

"诚者，不勉而中，不思而得，从容中道，圣人也。诚之者，择善而固执之者也。意思是说，天然具有真诚的人，不必勉为其难就能符合道德规范，不必苦心思考就能适得事理之宜。能够从容不迫、自然而然遵循中庸之道，这样的人就是圣人。要使自己成为真诚的人，就必须选择至善的道德，并能坚守不渝。"

卢志濂听后，若有所悟。张修的解读，似乎已经回答了他的迷惑。

最后要告辞时，卢志濂忽然想起张修说今天送字还有其他原因，就问张修："您说的原因之二是什么？"

张修说："我准备调动去渭川了。"

39

洄水湾在信县县城的南岸，与信县老城隔汉江而望。由于它的下游两公里处有一条叫古木河的溪流注入汉江，故而在河口形成一个怪石嶙峋的险滩，迫使江水转而倒流，形成一个巨大的洄水湾，湾里的泥沙渐渐堆积成一个长三四里，宽一二里的长滩，涨大水时淹没于水下，平时高出水面成为江岸。

沙滩之上，是一片大斜坡，覆盖着厚厚的黄土，黄土坡的下部靠近沙滩的边上，坐落着两个村庄，村庄的背后是耕地和果园。耕地和果园之上，是一座不太高大的山峰。说它不太高大，是因为这座山的背后还有一座更高更大的山，那座耸立于信县县城南端的大山，像一道巨大的屏障，挡住了信县县城这边人朝南看的视线，是信县人南望的极目最远处，日久生情，古代的信县人就给这座大山取了个非常好听的名字——锦屏山。高大的锦屏山向汉江方向伸出一道逐次下降的山脊，像大人的臂膀一般牵着洄水湾背后的这座小山。小山说小也不小，至少也有六七百米高的样子，因为信县人每天低头也见它，抬头也见它，眼睛一年四季都离不开它，所以就把它叫作留停山了。

这个留停山所在的村叫洄水湾村。

据说，洄水湾是个风水宝地，信县有个很有名的谚语：洄水湾里流白菜，流着流着原转来。这是说这地方在地望上是个聚财之地。历史上的洄水湾的确是个"文武兼修"之地，村庄上下挖地基盖房时经常有青色的瓦当和大砖出土，经县博物馆张修等专家鉴定，年代不晚于汉朝。在留停山下耕地里，经常有汉墓露头，早年还发生过好几起盗墓案件。说明在两千多年前的秦汉时期，洄水湾就是一个繁华所在。张修一直在寻找证据，他怀疑洄水湾这个地方是秦汉时期信县的县治所在。

洄水湾曾经的辉煌，放射出夺目的人文光彩。明朝弘治年间，洄水湾章氏家族一位叫章凤鸣的青年，因天资聪敏、用心攻读，二十岁就进士及第，供职吏部。这位章进士有一个绝活，赋诗作文，下笔千言片刻立就，一时名冠京师，引得王公大臣竞相登门求诗。章凤鸣年老归乡，逝后葬于留停山脚下的黄土坪。由此，留停山和其下的洄水湾，就被视为信县的文脉之所在。清朝乾隆年间，一位很有远见的知县，于留停山背后的锦屏山山顶，修建了一座五级砖塔，取名文峰塔，意为下引文脉，上摘文星。这座塔正对着信县老县衙的大门，果然不出几年，信县就接连中了五位进士。就近处说，有一门三代，从清朝到民国都任过知县的黄氏家族。有投身辛亥革命，立下赫赫战功的中将司令张攀龙，他早年在军阀混战之际积累的资财，从拥有省城渭川中心区域的一条整街的房产，即可见一斑。还有信县近代新式学堂的创始人程汝卿。当然，还有进士后裔弃文经商，从事汉江长途货物运输，叱咤洪州至武昌汉江航道的巨贾大商。

如今，这个往昔辉煌，因时代变迁一度衰落的洄水湾，随着信县领导层的变动，在信县历史上，再次掀起波澜了。

赵宇航最近明显觉得清闲了许多。自实行书记主导的板块运行新机制后，像当年土地革命中"一切权力归农会"一样，举凡信县的大事，都要通过县委下设的几个领导小组最后决定决策，赵宇航这里成了中转站。时间一长，有的部门和乡镇见他这里不能做主，就干脆绕道而行，直接去了白世伟那里。赵宇航虽然有些想法，但并不好明显表露出来，心想这样也好，可以腾出精力，继续推进工业方面的工作，这些都属于实体经济的范畴，说一千道一万，最终决定一个地方发展的还是靠这些真金白银硬扎货，赵宇航称其为"能打出粮食"。

这天，赵宇航难得心情安静了下来，正在办公室里翻阅多日积攒下来的一大沓报纸。先是各级主流媒体的报纸，接着是他专意要求订阅的两种财经类杂志，最后是《渭川晚报》《生活周刊》等消遣类报刊。《天下财经》杂志上登载的一篇美国经济学家的文章引起了他的注意。这篇文章通过对美国房地产市场信贷数据分析和数学模型推导，认为美国房地产市场在今后两年内会出现大量违约，有可能演化成一场危机，在全球引发连锁反应，累及世界形成经济大衰退，倘若发生，其破坏程度不亚于1929年那场大危机。赵宇航读后心里一惊。正惊诧间，有人敲门，他刚说了一声请进，只见一个人随声推门而入。赵宇航抬头一看，这不是那个开矿的"公鸡头"熊小发吗？

熊小发仍然蓄着那个鸡冠式的发型，拿着精致的手包。不等赵宇航招呼就坐在了办公桌对面的沙发上。

赵宇航问："熊总这么急，是矿上有事吗？"

"矿上挺好的，运转很正常，这是托赵县长的福。这次是洄水湾有事。"熊小发说。

"洄水湾，洄水湾与你有关吗？"赵宇航大感不解，一头雾水。

"县长，对不住啊，这事给您汇报迟了。"熊小发抿了一口赵宇航给他沏的茶水，继续说："洄水湾开发的土方工程是我承包的。"

赵宇航听得一懵，感到很奇怪："那个土方开挖工程不是省三建承担的吗？咋成了你搞的？"

省三建全名叫西河省第三建筑工程集团公司，是刚刚组建的一个省级国有企业，直属于省建设厅管理。赵宇航虽然从省建设厅下派而来，但由于已经离开省厅几年，对这个公司并不熟悉。省三建承揽洄水湾开发土方开挖工程，是白世伟最后拍板的，说是省里的一位领导介绍的，赵宇航听说有这层关系，也就没有表示异议。

熊小发说："在您县长面前我也不隐瞒什么，这个土方工程是我以省三建的名义搞过来的。省三建的一个副总是我的广东老乡，也是亲戚。所以省三建只收了十几万元管理费，就出具了所有手续。这个项目因为前面已经进地，可以省去征地拆迁很多麻烦，加之项目业主是县国土局，建设资金也有保障，土方工程只赚不赔，开挖完成达到三通一平后，我也有意向把这块地从政府手里拿过来，给信县整一个城市新区出来，就像上海陆家嘴那样。矿石最终有开完的那一天，目前沿海发达地区房地产正火得不得了，河西省才刚刚开始，我已经筹划多时，搞多元发展，实施企业转型，为信县发展做贡献，我把这一辈子都交给信县了。"

"你和我们白书记很熟吗？"赵宇航还是不太明白。

"白书记在淯川当县长时我们就认识，我在淯川那边有一个矿山。"熊小发回答。

赵宇航听熊小发这么一说，什么都明白了。就对熊小发说："这可是政府项目，是信县城市建设上台阶的关键工程，马虎不得。你既然要朝房地产转型，就要走好这第一步。"

"那是，那是。"熊小发连连点头。

"所以遇到了突发状况，我就第一时间来找县长汇报了。"

"是这样的。洞水湾土建工程已经动工一周了，现在已经完成了清表，地表上的树木庄稼之类都已清理完毕，由业主方县国土局正式移交给了我们。人齐马齐、机械到位正要开挖时，我的项目经理报告说，政府提供的那个设计图有问题，搞不成，不敢搞。"

"土方开挖设计方案不是由专业设计院设计，经过城建领导小组讨论审定的吗？怎么回事？"赵宇航才想起，前面白世伟书记主持开会讨论洞水湾土建设计方案时，他去市里开会没有参加。

熊小发说："如果按这个方案开挖，洞水湾上面那座山就给挖垮了。洞水湾是一个大斜坡，坡度在十度左右，这种地形在开发的时候，只能采取随坡就势，梯级布局的方式，而不能搞成一个水平面。那么大的坡度，如果开挖成一个平面，最上部就会形成三十多米高，相当于十几层楼高的垂直面，上面那座山不被挖塌才怪呢。可是那个设计图纸就是这么画的。"

"这是哪个混账设计院设计的？"赵宇航听得直冒火。

"设计单位是渭川化工设计院，听说突击了半个月，加班加点搞出来的。"熊小发说。

"这个情况你应该给白书记汇报一下，他是城建领导小组组长。"赵宇航才想起这事应让城建领导小组组长白世伟书记知道。

"我第一时间给白书记电话汇报了，书记说他在省城，让我给您汇报，说这是政府职责范围内的事。"熊小发说。

"国土局谢磊那里知道吗？"这个谢磊是白世伟到任一个多月后，从农业局副局长提拔为国土局局长的。朱守成被调整到水利局任局长，接替已经上调到省水利厅的杨显存。白世伟与赵宇航就干部调整交换意见时，说谢磊提拔这件事，是新来的市委书记打的招呼，按农业局班子的排名和工作阅历，还轮不上他，市上主要领导发话了，就只好打破常规使用了。过了不久，赵宇航听底下的干部私下议论说，谢磊是白书记的远房亲戚。

"谢局那里我也汇报了，他说这是大事，让我向政府汇报，政府怎么安排，他就怎么执行。"

"典型的耍滑头，不作为。"赵宇航心里骂了一句，气恼得恨不得拍桌子。但是考虑到那个传言，还有熊小发在场，传出去不好，就忍住了。

"行，我清楚了，你先停下来，我马上研究，开挖方案肯定要重新做了。"赵宇航示意熊小发离开。

熊小发顶着公鸡头正要离开，忽然好像想起了什么，他拉开一直攥在手里那个小包的拉链，从里面取出一张蓝色的银行卡说："赵县长，您是我十分尊敬的领导，前面矿业整合时，您帮了大忙，连我的一口水都没有喝。这次涧水湾的事又给您添麻烦了，这是一点心意，权当是请您喝杯茶，卡的密码是您办公室的座机号码。"

说完，熊小发就把银行卡快速塞进桌上的一沓文件里，抽手拔腿就要走。赵宇航不等他从那沓文件中间抽手出来，就抓住了他塞卡的那只手，把塞进去的卡重新塞回了熊小发手里，并使劲捏住，把熊小发往门外推。并厉声道："不能这样，赶快走！"

熊小发不甘心，还在使劲往赵宇航手中又推又塞，赵宇航边把熊小发朝门口掀，边说你再这样，这事儿我就不管了。气喘吁吁的熊小发见赵宇航态度十分坚决，就显得有点尴尬。临走说了句，这事让县长费心了，还拱了拱手，走了。

撵走了要送礼的熊小发，赵宇航想到洄水湾项目一开始就乱了套，气就不打一处来。他电话联系国土局局长谢磊，质问他是怎么把关的。谢磊说："我马上过来给您汇报。"赵宇航说："不用了，你通知那个化工设计院搞洄水湾设计的人员，明天上午到政府开会，让他们带上全套设计图纸。"谢磊说："好的，我马上通知他们，让他们今天下午从渭川赶过来。"

接着，赵宇航给在渭川市出差的白世伟挂了电话，报告熊小发反映的情况，以及自己准备召开专门会议，重新审定图纸的意见。白世伟说，这个熊小发倒还机灵，发现问题能及时汇报，这个谢磊刚任局长经验欠缺，没有把好关，竟然出了这样荒唐的事，让赵宇航全权处理，无论如何要加快进度，早日正式开工。

第二天上午八点半，会议在信县政府大会议室召开。与会者接近三十人，凡是与城市建设相关的部门，赵宇航让办公室都通知了。

昨天撵走了熊小发后，赵宇航从桌子上的文件堆里找出洄水湾项目的资料，坐在转椅上，边看双腿边来回晃悠，这是他思考问题的独特方式和动作，好像只有在这种来回晃悠、全身律动中，他的思想思路才会活跃敏锐起来。

这是一份县国土局给城建领导小组会议的汇报材料，是会后由县委办公室转过来给他的。

这份只有三页的材料显示，洄水湾新区开发项目总面积六百一十亩，于五年前由信县国土资源局进行统一征用，征地总费用三千五百万元。耕地和林地共计四百九十亩，一千五百万元征地补偿款已经全部兑付到位。上下两个庄院共一百零二户，一百二十亩宅基地、房屋、牛圈猪圈等各类补偿资金两千万元，已经兑付一千五百万元，还有十五户因嫌补偿标准低未领取，暂存于国土局专户。征地资金来源为国土局历年上缴省级土地出让金的分成返还。

看到这里,赵宇航才明白这国土局还是个"肥"单位,难怪那个谢磊点名要去国土局当局长。

接着往下看,在两腿的晃荡中,思维活络的赵宇航真的发现了新的问题。

第十章

40

赵宇航看着这份洄水湾项目汇报资料,感觉这个历时多年、进展迟缓的城市新区拓展项目,没有一个整体的规划,不清楚其在整个城市中的定位、内部的功能布局,更谈不上容纳多少人口、公共设施、建筑容积率等指标,仅凭一个不成样子的土地平整设计就仓促动工,好像纯粹是为了平整后卖地赚钱。还有,这么大的坡度,不管怎样开挖,都要产生巨量的土方,这些挖出来的土石运输堆放到何处,也没有方案,总不能全部倾倒到汉江里去吧。相关的一个问题是,这么大的一个洄水湾,一个濒临江河的新区,必须要有防洪堤和污水处理厂,否则就会后患无穷,这些必须有的设施,在国土局的材料里只字未提。看到这里,赵宇航的心就揪成了一疙瘩,坐在转椅上的他,腿也停止了晃荡,变为了双腿不停地上下闪动。这是赵宇航遇到难缠之事,思虑陷入困境焦躁的典型动作。

在座位上双腿闪忽了一会儿,赵宇航心里突然打了一个激灵,走到门口过道,喊隔壁房间的秘书小王:"走,出去一趟。"

赵宇航并没有直接去洄水湾,而是去了洄水湾对岸,与洄水湾一江之隔的云顶山。

云顶山在信县城东边的汉江北岸,是一座顶部浑圆的矮山,高度与江对面的留停山相当,因山顶长年为云雾所笼罩而得名。

山上长满了高大的树木，山腰部一个平坦处，还坐落着一座佛寺云顶寺。据传建于宋朝，是信县人烧香拜佛必去之所，长年香火旺盛。云顶寺的前面，有一个向外突出的小山包，山包上修有一亭，取名观云亭，是观赏汉江风光，俯瞰信县城市景观的最佳地点。当然，这观云亭的位置也是观察洄水湾的最佳地点了。

站在观云亭上，赵宇航朝南岸的洄水湾望去。此时太阳已经西斜，柔和的阳光让远处高大的锦屏山体洒上了一层金色，蔚蓝的天空中飘浮着几道纤细悠长的白云，与其下从远处蜿蜒而来泛着金光的汉江交相辉映。近处的留停山好似一个清秀的女孩，牵着慈母锦屏山之手，伫立于江岸，守望着这一方壮丽的山河。留停山下洄水湾之上的田野，就像是这个清秀女孩随意下垂的绿色裙边，葱绿里相拥着两座不大的村庄。

相距不远一大一小的两个村庄，覆盖在一片灰色的瓦屋顶下，一缕缕炊烟袅袅升起，在村庄上空形成一层薄薄的，似乎一口气就会吹散开去的雾霭，这倒给两个临水村庄增添了一份恬静。村庄之下，是一道长长的沙洲，雪白的沙面在阳光下反射出明亮的银光。沙洲与村庄之间，有一条浅浅的套河，与汉江主流平行而下，在洄水湾的弧形湾顶处与汉江重新汇合。

这是一幅美妙绝伦的山水图景哦。

置身于此，赵宇航的身子不由一颤，在这样的地方搞所谓的开发，不是多此一举，相当于破坏吗？

赵宇航把目光移向处于汉江与库河交汇地带的主城区。眺望中他看到，库河沿岸台地，有的已被密集的楼群塞得满满当当，有的正在搞开发前的土地平整，有的林立着塔吊正在施工。这种迹象表明，库河沿线新城那端，新一轮的房地产开发已经摆开了场面。

赵宇航又把目光转向稍近的老城。位于库河河口的老城，像一只被用久了的倒扣水瓢，被一大一小两条河夹持着，半浮于宽阔的水面上，灰暗色调的老房子连成一片，这座始建于战国的千年古城，以其丰富的文化文物遗存，正在受到严格的保护，等待着相当于世界遗产那样级别保护规划的出台。那里，稍微动动土就会惊动各级文保部门。

赵宇航又把目光收回到洄水湾这边。灰色基调的村庄里，有几处青砖四合院，高大门楼和院墙正对着汉江江面，老远仍能感受到那种独有的气场。那便是一度显赫的文士武将、船帮商贾的宅第了。但高贵的门楣宅邸仍遮掩不住两个古老院落的衰败之相，其间的残垣断壁老远也能辨得分明。据说这两个老院子因等待这场政府主导、谋划已久的开发，冻结建设手续审批已达十年，一些等不及新房要结婚的年轻人，无奈间只有去信县城里租房成亲。

赵宇航再把目光投向村庄的右上方，那里已经有一小块黄土地裸露出来，在一片绿色里显得很是特别。那块黄土地上，已经汇集了若干辆大型装载机、重型卡车，搭建起了一排简易工棚，红蓝相间的色彩，像是绿茵上的一块补丁。它是希望，抑或是一块将要扩散的疤癞，赵宇航心里还真的有些揣摩不透。

最后，赵宇航又巡礼般把新城、老城、洄水湾这三大区块环视了一周，眼光在老城和对岸的两个老院稍做停留，他若有所悟地轻声哎呀了一声，身旁的秘书小王听见后惊了一跳，忙向他的领导脸上张望，赵宇航一瞬间脸上又恢复了平静。年轻的小王还以为自己走了神，耳朵听岔了呢。

下了观云亭，沿着一条林间小径走出不远，就来到了云顶寺前。寺院山门外的长台阶下，摆放着一个长形铸铁香案，香案的两旁，对称蹲着两座一模一样的圆形鼓状香炉。长形香案里面插满了高高矮矮的窜香，升腾着缕缕青烟，圆形鼓状香炉里燃烧着香表，窜出一股股不大的火苗，三三两两的信男信女，正在香案香炉前忙着磕头、上香烧香。炷香和香表的味道四散开来，弥漫充斥于这个密林精舍的上空。此地独有的氛围，似乎能让人片刻间安静下来。赵宇航不禁有一种被带入的感觉。这种感觉，到访涉足过寺院的人都有同感，就如同进了一所校园，文质彬彬的老师，琅琅的读书声，充满书香的氛围，让你不自觉产生了学习的冲动，对知识的渴求。赵宇航此时的心境大抵也是如此吧。

这所寺院虽然离城较近，赵宇航到信县任职几年了并没有来过。见时间还早，赵宇航就对小王说进去看看，小王说他去请几炷香，这里上香挺灵的。赵宇航说，进去再说吧。小王就抛开赵宇航，噔噔噔上了寺院门前台阶，向山门里面跑去。

赵宇航拾级而上，步入寺院山门。这座坐北朝南的寺院规模较小，分为前后两进两个阶梯。进入山门，迎面就是天王殿，两边是厢房，其中有一间厢房，门口两边分别挂着云顶寺管委会和信县佛教协会的木牌。赵宇航又上了几个台阶，站在天王殿门外，仰望大殿正中的弥勒菩萨，然后从右边的侧门进入殿内，移步到正中的佛案前，低头肃立，双手合十，置于额前，缓缓欠了三下身子。接着转身来到供奉四大天王的两侧，各行了一遍双手合十礼。这是赵宇航进到佛寺、道观这类宗教场所常行的礼节。因为赵宇航认为，作为一名国家公职人员，不方便也不能与普通信众一般，到了这些场所就下跪叩首，这是政治信仰和纪律所不允许的。但是如果站在中华文化多源性、兼收并蓄的角度看，儒释道各家所崇拜的偶像，无不是对中国文化有过特殊贡献，对塑造民族性格产生过重大影响的先贤呢，故而到了这类场所，对这些历史上的先贤，起码的尊重和礼节应该是有的。作为领导干部的赵宇航，持着这种较为灵活的观念，多年来不管是去哪个宗教场所，见到各类偶像，都要做同样的礼节性动作，这也是人们通常讲的入乡随俗吧。今天，作为信县县长的赵宇航，到了云顶寺的天王殿，下意识里也做了同样的礼佛动作。

刚刚站直身子，转身欲跨出殿门，只见秘书小王领着一个穿黄袈裟的老和尚移步而至。小王给老和尚介绍说，这是我们信县的赵宇航县长，又用手掌指着老和尚给赵宇航介绍说，这位老方丈是云顶寺的住持兼信县佛教协会会长。赵宇航一看，才想起在这几年两会的大会场台下，老远见到过这位体态和神态都很像弥勒佛的和尚，只是没有直接见面交谈过。

老方丈双手合十，深深欠了一下身子："县长光临，有失远迎。"赵宇航："在附近看河对岸一个项目，顺便来寺里看看，打扰师傅了。"老方丈说："哪里哪里，县长可是贵客啊，老衲请都请不来的。"

随即三人就出了天王殿门，站在殿外聊了一会儿，又转身绕过天王殿，通过殿旁的侧门，朝寺院里面走。老方丈边走边介绍这座寺院的历史。

老方丈说:"这个云顶寺不大,却大有来头。北宋末年,金国南下攻占了大宋的半壁江山,大宋朝被迫迁都临安,两国以汉江、淮河为界,南北分治对峙。其中汉南一带的南北分界线就在信县北边的鸦岭,那时信县这里仍然属于南宋统辖。河南洛阳有个白马寺,建于汉朝,这个大多数人都知道,很有名气。在金军快要攻取洛阳的时候,白马寺僧人为了活命,纷纷向南逃离。其中有师徒二人,选择一路向西,翻越秦岭,沿库河而下,来到了库河口。见这里山势平缓,林荫遮蔽,山顶云雾缭绕,是个修行的好地方,就在这里落脚下来。师徒二人从白马寺出逃时,随身把白马寺的一尊袖珍佛像带了出来,这尊释迦牟尼佛像黄铜质地,只有一尺多高,就成了新建云顶寺的镇寺之宝。安顿好这尊佛陀,也是师徒二人历经艰辛执意要建这座寺院的初衷。"

"历经千山万水,确实不容易,这种执着令人敬佩啊!"赵宇航不禁赞叹道。

老方丈叹了口气说:"只可惜在明朝末年的闯王之乱中,这尊佛像被抢走了。现在正殿中供奉的这尊佛祖,就是按照寺僧的回忆,按原样放大复原的,距今也有四百多年的历史了。"

老方丈正说间,三人已经行至大雄宝殿前。老方丈说:"宝殿正中供奉的就是从白马寺远道而来的佛陀金身。"站在大殿外数丈远处,透过宽大的殿门举目仰望,释迦牟尼佛在莲瓣形佛光映衬下,佛眼低垂,双足互盘,以全结跏趺坐于莲花座上,双手仰放于腹下作禅定印,肉髻螺发,双耳垂肩,广额细眉,老远就能感受到那份平和宁静,透出庄严伟岸。

此时,小王不知什么时候双手攥着三炷香,朝赵宇航的脸上瞧了一下,似乎在征询他是否进殿上香。赵宇航正犹豫间,只听老方丈说:"佛陀的这种坐姿和手印表示的是禅定和吉祥,有身端心正、内心安定之寓意,县长上了这香,便会除却烦恼,百邪不侵,一顺百顺啊。您是公职人员,不必行大礼,点到为止就成。"

这位老方丈的政协委员没有白当,还挺会说话和变通。赵宇航已无话可说,说了一声好的,就双手从小王手里接过三支香,抬腿缓步走到殿前的香炉前，接过小王递上的火柴，把香点燃，左手持香，端端举于胸前，从右侧门进了大殿。走到佛案前，双手捏香举过头顶，深深作了三个揖，将三支香依次插于香炉之中，然后后退两步，又恭敬双手合十欠身，鞠了三个躬，遂告礼成。紧接着，赵宇航从上衣口袋里掏出两百元人民币，投进了香案旁边的功德箱里。老方丈见状连忙说不必不必，赵宇航微笑着应道："一点心意，一点心意。"随即从大殿退了出来。

就在赵宇航以简约的动作上香礼佛时，老方丈一直双手合十，站立于右侧，佛像侧面站立的一位和尚，也随之敲响了铜磬，口里念念有词：南无本师释迦牟尼佛，南无本师释迦牟尼佛，南无本师释迦牟尼佛，天上天下无如佛，十方世界亦无比，世间所有我尽见，一切无有如佛者，我佛三界大导师，一瓣心香做供养，回向法界诸有情，庇护群生降吉祥，佛在灵山莫远求，人人本有灵山塔，佛性自在我心头，常扫心地日日修，南无本师释迦牟尼佛，南无本师释迦牟尼佛，南无本师释迦牟尼佛。

诵经之声和顺悦耳，磬声清脆悠扬，遂使赵宇航这个简约的上香仪式，显得庄严肃穆。

老方丈做出请的姿势，把赵宇航让至大雄宝殿旁边的厢房。

41

走进大殿旁边的东厢房，赵宇航才知道这是一个接待室。通常，寺院的这个部位是珈蓝殿，正对面另一侧应是祖师殿，分别供奉珈蓝菩萨和达摩祖师。看来这个脱胎于洛阳白马寺的小寺院，在结构布局上是做了一些精简的。

接待室有两间房大小，摆着一圈纯白色布沙发，老方丈招呼赵宇航在挂有菩提仙鹤山水画的上首位置落座，一位年轻和尚上前恭敬地奉上茶水。赵宇航环视了一下房间，除了背后墙上这幅画，其他几面墙壁都是空白，整个空间显得很是雅静。赵宇航说："老方丈，您这里可是个清静的所在啊。"老方丈回应道："简陋得很，佛门无别，就是一个清静。"赵宇航点了点头，随口说道："叫人羡慕啊。"老方丈连忙拱了拱双手："不敢当，不敢当，县长您干的是大事，是为众生造福的，就是现世佛啊。"赵宇航也连忙拱手："不敢当，不敢当。"

寒暄几句后，赵宇航说："不礼貌啊，还没有请教您的法号呢。"

"贫僧的法号叫释恒信，与信县很有缘啊。"老方丈笑了笑。

"还真是的。"赵宇航才想起在两会的名册里见过这个名字。

"那您这个法号可是我们信县的一个招牌啊。"赵宇航说。

"劝众生慈悲为怀，发菩提心，修三业，达四德，明五戒，是佛门弟子的宏愿。论说起来，贫僧和小寺所做的努力，还有点像搞精神文明建设呢。"释恒信还发了点幽默。

释恒信方丈所说的三业四德五戒，即佛教经典所称的身业、口业、意业三业，常德、乐德、我德、净德四德，戒杀生、戒偷盗、戒邪淫、戒妄语、戒饮酒五戒。这是赵宇航过后专意查了资料，才完整记住的。

赵宇航问："平时来上香的人多吗？"

"每月初一和十五来的人较多，平时人数不是太多，就像今天这样。其实呢，众人到小寺来，除了拜佛之外，还有其他的缘由。"释恒信说。

"噢，是吗？"赵宇航听得一怔。

"县长可能听说过，这云顶寺所在的云顶山树大林密，下临汉江，长年云雾缭绕，很有灵气。明朝的时候，有县民在此寺院附近采得两株很大的灵芝，献给知县蒋昺。蒋知县一见，这还了得，灵芝呈现，这是盛世的吉兆啊，就将这灵芝连同一份奏文，层层上报到了朝廷，皇上大悦，当即让史官将其记入实录，并对河西按察使司给予了奖赏。至于这奖赏是否到了信县蒋知县这里，县志上没有记载。只是过了不久，蒋知县亲自撰文，在云顶寺旁竖起一碑，并修了一个碑亭。这个碑亭因年代久远已毁，碑石还在，等会儿我领县长去看看。"

赵宇航来了兴趣，说好的，等会儿去看看。

释恒信接着说："这块碑名气很大，很多人是冲着这个来的，也是想沾一点灵气。"

"此地还有一个典故，也发生在明朝。明朝嘉靖年间，有个叫罗循的人从江西吉安迁居到了东边的锡县，这锡县是刚刚从信县划出去新设的一个县，书院学堂之类的设施都不甚齐全，于是罗循就把他十来岁的儿子罗洪先送到信县来读书。这是因为当时信县在人才培养方面名气很大。就在若干年前，居住在对面留停山下的章氏家族里，一位青年才俊章凤鸣高中进士，在吏部任主事，相当于现今的国家部委司局长，在汉南一带引发了不小轰动。所以罗循就不远几百里，把儿子送到这里来读书。罗洪先在信县攻读期间，就住在这座云顶寺里，他常常坐在寺院旁边一棵槐树底下的大石头上读书，坐久了，就把石头磨出了一块印记，可见其用功刻苦的程度。"

"功夫不负有心人，罗洪先后来中了状元，进了翰林院。再后来因得罪了嘉靖皇帝被贬为民，回到家乡吉安县一心钻研学问，成为著名的理学家和地图学家。此后，那棵大槐树就被叫作状元树，那块大石头就叫状元石。罗状元为信县增光添彩，信县就在他读书的地方建了一个状元亭，可惜因时间久远，风吹雨淋，这座木质的亭子不久损毁了，那棵大槐树在清朝时也老死了。现在只有那块状元坐过的石头还在，县长若有兴趣，等会儿也去看看。"

赵宇航说："好的，等会儿劳您大驾，领我们去看看。这说明历史上云顶寺的周围，共有三个亭子，状元读书亭、灵芝亭，还有刚才我们去过的观云亭。"

释恒信说："不错，确切说是一台两亭，县长刚才登临的那个观赏汉江的亭子叫观云台。"赵宇航才想起那个亭子上面镌着繁体"觀雲臺"三个字，不注意时会以为是观云亭。

"明明是个亭子，怎么叫作台呢？台上面一般是没有建筑物的。"赵宇航不太明白。

"是这样的，观云，官运也。观云亭的谐音就成了官运停了，有些施主建议改一下，贫僧就给改过来了。这是个公共设施，应当尊重群众的意愿。这跟县长平时的决策是一样的，要充分发扬民主。"释恒信解释了一番。看来这个释恒信参加政协已有年月,对行政程序已经相当稔熟了。

赵宇航忍不住笑出声来,说这倒蛮有意思。

"县长您看,这么一改,一字之差,意思完全变了,官运停成了官运抬。看来要众生跳出欲界、色界、无色界这三界,的确不易呀。"

赵宇航若有所思,不置可否地点了点头。提议说,那我们去看看那两个亭子。

释恒信带着一个小和尚,走在前面给赵宇航和小王领路,先去看了状元亭遗迹。

出了寺院山门朝西,沿着林间小道走出不远,就到了一块大石头前。这块青色的石头像个大馒头,从林下的平地中隆起,靠汉江一面有个平滑的缺口,如一个镶在馒头石边的圈椅,正好可容一人坐下。圈椅的"椅面"已经被磨得泛光,那显然是经无数人试坐摩擦的结果。馒头石的旁边,有一棵碗口粗的槐树,释恒信说这是他年轻时补栽下的,因为周围大树的影响,加之慕名来坐石椅的学子太多,坐了石椅,还要摸摸摇摇这棵树,树就长得慢了。赵宇航说,回头要研究一下保护问题,状元亭也要恢复起来。

释恒信连说了两遍阿弥陀佛。

接着又原路返回,到了寺院的东边,沿着一段小斜坡,下到一块小平台处。长满杂草和灌木的平台中间,依稀可见一个池子,只是里面没有多少水,且水的颜色呈现出墨绿色。释恒信说,这是从前寺院山门前的放生池,寺院被毁重修时位置上移,池子就废了。说着就把赵宇航引到平台外沿,让小和尚拨开草丛,下面露出一块足有两米多高的青色石碑。释恒信指挥小和尚去池子那边,用随身带来的破布浸了些水,在碑面来回抹了一会儿,碑文就清晰显现了出来。

赵宇航俯下身子仔细观看。这块石碑圆首方趺,碑首饰灵芝祥云纹,篆"元氣"二字,碑文曰:

灵芝亭记

吾周之伯龄之裔。甫冠时,罗伦榜进士,官贵州道监察御史。因陈言闻，谪至西蜀建昌卫知事，转汉中之信县知县，时弘治己酉。越明年，庚戌，始治官舍，欲构亭于仪门前之左，为游豫所，与民同乐。适岁饥渐臻，流贼扰攘，吾忧也。夙夜惕励，弗遑宁处，体吾皇上委仁之心，以仁育民，以义正民。辛亥，为有年，无虞。政平人和，民咸得其所，吾方与邑中士者、农者、工者、商者落成兹亭。是年仲冬也，庶老先后持灵芝献庆于亭前，举忻忻然相告曰：今年信地产灵芝两样九本。吾谓：灵芝，祥瑞也。为佳兆，人不常见。汉九茎连叶，武帝纪之，名芝房；宋黄芝、青芝，黄山谷纪之，名芝亭。大抵示不忘也。一样三本，生诸枯木间，内一本两茎，交生数茎，茎结数秀，状如人手指；一样六本，生诸乱石上，俱根色青白，华如云盖，环以金线，又金裹焉。考诸二皇书：六本，云芝也；三本，仙足芝也。色呈金紫，香风氤氲。其本出于云根烟梢，凝结化成，煌煌流彩，烨烨含秀，人若采之，入腹可延年益寿。吾瑞之，献诸天地，献诸祖宗，藏诸匣，使无敢侵攘者。庶老聚首抚手而歌曰：元气太和兮灵芝产无数，我侯忠爱兮恒愿在信州，我民永被我侯恩泽之余光。吾见斯芝，听斯歌，谓庶老曰：兹瑞也，谁与归。庶老曰：我侯忠爱所感也，我侯不有。庶老拜手稽首曰：我皇上爱民之应验也，皇上不然。庶老曰：彼苍然也。夫天何言哉，渺淼茫茫，不可得而名，吾以名吾亭。噫，灵芝之生，气化之和，上下之协，佳兆皇储，寿岁民乐，绵绵国运之昌，是年华夷地方，想遍产灵芝也。吾邑中人材科第之盛，蔚然而兴，与汉之芝房、宋之芝亭之纪同一，与民偕乐，示不忘也欤。又岂偶然哉。书曰：和气致祥。故图记诸贞石，垂久不磨。吾乃蒋其姓，昺其名，东鲁邱县人也。时大明弘治肆年岁次辛亥拾壹月望后五日。赐进士出身前贵州道监察御史山东邱县蒋昺撰文，致事主簿邑人周道篆额，廪膳生邑人李善才书丹。

赵宇航断断续续通读了一遍，才明白这位山东邱县人蒋昺，其族氏源出周武王之弟周公旦的第三子蒋百龄，原是职位显赫的贵州道监察御史，因直言得罪上司被一贬再贬，发配到了偏僻的信县，历经战乱饥荒，以仁义育民正民，取得了不小政绩。政平人和之际，邀集士农工商各界，在云顶寺旁修亭纪念。亭子落成，恰好县中百姓献上两样九本灵芝，视为祥瑞佳兆，就将亭子命名为"灵芝亭"，并撰文刻石。

赵宇航读了碑文，虽然碑文记载内容与刚才释恒信的介绍略有出入，比如蒋昺并没有向朝廷奏文，蒋昺遭人暗算贬谪信县，先建亭后命名等等，但这都无伤大雅。正是有了蒋知县的怀才不遇，忍辱负重，才有了这篇悲情、激情、爱民之情交织一起，与民同乐，表达美好愿望，文采斐然的文字。仗义执言，早已被历史长河湮灭的蒋昺，万万想不到，六百年后，有一位叫赵宇航的同行，站在这个充满沧桑的放生池前，在这里读懂了他的文字，进而读懂了他的心。

弯腰费力地看了这块平躺在地的灵芝亭碑，通读了碑文，赵宇航正欲起身，站在石碑下方的秘书小王指着石碑说，碑的背面好像还有字。这个年轻人在赵宇航刚才诵读碑文时，一直没闲着，不停地用一块小石片拨弄着石碑侧下的土石。见赵宇航已经看完碑的正面，就说出了他的这个发现。

几个人一齐动手，把石碑掀了个底翻上，用破布抹了一会儿，石碑背面的文字就显现了出来，只是因为泥土的侵蚀，有的字已经风化，难以看清了。

翻过来的这面，刻有灵芝诗二首。

元气回旋岂偶然，灵芝再见□今年，无根两茎非地产，□种三秀自天鲜。气分阳夏色偏紫，光应中天香最坚。分明宇宙成佳兆，□□□□□□□。

殊草应佳祥，灵根赛玉香。云华夺金紫，服食致年长。

碑左下方刻"蒋昺印作"。其后刻"庶老芳名"九十个，名下均刻有年龄；再下刻"六房吏典"姓名十个；末行刻镌字匠信县人某某姓名。看来，蒋晁这位周公的后代确实富有才情，短短数年，就在新任之地积攒了这么旺的人气，当时响应参与兴建灵芝亭和诗文唱和这件盛事的人，还真不在少数。赵宇航看后不禁感叹道。

辞别释恒信方丈，赵宇航一边向不远处的停车场走，一边用手机给文化文物局局长李白云打电话，就状元亭和灵芝亭两个古遗址的保护修复，向李白云做了交代。

小轿车沿着盘山公路，朝县城方向开去。赵宇航从车窗望见河对岸的留停山，思绪就迅速从那两个亭子，回到了洇水湾这个项目上。

42

洇水湾开发项目专题办公会在信县政府大会议室举行。凡是业务上涉及的县政府部门都被通知来了。卢志濂和分管城市建设的副县长出席，那个负责开挖工程的熊小发也被通知列席今天的会议。负责洇水湾土地开挖设计的渭川化工设计院两名设计人员接到通知后，已于昨天晚上连夜赶到了信县，随身带来了全套的洇水湾土方开挖设计图纸。

在赵宇航开明宗义讲清会议主题后，国土局局长谢磊汇报了洇水湾项目的整体情况。接着由化工设计院一个设计人员介绍洇水湾土地开挖设计方案。

这个佩戴着深度近视眼镜，稚气未脱的年轻人，手持可伸缩小铝杆，依次介绍墙上所挂的洇水湾区块地形测绘图、土方开挖设计图、路网规划图、建筑规划构想图等四幅图纸。不出所料，正如熊小发所反映的，这个所谓的设计方案，呈现的是一个大开大挖，水平布局的方案，没有濒临汉江的河堤，也不见后端靠山一面的挡护墙，拿出的建筑规划构想也是一个四方四正、经纬垂直相交的平面图景。在介绍的最后，这个年轻人反复强调，规划构想贯彻了甲方的意见，由于时间特别紧，甲方催得急，有很多方面没有涉及，考虑不周云云。

赵宇航听着听着，就忍不住要发火，这样粗制滥造的方案还敢拿出来示人，简直是在糊弄人嘛！这样的方案竟然能通过审查，是怎么把关的？简直是失职渎职！可是，作为一家省级设计院，一级政府的部门，这个低级不能再低级的错误，就出现在当下。

有这么多部门负责人在场，又有省里设计院和企业的人，加之白世伟书记这个因素，赵宇航还是强压住了怒火，听完了介绍。

接着，赵宇航让熊小发说说对设计方案的意见。他觉得有些话从别人嘴里出来，可能更合适些。

熊小发就把他昨天在赵宇航办公室说的那些，叨叨叨说了出来。一时，会议室躁动起来，与会者七嘴八舌，议论纷纷，发起了牢骚，有些局长还半开玩笑似的讥讽了谢磊几句。局长资历最浅的谢磊，也不好申辩，脸色有些难看，尴尬地坐在那里不停搓手。

此时，赵宇航不失时机地给大家抛出四个问题，让大家发表意见。第一，洄水湾作为县城新区，在整个城市规划中的定位不明确，也没有启动区块控制性规划，鉴于土方开挖方案已不能用，是停下来等规划出来后再动呢，还是完善土建开挖方案，继续施工？第二，洄水湾区块无论采取哪种开发方案，都要产生大量的渣土，堆放到何处而不至于造成新的问题。第三，洄水湾濒临汉江，新区需要河堤保护，否则防洪保安就大成问题，而此前并未考虑，更谈不上河堤设计了。第四，洄水湾地上有古村落，地下有古墓群，开挖时如何保证地下文物安全，古村落如何保护利用。其中的第四个问题，即文物安全问题，是赵宇航昨天站在观云台上，老远观察留停山时，才猛然意识到的。当时他被自己所发现的这个隐患而震惊，忍不住哎呀了一声。

就在赵宇航说出第四条的时候，坐在会议室边上的熊小发黑红精瘦的脸上，露出了诧异的神情，只是当时无人过多注意而已。

其实，精明的熊小发费尽心思，承揽洄水湾土方开挖这个工程，有一个不可告人的秘密，他早就盯上了留停山地下的那个汉代古墓群，知道从那里面随便捡上一件文物，就会轻而易举发大财。熊小发十分后悔，责怪自己为什么昨天犯了贱，去找了赵宇航。

针对赵宇航县长提出的四个问题，参会的各部门领导开始发言。

文化文物局局长李白云说："赵县长关于留停山文物保护的安排很及时，看到那里已经动工，县文管所也很着急。把情况汇报到局里，我要求他们按文物法办事，必须先勘探，开展考古挖掘，待文物清理完毕后，才能开工建设。我们正准备去搞文物执法，就听说那里停工了。我也正准备向县上专题汇报这事呢。"

城乡建设规划管理局局长余道新说："美女局长说的这个完全在理，也是法律的硬性要求。按照城乡规划和建设管理法规，文物保护和规划管理一样，属于各类建设工程的前置条件，没有经过文物保护勘探，没有城市规划许可和施工许可，任何工程是不能开工的，甚至白云局长的这个文物保护，比我们局管的那个规划还要厉害。"

十分老到的余道新，借着李白云的话题，宣泄了一下对洄水湾工程抛开城建局监管，不走法定程序就贸然开工的不满。

余道新继续说："几年前，县上委托复旦大学一位院士领衔，编制了一个信县城市风貌保护规划，这个规划囊括了城周一百平方公里的范围，把县城周围的几座山都包进来了，其中就包含了留停山和山下的洄水湾。按照风貌保护规划，留停山那边规划的是一个山地森林公园，洄水湾规划的是一个商住区兼湿地公园。当时，我和丁亮副县长陪同院士，专程上到了对面的云顶山，观看留停山和洄水湾，老院士指着洄水湾边上的大河洲，当时那里有人正用机械在取砂。老院士问是谁批准挖的，这里面一定有腐败。丁县长连忙打电话给水利局，说不准采了。老院士当时还讲，如果谁破坏了这个大河洲，谁就是千古罪人。"

水利局局长朱守成插话说："当时，县水利局还没有上手管理河道，各河段是由当地乡镇政府管的，所以就乱得很。后来我们就将所有的河道都收归县局管理了。现在，汉江河道沿线的建筑堤防审批权，已上收到国家水电部下属的汉江水利委员会了。"插了几句嘴，朱守成就停下来，微笑着示意余道新继续说。

余道新接着说："当年那个风貌保护规划，在全省县一级是首例，受到了省建设厅的表扬，认为我们信县站得高看得远。过后，这个风貌保护规划还按规定上报到了市政府，洪州市政府给了正式批复。因此涧水湾的规划建设，还是要遵循这个上位风貌保护规划来做，不然就乱套了。还要说明一点，正规的片区规划，从发标招标、前期调研，到最后评审定稿，涉及行业领域多，据我们的经验，前后至少需要一年时间。还有一个问题也应该引起注意，这两年，我们已经审批在建的楼盘有八十万平方米，其中多一半是近几个月几次规委会和城建领导小组集中审批的，若加上涧水湾新区预计的五十万平方米，总计可以增加住宅近一万套。增长得有点猛，很可能会造成积压或者烂尾，这要引起我们的警惕。"

余道新的担心不无道理。这几年，信县实力稍强的人基本上去了渭川和洪州买房，在信县当地买房置业的人已经没有过去几年那样多了。自打白世伟书记亲自上手抓城市建设以来，在他提出的建一百座高楼，让信县城市迅速长高，开辟城市新区，再造一个信县等口号的鼓动下，城市规划审批突然加速，新楼盘审批数量急剧增加，信县县城上空塔吊林立，到处是热闹的工地，这可忙坏乐坏了大禹水泥厂，那里等着装运水泥的卡车排成了长龙，附近一个新建的商砼站也塞满了等着装商砼的罐车。

新转岗的水利局局长朱守成说："涧水湾土地已经征用多年，由于闲置久了，征用过的地块许多又被村民耕种了。原来我们承诺的五年内让群众住上新房，享受城市生活的时限马上到了，涧水湾的群众比较厚道，没有因此而上访，所以对于群众种地行为，我们是睁一只眼闭一只眼的。由于规划建设长期冻结，可是苦了这个地方的百姓，有的年轻人结婚没有新房，闹出了不少矛盾。所以我觉得涧水湾工程，一是要尽快建，二是要优化方案，首先启动居民的集中安置工程，把群众的事儿安排好了，一切就都好办了。"

朱守成由于前几年直接参与和主导了涧水湾的征地，对这个项目相当熟悉，就直截了当，发表了对这个项目的意见。接着，他又就涉及水利局的业务，表达自己的意见。

朱守成说："按照县城风貌保护规划，涧水湾这一河段是不需要修建防洪堤的，搞一个亲水型的滨江湿地公园就可以了。可是，现在汉江干流的情况发生了变化，下游的渭川水电站大坝坝高调高了五米，库区蓄水位上调，洇水湾前面那个漂亮的大河洲将淹没在水下，保不住了。那么，这洇水湾就必须修建河堤了，否则一涨大水，沿岸的土地就会被冲被淹。渭川电站蓄水位调高后，涉及增加的防护堤投资，应该由渭川电站承担，但是，由于洇水湾是农村，不在城市区域范围内，电站只想承担新增加淹没滩地的费用，不愿意承担河堤费用，因为他们觉得这个河段没有必要再修河堤，前段时间还在扯皮呢。有没有这笔钱，现在还说不上来，看来要靠我们自己投资了。"

财政局局长卿西平接着发言："洇水湾土地开挖平整这个工程，应该加快进度。平整后的面积有四百亩，按照二十万元一亩的价格拍卖，可收入八千万元，除去六百万元的土方开挖费用，再算上两千万元的河堤投资，还能净赚五千多万元，可以弥补已经开始实施的城乡合作医疗县级统筹配套资金不足。今年合作医疗需要县级配套六千万元，年初只预算了一半三千万元，还有三千万元没有着落，就指望这个了。"

赵宇航最近听卿西平汇报过合疗配套资金缺口这件事，当时因找不到资金来源，也没说出个所以然。此时，发急了的卿西平自然想到了洇水湾卖地这个来钱路径。尽管信县这几年财政收入高歌猛进，还是满足不了来自四面八方迅猛增长的支出，这倒是应了卢志濂所总结出来的那个财政工作规律：有限的收入与无限增长的支出之间的矛盾，伴随着财政工作的始终。

说到了资金，李白云好像突然想起了什么，补充说："刚才有一个关键性问题没有汇报，就是钱的问题。洇水湾地下文物的底子我们是不清楚的，抢救性勘探需要报省市文物部门审批，聘请专业的考古队来勘察挖掘，那么大的面积，我们测算了一下，费用至少需要三百万元。当然，也可以变通处理，由县文管所守在施工现场，遇见古墓就停下来，进行专业的清理。还有，洇水湾的两个古村落如何保护，也需要委托专业机构进行规划设计，这是做好保护工作的一大前提，这两个院子已经破败得不成样子了，保护工作刻不容缓。"

千头万绪，离不开一个钱字。赵宇航不禁在心里苦笑了一下。他抬手示意国土局局长谢磊，让这个代表政府当洄水湾项目业主的局长说说。

谢磊听了以上这些局长的发言，过去一直在农业部门从事畜牧业务的他，才意识到了城市建设的复杂性和系统性。那张胖乎乎的脸，也由最初的尴尬慢慢变成了苦瓜相。见县长让他发表意见，就打起精神，清了清嗓子，开始发言。

他说："以上各位老兄局长的发言，都讲得非常好，让我这个初入国土门的新人受益匪浅。今后国土部门的各项工作，还仰仗各位领导的大力支持和指导。国土局充当洄水湾项目的业主，从法规上讲是不合适的，我们不能既当裁判员又当运动员，但是既然县上领导小组定了，只有遵照执行，勉为其难了。"

这位谢磊的口才还是不错的，说话有条有理，此话一出，确实在一定程度上消解了赵宇航对他凭关系上位，工作一上手就出错的一些负面印象。

谢磊继续说："下一步我们国土局的工作重点，是全力配合兄弟部门做好洄水湾片区规划修编、河堤设计建设、文物保护等工作，在土地平整方案完善之后，争取用最短的时间，完成土地平整，与卿局长那里密切协作，把这块地卖一个好价钱，为财政增长做贡献。只是有一个请求，上次城建领导小组定的预支五百万元的平整土地费用，应该尽快到账，按照招标合同，应该在动工十天内预付约三分之一的费用二百万元，现在账上一分钱都没有，熊总那里在眼巴巴等着呢。"说着还朝熊小发那边瞅了瞅，熊小发赶紧站起来笑着朝赵宇航等人拱了拱手，点了点头。

43

见大家说得差不多了，赵宇航就问与会者："还有什么意见？别漏掉了什么！"

环境保护局局长说："洄水湾片区将来入住人口将达到两万人以上，

又靠近汉江河道，需要单独建设污水处理厂，否则会造成生活污水直排汉江，那可是天大的事情。"

"与正在建设的老城污水管网连接起来，不就行了吗？"卿西平接话说，他是担心洄水湾单独建污水处理厂，又要财政增加投资。

"不行啊，污水管横跨汉江，要架设渡槽，造价太大，一旦出现事故，会造成重大污染事件，行业上不允许这么做。"环保局局长说。

赵宇航说："这个还得尊重行业主管部门的意见，编制洄水湾片区规划时，将污水处理纳入整体规划之中，单独建设污水处理站。"

部门领导发言完毕，赵宇航让分管城建工作的副县长高坤元发表意见。高坤元原来是市政府办公室的一位科长，大学本科毕业后，通过公考进入市政府办公室。洪州市新任市委书记到任后，除了依文凭标准对县区班子进行较大幅度调整外，还特意安排组织部门从市县挑选了一批具有国民教育本科文凭，年龄在三十岁以内的年轻干部，破格提拔，派到市直部门和县上任副职，不占班子职数，列入重点培养对象，要求多压担子，以促进其尽快成长。据新任市委书记推算，这一支五十多人的年轻干部队伍，最保守估计，三年后会有三分之一左右成长为正处级，七年后会有一半成长为副厅级，到四十岁之前，至少有五人会达到正厅级。再后来，其中有三两个特别优秀者，极有可能达到省部级，最后进入中枢。如此，偏僻的洪州市，在中枢不就有人脉了吗？也会在人才方面为国家做出大贡献。这无疑是一个高瞻远瞩的人才计划，听之令人振奋鼓舞。这批干部派到各县后，为了体现加强历练压担子，在分工中都承担了城市建设、工业经济、社会稳定等比较重要的工作。与白世伟几乎同时到任的高坤元，按照白世伟与赵宇航商量的意见，在县政府班子分工局部调整时，被安排分管任务重难度大的城市建设工作。

高坤元上手分管城市建设，还在抓紧熟悉情况，按照信县新的工作运行机制，城市建设方面的大事都由城建领导小组集体研究，由组长白世伟说了算。所以到了高坤元这里，赵宇航让他说，他还真说不出来什么，就只是简单地表了一下态，说赵县长主持召开的这个会非常及时，不然会造成很大问题。对于最初的那个土方开挖方案，把关不严，他也有责任，今后要吸取教训。对于洄水湾项目，今天各位局长发表的意见都很有道理，经过完善应该是一个好的方案，具体怎么办请赵县长定，他与部门一起抓好落实。

赵宇航让卢志濂发表意见。卢志濂对洄水湾项目这样的操作方式很有看法，但又不想在会上公开与白世伟主导的那个领导小组唱反调，又不想违心附和，就很宏观地说道："信县城市发展已经到了一个重要的转型关口，要借助国家大力推进工业化城镇化的政策机遇，充分利用社会资本和金融资本纷纷转向房地产行业的有利因素，克服一味在地域狭小的库河转悠的思想，像三十年前从老城撤出进军新城一样，审时度势，走出库河，及时把城市建设的重点转移到地域广阔的汉江沿岸。洄水湾作为走出库河的首个项目，开发的条件已经具备。就洄水湾这个村子来讲，这里的群众一直盼望着开发项目尽快上马，他们已经等了将近十年，种不成地，盖不了房，成了城郊的烂村穷村。群众为此经常到县上上访，只是因为满怀希望，才没有特别过激的行为，久拖下去，迟早会出问题。"

卢志濂分管信访工作，经常接访洄水湾村的上访群众。他凭着与这些群众是汉南老乡这层关系，以及与洄水湾村几户村民拉扯的亲戚关系，接访时半认真半开玩笑，说说笑笑中把人糊弄走了事。没有接触过这类信访的人，自然不明白其中的味道和煎熬了。

卢志濂继续说："洄水湾依山傍水，古村古渡，历史悠久，人文荟萃，要遵循风貌保护规划的定位，将现代元素与地方优秀历史文化有机结合，打造富有汉水文化特质，生态宜居的历史街区，与对面的信县古城形成完美组合，力争成为汉南地区生态与历史文化旅游的新地标。在开发方式上，要充分发挥政府的主导作用和市场机制的杠杆作用，不能放任自流，又不能大包大揽，用高水平的规划管总，靠利益驱动破解投入不足难题，处理好开发与保护，政府企业群众三者之间的关系，不越汉江生态保护底线，不触土地、文保、廉政等国策国法红线，不侵害群众的合法权益，质量第一，好中求快，依法高效有序推进，使洄水湾新区成为信县城市建设上台阶的新亮点。"

赵宇航最后做总结性讲话。他说："今天这个专题会，是受世伟书记委托召开的，大家围绕洇水湾新区开发，提出了很多建设性意见，我们要认真采纳，完善好洇水湾新区开发的思路措施，按照城建领导小组既定的部署，加快项目实施。"

接着，赵宇航对洇水湾项目几个关键性问题做了明确。

他说："片区规划是基础。形成一个高水平的修建性详细规划，是一切工作的前提。由县城建局迅速拟定片区修建性详细规划招标文件，争取一个月内启动规划编制工作，四个月内拿出规划方案，征询社会各方意见，提交县规划委员会审核，六个月内完成政府和人大法定程序审批。规划时间赶得有些紧，该加班的要加班，不能按部就班。规划经费由县财政给予保障。"

就规划问题，赵宇航还特别给参会的部门交代说：鉴于十几年前制定的信县县城城市规划没有将洇水湾片区囊括在内，此次洇水湾片区修建性详细规划的上位规划，是信县县城风貌保护规划。规划的内容要体现综合性，包括今天提到的防洪堤、古村落保护、污水处理厂，甚至于片区背后的锦屏山森林公园等，都应列入这个大规划之下的子规划，一并招标。片区的功能定位为商住、文旅、湿地保护为一体的滨江新区。规划所涉及的业务主管部门，国土、水利、文化、环保、林业等部门，要由局长牵头，组建专班主动参与配合，做好工作和业务衔接，共同努力，拿出一个高质量的规划方案，并确定由高坤元副县长牵头抓好此事。

对于熊小发承担的那个蓄势待发的土方开挖工程，赵宇航最初的主张是先停下来等规划，但是又怕违背了白世伟书记要求加快推进的意愿，考虑再三，他决定还是不能停。他说："熊小发熊总具有高度的大局意识和责任意识，发现问题及时报告，避免了不当开挖可能导致的山体垮塌等重大事故的发生，也引发了我们对洇水湾开发相关问题的关注，应该给予表扬。"

熊小发听到县长在会上公开表扬他，甚是激动，涨红着脸从座位上站起来连连拱手。

原来的土方开挖方案不能用了,新规划又没有做出来,怎么继续开挖呢?赵宇航说:"原来开挖成一个平面的方案被否定了,合理的方案肯定是梯级开挖,形成几级台地。高程不等的台地之间肯定要有纵向或者坡形的道路相联络,这些道路在土方开挖时也要预留出来。"

他给城建局出主意说,规划设计招标进场后,首先要做的第一件事是测绘地形,地形图一经绘制出来,就立即让设计单位把开挖标高确定下来,土方工程不就可以动工了吗?城建局局长余道新说:"这个能办到,争取一个月内让土方开挖动工。"

开挖的渣土朝哪里堆放?说到这个问题时,赵宇航说:"这个很简单,河堤的回填需要大量土石,开挖出来的土石方正好派上了用场。为了不影响土方开挖,河堤建设要与开挖工程同时启动,甚至要更早一些,不然渣土的倾倒位置就没有明确的界线。由县水利局立即委托有资质的设计单位,开始这段汉江河堤的设计,并尽快完成专业评审。"

说到这儿,水利局局长朱守成插话说:"赵县长,我补充汇报一下,这段河堤我们水利局一定按您的要求,抓紧委托设计,涉及向汉江委员会请示的事儿,也由我们局去争取,到时候还请以政府名义向汉江委员会出一个报告。另外,应该明确一下洄水湾河堤建设的业主单位,为了提高工作效率,便于协调河堤建设与渣土回填、片区开发等方方面面的关系,有利于工作衔接,我觉得河堤建设的业主由国土局承担比较合适。"

朱守成知道,在汉江边修建河堤,现在的造价至少是一米一万元,还不包括回填费用,两公里的河堤至少需要两千万元,拿在水利局手上就麻烦了。要是摊上别的局长,恨不得手上多攥几个项目,多捞点好处。可是对于从热门岗位调整到一般岗位,多少带有一些情绪、性格沉稳的朱守成来讲,多一事不如少一事,更何况河堤建设资金根本就没有着落。

赵宇航觉得他说的有道理,就说这个意见可以考虑,就由国土局当河堤建设的业主吧。

对于古村保护和地下文物保护,赵宇航说:"这两个问题都很专业,专业的事需要专业的人来做。由文化文物局局长李白云负责，委托有资质的古村落保护规划机构进行实地考察，制定保护性修复规划。具体思路是，在村落上部开发范围内新建一个安置区，把现有居民整体搬迁出来，两个古村修旧如旧，整体改建为以汉水文化为主题的历史街区，作为洄水湾新区将来的产业支撑。洄水湾片区地下文物保护刻不容缓，要依法严格保护，严防文物破坏和流失。由于没有系统组织过勘探，传说中的地下文物底子不清，加之经费和专业力量不足，同意文化文物局提出的边开挖边保护的方案，由文管所、公安派出所抽调人员进驻施工现场，对发现的文物及时清理保护。此事关系重大，为慎重起见，由县文化文物局向洪州市文物局专门报告，征得上级文物管理部门同意后实施。"

　　说完这些林林总总的意见，赵宇航又把所表述的意见归拢了一下。他说："综合各位的意见，调整后的洄水湾片区开发方案，概括起来就是，以高水平的规划管总，因地制宜梯级布局，河堤与开挖同步，开展古村和地下文物保护，建设前有湿地公园、后有森林公园的绿色生态屏障，打造富有汉水文化特质的生态宜居、山水旅游新城。"

　　然后就问与会者还有什么意见，都说没有，就宣布散会。但临散场他又补了一句，以上意见，将向白世伟书记汇报，最后以会议纪要为准，但是，请各位不要等，按照今天会议的安排，立刻上手抓紧落实。

　　几天后，白世伟书记从渭川市回到县里，赵宇航拿着专题办公会议纪要的初稿，到白世伟办公室沟通汇报。白世伟听完后表示同意，并说，上部土方开挖完成后，连同河堤新造土地一并拍卖出让，以便于片区规划的实施。还表扬说，不愧是从省建设厅下来的，既专业又周全，并说纪要文本他就不看了，你把关就成。赵宇航把纪要初稿放在白世伟的办公桌子上说："还是请您把把关，回头正式发文时还要送您签发呢。"

　　白世伟爽朗地一拍桌面："整，大胆整！"

　　这是白世伟到信县当一把手后，经常挂在嘴边的口头禅，听起来颇有气势与魄力。

第十一章

44

这天下午，卢志濂在办公室接到李白云的电话，问他明天有没有时间，一块去一趟燕子坪。卢志濂很是惊奇，开玩笑说："若想来看我，就到办公室来嘛，何必跑那么远呢。"

李白云咯咯一笑："哥哥，去你的老家，是有正事要办啊。"

"到我老家去，肯定是办正事了，你是个正人，怎么能办邪事呢。"闲扯了几句，两人进入正题，卢志濂问："什么大事？该不是为我们村捐款捐物搞文化扶贫吧？"

李白云在电话那头说："是这样的，省电视台最近安排，为了配合全省即将开展的新民风建设工作，决定对改革开放以来各行业涌现出来的重大典型，进行一次巡礼式的采访，形成一个系列，在省电视台黄金时段播出。其中，我们信县拾金不昧的重大典型王平银被选中了，省台说信县电视台的实力不错，他们就不派人来了，由我们自己采访制作，送他们审核把关即可。为了引起重视，省台还要求地方电视台的台长要亲自上手，所以我这个兼职台长就不能有半点马虎了啦。"

卢志濂一听很是高兴，说："这是一件大事啊，你一定要组织好，拿出看家本领，拍出水平来。"

李白云说："那是当然啦。要拍出水平，还得请你这个当事人出马，以助声威。"李白云转而语气严肃起来，提高了声调，有了下级给上级汇报工作的官腔味道。

她说："是这样的，这个重大典型和您是一个村的邻居，据说还是亲戚，又是您当宣传部部长时培养宣传出去的。王平银这个大典型的来龙去脉，在目前县级班子里，只有您最为清楚。省台的意思，节目里要有一位县级领导出镜，对典型事迹在本地的发扬光大进行评述，这也是这个短片的点睛之处，无论是实践的高度、理论的深度、相貌的风度，这个出镜非您莫属啊。"

卢志濂听明白了，他对着电话听筒，压低声音问："说实话，刚才办公室是不是来人了，阴阳怪气变频道？"李白云在那头咯咯一笑，说："是的，突然不敲门就进来了，站了一会儿见我正在通话，又出去了。"

卢志濂说："这个倒不是谦虚，前前后后折腾了半年，情况了如指掌，你也出了大力。但是，如果出镜，应该找党政两个一把手，或者现任部长，还轮不上我这个副职啊。你是不是看你哥默默无闻，想关心照顾一下？"

"兼而有之吧。白书记和赵县长那里我都联系了，按照最新规定，他们两人上省台需要征得市委同意，程序麻烦得很，就主动放弃了，宣传部王部长一听说白书记都不上，他哪敢上。所以我们商量来商量去，还是你最合适。我已经问过赵宇航县长，他也说你出镜合适。"

卢志濂这才明白，聪慧精干的李白云已经把前期所有的铺垫做好了。他当然是愉快地接受了，他笑着对李白云说："白云妹妹，白台长，燕子坪欢迎你！"

过了一会儿，卢志濂打电话给李白云说，让她明天早上与他同乘一辆车，八点半在电视台门口接她。

卢志濂刚才已经给已经担任环卫所办公室主任的范家屯挂了一个电话，让他准备一辆车，明天一道回燕子坪。

年龄比卢志濂大不了几岁的范家屯，已经今非昔比。第二天吃过早餐后，他亲自驾驶着一辆借来的城市越野车，来到信县政府大院，停在卢志濂办公室所在的附楼楼下，站在车旁等候。政府院内的大多数人认识他，知道他是大名鼎鼎的道德模范的儿子，都纷纷向他打招呼，他都报之以谦虚友善的微笑，不住地点头致意，特别熟的还嘻嘻哈哈聊上几句。

卢志濂八点进入办公室，快速处理好手头的事情，给办公室主任打了个招呼，说明去向，并说今天是公私兼顾，不用办公室派人陪同，也不用公家派车了。接着就下了楼。只见范家屯穿着一身得体的深蓝西服，雪白衬衣外罩小马甲，脚蹬铮亮黑皮鞋，头发也明显经过了一番打理，精干清爽的样子，已经由当初的农民工，成功过渡到了公务人员形象。卢志濂在看到范家屯的一瞬间，心里很是感慨。

卢志濂与范家屯打过招呼，上车坐在了后排。范家屯说："你是领导，按信县规矩应该坐在前排，打仗时这是指挥官的位置。"卢志濂说："今天的指挥另有其人，我们都得听她指挥，为省电视台拍好片子。"

"噢，明白了，你说的是白局白台长。"范家屯知道卢志濂说的是李白云。

"表叔今天打扮得这么帅，是为了吸引我表婶吧？"

"唉，都老夫老妻了，不像你们年轻人那样浪漫，我前几天刚刚回去看过娃。这是平常打扮，我们环卫所也是政府的窗口单位，要时时注意自己的形象啊。"

卢志濂这才想起，此时正值八月下旬，学校还在放暑假。

两个人在车上聊了一会儿，车就到了电视台的楼下。李白云正站在那里等车，她身边停着一辆喷有"信县电视台新闻采访"字样和台标的小车，穿着前后都有口袋样式马甲、提着采访录制设备的几个男女记者正在叽叽喳喳上车。这些人卢志濂都认识，当年在宣传部工作的时候经常打交道，就隔着车窗朝那几个记者招了招手，记者也都笑着朝他招手，参差不齐叫了声卢部长好。卢志濂虽然离开宣传部好多年了，宣传口的人仍习惯称他为部长。

待那辆车人都上齐了，李白云就上了这辆车，按照卢志濂的示意坐在了前排，并说她今天就给县长当警卫吧。也就在这时，李白云才认出，开车的是王平银的儿子范家屯，感到很是意外，高兴得直拍手，说范大哥能参加，这太好了啦，今天请你也上镜说几句。

卢志濂抢过话头说："不要乱叫乱称呼，随我叫表叔。"李白云才想起来王平银是卢志濂的舅婆，卢志濂按辈分叫范家屯表叔这层关系。她咯咯笑了几声说："这位范主任比我大不了多少，叫表叔把人家叫老了，各叫各的吧。"卢志濂说："不成，还是随我叫表叔好。"他又转向范家屯说："表叔，你说是吧？"正在驾车的范家屯巴不得在辈分上被人叫得高一些，就咧着大嘴哈哈笑了两声，说："叫表叔，叫表叔最合适。"卢志濂说："赶紧改口喊表叔。"李白云就顺从地轻声喊道："表叔好！"

车过汉江大桥，透过车窗，卢志濂看到洄水湾土方开挖施工已经开始，几台推土机正冒着黑烟，推开绿色的植被，机器的背后拉出一道道黄色的印记。几台装载机蹲在推土机背后的远处，巨大的铲子一上一下，朝几辆大卡车车厢里倾倒着黄土。已经装满黄土的卡车，沿着临时推出的曲曲折折的便道，呼啸着冲下山来，朝着汉江边狂奔而去，把整厢的渣土倒在河边的沙坡上，在村庄和河洲之间，形成了一道巨龙般的大土坎，很是抢眼。

汉江边的河堤工程正在开挖基础，在江岸边形成一道与江水平行的深沟，深沟里灌满了浑浊的积水。深沟外沿上，架着几台抽水泵，正开足马力向沟外排水。大桥头下端不远处，一个竖着铁架、铁罐、传送带等物件的水泥搅拌站正在运行，吭腾吭腾、哗哩哗啦的砂石撞击等声响十分刺耳。下游不远处那个又长又白的大沙洲上，几辆装载机和卡车正在作业，把河洲上的砂子运往附近这个搅拌站。很显然，同时承包开挖和河堤工程的熊小发，果然不出所料，选择了成本极低的就地采砂，全然不顾汉江县城段河道禁止采砂的硬性规定，直接对这块千年古滩下手了。

短短一个多月内，洄水湾的开发就全面摆开了阵势。卢志濂心里没有一丝喜悦，只是感到一阵心焦。

卢志濂又朝留停山方向瞅了瞅，好像突然想起了什么，问坐在前排的李白云："白云，你们负责的文物保护都安排好了吧？"

"唉，别提了，人家是明里配合，暗地里捣鬼，派出所说人手紧，抽不出人到现场驻守,文管所派了两个人蹲在现场,但是不可能一天二十四小时都守在工地。为了赶工期,熊小发要求施工队昼夜不停,搞几班倒,我们的人晚上都撤回去休息了,这里面肯定有漏洞。还有,我们在陪同古建院搞古村保护入户调查时,有村民反映说,施工队白天绕着古墓挖土,到了晚上,趁文管所的人不在,就专挑有古墓的地块挖。据说施工队请的有文物专家。我当时还奇怪,请文物专家我们怎么不知道呢,最后一寻思,八成请的是盗墓贼。我跟公安上联系,晚上搞突袭,结果不知什么原因,接连两次都扑了空。熊小发一状告到了白书记那里,白书记在电话里把我训了一顿,说这是干扰企业经营,破坏投资环境,要求我们撤岗。我就把驻守的人撤了回来。"

"不过,我们已经交代村里,让他们盯紧点,有动静及时报告。"李白云最后又补充了一句。

卢志濂听得此话,长长唉了一声,说你们尽力了。这句话是在安慰李白云,又好像是在安慰自己。接着就强迫自己不要再去想这件事,把眼光投向了身边碧波荡漾、浩浩汤汤的汉江。多年来的职场历练,卢志濂已经习惯于通过自我调适,转移化解某些不良情绪,因为他清楚,作为副职,你不可能也没必要试图去掌控什么,否则要么气死,要么叫人弄死,或者落荒而逃。

李白云从卢志濂的话里听出了他情绪的变化,就从前排回过头,用那双好看的杏眼瞅了一下卢志濂,俏皮地眨了眨,笑着说:"哥啊,你别为这个生气啦,好好想想今天上镜怎么展示你的帅气风采,还有第一次到你老家,怎么招待你这个妹妹。"

李白云灵动姣好又不失天真的面孔,善解人意的言笑,让恼火不适状态下的卢志濂很快恢复了常态,心情渐渐平复了下来。

他接过李白云的话头说:"告诉你,都安排好了啦。我算计了一下时间,拍摄小半天时间就够了。中午饭在家屯表叔家吃,花儿表婶早上正在准备呢。"

范家屯这时插话说:"条件有限,吃个便饭,昨天就给你花儿表婶安排妥当了，你们不嫌弃就行。"

"那就麻烦表叔啦。"李白云说。她已经觉得，这个表叔的称呼叫起来听起来挺自然，挺顺口的。

卢志濂接着说："片子拍摄结束后，我们分头行动，摄制组可以先回去，让家屯表叔在家多待一会儿，陪陪家里人，就当是休半天假。白云局长是第一次来燕子坪，由我陪着到村子各处转转，看局长手里有没有啥扶持项目，回头把我们村照顾一下。下午请白云局长在我家吃个便饭。晚上我们一块赶黑回去就行。你看这样安排行吗？"

李白云和范家屯都说好。

这样一路说着，不知不觉中，车子已经离开了汉江沿岸，爬过一道长长的斜坡，行驶到了神仙河河口之上的一道岭上。站在这个公路垭口上，汉江在这座陡峭的山下拉出一道圆弧，奔流去了东方。纤细悠悠的神仙河，从东边宽阔的谷地间缓缓流来，在仲秋柔柔朝阳的照耀下，泛着金色的光亮，像游走飘逸的彩练，又像是随风飘舞的丝巾。笼罩在雾霭中的神仙河谷，在清晨明媚阳光普照下，通体涂抹上了一层金色。前车的年轻记者受此感染，抢着下了车，大呼小叫用手机相机一阵狂拍。

后车也接着停了下来。李白云下车走到记者面前，提示和指挥这些兴奋的年轻人，搭好机位选好角度，摄取外景。卢志濂也下车站在不远处，欣赏般看着这群活跃的年轻人。

以生他养他、伴随他长大的神仙河为背景，望着这些活力四射的身影，卢志濂联想到自己几十年间，在这道山谷里的来来回回，所谓生命的轮回，大概就是这样从此地出发，最后又不得不回到原来的出发地吧。又想到自己因为热爱，抑或是一种保守或者道不明的原因，固守在信县这个桑梓之地，二十余年间，说不上殚思竭虑、夙夜在公，至少也做到了心无旁骛、尽力而为。但是，最近发生的一切，却对他的固有观念形成了很大的冲击，对身边发生的一些事情的无能为力，让他第一次有了心力交瘁的感觉，卢志濂突然怀疑起了自己："我是不是已经老了？"

伫立在这个既能俯瞰汉江波涛，又能感受潺潺溪流，满目青翠的垭口，注视着李白云忙前忙后，朝霞里轻盈秀丽的身影，卢志濂心尖一阵悸动。此时此刻，他不得不承认，在信县这个弹丸之地，在事业和工作上唯一可以交心交谈的就是她。每每遇到工作上的烦心事，有了憋屈，娓娓道于她听，她极有耐心地听完，柔柔地三言两语，甜美的咯咯一笑，郁结的心结就会瞬时打开。

他愣愣的注视，被霞光里突然转身的李白云所切断。李白云显然看见了卢志濂眼里的那束不同寻常的光。卢志濂毫秒间收起了那束光，掩饰般地问："差不多了吧？"说完后，他明显感觉自己的声音有些颤抖。继而，他又为刚才那个突兀的内心悸动感到吃惊。

45

不知不觉中，太阳已经升起老高。笼罩在神仙河谷的薄雾渐渐升腾消解，暖阳开始释放它的温度，秋日的神仙河，在一片宁静中渐渐苏醒。

河下的稻谷黄了，一群群麻雀扑棱棱在金黄的稻穗上空回旋，又不约而同降落下去，金色的稻面上瞬间增添了无数跳动的斑点。早起荷锄的农人，站在老远的田埂上，一阵吆喝，弯腰捡拾石子之类，向着这些斑点划出一个优美的抛物线，那些斑点就扑棱棱一齐从稻穗中起跃，齐整地在低空画出一条弧线，挑衅般从农人的头顶掠过，去了对岸的另一处稻田。

一河两岸山上的包谷熟了，一片片浅黄。早熟的地块已经开始收获，不停挥刀的男女，把如林般的包谷秆一一放倒，那成片的浅黄地渐次分解成了两种高度、两样颜色，裸露土地的褐色和尚未收割的浅黄。山上和道边的柿子熟了，金黄的板柿如无数的灯笼，悬挂于云盖般的柿林间，又似天真烂漫的孩童笑脸，在神仙河的绿水青山间，在满眼的金色里，报告着丰收季的消息。

前一段刚刚涨了一场水，神仙河的河道记录着这个不同寻常的汛期。那场水比较温柔，没有带走溪流边上成片的野薄荷和各类花草，野薄荷显然已经相当熟了，浓郁的香气发散着一缕缕的诱惑。那场水也不小，在神仙河的主河道上，拉出了一道簇新的痕迹，刚刚经历河水冲撞洗礼的河床，布满了河石的新面孔，清澈透明的溪流，如丝绸般从干净利落的大小河石上掠过，汩汩之声于无形里消解了许多。

李白云坐在前座，又大开着车窗，闻到扑面而至的奇香，就大呼小叫起来："这神仙河实在是太美啦，这么香，只可惜摄像机不能记录这个。"卢志濂说："我自小就闻这个，已经不觉得有什么特别了。"李白云说："这正应了古人说的那段名言：与善人居，如入芝兰之室，久而不闻其香；与恶人居，如入鲍鱼之肆，久而不闻其臭。"

卢志濂听罢，像是表扬又像是调侃地说："不愧是文化文物局局长呀，挺有文化，记性也好得很，竟然一字不差。"又怕正开车的范家屯听不明白，卢志濂就详细解释说："这几句话出自《孔子家语》，意思是，和道德高尚的人生活在一起，就像进入充满兰花香气的屋子，时间一长，自己本身因为熏陶也会充满香气，于是就闻不到兰花的香味了；和素质低劣的人生活在一起，就像进了卖鲍鱼的市场，时间一长，连自己都变臭了，也就不觉得鲍鱼是臭的了。这说明环境可以造就一个人，也足以改变一个人。"

李白云从座位里转身，朝后座的卢志濂望了一眼，调皮地眨了眨好看的杏眼，抿着嘴，脑袋向前点了几点说："还是我们卢大哥有才，难怪你身上带着香味哦，今天才知道这味道出自这野薄荷。"话音刚落，她就觉得刚才的话有点失口，忙轻轻干咳了两下，作为掩饰。

这当口，范家屯插话说："好啊，我这个不咋样的车，到了神仙河，可就成了名副其实的香车美女啦。"还咧着大嘴，哈哈哈笑了几声。

说话间，车子已经行进到了马河口，离开主路拐了一个急弯，上到了去燕子坪的岔道。卢志濂知道李白云是第一次来这里，就对李白云说："燕子坪原来并不叫这个名字，原来的名字叫颜子庙，那个庙供奉的是春秋时期的颜回，村因庙而得名。后来人们看这里燕子多，就讹传为燕子坪了。其实这两个名字都挺好的。"

"噢，你说的是那个一箪食，一瓢饮，在陋巷，人不堪其忧，回也不改其乐，终身不出来当官的颜渊吧。"李白云说。

"是的，他是孔子的得意门生，被后世尊为复圣。这个庙不知建于何时，可惜"文革"中被毁了，庙前的大池塘也被填埋了。"

"难怪这地方看起来这么有灵气呢，还出了你这个人才。"李白云调侃了一下。

卢志濂学作年轻人样子，嘴里接连蹦出两个"呵呵"。

范家屯跟着说："我们燕子坪，古有颜子，中间有贡爷，现在有志濂。"

"贡爷是谁？"李白云作为半个媒体人，对听到的新资讯始终保持着那份特殊的敏锐。

"贡爷是我们卢家的祖上，清朝的一个明经进士，经历堪称传奇，是信县的历史名人，老县志里有他的传记，那座气派的贡爷府院子还在。"

"哇，失敬，失敬！"李白云夸张地叫了一声，偏过身，朝后座拱了拱手说："哥，拍完片子，你领我参观参观。"

"没有问题，必须的。"卢志濂应道。

两辆车先开到了燕子坪村委会。村委会办公楼位于燕子坪西院下方，是一座三间二层小楼，门前是一个不大的场坝。老远就能看见小楼顶端几个斗大的红字"燕子坪群众服务中心"，还有布满小楼外墙的大幅红布标语，横竖交错，乍一看，还以为是一个刚刚开业狂打广告的商家呢。走到近处，便能看到小楼大门两侧悬挂的各种牌子，黑的红的黄的，竖长的方块的，木头的塑料的铁皮的，林林总总。

把采访第一站放在这个村委会，是卢志濂在车上临时给李白云提议的。他说，采访王平银及其家庭成员，当然是这次回访性谈访的重点和主题。但是，要深挖王平银现象的文化背景，以及展现王平银典型事迹在信县的传承和发扬光大，还要跳出王平银所居住的范家湾那个小院子，在整个燕子坪村来寻找先进典型传承的路径，所衍生的群体，从而向外界传递出有立体感的群体形象，可能更有现实意义。这样做还不够，还要着眼整个信县，适当扩大采访范围，撷取信县各行业近几年思想道德建设方面的典型事例融入其中。如此，这个专题片才有深度与广度，更有借鉴推广的价值。卢志濂还向李白云建议，最好去一趟鹁岭乡，那里是最早的试点，肯定有许多令人惊喜的素材。

李白云听了卢志濂的提议，连连说，高见，高见，照办。

鹁岭乡及其下辖的留侯村，多年前已经调整为县文化文物局的包抓联系点，安排去那里采访，李白云当然乐意了。

燕子坪村村委会主任陈卫民和几位村干部，站在村委小楼的场坝边上等候。

这个村委会办公场地原先是燕子坪小学，因村里生育率持续下降，加之村民纷纷进城务工，学生随家长转学也去了城里，这所学校的生源便越来越少，最后只剩下十来个孩子，勉强坚持了几年，只好撤掉了，学生就近转到神仙河下游的一所中心小学去了。燕子坪小学的资产就由政府调拨给了村上使用。原来的村委会在小学的隔壁，是一座住家模样的瓦房，村委会搬离后，就整个扒掉了，腾出的场地改成了场坝，安装了几套健身器材。这个地方就俨然成了燕子坪的政治文化中心。

一行人下车，与村干部打完招呼后，就站在场坝边四下观望，极目欣赏燕子坪的景色，抬眼观看近处这座打扮得花哨的小楼。

燕子坪村委会所在的这个位置，处于一个小山包之上，站在这里，可以清楚地看到燕子坪村的全貌。燕子坪的下端，是刚才经过的神仙河谷，神仙河下游宽阔的谷地和上游极远处那道险峻的峡谷边缘，都尽览无余。神仙河源头那座云雾缭绕、若隐若现的大山屹立在遥远的正东方向。燕子坪的正对面，隔神仙河而望的，是一座突兀的、顶部尖尖的山峰，那便是远近有名的冲天寨了。据说站在那座山的顶端，天气晴朗的时候，可以清楚地望见百里以外的洪州城。

燕子坪的地貌由几道纵向分布的黄土梁组成，浑圆的土梁像一个个巨龙，平躺于这片半山台地，把脑袋伸向台地的边沿，像是要去神仙河里饮水一般。一道道平行的土梁延展开去，波状起伏，秋阳普照下的山村便有了不寻常的律动。掩映在绿树中的三个院子，自东而西，在起伏的原野上一字排开，除过偶尔传出几声鸡鸣犬吠外，显得很是安静。农人们都上坡下地了，男人们在包谷林间挥刀，女人们蹲在倒伏的包谷秆堆旁，快速地扳着包谷穗子，穿着花绿衣服的孩童，跟在大人身边，或是在帮着干活，或是在收获过的空地里追逐嬉戏。也有不少的撂荒地，长满了茂密的杂草树丛，种过庄稼的人站在老远，一眼就能分辨出来它们与平常地块的不同。

燕子坪的田野，有着与神仙河其他地方的不同之处。这里的田地里，隔出不远就有一棵或者两三棵柿子树，几乎是清一色的大树。树干粗者几个人合臂都抱不拢，小者也至少有一人合围之粗，树型高大，树冠如盖撑出老远。由于都是大树，这些密集柿树并没有对身下的庄稼产生过多的影响，反而在旱季还有利于庄稼水分的保持，这种超出常规的立体布局，据说是清代本地一位柿树引种者的功劳。

散落于燕子坪各处的柿林，此时正当成熟季，柿树叶已经变黄，随风散落，柿子已经变成了成熟的金黄色，里面还夹杂着少量的红色。这红色是熟透了的软柿，它们妖艳地挂于枝头，像待嫁的新娘，等待着攀枝者的到来。那些红透了脸颊等不及者，便在细微的秋风里纵身一跃，跌落在了树下。这金黄色的柿子和火红色的软柿，随着柿叶的提前告退变得更加耀眼，金黄、火红，汇成一片。那些正在田间劳作的农人，分明是置身于唯美的金色锦绣里了！

许久，卢志濂、李白云等人才从兴奋中缓过神来。李白云指着眼底下大片的柿树，对摄制组那几个年轻人讲，这柿林的景必须有。摄制组几乎齐声回应：那是必须的！

把眼光从远处收回，转身投向眼前这栋同样显眼的小办公楼。卢志濂眉头马上皱了起来。他叫了一声陈卫民："卫民呀，你把这栋楼打扮成什么样子咧，很严肃的一个地方，搞得不伦不类，乱七八糟，像个花脸大姑娘。"

同卢志濂有着老表关系的陈卫民，听出了卢志濂的不高兴，尴尬地干笑了两声说："县长表哥你莫见怪，这都是你们县上的硬性要求啊。"

卢志濂又用手指着小楼侧边场子上的一长串铝合金橱窗，还有摆满大门两侧的活动展板，问道："难道这也是县上安排的？"

"是啊，镇上还给村上下发了文件，列入年终考核，说是县委白书记亲自上手抓的，要求我们不得马虎，各村要整齐划一，谁拖了后腿就通报批评谁。为了搞好这个，镇上还组织我们到神仙镇去参观学习了一次。"陈卫民用手指了神仙山方向。卢志濂知道，那是信县靠近东边锡县的一个镇，由白世伟书记亲自挂联包抓，听说动静搞得挺大，各乡镇纷纷去那里参观取经，卢志濂有半年多没有去过那个镇了，具体情况他还真不清楚。

"你们去看了些啥项目？"卢志濂潜意识里以为，跨乡镇组织村干部参观学习，肯定是观摩项目或是农业产业园之类。

"没有看项目，主要看他们的新民风建设和这些内外摆设，人家真的舍得花钱，光这些一个村就花了五万块。"陈卫民还用手指点了点办公楼。

"新民风方面你们都看了些啥？"卢志濂问。

"说是时间有限，只组织看了公路边上的一个村。看了村委会门前的大幅标语，放大上墙的村规民约，公开栏上的好人好事、坏人坏事公示，现场观摩了一场道德评议会。"

陈卫民说的好人坏人公示栏俗称"红黑榜"，是现代人借鉴明朝王阳明南赣平叛后，为稳定社会，培养民众道德所采取的教育手段。王阳明当初用的是亭子，现代人用的是铝合金公示栏，颇有相近之处。卢志濂记得，白世伟在前不久的一次大会讲话中说，这是他呕心沥血想出来的，是一个大发明，可以申请改革创新奖。

卢志濂对他主抓过的村规民约及相关联的道德评议很感兴趣，他让陈卫民说具体点。

陈卫民说："再别提道德评议这件事了，提起来有点好笑。"

"那个评议会是在神仙镇政府会议室开的。开会的人围坐在中间的圆桌边，我们这些参观的坐在外围，也围成了一圈。当天接受评议的人是一个四十多岁的男人，评议的人有村组干部，有五六个乡贤，他们面前的桌牌上写着"乡贤"这两个字。评议会开始后，先让这个男人做了检讨，说自己好吃懒做、整日无所事事、到处混吃混喝，希望大家批评帮助。接着由评议的人轮流发言，向他宣讲政策，指出他的错误，要他在灵魂深处找根源，痛改前非，挺起脊梁重新做人。那个人最后被说得当场哭了起来，评议的人劝了好一会儿才止住了抽泣。打猛一看很感动人，但走出那个会议室后，大家又觉得不对劲。"

李白云一直在认真听陈卫民说，因为这个话题与她组织的这次拍摄有关。听到此话，就追着问："怎么个不对劲？"

陈卫民说："那个评议对象正好坐在我的前面，他的那个发言稿子是打印好的，稿子里还有歪歪扭扭的标注，啥时候哭，啥时候做啥动作都写在纸上，像个演戏的剧本。我过后还仔细回忆了一下，那些评议的人手上也有现成的稿子，这不是在演戏作贱人吗？"

"对外接待中，有时候提前排练一下也是正常的。"卢志濂轻描淡写了一句，类似的事情，他过去好像遇见过。

"嗨，如果那么简单就好了，可惜根本就不是那么回事儿。参观结束吃饭时，那边陪同我们的村干部酒喝多了，抱怨说，这个毛蛋娃可把他们害苦啦，他一场赚五百块，他们连个鬼毛都没有，就落了个肚儿圆。这两个月毛蛋娃的出场费已经到手一万块了。最可气的是上个月，听说省上领导要来参加评议，毛蛋娃连夜跑到渭川去了，打电话让他回来，人家说在外面找到了一个好工地能赚大钱，不回来了。最后把出场费加到一千五百块，平时的三倍，人家才答应回来。你说气人不气人？"

"毛蛋娃是那个评议对象的小名。"陈卫民最后还补了一句。

46

在燕子坪村委会的场坝边，以燕子坪成片柿林为背景，村委会主任陈卫民接受了采访。陈卫民着重介绍了王平银事迹在本村的示范引领作用，有百分之八十的农户达到了十星级文明户标准，村容村貌大为改观，捧回了市级文明村牌子，新栽、嫁接柿树三千棵，新发展芍药产业五百亩等。还摄取了放大上墙的村规民约，十星级文明户评定档案等几个镜头。

刚才，口才极佳的陈卫民绘声绘色说到芍药产业时，卢志濂又皱了一下眉头。待这段采访结束，在村委会会议室小坐休息时，卢志濂问陈卫民："你说的五百亩芍药产业园在啥地方？等会儿去取几个镜头，这个时候芍药花应该没有败，拍出来画面有喜庆感。"李白云接话说："好的，等会儿去拍一下。"

刚才还有说有笑的陈卫民，听得此话，脸上马上呈现出不好意思的神情，说话变得有点结巴，说地块有点远，要走好远的路，还是算了吧。

"是在哪一块？"卢志濂问，这燕子坪所有的地块，卢志濂小时候干农活时都涉足过，大小远近所有地块如同地图一般，都刻印在脑子里了。

"在，在后槽那边。"陈卫民有点吞吞吐吐。

陈卫民说的后槽这块地，卢志濂熟悉，是燕子坪村伸向相邻一个高山村的一块"飞地"，要翻过燕子坪背后的马山才能抵达。卢志濂上初中时，假期曾经到那里参与过收庄稼，那是一面呈沟槽状的坡地，由于地处高寒地带，那里通常一年只种一季庄稼，且都是耐寒耐旱的荞麦之类。

"那也要去看看，听说那块地下面已经通了公路。"卢志濂早就听说了，那个偏远的后槽已经撂荒多年，即使临时开垦出来，也不适合芍药生长。他估计这个当了十来年村干部的陈卫民，学油了，会编假话了，就故意这么坚持，说非要去实地看看。

被逼到墙角的陈卫民没辙了，喉咙里干咳了两声，用手掌使劲在嘴巴鼻子上抹了几个来回，极不好意思地说："乡上逼得紧，说是列入年度考核指标，群众不接受，说尽了好话，才勉强落实了三十亩，上报的数字是五百亩。可是不知道啥原因，每株只稀稀拉拉结了几个籽，有的压根就不结，没有像宣传的那样每亩能结籽五百斤。那几个种植户一看没搞头，就连根拔掉，腾出地块准备秋播种小麦。"

"第一年带有试验性质，为啥不观察上一年，看到底能不能结籽，兴许能达到预期的产量？"李白云说。

文化文物局挂联包抓的鹃岭乡留侯村也面临同样问题，村上的芍药种植户最近也闹着要毁苗，汇报到李白云处，她想到局里当初每亩扶持了三百元，这样轻易毁掉有点可惜，就让观察一年再说，并答应种植户再延长补助一年。所以她才这么说。

"我们村在外省打工的人回来说，他们打听了，说这个芍药产业是个骗局。我也在网上查了一下，也有类似的消息，说是外省那个芍药产业基地是为了推销苗子，才大肆炒作这个产业的，信县的芍药苗子都是从那里调来的。"陈卫民接着又辩解了一番。

"噢，都拔掉了。上级考核时你怎么办？"骗局这种说法，卢志濂还是第一次听说，他想知道这个已经不太老实的老表如何应付考核。

"这个好办，我与邻村干部商量好了，到时候借用两村相邻的一块芍药地，糊弄一下，没有办法的办法了。"陈卫民嘻哈着说，当着卢志濂这个表哥的面，他确实没有把眼前这些人当外人。

"我看，你这个村干部怕是不想当下去了。"卢志濂觉得陈卫民有点不像话，就怼了他一句。

"嗨呀，我早就不想当了，整天又是表册，又是标语，还有虚虚套套的检查考核，还强迫种这种那，我们都要疯了。我上月给乡上递了辞职报告，他们不批准，说找好接班人才能辞。能行的人都外出打工去了，我到哪里去找接班人呢？"陈卫民喋喋不休，讲了一大堆。

卢志濂打断他说："卫民，你是老干部了，要学会适应。不让你辞职，你就得继续干，还要干好，不许偷懒耍滑。"

拍好村委会这边的镜头，一行人就离开西院，转场去最东边的范家湾。王平银和儿媳昨天晚上接到范家屯的电话，今天都没有下地，专意在家等着，同时还要给这些县城来客预备午餐。

车子行驶到燕子坪的中院附近，也就是卢志濂老家那个叫"乡约"的院子，卢志濂让范家屯和李白云他们先过去采访，他回去给爹妈打声招呼。李白云也跟着下了车，从后面记者坐的那辆车的尾厢里，取出一个红塑料袋，伸手递给卢志濂。卢志濂接过袋子一看，里面装着两罐奶粉。李白云说："把这个带给叔叔和姨，这是高钙配方，适合老年人，可以防止骨质疏松。"卢志濂说："妹妹你心太细了，谢谢啊，下午让妈给你做好吃的。"李白云嫣然一笑，转身上车，先去了范家湾。

卢志濂回到家里。他昨天已经给大人打过电话，说今天要回来。一进家门，只见父母正在堂屋用石磨磨黄豆，这分明是为下午饭做准备呢。

这黄豆磨成的浆，通过大锅加热，欲开未开时，缓缓而又均匀地"点"入酸菜浆水，即可凝结成云朵样的豆花，漂浮于锅里，用竹罩滤捞出后，放在竹筐中压实，即成为瓷实又鲜嫩的豆腐。剩在锅里的浆水就火烧开，下入包谷糁，煮到表面起了油，微酸而带有豆腐清香的浆水糊粥便告完成。盛在大瓷碗里，铲上几大块压实的豆腐，浇上提前拌好的大蒜青辣子，这就是燕子坪人世代喜好，用来招待贵客的"清浆子"。这个饭也是卢志濂自小的最爱。成年后每当他回到家里，父母都会提前磨好黄豆，给他做一顿可口的过瘾的"清浆子"。为了减轻父母的劳作强度，卢志濂前几年专意买了一台电动打浆机，可是父母说机器打出来的不好吃，多数时候还是坚持手工磨浆。

卢志濂跨进家门，看见已经六十多岁的双亲在用手磨磨豆腐，卢志濂放下东西，就赶紧去接替了正在推磨的父亲，让他坐在旁边椅子上歇息一会儿。父母问了小雪和孙女娜娜的学习，卢志濂说都好着呢，让二老放心。

说着说着，卢志濂突然想起了什么，就停下手磨，转身拿起刚才提回来的红袋子，说这是我和小雪的一位女同学给买的，吃了这种奶粉，骨头可以变得结实一些。说得父母都笑了，说："我们都是老骨头了，吃了糟蹋了。"卢志濂说，人家专门去商店挑的，一桶好几百块钱，是名牌产品。今天一路来的，这会儿人在范家湾忙着，人家说下午登门看你们呢。母亲说，是来给你舅婆照相的，我们昨天也听说了。那就下午留着吃顿饭。卢志濂说好。母亲想了一下，又说："这清浆子有点简单了吧，我再炒几个菜。你看炒啥好？"卢志濂说，那就炒一个红薯粉条，再炒一个洋芋片，再烙一个锅盔，其他的就算了。卢志濂一口气说了两样菜外加一个主食，因为他知道，这三样是李白云的最爱。母亲说了一声好。

帮着爹妈磨了一会儿豆腐，卢志濂就出了家门，沿着村级公路，朝范家湾院子走去。乡约这个院子距离王平银家所在的范家湾院子只有二里地，步行前往，不到半个小时就到了。卢志濂一边观赏熟悉的远山近景，一边同路边地里劳作的乡亲打招呼，问候寒暄几句，还一边在脑子里思考着接受采访要说的内容。因为他知道，这次采访出镜，代表的是信县县委、县政府，在省级媒体上亮相，对他来讲也是第一次，马虎不得。用脚缓缓丈量完这段熟悉不过的二里地，接近范家湾院子边那片大竹林时，他已经打好了腹稿。

地处燕子坪最东端的范家湾，已经接近燕子坪这块山腰大坪的东缘，由这个庄院再向东，地形突然下切，变成了一道深谷，其下是一条幽深纤细的溪流，那便是神仙河的支流马河了。这个只有十来户人家的范家湾，实际上是踞于悬崖之上的一个险峻之地。到了这里，望见笼罩在庄院四周的茂密竹林，从竹丛缝隙里露出的灰瓦石墙，便有一种想静下来的感觉，会不自觉地放慢脚步。

卢志濂放慢脚步，深深呼吸了几口弥漫于近前竹的沁香，舒展了一下身子和情绪，举目四望，眼的光依次同翠绿的竹、斑斓的花、郁葱的树、金黄的果还有庄院背后那座玲珑的小山相遇。若有所思间，他突然明白了，这范家湾以至于整个燕子坪，为何不像其他村子一样，在浩浩荡荡的进城风潮里，不约而同选择了固守，没有一户人家愿意把自己的家彻底搬离这里。

到了舅婆住的那三间瓦房前，只见李白云和几个记者坐在场院的矮凳上，正在与坐在其间的王平银谈话。显然，访谈的镜头已经摄录完毕，现在是在进行文字采访，为文字稿积累素材，所以气氛显得有些轻松，有说有笑。除了李白云，其他参加采访的年轻记者这几年都没少来范家湾，与王平银老人家已经处得很熟了。范家屯正在瓦房侧下的耳房里，帮着妻子桃花，给大家张罗着午饭。两个放假在家的孩子，坐在正房的堂屋里，安静地写作业，还不时伸长脖子，探出小脑袋，朝外面场院里的这堆人张望。周围那些住户，似乎都上坡干活去了，周边显得很是安静。也有一两户主妇留家做饭的，瓦屋上升起袅袅炊烟，不时传出炒菜锅铲相亲的声响，空气中飘来一阵阵诱人的香味。

卢志濂被弥漫在周边的香味诱惑着，使劲吞咽了一下要流出来的口水，边走近边向王平银打招呼："舅婆，您刚强得很呐，又来颇烦您啦！"一回到老家，卢志濂说话就变了一个频道，用的是地道的方言。这"刚强"在本地话里，是对老年人身体和精神状态的褒扬，也包含着祝福祝愿的意思。"颇烦"一词是给对方添了麻烦，很不好意思，表达谢意的意思，包含的信息量很大，比信县人通常说的官话，还有逐渐普及到各个角落的普通话，表述起来似乎要文雅和简约得多。

王平银发现是卢志濂，连忙欠身回应："明义，你回来了，快来坐下歇会儿。"这些年轻记者这才知晓，他们这位曾经的顶头上司小名叫明义，都转过头像刚刚认识似的，认真看了卢志濂一眼，随即纷纷起身让座。

卢志濂在王平银跟前的一把椅子上落座，看着王平银说："舅婆，您都快八十了，一点都不显老，看起来至多像六十岁。"王平银咧嘴笑了："明义会说话，你看头发都白完了，牙也只剩几颗了。"卢志濂仔细一想，是啊，从当年轰动一时的拾金不昧事件到现在，已经过去了六七年，时间过得实在是太快了。

王平银紧接着说："你看你们，来表扬我，给我照相，还带了那么多吃的，这个排场女儿还给两个孙子带了一大堆，害你们花钱了。"

卢志濂事后才知道，除过他放在范家屯车上带来的两盒绿茶、两盒饼干外，李白云还给王平银带了高钙奶粉，给王平银的两个孙子带了一大包吃的，临走时又硬塞给老太太一千元慰问金。

过后，李白云故意问卢志濂："舅婆在院场上说的排场女儿，是不是说我长得丑？"卢志濂哈哈一笑说："不是，用燕子坪的话来说，你长得像皇宫里的娘娘，绝对拿得出手，上得了台面，气场强大，走在路上回头率是百分之百。"李白云回应了句"呵呵"。

记者们与王平银的座谈，随着卢志濂的到来告一段落。接下来到了燕子坪采访的最后一个环节，由卢志濂代表信县说一段话。卢志濂问李白云给多少时间，李白云说，在省台播出，人家把时间掐得紧，最多给一分钟，让他就按六十秒左右准备。

李白云问:"地方你熟悉得很,拍摄背景放在哪里合适,由你来定。"卢志濂在路上就想好了,说那就放在这个庄院下边的陡崖边吧,站在那里视野开阔,近景是峡谷溪流潺潺水,远景是高大俊秀马头山,可以尽情展现信县的青山绿水,大好河山。

站在范家湾庄院下方的崖畔之上,面前是一片刚刚收获过的土地,背后是高耸灵动的马头山,卢志濂对着摄像机镜头说:"勤劳纯朴的信县人民,就像我身后这匹负重前行的骏马……"

47

在王平银家吃过中午饭后,几个年轻记者乘采访车离开了燕子坪。卢志濂、李白云和王平银拉了一会儿家常,便起身告辞,出了范家湾院子,朝乡约院子方向走。临走时与范家屯再次约定,晚饭后一同回城。

不一会儿,就到了卢志濂家所在的院子。李白云已经多次听卢志濂说过,他居住的这个院子的名字很特别,想来这个名字特别的院子的建筑,也有特别之处吧。

他们先进了家门,与父母打过招呼。父母看见漂亮靓丽、落落大方的李白云,又听卢志濂说是儿媳小雪的同学,在李白云甜甜叫了几声表叔表婶,嘘寒问暖之后,性格开朗的母亲就打心里喜欢上了眼前这位女子,她突然提出要把李白云认作干女儿,这倒大大超出了卢志濂和李白云的意料。

两人正寻思间,性情敦厚的父亲对着正处于兴奋之中的母亲说:"你也是的,见到漂亮的女娃,都想认作干女儿,也不顾忌人家愿意不愿意。"

李白云当下就说:"愿意,愿意得很。"并甜甜地喊了一声妈,母亲高兴地答应了一声哎,李白云又赶紧向母亲深深鞠了一躬。接下来,李白云又对着卢志濂的父亲,喊了一声爹,如仪深深鞠了一躬。父母一脸欢喜慈祥。母亲说:"下午给娃做好吃的,想吃啥你尽管给妈说。"李白云连连点头。

突如其来的认亲,卢志濂开始还有点懵,瞬间过去就缓过了神,见突然被母亲认作干女儿的李白云变得有点拘谨，卢志濂就对着李白云说："哎，李白云，你还没认我这个哥呐。"母亲在旁边帮腔般说，是的是的。李白云就只好叫了一声哥，用杏眼把他瞪了一下子，抬起脚做了一个要踢他的动作。屋里的几个人都被这个亲昵的举动逗得笑了起来。

坐了一会儿，卢志濂对父母亲讲，还有事没有办完，需要陪白云出去一下，忙完后回来吃饭。就领着李白云出了家门。应李白云的要求，先看看身边这个袖珍院落。

这是一个只有三户人家的小院子。卢志濂家处在最东边，其他两家紧挨着他家，一字向西排开。每家的布局基本上是三间正房，外带一个偏厦厨房，每户房前各有一个不大的小场坝。在三个小场坝下端，朝下走五六个石台阶，是一个长条状的大场坝，场坝上一边一个，横躺着两个青石碌碡。这个长条形状的场坝是供几户人家脱粒晾晒粮食用的，俗称"道场"。

卢志濂指着躺在地上的碌碡对李白云说："小的时候，大人们给我们讲这碌碡的故事，说的是古代有个人叫彭祖，活了八百多岁，人们都想找他请教长寿之道，可是他那么大岁数已经成仙，根本见不着。于是便有人出主意，让两个人拿着一把锯子，蹲在那里日夜不停锯碌碡。也说不清锯了多长时间，终于有一天，一个长胡子老头出现了，问两个拉锯的人在干啥。两人回答说，把这个碌碡改成水瓢。长胡子老头摇头说：'我彭祖活了八百八，没见过碌碡改水刮。'这个神秘的彭祖终于现身啦。"

李白云听了后说："这个故事充满了智慧，也表现了朴实，有点像你。也说明燕子坪人对长寿文化的推崇。"卢志濂笑道："不愧是文化文物局局长，啥都可以跟文化扯上。"

李白云说："是啊，这世界上的一切，都可以归结为文化，人类的历史实质上是一种文化的传承。比如这几栋老宅子，就承载着不同的文化元素。你看，咱家这栋房子，青砖瓦屋顶，墙体厚实，前脸是整面板壁，屋子开间和进深都大，地板是用三合土筑实的，耐磨泛光，门楣也比较高大，屹立百年而不倒，在当初应该属于低奢型殷实家庭所有。"

卢志濂对李白云把他家称为"咱家"心里很是受用，又联想到母亲刚刚认她做了干女儿，这种不见外的称呼也在情理之中。李白云对这栋普通老房子观察得如此仔细，是他没有料到的。他说："你说得对极了，这栋房子建于清朝光绪初年，原来住着一位乡约，相当于今天的村委会主任。乡约是由这一片民众共同推举出来的，还要取得官府的认可。乡约的职责是讲解宣传圣谕、法令和儒家道德，组织民众评说家长里短，促进邻里相帮相助相望，维护治安，积极缴纳皇粮国税。这种身份和职责，没有一定的威望、家底和组织能力，还真不好上手呢。"接着他又把父亲四十多年前，从军队退伍，只身来此，一百元买下这栋房子的经过又重复了一遍。李白云听完后说："你给我说过，大人当年真的不容易。并说那个年代一百元是一笔巨款。"

说到这儿，卢志濂好像突然想起了什么，他问李白云："对老建筑的观察力挺强的，专门学过？"

"你忘了吧，前一阶段我一直陪着省古建院专家，在洇水湾搞古村保护调查，悄悄剽学了一点。"

"噢！"卢志濂这才明白过来。他想考一下李白云："那你再看看这两家的房子，是什么情况？"他指了指他家旁边的另两栋瓦房。这两家人都举家外出打工去了，房门都上着铁锁。

"这两家的房子，靠边的那栋是20世纪50年代建的，墙体是用石头砌的，那个时候刚刚经历了战争，经济正在恢复，又在搞合作化，没有劳力烧砖瓦之类，建筑用材方面就基本上从简了，这栋房子原来应该是石板房，后来才改成了瓦屋顶。"李白云指着那栋房子，娓娓道来。

"你挺神的啊，让你说对了，这栋房子原来就是石板缮的顶，20世纪80年代才改造成瓦屋顶的。那时土地已经承包到户，各户有了自主权，就有时间和能力自己烧瓦了。"李白云的判断在卢志濂这里得到了印证，一脸高兴的样子。

"那中间这栋呢？"卢志濂想再考一下李白云。

"这栋房子应该是民国时建的，三面夯土墙壁，四角用砖柱作为支撑，前脸青砖到顶，土墙经历了好几次修缮，有好几处补夯的痕迹。这栋房子在战乱年代算得上好房子，如果我猜得没错，这栋房子的主人解放后的阶级成分至少是富农。"李白云盯着这栋房子，又说了一阵子。

"又让你说对啦。"二人随即离开这个院子，沿着院子上面的一条小路，朝燕子坪的西院方向走去。

走出院子不远，上了通往西院的小道，卢志濂停住脚步对李白云解释说："母亲这一生特别喜欢女孩子，虽然生有两个女儿，但是还嫌不够，在神仙河上下认了四五个干女儿，说这样将来她过世了，在灵前哭的人多，显得热闹一些。你说这想法是不是有点怪？年岁大了，我们这些当后人的也不好劝她，就随了她的性子。"

他的话音刚落，就听李白云说："你不用解释，我愿意，这样是不是妨碍你什么啦？你怕什么？是不是怕小雪知道了找你麻烦？"

说这话时，李白云的语速语气很急很快，且没有像往常一样，忽闪着好看的杏眼瞅着卢志濂，而是转过脸去，明显低着头。卢志濂看不见她此时的表情。卢志濂被噎了一下，他还没有见过李白云对他发过这样大的火，当下不知道说啥好了。就沉默了下来，默默地在前面带路。李白云也不作声，默默跟在后面。

他俩此行的目的是去看"贡爷府"。

这位被时人和后代尊称为贡爷的，是清朝道光年间卢氏家族的一位举人，名叫卢克照，字耀庵。是卢氏家族历史上第一位考中科举、赫赫有名的人物。

卢克照这一支卢氏家族，原居江右吉安，元朝时举族北迁江左麻城。明朝初叶的成化年间，因遭天灾，卢克照的祖先卢道罡携妻和三个幼子，随着逃荒的人流一路向西，沿汉江河谷逆流而上，最后落脚在信县南部的神仙山东麓。历经七八代，卢道罡这支卢氏，已由最初的一家五口，繁衍成三百余口的大家族，原来的土地山林已不堪使用，于是就有家族成员陆续从神仙山的南麓迁出，有的南下去了鄂西，有的迁徙到了汉江北岸，有的就地四散析居。卢克照的祖父选择了翻过神仙山,来到了靠近信县县城的神仙山西麓,即神仙河流域定居。

据说卢克照的这位祖父略通文墨,精于阴阳命理之术,来到神仙河中游地带,一眼就看上了处于半山,荒无人烟的燕子坪。他根据燕子坪背后马山的走势,玉带般缠绕其下的两条溪流欢悦灵动,还有那座突兀其间的颜子庙推算,此地非同寻常,三代之内必有文曲星下凡。于是就在此地安顿下来,辟林垦荒,延师教子,到卢克照的父亲这一代,在五十岁时才勉强考了一个生员,也就是通常所说的秀才。到了卢克照这一代,情况似乎比他的父辈好些,在近三十岁时考中生员,入了县学,因在此后的例考中表现突出,很快入廪,成为享受官方补助的廪生。但是,自从入廪后,卢克照的科考之路似乎按下了休止符,在接连的乡试中屡屡落榜。所好的是,他因精于教学,在信县这个不大的儒林圈子里已经颇有名气,被读书家庭竞相延请。其中有三年时间,还被一任知县延聘至县衙,给知县的两个儿子教学,在信县当地的声誉达到顶峰。但他科举之路依然没有呈现出他所期盼的曙光。

教毕县太爷的两个公子,卢克照已经五十有余。为了尽快走出科举困局,他索性停下了令人羡慕的教职,转而投到居于信县北山,拜鹃岭脚下的一位大儒梁凤雏为师。梁凤雏是当时洪州的一代名师,精于《三集行机》这套时兴的科举教材,他早年受聘教授洪州知府的两个公子,两个公子都先后高中进士,钦点为翰林院庶吉士。梁凤雏对年龄偏大的卢克照因材施教,以八集本的《三集行机》为主干,有针对地对卢克照进行了一番恶补。卢克照也孤注一掷,萤窗雪案,刻苦攻读,四年后的冬月,终于考中贡生,由吏部发给了正贡执照。这一年卢克照已满五十三岁。

此后,卢克照一边在信县城里教书,一边等待着朝廷任命的消息。可能是他处于偏远之地,有所不知,此时的朝政已经相当腐败了,卖官捐官已很风行,不走门路一味坐等,无疑等于白等。这一等,卢克照就等到了七十五岁。眼看岁月不多,卢克照还是不甘,托人打听,才知像他这样的贡生,不进京打点是不可能给予一官半职的。于是就打听到本县一位商人擅于此事，在京城有门道，就拿出积攒下来的三百两银子，派儿子随着这人长途跋涉去了京城，找到关系奉上银子。接着又是漫长的等待。历经道光、咸丰，到了同治元年农历年后，卢克照就一病不起，过了五六天就去世了。"三七"未满，当初的打点有了下文，吏部委文到家，卢克照被委为渭川咸阳县教谕，官职相当于现今的教育局局长或者分管教育工作的副县长。只可惜卢克照已经到了九泉之下。据说啊，卢克照的爷爷当初的神秘预言之所以没有达到预期，是有人盗伐了燕子坪背后马山上的两棵千年古柏，让这匹骏马失去了耳朵，殃及了山下卢氏的学子。

卢志濂为了打破他与李白云之间的沉默，就边走边聊，把贡爷的故事讲给李白云听。大概是卢志濂讲得生动，抑或是受卢克照悲剧般的人生经历的感染，李白云似乎渐渐从刚才的情绪中走了出来。许久后有了一点回应，她说："你说的这个卢克照有点像范进，大器晚成。也像我们一样，一辈子都在等。"

听得李白云带有哭腔的声音，卢志濂只觉得脑子一片空白，正要转身看个究竟，还没来得及反转，两只纤细柔软的手从后面拦腰搂住了他。李白云的脸紧贴着他的背，李白云富有弹性的脸颊，浑体的战栗，细微而浮动的抽泣声，他都一一感知了。卢志濂懵懵地、茫然地站在原地，一动不动，心里也是一片凄然。

也不知过了多久，李白云松开了双手，卢志濂转过身来看她，只见李白云已经用手绢抹干了泪水，情绪也平复了许多。卢志濂心里一热，伸手想去扶一下李白云，想把她让到前面去，李白云低头避开卢志濂投射过来的眼神，推开卢志濂伸过来的手，从他面前侧身闪过，大步去了前面，卢志濂连忙起步，赶上前去。

48

燕子坪的西院处在一个平坦的山梁上，分上下两个院子。上院是早年的老院子，建筑多为过去保留下来的老房子，青砖灰瓦或者石墙灰瓦，一片灰色。下院是清一色的新式楼房，红砖水泥钢筋构建，外贴瓷块，一片白色。上面的老院子多已废弃，只住着一些不愿搬离的恋旧老者，冷清里显出一些宁静。新院子则不像老院子那样房挨着房，脊挨着脊，各个小楼之间明显拉开了距离，白色的方块星星点点平铺出了老远，犹如站在上方老院子那边，朝下奋力抛出的一把白小豆。

远近闻名的贡爷府，就坐落在上院的正中间。

卢志濂、李白云二人默不作声走了一阵，快要接近上院的时候，卢志濂找了一个话题说："妹妹，快到地方了，我走在前面给你挡狗子，免得黄狗把你吃了。"李白云噗嗤一笑说："把你吃掉就好了，免得祸害人。"说着就势让开路，让卢志濂去了前面。

卢志濂随手从道旁捡了一根细木棍攥在手里，煞有其事地用劲上下左右抡了几下，好似狗随时会出现向他们扑来的样子。李白云受此氛围感染，就寸步不离紧贴着前面的卢志濂。卢志濂从她的呼吸声里听得出来，这位刚才情绪起伏比较大的白云妹妹慢慢平复了。他便又把话题转到贡爷这件事上，说这座贡爷府是体现乡约文化的宝库，她这位文化文物局局长亲临考察，意义重大，两百多岁的贡爷在九泉之下也会感动不已的。李白云咯咯笑道："你别那么煽情，也别说得那么邪乎，我只是陪你这个现代乡愿，来学习学习而已。"

李白云说的"乡愿"这个词，是略带贬义的古语，通常用来称谓乡里老成谨慎、不辨是非、模棱两可的人。孔子曾说，过我门而不入我室，我不憾焉者，其惟乡愿乎。乡愿，德之贼也。卢志濂何尝不知道李白云还在计较刚才他的无动于衷，在借此骂他，只有尴尬地干咳了两声了事。

不一会儿，两人就来到了略显萧条的上院。上院里，错落有致罗列着七八座四合院，多数已成断壁残垣，长满了荒草和树木，更谈不上有人和卢志濂所说的犬了。只有中间那个门楼高大的院子，从外表看显得很是完整。通过一串石台阶，上到院门前的场坝，只见一位穿着对襟蓝布衫、足蹬布鞋、有着花白短须的老者，戴着一副眼镜，坐在一个矮凳上，翻看着一本发黄的线装书。身旁的地上，平铺着一个竹席，竹席上平放着与老者手中同样的发黄线装书。这位老者卢志濂自然认得，他就是贡爷的第五代嫡传孙子卢德齐，按辈分比卢志濂高一辈，因在上院卢氏家族中居于长门，卢志濂也随了同辈人，称其为大爹。

卢志濂见老人正埋头看书，没有察觉到他俩的到来，就轻声地喊了一声："大爹，您看书呐！"

卢德齐闻声抬头一看，见是一位男的领着一位女子，那白皙苗条的女子的胸前还挂着一个相机，两人正笑盈盈朝他走来。老者用一只手掀起眼镜，才看清那个男的是乡约院子的同门侄子卢志濂，女子他不认识，估摸是卢志濂那个他听过没见过的媳妇，就连忙站起身子，招呼道："是明义啊，你们小两口可是稀客哦，快进屋坐。"

对于这位本家大爹的误叫，卢志濂没有肯定也没有否认，他是怕李白云又发公主脾气，就随口答道："我们来看看贡爷府。"他又用手指了一下李白云："她还没有来过，想照几张相片。"又给李白云介绍说："这是我大爹。"李白云抿嘴笑了笑，随口叫了一声："大爹好！"

卢志濂看见地上的竹席上平摊晾晒着七八本古书，就俯下身子就近看了看，发现是他曾经看过的卢氏族谱。卢志濂说："大爹您真是细心得很，这老谱让您保管得这么好，难为您了。"

"难为"是燕子坪的方言，有辛苦、托付、为难对方了等多重含义，是一个很有分量的礼节用语。

卢德齐听了此话，咧嘴笑了："哎，看明义说的，这都是应该的。当年贡爷费力淘神修了这个家谱，翻抄的那两部，都在'文化大革命'中被毁了，这个原版多亏我放在了我爷的棺材里，他们没有发现，才保存了下来。我把它当成了命根子，每年都要请出来晒太阳，防止长虫。今天天气好太阳大，又逢贡爷二百五十八岁生日，我就没有上坡干活，专门留在家里干这件大事。"

卢志濂心里估摸了一下，现在是农历七月初，他小时候听说过，贡爷卢克照的生日恰好是七夕节。卢志濂听卢德齐这么一说，连忙说："没想到今天的日子这么好，我们的运气真好，你说是不是？"他把脸转向李白云，李白云点点头说："是的，巧得很呀。"

卢德齐领着他俩，站在场坝上抬头望这个院子。院子只有一进一个天井，一眼就可以望见全貌：三间正房，两边各两间厢房，还有门楼内侧的两间倒座房。门楼高出倒座房和厢房许多，但明显低于那三间正房，这是因为那三间正房的地基被整个垫高了一层，故而这个体量并不是很大的青砖灰瓦院落，看起来有着一股摄人的气势。

气派院门的外面是九级青石石阶，那青石台阶在岁月的磨砺下，已经有了一些凹槽。台阶下端的两侧，一边一个，蹲着两个不大的石狮子，岁月的沧桑已让它们的颜色变成了褐色，浑体布满了石锈。上首那座石狮子的旁边不远处，竖着一个一人高的细石桩，跟前还有一个台阶模样的石墩。卢德齐介绍说，那是拴马桩和上马石。又指了指台阶下的另一个方向说，那里原来有一个旗杆，时间长了就朽掉了。李白云问："大爹，这个院子是啥时候建的？"卢德齐回答说："是贡爷中举的第二年建的，那年卢贡爷已经五十四岁了。"

"这说明贡爷还是蛮有钱的。"李白云说。

"是的，贡爷中举前，已经教了二十多年书，积攒了不少钱，特别是给县太爷教娃子的那几年，给的报酬高。贡爷用这些钱买了一些地，能收不少租子。若按解放初土改的政策标准，贡爷家够得上地主成分了。可惜这些土地让后人给败了，到了我爷爷那辈子，接二连三的兵匪疫病，临近解放时，我们这一股卢家，就只剩下这座空房子了。也多亏家业败光了，我家才没有被划成地主成分，才保住了这个老院子，不然早就被土改成别人的了。"卢德齐一口气道出了这座老宅子的前世今生。

卢德齐对老宅历史的介绍，让卢志濂和李白云同时想到了那两句有名的古训：福兮祸所伏，祸兮福所倚；塞翁失马，焉知非福。这是他俩离开上院，结伴返回乡约院子路途之中，谈起卢德齐这一大段述说时，不约而同说出来的。

面对这个规整的四合院，卢志濂就想考考李白云，也想借此了解这座贡爷府的建筑风格。他用手掌平指贡爷府，学着电视剧里狄仁杰的口气，对李白云说:"白云,你怎么看?"

李白云也没有客气,端起手掌,一边指点着方位一边说:"四合院是传统的合院式建筑,暗含聚财健康之道。这座四合院整体呈口字形,属于四合院中最简约的一进院落,坐北朝南格局规整,形状方方正正,体现传统的天圆地方理念。大门开在东南角这个位置,这个方位处于八卦中的巽位。巽卦的卦像是一阴在二阳之下,有柔顺从于刚强的意思。把门开在这个方位,俗称抢阳,有着深刻的含义和对家庭美好的期许。我们刚才从门外也看见了,进了大门,迎面是一面影壁,也叫风水墙,它的作用是导气,防止气流直冲厅堂,也可以遮蔽视线,有助于人丁钱财的积聚。"

卢德齐虽然年岁已大,但耳不聋眼不花,听得很是真切,他连连点头,插话说:"你这女娃真是厉害,有一次来了一个教授也是这么说的。明义,你这个媳妇能行得很。"并示意李白云继续说下去。

李白云也没有计较这位老人的张冠李戴,继续说:"贡爷和他的长辈当年应该住在上面的正房,贡爷的儿子住在厢房,姑娘住在南边这栋倒座房。一般情况应该是这样的。不知道我说得对不对?"

卢德齐说:"你说得对,祖辈口口相传也是这么说的。贡爷有两个儿子,一个女儿。儿子一边住一个,老大住东厢房,老二住西厢房,女儿住在一进门的闺房。"

接着,卢德齐领着卢志濂、李白云进了贡爷府的大门,把正房、厢房、倒座房和天井院子依次看了一遍。李白云发现,贡爷府的大门和正房的门板有被砍削的痕迹,还有那个木质的影壁上,一些窗户的窗棂也有类似的刀斧痕迹,感到很是奇怪,就问卢德齐是怎么回事。

卢德齐苦笑着说:"那是'文化大革命'的时候,红卫兵来我家'破四旧',说这些木雕是封建迷信,要全部毁掉,我们说尽了好话,才允许我们自己动手。我们一家人用了三天,才把这些浮雕刮平,就变成了这个样子。"

李白云听后,长唉了一声。

卢德齐招呼他俩到正房中间的堂屋里坐,卢志濂说:"就坐在场坝那里吧,那儿还晒着老谱呢,我们边晒太阳边看一下谱,轻易遇不到这个机会哩。"

于是就顺手从屋里提了两把椅子,在院子外面的场坝上坐了下来。

这部修于清朝道光二十六年的《卢氏宗谱》,共有八卷八本,卢志濂小时候随大人参加卢氏家族聚会时曾经见过,当时这部族谱装在一个有雕花的木箱子里,放在神龛下的大桌子上,接受同族人的膜拜。前几年各地兴起修谱热,卢志濂有次回家,专意到卢德齐家,请出这部族谱,翻阅了一遍。今天是他第三次与这部老谱见面,也是最从容的一次。

他和李白云一边小心翼翼翻阅着发黄的老谱,一边听卢德齐续讲贡爷的故事。很显然,卢德齐因与这部老谱长期相伴,已经对贡爷的事迹了如指掌了。

卢德齐说:"贡爷虽然很遗憾没有真正做官,但是当时在信县和洪州的影响力那还是蛮大的。他主持修的这部族谱,是在任的知县和洪州通判题写的序言,县志里有他的传记。他制定的族规家训曾经作为范本,被县府在全县弘扬推广过。还有,他那一年作为首席大宾,参加了县太爷主持的乡饮酒礼,这个大宾可不是随便人就能当的,要有相当的威望才行。"

卢德齐说到乡饮酒礼和家训,提起了李白云的精神。前一段,信县文化文物局牵头编制老城旅游详细规划,其中有一个子项目,是为老县衙游览策划一个参与式的活动载体,目的是通过游客沉浸式的参与,增加人气,也使其从中受到传统文化的熏陶。设计院拿出的方案是小民击鼓鸣冤,知县升堂机智断案,小民称颂青天大老爷这么一个方案。

李白云觉得,全国各地的衙门旅游,多数玩的是这个套路,信县要搞就要来点新的。她特意去请教她的初中老师张修,张修想了想,说过去衙门里与民众直接互动的活动不多,每年春耕时节知县亲自下田劳动,做个样子,以表稼穑示范作用,但是那就要走出县衙,到田野里去表演才行,你总不能在衙门里整一块地出来干这个吧。李白云说:"知县稼穑这个事没办法实施,请您再想想。"张修沉默思考了一会儿,突然一拍桌子说:"有了,你就搞乡饮酒礼。"这个活动从周朝一直延续到了清朝末年,几乎没有中断过，属于乡约文化的大范畴，是历代官府尊贤敬老、感风化俗的主要形式，与现今的新民风建设有关联之处。张修说自己最近正忙着调动，静不下心，无法给她查阅提供更多的资料，建议李白云自行找一些资料看看，并说乡饮酒礼有固定的模式，他看过省和府这两级的乡饮酒礼程序，县级的他截至目前还没有见到。李白云当场就采纳了张修的意见，说方案搞出来后请张修把关。

李白云的文化文物局最近还接受了一项任务，配合县监察局创办信县廉政教育基地，承担其中的家风家训馆展示资料的收集任务。既然这个卢氏族规家训在清朝就那么有名，在信县应该具有很强的代表性。李白云心里一阵兴奋，就对卢志濂说："你先把那乡饮酒礼找出来，然后再把族规家训找出来，我要拍照，如果篇幅不长，你替我抄一下。"卢志濂说了一声遵命，就开始翻书寻找起来。

李白云所要找的内容很快就找到了。她一看才明白，乡饮大宾不是随便就能当的，被推荐人必须是德高望重的乡里贤者，需要当地有名望的乡绅联名向朝廷推荐。卢克照获得几年一度的乡饮大宾提名，是由时任信县教谕、渭川举人张采提议，以"多年力学，素日敦品"为由，由一位贡生、五位廪生联合提名的。这部卢氏族谱里收录有"奉旨荣授贡生卢克照大宾"的报单。参加乡饮的，除了大宾之外，还有介宾、众宾若干名。能被钦命授予乡饮大宾，是卢克照和家族的莫大荣耀，因之，卢克照在他主持修谱时，特意将当时亲历的乡饮酒礼仪式记录了下来，并且绘制了一幅"乡饮酒礼座次"示意图。卢克照所记"乡饮酒仪"：

> 乡饮酒礼有春望、冬朔，大宾一人，介宾一人，耆宾三四人亦可。
> 举行乡饮，于是日午刻，俟齐备，请太爷先到明伦堂坐。俟宾至，礼生报宾至，礼生唱迎宾，太爷与老师三衙官同出学门，宾西主东。一揖让升门；至牌楼前一揖，让升阶；至月台下一揖，让升堂上，宾西主东。对面行礼，二拜毕，宾东主西，仍行礼，二拜毕，各就席位立，礼生唱鸣钟鼓，供律案，诵《鹿鸣》诗，读太诰，请《大清律》，读

《为善阴骘》，读孝顺事实，毕，撤律案。礼生再唱扬觯，司正斋长扬觯毕，唱宾主各就各席位坐，唱主安宾爵，太爷至大宾席前一揖，酌酒毕一揖，复位。老师安介宾，三衙官安耆宾，礼如初。礼生唱宾酬主，大宾至太爷前一揖，酌酒毕，一揖复位；介宾安老师，耆宾安三衙官，礼如初。宾主各就席位坐。礼生唱上席，唱据箸。少顷，礼生唱送宾，太爷与众官仍送至月台下一揖，牌楼前一揖，学门外一揖，宾西主东，如初礼毕。

卢志濂在协助李白云拍照之后，又把这段乡饮酒仪文字通读了一遍。读完后他发感叹说："今古之间确实有一种割不断的传承关系，你看这个乡饮酒礼，整个过程贯串了一个礼字，形式感和仪式感很强，体现了官民一体，崇礼扬善。这里面除过繁琐的礼节之外，有供律案，祭出《大清律》，唱《鹿鸣》古诗，宣读劝善文章，宣讲孝道事迹等内容，更像是一个综合性的宣讲大会。这项制度能延续几千年，说明它在当时的情况下很有效，所以才经久不衰。白云，你选择这个旅游项目，很有眼光。我提个建议，到时候演示的事例就地取材，就用信县当下的例子，更有现实教育意义。你说是不是？"

李白云用好看的杏眼瞪了卢志濂一眼，咯咯一笑，说了一声好得很。卢志濂见李白云恢复了乖巧，心里登时一热。

不一会儿，李白云点名要看的族规家训也翻出来了。卢志濂把书页翻开，小心翼翼地置于晒席之上，用手掌轻轻按住，李白云按了一阵快门，共计七八页的族规家训就拍摄完成了。卢志濂照着刚才的样子又要读诵一遍，李白云说："族规文字太长，你重点把家训读一遍，将来很可能使用这个。"卢志濂说好，就把家训通读了一遍。《卢氏家训》共有十条：

敦孝友。惟孝友于兄弟，家政第一要道。盖父母有罔极之恩，而不知爱敬，是自残天性。兄弟有手足之亲，而不知友恭，是自贼其恩义。故事父母必愉色婉容，服劳奉养，温情定省之仪，继志述事之道，皆不可不讲；待兄弟必饮食安乐，急难死丧，无不式好，莫听妇女之言而薄骨肉之情。昔人见礼佛者，告之曰："汝有在家佛何不供养？"又有云，本是同根生，相煎何太急。此言可味也。至于遇族众，在卑幼，切莫恃强相犯，有干伦纪；为尊长者，亦以礼自处，毋倚分相凌。斯称孝友家风，无忝所生矣。每见不孝友者，多为枕边人所惑，高明人不惟不听其言，并教导他，使之孝敬和睦，才成就得个孝友。

严教训。家族之兴衰，不系于众寡贫富，而系于子孙之贤不肖。然子弟之贤不肖，虽各存乎性质，而涵育熏陶使自化者，父兄之责也。质性聪敏，能读书者，当勉力训课，使之有成；如质性鲁钝，则或耕或艺或商，都宜教以义方，勿纳于邪，不可令其怠惰放肆。又要使之亲近正人，助成德业。若游手好闲，不事生理，日与淫朋匪类博弈饮酒，相为贪污之谋、横暴之行，必至荡废家资，辱败门户。由父兄之教不先，子弟之习不谨。可不戒哉。

隆师友。诗书传家，莫先隆师重友。父兄不知选择师友使子弟模范游处，非其人，故非家世之福。既有良师益友，而不知隆重其礼仪，亦非求益之道。家富者供应俸资，每事从厚，情意殷殷，始终一致。我以积诚待人，人自竭诚报我。倘或家贫，亦宜勉力从事，或自俭以筵宾，或借贷以完俸，苦心教子，定受诗书之报。即不尽致通显，但能略明义理，粗识文字，则处己待人，言行之间，自与流俗不同。故隆师友，家政之重务也。

敬祭荐。今人抚育儿孙，辛劳万状。乃报答先世者，仅此瓣香寸楮，略表微忱耳。又复缺焉不讲，有晨昏而不过一寝庙者，有数年而不登丘垄者。有子若无，子有孙而无孙。前人之生我，何为我之生后人又何为。试思日后子孙之于我，一香一纸不及，荒冢累累，鞠为茂草，有不恻然而泪下者乎。豺獭尚知报本，人而不知祀先，曾豺獭之不若乎。

谨闺闱。曼倩云，淫乱之渐，究于篡弑。士庶之家，虽无篡弑之事，然因奸致死，不可胜计，破家荡产，莫不由之。其初始于闺门不谨，寝室卧榻，男女杂聚，即稍知礼者，亦特回避尊长耳。一切卑幼，任其出入，不知邪淫之弊，偏在轻薄少年，每见上烝之丑，常多于下淫，最为可恨。语曰，男女不亲授，嫂叔不通言。昔公父文伯之母，季康子之从叔祖母也，季康子往焉，阖门而与之言，各不逾阈。孔子曰，可谓明于男女之礼矣。古人阃阈之间其严如此，今人都不知谨，哀哉。

禁争讼。富者健讼，每倾荡其家；贫者健讼，多刑戮其身。或因尺地之嫌，而卖数十亩以争之；或因一言之失而忘身及亲以殉之。及事了钱输，悔之已晚矣。不知与其跪叩官府，将就胥吏，夤缘贿讬，百苦千难，何苦安分忍让，听人和释，省财省力，身心俱泰哉。乡里有此，当力为排解，至于家庭，犹宜谨戒。

睦乡里。乡里田庐相近，牲畜侵害，童仆嚷闹，言语过犯，往往有之。要自宽自解，不必苛责他人，方能以处。彼不忍小忿，遽生嗔怒。开口便骂人，动手便打人，岂不知欺人是祸，饶人是福。从来受用的人，事事肯容忍，他不和睦，我只管和睦他。彼纵横久后，自然悔悟。若他不让我，我不让他，激而成变，尚忍言哉。至于产业连界，不可遽有侵削之谋。即因贫转卖，亦不刁难减价，且日没交接，随其力量所能，多行方便。有饥寒能拯之，有疾病能救之，有患难能脱之，不可乘人之危急，暗计倾陷，以致上干天和，下敛众怨。皆和睦者之所宜知也。

存祖产。凡墓屋祖田，或有先世旧业，而前人历艰苦守之者。或有他姓庄田，而前人从勤俭获之者。后人蒙籍先业，亦须念前人艰苦，法前人勤俭，则不为富家强族所夺。每见人家子孙，有植祖父之卒，恣意挥掷，不惜钱米，以至贫匮鬻产。更有田地将尽。犹然得一钱即了一钱，得一石即了一石者，全不思前人创守甚艰。余生衣食何赖，迷而不悟，殊为可怜。凡我后嗣，痛记吾言。

慎婚配。礼不聚同姓，所以厚别也。大清律例，同姓为婚者，主婚与男女各杖六十。离异妇女归宗，财物入官。今人同姓为婚者，动云不一家。不思古人分姓受氏以来，子孙繁衍，安知不有迁徙他国，复聚一乡者乎。况吾族先世，以卢娶卢，同姓为婚者，六七祖后嗣多不昌，何必乃蹈前辙，犯此厉禁。再者，叔嫂不许成婚，律则载，兄亡收嫂，弟亡收弟妇，罪犯应死之案。除男女私自配合，乃先有奸情，后复婚配者，乃照律各拟绞决外，其由父母主婚，男女听从婚配者，即将甘心听从之男女，各拟绞监候。今人多不知律例，只图方便省钱，所以一经告发，祸不可胜言。吾族并宜戒之。

志坟墓。先人坟墓，后人原该春秋祭扫，永远看守。乃往往无碑志砖，欲考无由。且东山葬父，西山葬母，数传之后荒冢累累，鞠为茂草。不惟得此忘彼，并有考妣一无所识者，问其故，只为无碑记志砖可查耳。吾族今后凡葬埋者、合葬，或碑记，或志砖，随其力之所办，务须是日树立。总不得兄弟推诿，心口支吾，以致终身不举其事。即父母葬地不在一处，亦必于碑记志砖旁边注明，或显考或显妣，葬于某处，以便日后考查，此系祭祀追远要务，吾族慎之慎之。

卢志濂刚刚读毕，口袋里的电话响了，他一看，是母亲那个老人机打来的。卢志濂接通后"噢，噢"了两声，收起电话对李白云说："妈喊我们回家吃饭。"

第十二章

49

　　这是一个夏日的上午,信县商业银行行长钟敏坐在他办公室的皮椅上,不停地摇闪着双腿,听取坐在班台对面的信贷部经理例行工作汇报。信贷部经理今天汇报的主要内容,是近期信贷部所做的一项关于企业贷款逾期违约风险的专题调研。

　　说是一项调研,实际是一次商业银行贷款大客户的走访摸底。这些客户资金周转和还款动态,作为银行行长的钟敏,每天都要浏览查看内网中的数据,每周都要仔细翻阅各部门报送来的报表和运营分析材料,整体情况他是随时掌握,比较清楚的。

　　自从进入省行理事会班子以来,钟敏就瞄准了全省存贷款余额、实现利润前三,汉南地区第一这个目标,以信用县、诚信企业创建为手段,借助信县经济高速增长的势头,利用国家给予农村商业银行的浮动利率政策,吸纳存款和扩大贷款并进,连续两年在全省系统排名中名列第二,仅次于北部煤炭大县石峁县。当下的目标是保住全省第二这个位次,以利于在明年省行班子换届时,进军省城渭川,步入真正意义的省行班子成员行列。

　　钟敏现在虽然已是省行董事会成员,但工作岗位毕竟还在基层，并非真的进了省行班子。钟敏也很清楚，信县的经济发展在西河省的排名，这几年一直在第三十位左右徘徊，这是因为你在高速增长，人家别的县也在大步迈进。在处于全省中不溜位次和中等偏上实力的情况下，信县商业银行目前的几项指标之所以能走在全省前列，是用了特殊的手段的，比如普惠性的授信、对中小企业的扩大授信、在贷款抵押上的变通处理等。一番审时度势之后，钟敏认为，他现阶段的主要目标，是妥善应对因美国次贷危机引发的国内银根紧缩政策的密集出台，防止因前几年的贷款过度扩张，出现贷款违约风险，千方百计保住现有指标，确保在全省的位次不后移。如此，才不会在大变局之中功亏一篑，也能顺利实现自己奋斗多年进军省行的夙愿。

当然，钟敏心里很清楚，规划中的这条上升之路不会那么轻而易举，因为他的心中还有无法为人道的隐忧。

信贷部经理汇报的情况极不乐观，问题主要集中在一年期的短期流动资金贷款上。

信县商业银行这几年与县政府工作联系密切，凡是政府确定要推进的新上项目，特别是其中的工业项目，商业银行都不遗余力予以贷款支持。钟敏认为，作为地方金融单位，不能如工行、建行等那些大行一样，死死盯着那些大项目，或者国家投资的国字号的大块头，一口吃个胖子，然后坐在那里稳稳当当吃利息，过舒坦日子。那样的机会，对于具有独立法人、自主经营，实力与国字号大银行悬殊的信县商业银行来讲，几乎是不可能实现的，而是要反其道而行之，瞄准中小企业这个大行看不上的群体，错位发展，方能打出自己的一片天地。这个切合实际的经营方针，同地方政府的想法和期望不谋而合，一拍即合。正因为有了这种接地气的工作思路，钟敏才会在不长的时间内，把这个地处汉南偏僻县份的小银行，变成了在西河省颇有影响的地方银行翘楚。

可是，现在形势突变。信贷部经理汇报说，他们下去到各企业走了一圈，商业银行的中小企业客户群中，有三分之一的企业短期贷款有违约的风险，主要原因有二，一是市场低迷订单减少，只能开开停停，否则产品就积压在厂里了，白白挤占资金；二是银行收紧贷款，企业之间拖欠货款，形成三角债，难解难分，故而企业像是机器缺少润滑油那样，转不动了。

信贷部经理还举了一个例子来说明。鹊岭乡的一个小型洋芋粉加工厂，响应县上做大做强的号召，三年前从鹊岭集镇搬到县城北边库河边，征地三十亩，建设了一条年产五千吨洋芋精粉生产线。经过县政府协调，信县商业银行一次给这个新办企业发放流动资金贷款两千万元，抵押物就是那块新征的三十亩建厂土地。可是这个企业先天不足，自有资金不足五百万元，用于搬迁征地就花了四百五十万元，故而建厂当中的土地平整、厂房设备、办公场所等等开支，就要动用商业银行的这笔流动资金贷款，须知这笔贷款原本是用作收购原料的。厂房设备到位之日，就是这家厂子缺钱无法运转之时。对于这种情况，按说银行应该在贷款发放、企业开支上严格把关，防止用途转移，但现实中确实无法严格执行。如果那样一成不变，就像信县人形容认死理那样"一把扣出五条渠"，这个企业没有起步可能就死掉了，因而对于这类项目，钟敏行长和他的手下通常都是睁一只眼闭一只眼的。

这个名叫信县恒发生物科技有限公司的企业，在前年年初投产不久，就陷入了缺乏流动资金的困境，最后还是县政府协调各洋芋主产乡镇，以扶持洋芋基地建设名义，动用了一笔农业产业扶持资金，造册补助到户，从农户手里组织了一批原料，供应到恒发公司，才维持了正常投产。两年来企业生产经营倒还正常，那笔贷款连续两年都按时付息，按时还本，顺利展期，恒发公司也于去年被商业银行授予两个 A 的信用等级，被表彰为诚信企业。

由于缺乏自有积累，这个企业的资金运转过分依赖银行贷款。企业每年支付给商业银行的利息就高达二百多万元，用恒发公司农民出身的老总梁景南的话来说，他这是在给银行当长工哩。加之近几年洪州市内大大小小的洋芋加工企业如雨后春笋般不断冒出来，同类企业之间的价格竞争激烈，下游的企业因消费端萎缩往往拖欠货款，从今年上半年开始，恒发公司就慢慢转不动了。现在时近年底，那笔两千万元的贷款下个月就要到期了，那位梁总急得像热锅上的蚂蚁，在办公室里团团转，干急没办法，说不行就跟老婆离婚，自己去跳厂门底下的库河，死了算了。这可把到企业调研的信贷部经理吓得不轻，连忙给他作揖说："我的爷啊，你可不能死，你要是没有了，我们也要去跳河。"从这家企业离开时，这位银行经理还专门把与梁总形影不离的司机叫到一边说："最近你要多注意，行车也要注意安全，防止你们梁总真的寻了短见。"

信贷部经理说到这儿，苦笑了一声说："唉，贷款没到手时，我们是爷；贷款到了手，人家就成了爷啦。"

信贷部经理的汇报，让钟敏感到形势比他预想的还要严峻，需要尽快想办法，不然就会闹出大乱子。

经理离开后，钟敏行长坐在宽大的大班台前，回味着刚才信贷部经理所说的彼此轮流"当爷"的说法，也摇头苦笑了一下。他眼睛似看非看，瞅着电脑屏幕里的报表，双腿抖动中，心中那个隐匿的忧虑又不自觉地浮现了出来。

上年年初，信县县城一个做服装生意的小老板，名叫钟海星，通过省行的一位中层领导介绍找到钟敏。说的是，在他家乡梨河乡西边的一条大沟里，发现了一个整装的大铁矿，据说储量在一亿吨以上。钟海星说，他已经通过省国土资源厅的关系拿到了这个矿山的探矿权，通过一年多的探矿，现在已经正式取得了采矿权。只是因为审批面积的限制，只拿到整个矿区的三分之一的采矿证。他准备建设一个日处理两千吨的铁粉选矿厂，把铁矿石加工成铁粉，并说目前市场上这个东西非常走俏。

钟海星还说，位于本省的渭西钢厂在新闻报道里知道了信县梨河乡发现大型铁矿的消息，已经派员来考察了两次，觉得储量挺大，品位挺高，虽然存在着矿脉分散、开采难度大等缺陷，但在国内铁矿石主要依赖进口，国内铁矿后备矿山严重不足的大环境下，作为地处西北内陆腹地的渭西钢厂，要减少铁矿石高昂的运输成本，很有必要在钢厂附近就近寻找矿山资源。为此，渭西钢厂就通过省国资委出面协调，办理了梨河铁矿剩下的三分之二的采矿权，然后通过厂内正式决策程序，决定在信县这个新矿区建设自备矿山。由于梨河乡并不通铁路，于是就决定在梨河铁矿附近就近建设选矿车间，将矿石粉碎初选成含量百分之五十左右的矿粉，通过汽车火车联运运输到厂，这样可以大大减少运输成本。这个思路与钟海星的想法如出一辙。

渭西钢厂拿着这个方案，与钟海星洽谈，希望钟老板能把自己持有的三分之一矿权转让给他们，可是钟海星一看这么大的国企都介入了，前景那还了得，就是不愿丢手。他向钢厂提出，双方合作办厂，由他控股。钢厂认为他是癞蛤蟆大张嘴想吃天，自然不干。双方谈崩之后，钢厂就决定抛开钟海星那块采区，自己办厂。钟海星也决定自己办厂，想就此一举成就亿万富翁。但是凭着他二十多年倒腾服装赚的那两三百万元，加之勘探矿山已经花了几十万元，要建一个动辄投资过千万元的厂子，几乎是不可能的。但是，他身边以矿暴富的励志故事太多，那些一掷千金，坐拥豪车美女的富豪生活诱惑太大，钟海星这个沉没在深海里的小小海星，立志要华丽转身成为一头遨游大海的巨鲸。

于是，他把眼光投向了身边这个自诩为信县人自己的银行的商业银行。他通过渭川城里在省商业银行工作的一个亲戚介绍，乘着钟敏回家度周末，提了一箱水果，去了钟敏位于洪州新区帝景花园的家里。他不知从哪个渠道打听到钟敏的先祖也是乾隆年间从湖广九江郡迁徙而来，钟敏在钟氏家族中排辈是"善"字辈，比他这个"闻"字辈高出两辈，这么一拉扯，钟海星应该把钟敏叫爷爷。其实，两人的祖宗确实都来自九江，但是同姓不同宗，祖先迁徙后居住地也不在一个县，只是上下几代的排辈偶然巧合而已。

对这个进门就张口喊爷爷的钟老板，钟敏起初是不大接受的，但是经不起钟海星的几番煽忽，加之人家有省行那个关系，就只好任他叫了。临走时，钟海星指着那个提来的纸箱，说里面有点心意，权当是孙子给爷买双鞋子。钟敏一听就知道是什么意思，就连忙说使不得，不能这样，钟海星赶紧拉开房门，一溜烟出门跑掉了。

钟敏打开箱子一看，水果箱子里有一个红色塑料袋，里面捆扎着整整二十万元。钟敏当时就打电话给这个刚刚认下的孙儿，让他回来取走东西，只听钟海星嘴里乌拉了一句说："爷，不用送，不用送咧，拜拜！"就挂断了电话，再也打不通了。

过了不到一周的时间，一份洪州市四海矿业有限公司的贷款申请报告，摆在了钟敏的办公桌上，钟敏读了一遍报告和后面所附项目可行性研究报告，给省行那位中层领导打了一个电话，思考良久，提笔写了几句批示：请信贷部会同风险部、中小企业贷款中心对该项目进行贷前审查，审查结果提交贷委会研究。钟海星申请的贷款数额是三千五百万元，属于固定资产贷款，期限五年，用公司持有的矿权作为抵押。

在等待贷款审查的一个月里，钟海星选择周日时间，又到洪州城钟敏家里去了两次。两次都是去送钟敏最钟爱的两种煲汤，信县凯撒宫出品的"霸王别姬"和"美女出浴"。钟敏调到信县商业银行任职后，在参加一个客户洗浴加酒宴招待中，迷上了这两样具有大补功效的菜肴，隔上一段时间不吃就心里馋得慌。钟海星在与商业银行中层干部交往时，打探到了行长这个嗜好，就专门去后山买了货真价实的野生土鸡、甲鱼和大鲵，还有地道的配料，请凯撒宫最有名的厨师，用高档宜兴砂锅熬制，制作完成后，立即连锅放于保温箱里，固定在小车后备厢，连忙驾车出发，不到四十分钟就赶到了洪州市区钟敏的家里，每次都正好赶上钟敏家开下午饭。当然，钟海星并不留下来一起吃饭，而是放下砂锅就走。他第二次送时，钟敏的爱人说："娃子呀，不要再送了，再送屋里的砂锅就多得放不下啦。"

50

钟海星的选矿厂和渭西钢厂的选矿厂的开建仪式，是在同一天举行的，并且是合二为一的一个仪式。因为这两家选矿厂一个在河东，一个在河西，中间只隔了一条小河，乍一看还以为是一个厂子的两个车间。这种方式是信县工业局拿出初步方案后，上报到信县政府，最后由县长赵宇航敲定的。只有如此，才不会让前去参加开工仪式的各级领导和部门跑上两次。更何况，凭着在工业领域初出茅庐的钟海星，无论如何也搬不动省市这两级领导专意前来参加他那个小不点选矿厂的开工仪式的。

两个选矿厂的开工仪式会场设在渭西钢厂的建厂位置，会场布置得很有气势。在进入会场五百米外的公路上，设置了一个巨大的钢架彩门，彩门正中上书"热烈欢迎省市各级领导莅临指导工作"。会场已经提前推平，覆盖上了一次性的红地毯。台上台下的地毯上，贴上了嘉宾和参会方阵的站位示意贴纸。会场主席台也由钢架搭成，又高又宽，上面插着一溜彩旗，会标为"渭西钢厂暨四海矿业日处理五千吨铁矿石采选项目开工仪式"。主席台的两侧悬贴着巨幅对联：发挥资源优势振兴汉南经济，打造钢铁基地快步迈向小康。主席台的两侧，排列着一长串施工机械。参加这个开工仪式的，除了渭西钢厂的班子成员、钟海星，信县几大家主要领导、分管领导和政府各部门外，请到的省市嘉宾计有西河省经贸厅、国资委、国土资源厅、安全生产监督管理局领导，洪州市市长，洪州市与省上来客对应部门的局长，加上县上组织的干部方阵，两个企业的员工方阵，施工队伍方阵，各方面加起来共有二百余人，可谓场面宏大，规格档次达到了信县多年来的最高水平。钟海星也被安排上了主席台，与省市来的高层领导并排而立，还手持红剪刀，站在手托彩盘的美女中间，参加了剪彩。

这样，一河两岸两个选矿厂，一公一私，就像摆了个擂台似的，正式开建了。

渭西钢厂的这个选矿厂设计规模是日处理四千吨矿石。在宣布开工之后并没有真的动起来，而是把主要精力放在了矿山建设上。由于矿山开采设计方案尚在评审之中，他们也只是先行启动了矿山道路的建设工程。还在距离选矿厂车间不远处的一块平地上，开始建造一座三层的办公楼，从工地悬挂的效果图看，这栋建筑面积两千多平方米的办公楼很上档次。但曾经热闹非凡的开工现场依然是一片沙地，摆在那里晒太阳。

而隔河的钟海星那边就不一样了。信县商业银行发放的那笔三千五百万元的贷款是一次性发放到位的，这让原来小打小闹惯了的钟海星很是兴奋。他所圈定的矿山的东界就在选矿厂后面山根处，因为有勘探资料，也不用搞正规的开采方案设计。矿产管理局需要的开采方案，他只是把那个勘探报告改头换面了一下，找到国土局局长兼矿管局局长谢磊，送上一个红包，就办妥了。他把主要精力放在了日处理一千吨选矿厂的建设上，在钢构厂房地基处理到位的同时，块头比较大的设备，破碎机、球磨机、磁选机、浮选机等都先行采购安装到位。这种铁矿石选矿厂与信县境内众多的铅锌选矿厂的工艺有类似之处，只是增加了磨矿和磁选等几道工艺环节。

或许是受对面渭西钢厂建设办公楼的启发，或者是参加颇有气势的开工仪式受到了感染，钟海星在选矿厂建设的中途，也动了建设办公楼的念头。他放弃了原来计划的搭建简易钢构房的方案，决定建设与对面渭西钢厂同样的办公楼，他找对面那个承建办公楼工程的项目经理，复印了一套图纸，找了一个熟悉的建筑设计师，在外表上稍做改动，就找了一个施工队开始建设办公楼。他有一个计划，办公楼建好之后，也要像大公司那样，设立总经理办公室、行政部、财务部、人力资源部、规划部、运输部、销售部、公关部、保安部、采矿分厂、选矿分厂等若干部门，像其他老板一样坐豪车，配备美女秘书。他说干就干，动用二百万元一次购买了六台小车，其中他自己乘坐的一辆是时兴的价值过百万元的进口丰田霸道。那个从渭川招聘来的美女秘书，在丰田霸道启用的同时，也开始上岗，形影不离跟随在钟海星身边。

钟海星这个四海公司选矿生产线快要完工的时候，对面渭西钢厂的选矿项目还没有动工，那个办公楼主体建好后，也没有按常规进行外粉和内部装修。原来进驻的人员也陆续撤走了不少。钟海星一打听，大吃一惊。

原来，随着席卷全球的金融危机的蔓延，各个行业特别是制造业陷入了萎缩，随之引发国际铁矿石市场价格一路下行。满地皆是、露天开采的澳大利亚铁粉矿，因其低廉的成本压倒了国内众多铁矿，国内钢厂纷纷转向扩大铁粉矿进口，国内的矿山企业因成本过高纷纷降低产能或者停产。在此大背景下，渭西钢厂决定暂缓建设信县这个选矿项目。什么时候恢复建设，要等到这场金融风暴过后再说。

渭西钢厂在信县的项目工地上，最后只留下两三个看场的人，并且这两三个人都是梨河乡当地的农民。这个时候，钟海星心里残存的那份侥幸和希望，全都破灭了。

钟敏行长得到这个骇人的消息，也感到很震惊，他马上通知信贷部经理，把四海公司账户上尚未支出去的贷款全部截停，作为当年和来年的利息结算预留资金。信贷部经理不大一会儿回话说，三千五百万元贷款已经支出了三千二百万元，剩下的三百万元，原来就没有打算让四海公司继续支，就是用来结息的。钟敏这才稍稍放了心。因为账上的这三百万元，可以保证四海公司在接下来近两年时间里，不会因为结息不正常出现明显违约。

接下来，钟敏安排银行风险部，让他们暗中调查一下钟海星的个人财产和银行账户。摸到的情况是，钟海星刚刚与老婆办理了离婚手续，在信县的两套住房，都过户到了前妻名下，二十万银行存款也折算成儿子的抚养费，划转到了前妻户头。

钟敏听到这些情况，脑袋有点大。马上用平时不常用的一部手机给钟海星打电话。接通后，钟海星听清是钟敏后，连喊了几声爷说："您换手机啦，我知道您是担心这个项目，这个请您一百个放心，不会有任何问题，我正在想办法，要么转产搞其他项目，要么到外面寻求合作，选厂连带矿山卖个好价钱。"钟敏问钟海星这个周末有没有时间，去他洪州市的家里聚聚，钟海星连说有空有空。

钟敏的意思，是把这个钟海星约到家里，把那个红塑料袋里的东西退给他，消除可能的隐患。星期天回到洪州市区的家里之后，他特意腾空一个茶盒，把那个塑料袋放在里面，套上外包装袋子，放在客厅边上，等着钟海星上门。

下午四点多，有人按门铃，钟敏示意老婆开门，来人并不是钟海星，而是一个他们不认识的年轻人。小伙子手里提的那个大保温箱，他们倒是似曾相识，前几次钟海星送那两道名菜时，就是用的同样的外包装。小伙子说他是凯撒宫员工，受一位客户委托送货上门。说完就转身走了。

钟敏拿出手机准备给钟海星打电话，却看见手机里蹦出一条短信，从口气上一看就知道是钟海星发来的:"尊敬的爷,我到外地招商去了,选厂的事请您放心,我会负责到底的。"

钟敏连忙拨打钟海星的手机,提示音显示已经停机。他连忙打电话给在行里值班的信贷部经理,让他马上找一下钟海星。过了两个多小时,经理气喘吁吁回电话说,钟海星已经在两天前开着那辆豪车,带着女秘书离开了信县,不知去向。离开前,钟海星把公司里剩余的五辆车都变现便宜卖了,厂里只留下一个当地人看场,其他员工早就解散了。经理还告诉钟敏,据核查四海公司现金支出明细,钟海星在选矿厂建设期间,至少从贷款里变相套取了五百万元现金。经理最后在电话里请示,要不要报警。钟敏说不能报警,银行内部要严格保密,外面有人问起,就说企业正在寻求合作伙伴。

这天下午,面对"霸王别姬"和"美女出浴"这两道他最喜爱的大菜,钟敏没有一点胃口。他让老婆开了一瓶陈年茅台,自斟自饮起来,胃口也慢慢起来了,两道大菜的味道也慢慢恢复了。这么多年几个县份的行长经历,他经历了许多大风大浪,银行做的是钱的生意,焉能没有风险,像钟海星这样的骗子,他在几届行长任上也遇见过,只是骗术花样不同罢了。但像钟海星这种攀亲的手段他还是第一次遇见。假使退到事情的起点,也许这个突然冒出来的孙子的初衷,真的是想成就一番事业的,只是后来大环境的突然变化而起了歹心呢。对于信县商业银行这样存贷款规模达上百亿元的金融单位来讲,发生几千万甚至几个亿的坏账,那是很正常的事。不然,为何每年还要从银行盈利中提取几千万元,作为坏账准备金呢?这笔账即使烂掉了,也有办法处理,只要他钟敏还在这个位子上,要么提升了,就会有效把控形势,不至于拔出萝卜带出泥。

如此这般一琢磨,钟敏这顿饭吃得很香,但这并不等于他可以高枕无忧了。放下碗筷,站在宽大的落地窗前,眺望近处流过的滔滔江水时,那一丝斩不断的忧虑,还是不由地弥漫了上来。

此时,当信贷部经理汇报完毕离开后,钟敏独自坐在宽大办公室里,思考应对大范围贷款违约这一棘手问题时,思绪不知不觉又绕到了已经隐身一年多的钟海星及那个夭折选矿项目上。他心里的那份忧虑瞬间又涌了上来。但是迫在眉睫的,还是刚才部下汇报的这些即将爆发的贷款违约问题。帮助这些企业渡过眼前的难关,就是在帮助商业银行自己。钟敏决定先召集一个小范围的会议,内部先议一议。

当日下午,钟敏召集两位副行长、监事长和信贷部、风险部经理,围坐在他办公室一圈沙发上,请大家自由发表意见,讨论怎样才能避免这场大范围的危机。之所以把讨论会放在这样非正式的场合,又没有安排记录,就是想让大家无所顾忌、畅所欲言。这在管理学里叫"头脑风暴法",多次参加名牌大学金融管理高级研修班的钟敏,对于这类管理学原理,还是懂得一些的。

讨论形成了几类意见,钟敏都当场与大家一一分析其利弊,最后得出是否采用的结论性意见。

在座有人建议,应该照章催收,只要客户账上有资金,就强行划转。一旦逾期不还,就启动法律程序,查扣拍卖抵押物。这条意见讨论后被否定了,理由是这是穷尽办法之后的最后手段,一旦这么做,客户企业死了,银行也永远失去了客户,还要因抵押物标的的打折造成损失。

也有人建议,利用银行掌握各类客户账户信息的优势,由银行组织企业之间相互担保,或者让资金富裕户给缺钱户拆借资金,以保证在规定的时限内归还贷款。这条建议富有创建性,也容易实施,但是讨论后还是被否定了。理由是违背了为客户保密的规定,更何况银行不是掮客,也不能任由企业之间私下搞大笔的借贷交易。虽然没有被采纳,但是这个建议打开了在座各位的思路,为跳出小圈子解决问题提供了新颖的思维导图。

还有人考虑得比较远,也比较深。这个人建议说:"现如今我们这样的地方性银行的日子最不好过,你看人家那个国家发展银行,专门给各级政府贷款,企业什么的都可以倒闭,但是在我们这个国家,唯独政府永远不会倒闭,即使这一级还不了钱,还可以找它的上一级。所以人家的生意才是最保险的生意,如果我们能跟政府做上资金生意,给他们贷款,那就像是坐上了顺风车，装进了保险箱，稳赚不赔的。如果能直接给政府贷款，也不用像现在这样整天担惊受怕了。"

这条建议明显偏离了今天讨论的主题，但是对钟敏的启发最大。这几年，那个国家大行接连与各省签订基础设施投资战略协议，与市县政府频繁接触，以长达二十年甚至三十年的还款期限和较低的利息为诱饵，与那些刚到职就想着升迁，急于出政绩的地方官员一拍即合，一出手就是几十亿上百亿，大兴土木，搞了许多超出自身能力和当前需要的面子工程，这是典型的寅吃卯粮，把包袱甩给后任和后代。这口好饭国家大行能吃，难道我们就眼巴巴看着吗？

想到这儿，钟敏脑子里自然想到了一个人。这个人就是到任一年有余，最近牵头一次成立三个融资平台公司，雄心勃勃准备大干快上，再造一个信县的县委书记白世伟。

51

还有人提出了一个建议，让钟敏有拨云见日之感。

这个建议是，若干年前，信县政府为了解决矿产企业的融资难题，动用省上给的无偿资金五千万元，委托信县商业银行发放流动资金贷款。截至目前，这笔资金已经周转了几十次，几乎所有的铅锌矿产企业都受过益。现在信县的其他企业有了难以克服的困难，何不把这笔资金转成贷款周转金，临时借给无力按期偿还贷款的企业，来保证它们按时归还银行贷款呢？企业归还贷款一个月内，银行为企业办理续贷手续，续贷资金到位，企业归还政府周转金。政府周转金不断循环使用，各企业的还贷难题就会一一破解，确切地说，企业危机爆发的日期就会向后延迟。企业使用政府周转金，可以按照基准利率支付使用费，财政还可以增加一笔收入。这是一个政府、企业、银行三家都受益，多方共赢的方案。

贷款周转金是个新鲜事物，钟敏在网上浏览经济类信息时，关注过这类新闻。金融危机爆发后，国家也出台了不少刺激政策，如大规模扩大基本建设投资等。地方政府由于自身财力不足，把主要精力放在了争取上级投资项目上。无奈国家这次投资的都是铁路、公路、机场、大型水利设施这些大项目，与地方上报的小不点项目不搭界，所以就往往无功而返了。在应对金融危机方面，地方政府要搭上国家"大放水"这只船的可操作性极小。对于信县企业面临的资金难题，县政府也是很清楚的，这几个月，就接连组织召开了两次银企座谈会，搞银企直接见面对接，因为没有实质性干预措施，结果每次都是吵成一锅粥，不了了之。如果按照周转金这个思路来搞，问题就会迎刃而解。

钟敏很是兴奋，他决定当天下午就去见县长赵宇航，无论如何都要说服赵县长，把贷款周转金这个事定下来。同时，他也决定去拜会县委书记白世伟，鼓动他所主导的那三个融资平台尽快动起来，并且把信县商业银行作为首要的合作伙伴。钟敏在脑子里设想了一下，如果信县政府的三个融资平台能从他这里贷走五十亿元，贷款期限二十年，那就相当于信县商业银行贷款规模的半壁江山。如能实现，信县商业银行一班人今后就可以平躺在沙发上数钱了。

小型座谈会一结束，钟敏先后拨通了赵宇航和白世伟的电话，约定了前去拜访的时间。去拜访信县最重要的两位领导，当然不能空手，更何况是去联系至关重要的两件大事。他叫来财务部经理，吩咐了一番。下班之前，财务部经理手里拿着两个沉甸甸的小盒子来了，说这是省行刚刚发行的五百克四个九纯度的金条，可以随时在各家银行黄金专柜回购变现。

钟敏接过两个小盒子，小心地塞进了他的手提包里。

第二天上午八点半，钟敏按照约定到了县委大院，上了主楼二楼，在书记办公室隔壁的秘书办公室等了十来分钟，就轮到他了。

推开白世伟的办公室房门，一股呛人的烟味扑面而来，把他呛得接连打了两个喷嚏。白世伟似乎对他烟熏火燎的效果很是得意，就对钟敏开玩笑说："好啊，你要走桃花运啦，有人在念叨你呐。"

钟敏被逗得笑了，随口奉承道："书记雄才大略，手里夹烟的动作极像伟人，潇洒得很呀。"说得白世伟满面春风，爽朗地大笑了两声。

还没来得及落座，钟敏从随身携带的皮包里掏出一个小盒子，放在白世伟面前的办公桌上，说："这是我们总行才发行的一个小纪念品，给您留了一个，请多为我们宣传宣传。"刚才他放盒子的时候，有意把标有"500g"的那一面朝上。

白世伟望了一下盒子说，这样不好吧。钟敏说，就是一个纪念品，总行派发的，不值啥钱。边说边伸手抓起那个盒子，快速将其塞到桌面一叠文件中间。

白世伟也没再说啥，招呼钟敏落座后问："找我有什么事呀？请讲。"说着在烟灰缸里摁灭手中的烟头，从桌上的烟盒里又抽出一支烟，朝钟敏让了让，钟敏赶紧摇头摆手。白世伟点燃烟卷，吸了一口，吐出一个烟圈，示意钟敏可以说了。

钟敏一直等到白世伟完成以上续烟吸烟的系列动作，才开口汇报。

钟敏说："白书记，自从您来信县任书记后，信县各方面工作都迸发出了活力，经济快速发展，财政金融同步增长，市场繁荣稳定，人民安居乐业，信县发展进入历史上最好的时期，我们各家银行都是受益者，感谢您的英明领导。"

白世伟听到这些恭维的话，自然十分受用，特别是"历史上最好的时期"这句话，是他近来最喜欢听的。今天这句话从中省驻信这些"垂直管理"单位头头口里出来，自有不同寻常的分量。他高兴得哈哈一笑，朝钟敏摆了摆手："哎，哎，不能这么说，都是大家支持的结果，你们金融部门功不可没。"

钟敏继续说："看到这么好的工作格局和形势，作为信县的一个分子，我们也非常骄傲和自豪。特别是您亲自策划推动的大平台、大融资、大发展战略，找到了信县发展的动力源泉，抓住了枢纽关键。您提出的融资一百亿元，再造一个信县，提前五年建成小康社会的蓝图让人振奋。我们信县商业银行作为县域金融的主力军，有条件也有能力，更有责任参与到您的'三大'战略之中，为信县腾飞助一臂之力，做出我们应有的贡献。"

钟敏说完这一席话，白世伟书记才明白，钟敏是要参与对各平台的融资。白世伟说："好嘛，最近我正在策划这件事，正要找你们各家银行谈谈呢。可是听说各家都表现得不积极，说是自己做不了主，要向上级行汇报。你们商行虽然是独立法人，但是上面也有婆婆管着呢，要你们放出来几十亿元，怕是有难度啊。"

"这个您看得准，说得对。自从改制之后，我们行的自主性大大提高了。只要县上有需求有要求，贷款规模问题由我们自己协调，根据县上资金需求，我们给省行申请一个额度，不让县上费力就是。至于国家发展银行那边，他们是在打擦边球，抢我们这些基层银行的饭碗，并且他们在市县也没有分支机构，听说贷款的间接成本很高。"钟敏所说的间接成本，是暗指争取发展银行贷款，还要另外走关系送礼才行。这个潜规则白世伟倒是听先行一步与发展银行打过交道的外县领导说过。

"你们行能拿出多大的放贷规模？"白世伟问钟敏。

"五十亿元不成问题，再多一些也行。只是有一条，平台贷款需要县财政提供担保。"

钟敏说的这个数字占到了白世伟那个融资计划的一半，很是诱人。白世伟说："这个数字没有问题。至于要财政提供担保，这个上级是明令禁止的。但是也有变通的办法，把政府手中的有形资产进行评估，划拨给这几个平台公司，提供实物抵押。政府掌握的资产数量可观，我让国有资产管理部门摸了一下底子，接近两百亿元，包括这个大院，都可以拿来抵押，这个你们银行尽管放心。其实你也清楚，这些平台公司都是政府的独资公司，猫叫咪，咪叫猫，与政府是一回事儿，铁打的衙门流水的官，迟早少不了欠不了你的。哈哈，这有点自欺欺人。"说着说着，白世伟自己笑出声来。

"但是，你们的贷款利率不能超过发展银行，最好向下浮动一点，不然就不好交代。"白世伟也清楚，发展银行来头太大，与西河省政府签订有战略合作框架，尽管门难进脸难看，一副官商模样，尽量避免与他们打交道，还得要有充足的理由，其中，贷款利率就是一个砝码和借口。

"这个没有问题,请白书记放心。"钟敏肯定地回答。

从县委大院出来,钟敏转身进了政府大院。上到二楼赵宇航办公室,敲门进去,只见赵宇航正坐在办公桌前看报纸。钟敏说:"赵县长学习抓得挺紧啊。"赵宇航招呼他坐下,又转身给他倒了杯水。边递给他边说:"我和志濂昨天晚上讨论了好长时间,正要找你呢。"钟敏说:"县长有何指示,请尽管安排。"

赵宇航说:"最近工业企业遇到了一些自身难以克服的困难,想必你也清楚。受金融危机的影响,县里有相当数量的企业贷款到期后,无力按期偿还,这样会产生多重后果,要么停产倒闭被银行起诉执行,要么因为违约失信成为不良客户,这对企业、对银行、对全县经济来讲,都是致命性的。要赶紧想办法解救,否则后果不堪设想。"

赵宇航话音刚落,钟敏就接话说:"哎呀,太好啦,县长英明,我就是为这事来的。"

"那我们想到一块啦。这样吧,我把志濂喊过来,我们一块碰碰情况。"赵宇航说着就出门去了隔壁,把卢志濂喊了过来。

卢志濂与钟敏握手打过招呼,待都坐定后,赵宇航对钟敏说:"钟行长,你是金融专家,你先说说,有啥好办法解救这些难兄难弟。"

钟敏就把他们昨天座谈会上提出的周转金方案,详细说了一遍。

钟敏说完后,赵宇航让卢志濂发表意见。卢志濂说:"这个方案比较可行,但是长远来讲,还是要靠企业自身内强素质,才能最终摆脱困境,政府不可能无休止这样大包大揽。要实施这个临时解困方案,必须从矿产企业收回放出去的五千万元,若这笔资金不回笼,解困之事等于白说。"

"我昨天让信贷部查了一下,本月到期的两千万元已经按期收回来了,还有三千万元下个月回收,现在应该先把对矿产企业的委托贷款停了。"钟敏说。

赵宇航说:"那就从现在起先停下来,只收不贷。志濂你给财政上打个招呼,让他们停止受理委托贷款申请。"卢志濂说好的,当场给财政局局长卿西平打了个电话，交代了几句。

赵宇航说："这个事就这么办，政府和商行搞好联动。下个月底周转金规模达到五千万元，如果不够，可以再想其他办法，目标只有一个，保证所有工业企业不出问题，度过这个最艰难的时期。"

最后，赵宇航还交代卢志濂和钟敏，贷款周转金只能用于除矿业之外的工业企业，其他类型企业还无力顾及，要做好解释工作。他还吩咐卢志濂，这件事是个大事，让他抽时间给白世伟书记专题汇报一下。

卢志濂和钟敏都说好，就起身出了县长办公室，到卢志濂办公室商量操作的细节去了。快要下班的时候，俩人才说完。

走出卢志濂的办公室，下到政府大院停车处，坐上车的一瞬间，钟敏才想起来提包里还有一样东西没有送出去。想下车再上楼，只见大楼内下班的人群陆续在从大门里往外走，又觉得不妥，他向司机抬了抬手："走吧。"

当日下午，卢志濂去了白世伟的办公室，专门汇报贷款周转金这件事。白世伟听后表示同意，还说资金量有点小了，目前各方面都有困难，比如熊小发的洄水湾开发项目，存在一些困难，需要扶一把。

卢志濂听书记这么一说，心想这是房地产项目，不在这次扶持范围，突破了这一家，其他房地产企业都来找怎么办。想到这儿就要张口解释，但话到嘴边，他还是忍住了。说了一句好的，就告辞了。

信县实行的这个"救市"措施立竿见影，十分有效，把一批中小企业的危机爆发的时间至少向后延迟了三年。

也有例外，事到临头自己解决了问题，不要政府周转金的企业。这大大超出了赵宇航、钟敏等人的意料。这个企业就是信贷部经理给钟敏汇报企业违约风险时，专意提到的那个洋芋精粉加工企业——信县恒发生物科技有限公司。老板就是那个贷款马上到期，急得要跳河的梁景南。

恒发公司的一年期二千万元贷款，再有一周就要到期了，适逢信县政府和信县商业银行共同推出的"救市"措施出台，商业银行考虑到恒发公司是一家涉农企业，下面连着众多的种植户，给这家企业先行解困，对于稳定下一季洋芋的种植和收购，具有直接牵动作用。可是，当信贷部通知恒发公司来办周转金手续时，恒发公司财务部回话说：不用麻烦你们了，我们梁总正从渭川往回赶，两千万元贷款如数按时归还。这让信贷部的人又惊又喜。都奇怪这个农民出身的梁景南怎么有这么大的能量。

不管怎么猜测或怀疑，第二周，在那笔二千万元贷款到期的头一天，恒发公司老板梁景南手里攥着一张开自渭川城一家银行的现金支票，来到信县商业银行，把那两千万元贷款连本带息一次还清了。问他从哪里弄来的钱，梁景南笑而不语。这让这位平时不显山露水的农民企业家身上，有了一些神秘感。

还清了这笔贷款，恒发公司的两个 A 信用等级保住了，按说还可以继续申报新的贷款，但是梁景南却出人意料，只新申请了五百万元贷款。这让一向自信满满的商业银行有了一丝失落感，担心这个好不容易培养出来的优质客户，有朝一日被别的银行挖走了。

梁景南的神秘面纱，是在第二年年初被揭开的。

那是第二年春节前夕，再过十来天就要过年了。这天上午，赵宇航突然接到省政府办公厅总值班室的电话，要信县马上派人到省政府，协助渭川市解决信县企业非法集资问题，说是几百名渭川及周边地区的上访群众，今天一早封堵了省政府大门，讨要他们的血汗钱和养老钱。这个闯祸的企业叫信县恒发生物科技有限公司。

后来人们才知道，梁景南在还贷期限越来越近时，打听到省城渭川那边专门有做地下放款生意的，于是通过生意界熟人引见，认识了渭川一位地下钱庄老板，约定以百分之二十五的高息借款两千五百万元，期限三年。放款之日，那个地下钱庄就扣下了半年的利息，梁景南实际到手的资金只有两千万元多一点。梁景南的逻辑是，与其每年都要张罗着给商业银行还贷，还不如弄个三年期的，免得年年淘神费力。他之所以又从信县商业银行新贷出来五百万元，是为下一年支付渭川那边的利息留点余地。只是这五百万元没到年底，为了维持企业正常运转，已经被他花了个精光，于是就没有能力支付下半年的利息了。

这个地下钱庄的资金来源，是钱庄老板牵头成立的一个所谓民间基金会，专门以高息吸引老年人。这个老年群体人数众多，当高利贷的一个环节出现问题时，就像多米诺骨牌一样，连锁反应就无法控制了。这是一个跨行政区域的案子，讨债无着的老人们无奈间，就去堵了省政府的门。

渭川非法集资案审理中，恒发公司的土地和一堆设备被法院作价变卖，按比例支付给了集资户和银行。只是补偿金额不及集资和贷款本金的一半。

恒发公司就这样结束了它不长的生命。

第十三章

52

这天，卢志濂正在办公室处理文件，突然听到县政府大门外一片嘈杂声。就打电话问信访局局长是咋回事。县信访局在政府大门口外设有信访接待大厅，专司接待来县上访的群众，信访局局长一般情况下都在那里坐镇带班。

信访局局长米万合电话里说，这是承包洄水湾河堤工程的工程队的民工在讨要工资，已经是第三次来政府上访了。并说他马上到卢志濂办公室来汇报一下具体情况。

卢志濂放下了电话，心里直嘀咕：讨要工资，这又不是政府的工程，挨不上边啊。

因为他很清楚，洄水湾开发工程包括濒临汉江的河堤工程所新造土地，是个打包项目，在土地平整结束后，河堤正在建设时，就进行了公开拍卖。整体作价九千万元，其中包括代建河堤费用两千二百万元，平整土地费用八百万元。也就是说，政府可以从这次拍卖中获得收入六千一百万元。但是如果算上政府前期的征地补偿等费用，政府在洄水湾的收益几乎是零。

洄水湾拍卖结果不出所料，熊小发以九千一百万元最接近拍卖标的的报价中标，取得洄水湾区块的土地使用权。洄水湾平整后的土地，加上修建河堤占用河道新增土地，共计有六百亩。按照拍卖公告，获得洞水湾土地使用权的企业，须按照这个区域的城市建设修建性详细规划，将此地建设成为以商住为功能的城市新区，并承担此区域的城市基础设施建设。同时规定，在拍卖取得土地使用权一个月内交清全部拍卖款项。也就是说熊小发要在一个月内向信县财政交清九千一百万元。可是，熊小发在交了三千万元，领取土地使用证后，就再也没有交款动静了。财政局和国土局多次催收，熊小发说，土地平整加上河堤代建，还有刚刚交的三千万拍卖款，他已经在洞水湾投进去了六千万元，多年开矿的老本都搭进去了，马上要开工首期几个楼盘，又要接着往里投钱，请求缓缓再交。通过白世伟书记打招呼，这两个局的承办人员就没有再催。但都在私下议论：洞水湾开发工程建筑总面积不低于五十万平方米，保守估计盈利二十亿元，怎么连这点小钱都要欠交呢？

上次在白世伟办公室，白书记提出给熊小发解决贷款周转金。卢志濂与财政局、商业银行商量后认为，尽管洞水湾开发不属于工业项目，但熊小发手里也有矿产企业，书记发了话，肯定不能放空，就变相给熊小发解决了一千万元周转金。其间，卢志濂也向银行和企业老板们打听了一下熊小发的财务情况。结果发现，这个咋咋呼呼的熊小发，在洪州一带铺的摊子太多太大，有的项目已经中途烂掉了。比如那个在淯川县花了四千万元购买的金矿，由于地处城市供水水源地，刚刚开工就被举报关停了，几千万元打了水漂。联想到熊小发拖欠政府土地拍卖款，申请区区的一千万元贷款周转金等情节，综合各方面的情况，卢志濂有一种不好的预感，熊小发的财务状况正在恶化。这个横跨矿产和房地产两大行业的大企业如果出了问题，对信县经济肯定会带来不小的冲击。卢志濂不禁为这个熊小发担心起来。

眼前这个事关洞水湾开发的上访，让卢志濂猛然想起前面的那个担心，他叹息道："该来的终于来了。"

信访局局长米万合向卢志濂汇报说，洞水湾河堤工程是由熊小发承建的。拿到工程后，将其转包给了一个四川工程队，这个工程队十几年来一直在信县从事河堤一类的工程，很有技术实力。据信访局初步了解，熊小发代建河堤的价格是每米一万元，三千米的河堤总造价(包括回填费用)是三千万元。熊小发包给四川工程队的价格是每米七千元，承包总价是二千一百万元，两者相较，差额的那九百万元，熊小发解释说是管理费和税收，可实际上这个防洪堤工程按政策是免税的。这就是说，熊小发凭着建设权就可以轻松赚到九百万元。

介绍了大体情况后，这位据说祖上是信县出名大地主后代的米万合局长，紧接着介绍引发群体性上访的起因。他说，这些上访者说，从承包河堤工程开始，直到去年年底河堤完工，熊小发总共只给工程队支付了五百万元工程款，工程队购买水泥、石料、机械燃油等费用就花了四百五十万元，支付半年的人工工资五十万元，这五百万元就花完了。现在外欠材料款、人工工资七百万元。向熊小发讨要，熊小发说："钱已经给清了，你们工程队的周大利老板还欠我的呢。"这就把人搞糊涂了。

卢志濂觉得不可思议："怎么一个招标价三千万元的河堤工程，只支付了五百万元就超支了呢？这是怎么回事？"

米万合说："熊小发转手河堤工程时，与周大利签订的合同里，有河堤工程完工验收合格后，一次性支付全部的二千一百万元承包费的条款。这个周大利也太老实，觉得河堤是政府的项目，资金迟给早给都有保障，急于揽到工程，就答应了这样苛刻的条件。河堤开工不久，周大利在资金上就撑不住了，他一个小包工头哪有那么多垫底资金，就去找熊小发要求提前支付承包款。熊小发当然不干，周大利就威胁说要停工。当时已经接近汛期，熊小发怕一旦涨水，冲了他堆放在河堤线内的几十万方渣土，那是用作河堤回填的，也是钱啊。就对周大利说，可以提前支钱，但是只能以借款的方式给付。说来说去，最后敲定利息为月息5个点。"

"这不是高利贷吗？换算成百分制就是年息百分之六十，这是超级高利贷，这个周大利是不是昏了头，不知道这是个陷阱？"卢志濂觉得有点不可思议。

米万合说："是的，这家伙就是个笨蛋，饥不择食，居然答应了，从熊小发手里借了五百万现金。两年多下来，这笔钱利滚利已经涨到了接近两千万元。再拖下去，周大利的河堤工程不但白干了，还要倒转给熊小发钱。"

"河堤不是已经完工了吗？双方可以进行结算了，一结算高利贷也就跟着停了。"卢志濂说。

"河堤竣工了，但是国土局迟迟不给验收，听说熊小发挡住不让验收。硬是拖到了土地拍卖之前，河堤工程才匆匆验收。他这是拿这个手上的河堤工程当砝码，掌控整个洄水湾开发工程，人家最终还是搞到手了。现在高利贷还没有停，周大利觉得无路可走了，就开始上访了。"米万合说。

"周大利今天也来了吗？"卢志濂接着问。如果这个周大利来了，他准备见见。因为他听了米万合局长的情况介绍，直观上觉得这个信访案情比较复杂，是个群访案件，涉及外省农民工讨薪，又与房地产项目关联，还涉及敏感的高利贷，处理不好就会引发越级访，事情闹大了，最后收摊子的还是他这个主管信访工作的副县长。

"周大利没有来，说是陪他老婆在县医院看病，听说他老婆得了癌症，这人怎么这么背时呢。"米万合回答。

"噢，这可不得了。这样吧，你把熊小发找来谈谈，让他把农民工工资给付了，好让这些人回家。周大利的事回头再协调。这些四川农民工工资总共是多少？"卢志濂问。

"总共四十五万元。那个熊小发牛得很，开始不接电话，最后我通过县建设局的人才联系上他。人家话茬子很硬，说这事与他无关，周大利还欠有他的钱呐。"米万合说。

"数额倒是不多，你亲自出面，再给熊小发做做工作，让他先拿钱，把农民工工资解决了。这个钱可以抵他拖欠政府的拍卖资金，将来再统一算账，这样总可以吧？你告诉他，不要把事情做绝了。你可以把我的原话告诉他，让他掂量掂量。"卢志濂有点动气。

他联想到，在洄水湾土地平整进行的中途，李白云私下告诉他，县文物管理所通过当地群众举报途径，已经掌握了熊小发利用黑夜施工，盗挖洄水湾古墓的确凿证据，联系公安机关准备处理时，公安方面以抽不开身为借口拒绝配合，文管所由于缺乏强制手段，就只好把线索搁置了起来。类似这样的违法行为，在熊小发身上还不止一件，随便拿出一条，就会让这个横行信县的无良老板吃不了兜着走。卢志濂让米万合转告熊小发这些话，就是想警告一下他，让他在信县这块土地上悠着点。

米万合听了卢志濂带有火气的话，连说："好的，我去找他谈。"

米万合回到政府大门口的信访接待大厅，对还在叽叽呱呱吵闹的农民工讲："县长已经发话了，三天内给你们解决到位，你们回去等消息。"民工们说："说话要算数，若三天解决不了，我们还来。"就散去了。

米万合随即就带了一名副局长、一个干事去了位于洄水湾的南博大厦。这栋通高九层，外部装饰为蓝色玻璃，上部带有刺状天线的楼房，位于洄水湾的河堤内侧，汉江大桥的南头，是洄水湾区域首个启动的房建项目，创造了当年开工，当年竣工投入使用的加速度。刚一竣工，熊小发就把他新注册的西河省南博置业集团有限公司牌子挂了出来，并在楼顶安装了"南博集团"的大型霓虹标识，以及精心设计的带有北极熊图案的企业商标。大楼的一二两层，被辟为洄水湾开发项目的售楼部。一直在信县租房办公的熊小发，把他的公司办公整体迁到了这里。

在南博集团董事长熊小发豪华的办公室里，能言善辩、号称信县"铁嘴"的米万合，与趾高气扬的熊董事长谈了一个多小时。

在返回县政府机关的路上，米万合给卢志濂电话汇报说，熊小发答应明天给钱，让周大利明天上午去打条子领钱，让农民工也去，当场兑现。卢志濂问："该不会是又要给周大利计息吧？"米万合说："不会不会，这是政府的钱，他不敢，这个我给熊小发当面说清楚了。熊小发不放心，怕政府到时候不认账，让我们信访局给他出个公函，我答应了。"卢志濂吩咐说："你们明天派人去现场盯着，防止他节外生枝。另外，让四川农民工工资结算清楚后，都回老家去吧。"米万合说："领导您想得细，这些人巴不得现在就离开信县，他们昨天在信访大厅里发牢骚说风凉话，说这信县是个讹人的地方，把我气得还说了他们几句。"

卢志濂当时正坐在办公室里，米万合转述四川民工的话让他有点气闷，放下电话，他坐在转椅上发了一会儿懵，自言自语道："我们讹人？我们王平银捡了你们的钱，还跑老远给你们送过去呢。"

三天后，也就是给四川农民工兑现修河堤工资的第二天，早上上班不久，信访局米万合局长急匆匆来找卢志濂，说："有两个本地小老板执意要见你，让我们挡在了信访大厅，他俩说不见就直接去省政府上访。"卢志濂说："嘿，连洪州市都要绕过去，口气不小啊，反映哪个方面的事？"

"还是洄水湾河堤的事儿。"米万合回答。他看见卢志濂惊奇的样子，就赶紧接着说："这个怪我们工作不细，对河堤工程情况掌握得不全面。"

米万合解释完毕，卢志濂才知道，这两个闹着要见他的本地小老板，是给周大利承包的河堤工程供应石料的。这种块头挺大的石块，可以增加防洪堤的坚固度，出产于信县的北山。河堤工程的前半截，石料由李姓老板供应。由于周大利迟迟不给付石料款，这个李老板就停止了与周大利的合作。接着由王姓的老板供应石料，直到河堤完工。这两个老板除了拿到周大利给的十万元预付款外，再也没有要到一分钱。他们找周大利讨要，周大利说甲方熊小发没有付款，他这个乙方便没有钱支。这两个小老板去找熊小发，熊小发说这事与他不相干，他给周大利的钱都付超了。回头再去找周大利，周大利说手头没钱。就这样扯了好长时间，后来周大利老婆犯病住院了，他们就来找政府了。

"这两个人之前到政府来过吗？"卢志濂问。

"来过一次，是在上个月。那天我去市信访局办事去了，不在机关，是我们局的一位副局长接待的，正好那天我们有一个法律顾问在坐班，给这两个人上了一堂法律课，把他们说服走了。这次打了个转身又来上访，是知道了四川农民工上访拿到了工资，就紧跟着来了。"

"周大利欠他们多少钱？"卢志濂问。

"两个石料厂加起来四百多万元，我刚才还看了他们和周大利签的合同。"米万合回答。

"不管，不管！让你的法律顾问再给他俩上上法制课。"卢志濂气得叫了起来。

53

信县重大民生项目集中开工仪式，在这天上午隆重举行。

仪式的现场，设在洇水湾河堤内侧。这里已经完成了回填，变成了一个面积超过二百亩的滨河平地。这块平地靠近南博集团办公楼一侧，提前用铲土机挖了一个圆坑，圆坑四周的坑沿上，堆了一圈沙土，像是给圆坑围了一个围脖，围脖上插了一圈崭新的铁铲，铁铲的木把上系着红丝带。圆坑的正中竖着一块刻有"奠基"二字的矮石碑。

在圆坑的不远处，以洇水湾背后的留停山为背景，搭建了一座主席台。主席台正上方的横梁上，悬挂着一副红底白字会标，上书"信县政府投资重大项目集中开工仪式"。主席台两边悬挂着一副对联：加大投入大干快上再造一个信县，创新思路奋发有为勇夺四项桂冠。

这副出言不俗的对联是白世伟书记亲自拟定的。他给筹划仪式的县委办公室主任讲，加大投入，是指三大融资平台已经成功融资一百亿元，现在要快速启动、全力推动重大项目实施。并说，过去没有钱，是人等钱，现在有了钱，不能让钱等人。夺取四项桂冠，是通过全面实施当初他提出的四大战略，实现主要经济指标、城乡居民收入、城市建设速度、社会治理水平全市第一，全省前五目标，提前五年实现小康。

这次集中开工仪式共囊括了十个大项目。参加仪式的各位县级领导在进入会场前，手里都拿到了一个开工仪式的指南，册子里专门有一页纸，以列表的方式，把今天开工项目的名称、项目业主、投资数额、建设工期、主管部门一一列在上面。

这个彩色的开工仪式秩序册，赵宇航县长是提前一天拿到手的。昨天下午，他坐在办公桌前认真看了一遍。列入开工的项目，先由各部门上报到县发改局初审、县政府常务会审定，最后上报县委，由白世伟书记召开几个领导小组联组会议审核后，由县委常委会最后把关敲定的。联组会议是白世伟决策上的一个发明，由于它的参会范围几乎涵盖了所有的党政部门和工作领域，慢慢演变成了信县县域重大事项的实质性决策机构，致使前面的县政府常务会议决策，还有其后的县委常委会决策，县人大的重大事项审议都成了摆设。

赵宇航仔细看了一下秩序册中所列项目，从写字台上拾起一支笔，在一张空白纸上写写画画。他这是在汇总那一长串项目的投资数额，同时在计算这些投资总数过百亿的项目，今后二十五年内每年的本息支出是多少，以及累计起来，信县财政总共要付出多大数额。一阵加加减减，结果把他吓了一跳。他的纸上演算显示，从第二年起到第五年，每年要支付利息从一亿元到三亿元不等，这是因为项目实施不是一次到位的，贷款到位的时间相应也是动态的，就是说，不可能一次把那一百亿元都贷出来用完。但是从第五年开始，由于百亿贷款全部发放到位，并开始还本，财政的压力就越来越大，第六到第十年是还本付息的高峰，最高年份将达到十八亿元。这个数字把赵宇航吓得腿有点打颤，连忙起身在房子里走了几步，才稍有好转。最后，赵宇航又做了一个汇总，今后二十五年内，信县贷款还本付息支出累计总额是一百八十亿元，平均每年仅此一项支出六亿元。可是，信县财政每年的地方收入也才刚刚过这个数啊。

"今后的日子里，我这个县长就成了银行的打工仔了。"赵宇航不禁叹息了一声。也就是从这一刻起，他动了调回省直机关的念头。

当然，与今天很类似的算账，自从白世伟提出贷款一百亿的思路后，赵宇航已经测算过多次，财政局、发改局等部门也曾经提供过算账数据。各方面的数字大体差不了多少。越算越担心，越没有底气信心，倒是他们共同的感觉。

可是，他们算的这些"老婆儿账"，白世伟是不认可的。白世伟在领导小组联组会议上，有针对性地说："账有你们这样算的吗？经济工作是一个复杂的系统工程，在直观算账的同时，要考虑汇率、利率、物价等因素，还要考虑基础设施大改变后带来的机会成本，还有早发展早受益，给信县群众带来的幸福感提高等等这些社会效益。我们切不可为了眼前这点利益，任期内的这点暂时困难，而牺牲了信县人民的长远利益啊。"他鄙视地说："你们算的都是"老婆儿账"，说明不了什么问题。若这样算，地球干脆不转了，不就省事儿了吗？"

经过白世伟书记伶牙俐齿这么一讲，信县干部队伍里，就再也没有关于贷款的杂音了。赵宇航在办公室的这次算账，当然也不足与外人道了。

赵宇航又反反复复看了几遍项目单子。前不久他主持召开政府常务会议时，所提出的那几个产业项目都没在这个开工单子里，显然已经被刷掉了。现在剩下的十个集中开工项目，以老旧小区改造名义实为房地产开发的占了四个，每个项目的建筑体量都在二十万平方米以上，包括熊小发南博集团洄水湾项目。由于熊小发的项目实在与政府转贷扶持挨不上，就借用洄水湾两个老院子拆迁安置村民名义，把熊小发的房地产项目切了一块，作为老旧小区改造的一个子项目，安排一个亿的转贷支持。这也是为何要把集中开工仪式放在洄水湾的原因和理由了。

交通方面的项目有两个，分别是环绕信县县城的环城干道和信县通往渭川的二级公路。这条环城干道长度三十公里，包括跨越库河和汉江的两座中型公路大桥，三条双线公路隧道，建成后相当于大城市的绕城高速公路。这个项目并不在原来的城市规划之列，是个无中生有的项目。通往省城的二级公路，属于国家干线公路，升级改造的责任在省级，改造工程已经列入西河省整体规划。但是按照白世伟只争朝夕不能等的思路，信县决定自己上手改造。这个项目严格讲也属于无中生有。对于绕城干道和二级路改造这两个项目，来自各方面的反对之声比较多，认为是多此一举，白世伟在联组会议上说，先干成事，再用事实感动上级，争取资金支持，到头来信县本级财政可能一分钱都不用出。

赵宇航还记得，白世伟在阐述这种独特的举债、欠债、还债的思路和逻辑时，也同时指出，他的这个思路同样也适用于其他项目。比如，房地产项目的转贷主体是企业，还债的主体也是企业，政府只不过是过过手，搭了一个桥，让企业的步子走得快一点，企业步子一快，不就等于信县前进步子快了吗？乍听起来，好像很有说服力。

尽管白世伟说得嘴角泛白沫，但赵宇航心中还是顾虑重重。一个山区县城，有必要像大城市那样修绕城公路吗？

信县对外物流人流主要通过火车和高速公路，通往渭川的公路只具有辅助功能，何况还是国家干线，改造升级的职责在上级，有必要越级管辖，这不是自找苦吃吗？

还有，眼下信县的房地产已有过热的趋向，直接扶持那么多新楼盘，将来卖不出去怎么办？

除了这些项目，册子里还有一个投资十亿元的河堤工程——库河口至工业园区的滨河景观带建设。工程的核心区域位于信县新城区的库河沿岸，工程设计方案为，扒掉现有河堤，重新按五十年一遇防洪标准，建设集防洪、观光、地域文化展示于一体的景观带。说是景观带，赵宇航一看设计图就明白了，这是一个类似于城墙的造型，建成后就把新城城区与库河阻隔起来了，居住在水岸却看不见水，看见的是横亘在眼前的一堵高墙，这不是把新城弄成了监狱模样吗？算得上什么景观带呢？须知，原有的河堤建设资金欠账刚刚还清，这段河堤使用还不到十年，现在扒掉实在是一种浪费。

对于偿还贷款，白世伟也有系统的安排。政府贷款的投放使用，是落实到每一个项目的。而这些项目都有行业主管部门，那么，这些行业主管部门就是偿还贷款的主责单位，资金的来源渠道，主要依靠这些部门向上级争取项目资金。转贷给企业的资金，偿还的责任当然在企业，但是行业主管部门负有包抓监督职责。如此安排，就把巨额的还债责任推到了县政府各部门的头上，把还债这项刚性任务，建立在极具不确定性的向上争取项目上。这不是自欺欺人吗？

看着手上这个开工仪式指南册，赵宇航像是攥着一个烫手山芋，心里五味杂陈，接连发出了五个诘问。他有一个强烈的预感：信县今后的日子不好过了。

继而，他脑子里又打了一个回转，面对一把手亲自推动的"大干快上"，作为对全县经济发展负有主要职责的县长，县里的二号人物，在私下场合，思想上总是有一种抵触的情绪，并且这种情绪越来越泛滥。是不是自己太过于世故，不敢公开表明反对意见？是不是自己的头脑太保守，抑或是这个世界变化太快？

这通自问，加上前面的五个诘问，这六个大问号，此后好长时间，一直在赵宇航的脑际萦绕，挥之不去。

开工仪式预定的时间是上午十点。赵宇航八点就出了政府大院，乘车到了库河口，沿岔道上了云顶山，来到观云台，俯瞰对面留停山下的洞水湾。

此时的洞水湾，与他数月前看到的情景已大不同。留停山下的缓坡已经被推成上下两个台地，濒临汉江的河堤已经完工，堤内的场地已经平整成一个平面。这个平面的里侧，是洞水湾的两座老院子，此时，它们像是两座孤岛，圪蹴在大片的黄土和沙地之间，显出些许的孤单。汉江边原有长沙滩被新修的河堤占去了大半，剩下的部分也被挖得七零八落，布满了深坑，成了一片难看的水洼，洞水湾和它背后的留停山已经彻底改了模样。赵宇航庆幸自己当初站在这里，目睹领略了那绿水环绕、青山如黛、古墟静幽的唯美意境。

看了远山近景，他把目光聚集到渐渐热闹起来的仪式现场。此时，长条状的汉江河堤上，各色彩旗沿着河堤堤顶和村庄的边缘，插了一个整圈。除了靠近上游汉江大桥一带摆有一排大型施工机械外，在河堤靠下游的堤面上，也有三四处停放着一堆堆施工机械。最下端的堤面上，还有几台类似井架的机械。对建筑业极为熟悉的赵宇航搭眼一看，就知道那是向地下钻孔打桩的机械，是用来开凿高层建筑地基的。如此看来，熊小发的南博集团，是要借这个宏大的集中开工仪式，开工建设洞水湾的首期工程了。

对于这个洞水湾开发的首期工程，赵宇航有自己的见解主张。一般来讲，一个大的楼盘，建设的顺序是先建位置最差的地段，位置最好的地块放在最后才建设。这样做的结果，可以使楼盘的价格一直保持上升趋势。这几乎成了房地产开发行业的一个规律。按照这个带普遍性的行规，洞水湾最好的地段是靠近汉江的江景房，应该放在最后开工，较差的地段是留停山脚下最上面的那级台地，应该列为首期开工。但是，初入房地产行业的熊小发却不这么认为,他出乎意料,反其道而行之,把首期放在了河堤地段。此前,为了躲避县上让他在河堤地段配建亲水公园,他上下活动了一番,硬是将原来规划的湿地公园从规划中抹掉,变更为一排高楼。按照他的描述,届时,十余栋三十层的高楼将会在江岸一字排开,高及留停山的半腰,成为信县的一大景观。也出于夜长梦多的顾忌,熊小发就想方设法,把全县性的开工仪式拉扯到这里,除了给自个造势壮威外,还有借机高调开工首期的意图。为了显示项目开发的连续性,他将这个首期楼盘命名为"南博1",英文的语义就是"第一"的意思。可是,这个洋气的称谓,用信县方言读出来就成了"烂包完"。

老远可见,开工仪式现场那边人越聚越多,仪式开始的时间也快要到了。赵宇航怀着复杂的心情,下了观云台,驱车下山,朝洄水湾方向而去。

54

为洄水湾河堤供应石料的李老板和王老板,在信访局扬言要到省上去上访。米万合从卢志濂处返回信访局后,对他俩讲:"你们去找个律师咨询一下,看还钱的责任到底在政府,还是在周大利和熊小发。你们都是有身份的人,不是普通群众。我打听了一下,你们过去曾经当过村干部,是有相当素质的,不要动不动就说要去省里上访。你们以为政府的大门跟你们当年的村委会大门一样,谁都可以畅通无阻吗?不是的。你去了根本就拢不了身,顶多在政府大院外的接待站登记一下,就把你打发走了。你若不走,就通知我们去接人,我们平时忙得很,哪能抽出人去接,大不了通知乡镇或者你们村上人去接,去的人还要你们花钱招待。既丢人又要花钱,你们说这样做划算吗?"

这一通既讲道理又忽悠的话,两个老板好像听进去了,他们没有去省政府上访。可是过了几天,却趁着周大利在医院陪护老婆中途回家取东西时,进到周大利家里,把周大利位于汇豪城小区的一套二百平方米的住房给占了,安排手下几个民工住了进去,还换了门锁。周大利向派出所报案,说这是侵入民宅。派出所出警后，了解到这是由拖欠农民工工资引起的，最近他们接到的这类案子不少，就定性为经济纠纷，让双方自行协商解决，民警转身就走了。

这让已经在信县安家多年的周大利当下没有住处了。所幸，他的两个孩子还待在老家四川那边上学，不然这件事儿还要影响到孩子。

在医院又待了十来天，周大利的老婆已经做完手术，进入后续化疗阶段。医院非久留之地，医疗费已经拖欠了上万元，医院频频在催，于是周大利和老婆商量出院。但是那个家已被李王两个老板派人占了，周大利在信县成了无家可归之人。

思来想去，周大利用了一辆架子车，让老婆裹着棉被睡在上面，把架子车推到了信县国土局的门房，在里面住了下来。

国土局赶紧报案，说周大利和老婆冲击政府机关，干扰正常办公秩序，要求强行驱离。派出所干警前来一看，这个男当事人他们认识，就是前头因拖欠工程款被农民工占了房子的那个人。批评教育了几句，就离开不管了。这是不敢管，也无法管。因为在询问情况的时候，横下心的周大利说："你们要管也可以，那就把我们两口子都抓到看守所里去，那里吃饭不要钱，还给看病，也能躲债，死在里面还有人收尸。"这样一说，当下把那两位年轻警察吓跑了。

卢志濂是在十来天之后才知道这件事的。那天，国土局局长谢磊约了米万合，来卢志濂办公室专题汇报此事。卢志濂听完了情况，先骂了那两个供应石料、占周大利住房的老板几句，说这两个家伙不是东西，怎么这样缺德，也不看看人家家里有癌症病人，你让人家在哪儿住呢？又对谢磊说："你们要注意，不能起冲突，如果伤了人，人家周大利可是跛子跳崖就势一拐，你们就取不离手了。"三个人讨论了一会儿，也没有说出个所以然。谢磊的意思是，请求卢志濂出面协调一下，按照上次处理四川农民工工资的模式，继续从熊小发那里变通解决一部分资金，让两个供应石料的老板离开周大利的房子，让这两口子能有个地方落脚，然后再慢慢想办法。

卢志濂对谢磊说："你这个想法不错，但是据我了解，除了这李老板和王老板，这个周大利还欠了其他人不少钱，这些人都在暗暗等着呢。处理了这笔，后面就像蚂蚁搬家那样，一串串都跟来了。熊小发那边不太好说话，何况那钱最终要财政掏腰包，政府又不是冤大头，不能老为民间高利贷买单。上次之所以变通处理，是因为涉及外省农民工，搞不好会捅到北京去，属于特殊情况，不能简单拿来类比。"

"现在要给南博集团那边做好工作，让熊小发心不要太贪，拿些钱出来，兑付周大利的欠账，不然他也没有好日子过。至于周大利两口子，他愿意住门房就让他们住着。若吃饭有问题，你们国土局先给点救济，国土局毕竟是河堤工程的业主嘛。"卢志濂说到最后，还叮嘱谢磊出面，给熊小发做做工作，让他适当出钱，为周大利解套。

谢磊说："我试试。"

这一试就是三个月，熊小发的工作根本做不通。每次与熊小发沟通之后，谢磊局长都要去门房，把沟通情况通报给周大利。周大利脸上的表情越来越凄苦，越来越难看。

时间已经到了这一年的十一月中旬，有一天，周大利抛下吃住在国土局门房的老婆，搭乘火车去了省城渭川。

周大利走了好几天，国土局的人才知道。自从周大利两口子占领门卫这间房子后，国土局就辞退了那个年龄挺大的保安兼门房，成为信县唯一不设门卫的部门，来此办事的人都是直进直出，少了登记这个环节。因为反正白天晚上都有人给看着大门，省下来的保安费用正好用于接济周大利生病的老婆。周大利老婆身体稍好的时候，就自己在门房用电炉子做饭；身体不好的时候，就由周大利在国土局的集体饭堂里买饭。食堂师傅和伙管员看他们可怜，也就默许他们与职工一样打饭就餐。

直到好多天不见周大利来食堂打饭了，人们才想起来好多天没见到他了。谢磊下班经过门房时，问周大利老婆："你家老汉儿咋不见了？"女人回答："你们拖着不办，他去西河省告状去了。"谢磊不相信，说："恐怕是回你们老家找老相好去啦，把你撂在这里不管了，你可要小心些，赶紧回四川找他去。"女人说："信不信由你。"

这样又过了十几天。这天下午，卢志濂刚刚在办公室坐下，县委通讯组组长潘东阳手里攥着一沓报纸匆匆而进。

通讯组是附设在县委宣传部的一个正科级机构，专门负责对外宣传和舆情监测。这个潘东阳就是过去跟随卢志濂跑前跑后的小潘，原先担任宣传部办公室主任，后来提拔为通讯组副组长，最近才提拔为组长，他是卢志濂的老部下了。

小潘展开这沓报纸，直接翻到第八版，这是上一天的《渭川晚报》，今天刚刚送到。小潘急切地说："领导您看，信县这回玩儿大了。"

卢志濂接过报纸一看，在通栏大标题"信县政府长期拖欠工程款，四川农民工自制挂历讨薪"之下，是一个图文并茂的整版报道。除了以记者访谈形式，采访周大利的文字稿之外，还有几幅尺度较大、具有视觉冲击力的彩色照片。一幅照片上，裹着一件破旧大衣的周大利，圪蹴在渭川市中心的广场边上，身旁地上摆着一溜挂历，十几个行人围在边上，有的在翻看挂历，有的用手在指指点点。另一幅照片是挂历的特写镜头。照片显示，这是一幅当年的月历，应该总共有十二张。每张上面标示日期的格子之下，是一段文字，记载周大利在这个时段"讨薪"的经历，找了哪些机关哪些人，得到的答复，他和老婆的生活状况等。

卢志濂把这张报纸快速浏览了一遍，直观上感觉，《渭川晚报》有点追求猎奇和轰动效应，尤其是采访周大利的文字，很多情节是与基本事实不相符合的。比如只字未提周大利陷入高利贷和到处乱借款的情况，也没有提及周大利前年在附近的利川县承揽一个公路工程，被人诈骗损失几百万元，导致财务雪上加霜的事情。周大利在利川县被工程中介诈骗，投入的四百万元血本无归，诈骗犯偶发车祸突然死亡无从追究这件事，是卢志濂最近去利川县参加市上的一个现场会时，与利川县一位领导闲聊时听说的。也明白了为何这个在水利工程行业混了这么多年的人，怎么一夜之间变成了穷光蛋。

但是，媒体上的图文摆在那里，所谓有图有真相，你多长几张嘴此时也没有用。当务之急是把这个周大利弄回来，不要让他继续待在省城，制造新的新闻。按照惯例，省市领导关于此事的批示也应该快到了，需要抓紧处理。

卢志濂对潘东阳说："你赶紧回去准备一下，我马上与国土局谢磊联系，国土局派一辆车，再去一名局长，你们一块现在就出发去渭川，找到周大利，把这位爷接回来。另外，你到渭川晚报社去一下，见一下总编，请他们高抬贵手，不要再发后续报道了，就说我们正在积极处理，结果向他们汇报。"

潘东阳说好，拔腿就出门去了。

潘东阳前脚刚走，县政府机要室负责文件传递的那位女机要员敲门进来，手里拿着一个红色文件夹。卢志濂一看就知道这是急件的专用夹子。女机要员说这是刚刚收到的两份传真件，请卢志濂阅示。说着就把文件夹放在桌面上，退出门去。

卢志濂揭开夹子一看，第一份文件是洪州市政府转发西河省政府办公厅的领导批示件，上面有省政府副省长、省政府秘书长，洪州市市长、市政府秘书长等一连串的批示。副省长的批示是：时近年关，工程建设领域拖欠农民工工资问题突出，应高度重视，积极化解，防止矛盾激化上交，请洪州市政府督促落实。市政府市长的批示是：此件转信县政府，严格按照吴副省长指示，抓紧化解，严防此类情况再度发生。领导批示页的后面几页，是从《渭川晚报》网站上下载的"挂历讨薪"事件的电子版，足足占了五六页纸。

另一份文件是四川省东川市嘉阳区政府发来的。这是一份政府公函，题头是"关于请求解决拖欠我区农民工工程款的公函"，文件主送单位为西河省洪州市信县政府。文曰：

> 我区临河镇周庄村村民周大利同志，带领本村村民，多年来一直在贵县从事水利工程建设。从 2008 年初开始，承建贵县江南新区洄水

湾河堤工程，现在该工程已经竣工。据周大利及其工程队农民工多次来我处反映，截至目前，贵县政府仅支付到位工程款500万元，尚拖欠2600万元（详情见贵省《渭川晚报》相关报道）。恳请贵县加大资金筹措力度，尽快解决到位。

农民工工资问题事关社会稳定大局，事关农民增收，让我们共同努力，为两县经济发展和社会稳定做出应有贡献。

客套的此致敬礼之后，是"东川市嘉阳区人民政府"的落款和大红印章。

卢志濂读了这份外省来函，气得差点叫了起来。这哪是公函，简直是在教训人嘛。心里就骂这个周大利真不是东西，自己不小心卷入高利贷，加上受骗赔了本钱，不去找熊小发理论却赖上了政府。还内外夹击，又是制作挂历，又是向老家政府投诉，搞得信县狼狈不堪。还有那个背后有强权支持的熊小发，肆无忌惮黑了心，占了政府那么多好处，却造成了这么大的麻烦，逍遥事外，一点责任都不担。

这个外省来函，虽然因不掌握具体情况措辞有些欠妥，但作为同级同行，也是可以理解的，不然那个叫嘉阳区的政府也不好给当地上访者交代。当务之急还是处理好负面报道这件事，尽快让周大利安宁下来。于是，卢志濂就叫来办公室主任，让他给嘉阳区政府打个电话，就说公函收到了，正在协调处理，请他们放心，其他话就不要多说，也不再回函。

第三天早上，潘东阳从渭川打来电话，说他与谢磊前天到渭川天都黑了，昨天上午在一个小旅馆找到了周大利。周大利正打算出门去省政府门口发挂历，被他们截住了。当日做了半天工作，又请他吃了两顿饭，才答应今天一块回来。并说渭川晚报社那边昨天下午也去见了，总编见不上，找了比较熟悉的一位副总编。副总编说省里有新要求，近期报社不再发此类讨薪的稿子了，以免影响社会稳定。还说他们带着周大利马上出发回信县，问卢志濂有何指示。

卢志濂让潘东阳把电话递给谢磊。他对着电话给谢磊说："人接回来后，从你们局经费里给周大利两口子解决两万元生活补助费，先把他俩安抚下来。"另外还告诉谢磊，明天下午在国土局召开周大利信访问题听证会，由信访局具体安排。让谢磊回来后和米万合一块提前筹划一下。

55

所谓信访听证会，从实质上讲，有点像民事调解会，也有点像法院的庭前调解。由信访局牵头，把当事各方和相关的政府部门叫在一起，陈述各自的诉求，政府相关部门依据法规政策予以解答，最后形成处理意见，作为信访结论，由信访局出具一个文件。这就叫案结事了。信访听证会这种方式，融案件审理、协调沟通、政策宣传各种功能于一体，成为化解疑难复杂信访案件的有效方式，这几年被广泛运用。它的威力还在于，把长期上访、思想已经变得有些偏执的老上访户，置于一种犹如审判庭，或者类似于批斗会的环境之中，使其处于一种群体的、行政的、法规的压力氛围之中，促进思想转化，放弃不切实际的诉求。

对付长期上访、越级上访的周大利，分管多年信访工作的卢志濂觉得，很适合用信访听证会这种方式。故而，这次听证会，他让信访局通知了县直相关部门的局长，县委政法委、县法院，当然还有周大利、熊小发两个当事人。供应石料的那两位老板也被通知参会，他俩是以农民工代表的身份列席听证会的。

听证会由信访局局长米万合主持。先一一介绍参会人员，在简短的开场白之后，由周大利陈述他的诉求。

周大利的陈述，出人意料地简单。他似乎有意识回避了与熊小发之间的高利贷纠纷，只说他的工程队完成了多大工程量，到手的工程款只有五百万元，按照承包合同，作为项目业主的信县国土局，拖欠他一千六百万元。

周大利刚刚说完，谢磊就坐不住了，大声反驳说："周大利周老板，这个河堤工程是你从熊总手里转包过去的，严格讲你与我局没有直接关系。

这是其一。其二，河堤工程款已经通过洇水湾土地拍卖，以抵账的方式，全部付给了熊总的南博集团，现在南博集团还拖欠县上土地拍卖款三千一百万元。至于你与熊总之间的经济手续，你自己最清楚。"这话一说出来，大家看到周大利脸色有点尴尬。他嘴里嘟囔了一下，低声顶了谢磊一句："反正我只拿到五百万元，工程量在那里明摆着。"

米万合让熊小发发言。

熊小发发言是简单，从手包里掏出一沓条子，开始一张一张念。这些条子都是周大利手写的借条。格式是：今借到熊小发人民币多少多少元，月息多少，空口无凭，立此为证，周大利签字盖章手印，某年某月某日。这些条子总共有十几张，熊小发足足念了五六分钟。念完之后，熊小发把脑袋转向周大利，问道："周老板，这些条子都是你亲笔打的吧？"

只见周大利蔫蔫地说："是的。"

熊小发点了点他那很有气势的公鸡头说："我说完了。"就把条子传给邻座，让与会者齐齐传看了一遍。接下来就坐在那里不吭声了。

接着由参会的县上部门发言。参会的县直部门负责人都从各自的职能出发，宣讲了一通政策和法规，诸如合同法的明文规定，越级上访的处理程序，保护农民工权益的重要性。其中政法委和法院的参会者也谈及，这些欠条中千分之五的高息涉嫌高利贷，是不受法律保护的。说到这儿，卢志濂观察了一下熊小发的神情。熊小发歪坐在椅子上，翻看着手机，一副满不在乎的样子。

等到当事人和部门都发言完毕，主持听证会的米万合对上述发言做了个小结。只是他的这个小结是问答式的，有点像法官判案时的询问环节，又像是在下信访结论。

他说："从今天沟通的情况看，洇水湾河堤工程款已经全部支付到甲方，也就是说，河堤业主国土局不存在拖欠南博公司河堤工程款问题，熊总你说是不是？"熊小发点头说："是的。"

米万合继续说："河堤工程从南博公司转包给周大利工程队，周大利是以南博公司洇水湾河堤项目部的名义承接的工程，这是否表明，周大利的工程队是南博公司的下属项目部,南博公司与周大利事实上是一家人?"

米万合刚刚说到这儿,只见熊小发举起右手说:"反对,这是一种误导,也是一种误解,他是他我是我。"这就有点像港剧里的庭审戏味道,逗得大家都笑出了声。

其实,米万合的下一句话是,既然你们是一家人,周大利的债务就是你南博公司的债务。可惜由于熊小发插话打断没有说出来。看来预设的这条路走不通,他只好又换一个角度继续"小结"。

"你们就像是同居多年的事实婚姻,现在却恩断义绝互不承认。既然你们不承认是一家人,那么,从刚才现场展示传阅的借条看,那应该是借贷关系啦,这个判断没有问题吧?"米万合把眼光投向熊小发和周大利。

两人都点了点头。

"既然是借贷关系,你们之间如果出现经济纠纷,就应该通过协商,或者通过诉讼渠道来解决,而不是把矛盾转嫁到并无关系的政府身上,进而采取违法的方式,抢住国土局长达数月之久。"

听到这里,熊小发又插话进来:"我们南博与周大利没有纠纷,账务是清楚的,周大利,你说是不是?"说着就盯着周大利,周大利好像挺怕这个熊小发,蔫蔫地应道:"是的。"

看到周大利没有出息的样子,米万合就没好气地说:"那你有什么理由缠住政府不放,还跑到省城大街上去糟践我们信县?我看你这是欺软怕硬,不懂王法。"

"反正我只拿到五百万元,现在欠了一屁股烂账,房子也让人给占了,老家也回不去,不靠政府靠谁。"周大利哭丧着脸说。

米万合把脸转向熊小发,用商量的口气说:"熊总,你事业干得大,是个大老板,你放给老周的钱利息有点高,现在河堤这个事情闹得有点大,为了息事宁人,你就损失点,把河堤的工程成本付给老周,让他解套,安宁回老家去,这样你也能安安稳稳在信县干你的大事,你说这样好不好?"这个堂堂的信访局局长米万合,简直是在向熊小发哀求了。

熊小发认真听着米万合的话,开始时脸上还有点松动,但是听着听着那种松动又收回去了，换成了一脸愁容。他清了清嗓子说："我给各位领导说个实话，我的日子也过得很艰难。我是房地产行业的一名新兵，没有入行之前，把这个行业想得过于简单了。进了这个行当，才知道跟开矿不一样。我在信县开矿十几年，赚的钱这回全部投到了洄水湾。政府上次给我解决的长期贷款，七扣八扣到了我手里，只剩下两千多万元了。你们可能不信，我当场扳指头给各位算算。"

说着，熊小发扳着他戴有金戒指的小手指，当场算了起来。买地花了九千一百万元，项目设计、报建等前期费用两千万元，办公楼兼售楼部建设两千万元，归还银行矿山流动资金贷款三千万元，洄水湾首期十二栋楼房共二十万平方米建设成本二亿元。这些开支加起来总数是三亿六千多万元，剔除河堤建设等抵扣费用，至少要拿出三亿多真金白银，才能对付下来。熊小发说："现在一次开了十二栋楼，正是大量用钱的时候，为了不至于停工，我前不久把矿山和老家的房子都抵押出去了。"

最后，熊小发还抱怨说："信县如今房地产过热，到处都是建楼的塔吊，可是需要购房的人并不像政府吹嘘的那么多，银行也没有像发达地区那样搞按揭贷款，全部的压力都集中在了开发商身上，我目前的真实情况是苦苦挣扎，水深火热啊。"说完还长长叹了一口气。

话说到这个份上，就无法协调下去了。最后，米万合请卢志濂讲话。

卢志濂心里恼火得很，已经没有心情多说话了。就简单说了几句："洄水湾河堤工程款问题纯属两家企业之间的债务，与政府和国土局无关，若有纠纷可从诉讼渠道解决。周大利无理取闹败坏信县形象，应公开向信县道歉。"

周大利回应说："我不道歉！"

毫无结果的听证会后，周大利和他老婆仍然坚守在县国土局的门房里，没有离开的意思。有国土局补助的两万元支撑着，加上卢志濂安排县工会发放的春节慰问品，两口子在门卫室过了一个春节。其间，周大利还只身回了一趟四川老家，探望放在父母身边的两个孩子。这样，时间一晃就到了第二年的二月。从省到县的人大政协两会陆续开完，县一级的工作到了所谓开局起步抓落实的阶段。这期间，周大利与老婆一直待在国土局的门房里，很少出门。他老婆的病情也趋于平稳，不再需要去医院打针化疗了。国土局院子的干部，从国土局出出进进办事的人，还有从国土局门口街道经过的人，对固守门房的这两口子，都习以为常，不足为奇了。慢慢地，信县人似乎忘记了这两口子的存在。

这天上午，卢志濂刚刚上班在椅子上坐定，女机要员拿着一个厚厚的邮政EMS进来，说这是一份双挂号邮政专递，已经代他签收，里头摸起来像一本书。

卢志濂撕开那个拉链式封条，打开这个蓝色的大信封。里面的确是一本书，另外还有一封邀请函。书为大三十二开本，有一指多厚，书名为《我的讨薪奋斗史》，作者周大利，渭川人民出版社出版。

卢志濂先看那个邀请函，信函的落款也是周大利。邀请函的内容是：

尊敬的卢志濂常务副县长：

　　时序三月，春光明媚，大地一片生机。为隆重庆祝全国两会胜利召开，由本人倾情创作的自传体长篇报告文学《我的讨薪奋斗史》一书已经付梓，即将公开出版发行。兹定于2010年3月1日下午三时整，在渭川人民大厦举行首发仪式，特邀请您及信县各位领导届时光临现场指导，并接受媒体采访。

邀请函的落款为周大利，2010年2月25日。

卢志濂接着翻开这本书。这本所谓的"书"明眼一看就是在小打印部打印的，并非正规印刷厂印制的那样精致。封皮上所印的那个"渭川人民出版社"也属于乌有，因为这个省只有西河人民出版社这一家冠以"人民"的出版社。对于有过宣传部工作经历的卢志濂来说，一看就知道是捏造出来的。

书皮和内页都是彩色的，图文并茂。第三页的目录显示，这本《我的讨薪奋斗史》共分六章，章以下不分节。计有：苦难童年、壮士出川、短暂辉煌、陷入困境、东讨西要、四处碰壁、质问苍天。

卢志濂快速浏览了一遍。其中关于讨薪的内容比较详细，好多文字是从年前讨薪挂历里搬过来的。所附的照片比较多，总共有二十多幅，其中有洄水湾河堤照片、周大利老婆生病熬药、周大利捡拾垃圾、挂历讨薪等画面，很有视觉冲击力。叙述到讨薪环节，文字基本上变成了大事记模式，哪一天找了谁，怎样答复的等。该详则详，该略则略，所谓详略得当。卢志濂看完后又翻了两遍，还是没有找到周大利陷入熊小发高利贷陷阱这个关键情节。他气得把书往桌子上一扔，忍不住骂了起来："混蛋，变着花样作践我们。"

卢志濂脑子里打了个回转，心想：难怪这个周大利安宁了一段时间，原来是关在门房里写书。他选择这个时候搞"首发仪式"，无非是京城马上要开"两会"了，背后的潜台词是若不解决他就要进京上访了。

事体重大。卢志濂又看了一下"邀请函"后面的日期和桌面上的日历，今天是二月二十八，这个月是小月，明天就是三月一号了，是周大利扬言举行首发仪式的日子。卢志濂马上给国土局局长谢磊打电话，让他立即与周大利取得联系，带几个干部马上出发去渭川，无论如何把人弄回来。谢磊电话里说："我刚才也接到了周大利的书和邀请函，正准备到政府当面给您汇报呢。"卢志濂让他赶紧带人出发，并说可以给周大利承诺，人一回来就解决问题，决不食言。

放下电话，卢志濂有点后悔刚才对谢磊的授权和表态：一千多万的诉求，钱从何而来啊！他又给谢磊打了个电话，让他到渭川找到周大利后，好好做一下思想工作，促使周大利把讨钱的胃口降下来。谢磊说，前一段让局财务室盘了一下周大利的账，他在信县的外欠在五百万元以内，如果能解决这个数，他就可以从信县脱身走人了。并说找到周大利后尽力做工作。

打完电话，卢志濂就拿着那本书和邀请函，分别去找赵宇航和白世伟。赵宇航见了这本《我的讨薪奋斗史》，被逗得笑了，说这家伙是在模仿纳粹头子希特勒呐，有才有才。接着两人商量，长痛不如短痛，此事不能再拖了。最后形成一个折中处理意见，总数字控制在五百万元以内，由县财政和熊小发对半分担。卢志濂说，财政这边可以变通处理，以工程量变更追加名目解决。但是，熊小发那边恐怕不太好做通工作。

赵宇航说："你等会儿去白书记那边汇报一下，请他出面给熊小发说句话，这头熊在信县只听老大的。"

卢志濂随即去找白世伟，把多半年来围绕解决周大利信访问题，县上所做的一系列工作，还有手中掌握的熊小发放高利贷的事，以及他与赵宇航商量的处理意见，原原本本说了一遍。又让白世伟书记看了周大利的书和发来的邀请函，说再不解决恐怕要出大事，会闹到京城去的。

白世伟听完汇报，嘴里骂了一句："他妈的，没有一个好东西，想翻天啦！"就当着卢志濂的面，拿起手机拨通熊小发电话，大声训斥："周大利的事你不处理好，小心我收拾你！"

过了几天，在国土局会议室，周大利的工程款纠纷以五百二十万元完结，由信县财政和熊小发各承担一半。在谈判时，熊小发说他现在也是外债缠身，这两天在白书记亲自出面的压力下，勉强从老家那边组织了一点高息资金，来支应眼下这件事，洄水湾工地因资金问题马上转不开了，说得怪可怜的。卢志濂心里一软，说那就干脆这样吧，财政出二百七十万元，熊总眼下确实有困难，出二百五十万元就行了。

过后，信县人都说，卢志濂这是在骂熊小发是"二百五"。

第十四章

56

张修的调动手续终于到了，新的单位是西河省社会科学院历史研究所。

这个马拉松式的调动整整拖了两年时间。最初，张修中意的单位是渭川历史博物馆，认为这个单位与当下所从事工作比较对口，调动过去后可以继续从事文物考古这个老行当。渭川博物馆满口答应，说他们正缺像张修这样有基层博物馆工作经历的人才，但是接下来又说，由于渭川博物馆人员超编，当下无法办理正式调动手续，让张修先以借调方式过去上班。

张修向渭川博物馆熟人一打听，才知道以到龄退休腾编的方式，消化完这轮超编，要到五年之后去了。这意味着他需要等到五年之后才能办理正式调动手续。张修说，五年后他都五十六七了，还折腾个啥呢。就放弃了这个机会，打算待在信县退休算了，退休后再回渭川老家去。可是又禁不住已经内退在家老伴的不时唠叨，说迟回不如早回，孙子外孙也快上幼儿园了，她一个人忙不过来。

于是张修又继续寻找新的接收单位。一次偶然的机会，他参加省社会科学院组织的一次古籍整理审稿会，会后聚餐时，与社科院院长同桌，闲聊中，院长得知张修正在联系调动。院长说:"你要放开眼界,不要只把眼光放在文博系统,我们这个单位就需要你这样的人才,如今古籍整理这一块工作量大得很。"张修说:"那个古籍办公室不是一个临时机构吗?"院长说:"刚刚批下来,正式机构正式编制,你若能来,我就把你列上,这项工作你知道,与文博是相通的。"张修说:"好,你若接收我就来。"一套繁琐的上报研究审批手续,又用了将近一年时间,直到前几天,省社科院来电话,告知商调函已经从省人事厅发出,让张修提前给信县这边说好,不要卡住或者耽搁时间。

张修放下电话,就马上把消息告诉了卢志濂。卢志濂既是他的学生,又分管人事工作。卢志濂说:"好啊好啊,终于办成了,您可以与师母团聚了。"卢志濂还说,这是一件大事,提议找几个人在一块聚聚,给老师饯行。张修说可以,时间地点人员由卢志濂来定,范围尽量小些,说他不想把这个调动搞得太张扬,因为信县这边学生和朋友太多,太张扬轮流吃请,搞"转转席"就走不脱了,不想给大家添麻烦。卢志濂说:"这个您放心,调动的事我先保密。"

卢志濂给李白云打电话,说了张修调动的事。李白云说张老师刚才给她打了电话,她正准备联络几个同学,找个地方给老师办个欢送宴,也打算届时请卢志濂到场作陪呐。

卢志濂这才想起,这博物馆是县文化文物局的下属单位,张修调动工作的事,肯定也要告诉李白云的。他对李白云说:"这样吧,我们的饯行宴就合在一块算了,你来安排,我到时买单。但是人不要多,找个稍微静一点的地方,张老师那人你知道,喜欢清静。"李白云说:"我来安排,单子肯定由你来买,到时候我告诉你理由。"

李白云说最后几句话时,语调语气明显变柔变小了,卢志濂感觉到了。但是还没有来得及琢磨体悟,李白云就挂掉了电话。

那次燕子坪之行,李白云被卢志濂母亲认作了干女儿。可是自打那次之后,李白云好像有意在疏远卢志濂,更谈不上见面时像往常小鸟依人般叫他哥哥。卢志濂有几次主动叫白云妹妹,李白云都没有搭理,搞得卢志濂很是没趣。

到这天下午快要下班的时候，李白云给卢志濂打来电话，说饯行宴安排好了，放在周六周日，来去需要两天，让卢志濂给他那位夫人请好假。

自从燕子坪回来后，李白云就再也没有和闺蜜李小雪联络过，卢志濂偶尔在她跟前说起李小雪，李白云都称呼为"你夫人"。

卢志濂说："你不会把宴会摆到渭川去了吧？还要用两天时间。"李白云说："到时候你跟车走就是了。"

周六一早，卢志濂出门时对李小雪说："县上组织下乡，来去需要两天。"就下楼出了小区大门，上了等候在此的一辆小车。他走到车跟前才发现，张修已经坐在这辆车的后排，于是他就从后门上车，与张修坐在了一起。

坐定后司机说："白云局长坐另一辆车，已提前走了，让我们在后面慢慢来，大家在目的地汇合。"车辆起步后，张修说："你和白云心太细了，知道我没有去过留侯，还费神专意安排一趟。"卢志濂这时才知晓，李白云把饯行地点放在了鹊岭乡的留侯村。那是文化文物局多年包抓挂联的村子，听说已经打造成了一个像样的旅游村了。卢志濂有好长时间没有去那里了。

车子离开县城，沿着库河边的二级公路朝北开去。此时，这条通往省城渭川方向的省道，正在由信县政府作为项目业主，进行升级改造。原来的旧路已经被开膛破肚，到处是弃渣，满地是灰尘，有些地方还要绕行临时开辟的便道，有时还得停下来，等待施工机械挪腾出位置，才能继续往前走。这样走走停停，二十公里路程就用去了一个多小时。

看到这个信县自个贷款二十亿元，主动承担项目业主的越级管辖工程，卢志濂心里很是恼火。心里想，改造后又不能设卡收费，这么大的债务，拿什么偿还呢？这包袱只有甩给后几任班子了。他突然很羡慕此时坐在身边的张修老师，能一走了之，眼不见为净多好。可是像他这种现状，已经无路可走，只能一辈子待在信县了。想到这儿，卢志濂不由叹息了一声。前面的司机听到他在叹气，就搭话说："这段路糟糕得很，等一会儿拐进水洞河就好了。"卢志濂连忙说："没事儿，你慢慢开，我正好和张老师说说话。"

在距离信县县城二十公里处，车子离开这条正在改造的主路，通过库河上的一座公路大桥，进入库河支流水洞河流域。公路洁净，山色水色都有变化，一切都变得清整起来。

此时，时序已经到了隆冬时节。刚才经过的库河沿岸，除过少数地方有那么几簇绿色外，山上的树木已经落尽了叶子，整个山体呈现出一片褐色，加之车外有冷冷的河风呼呼吹，给人一种萧瑟的感觉。

车子行驶在清澈见底的水洞河河岸，眼前的绿色越来越多，越来越浓，最后就演变成一片绿海了。这是由于海拔在上升，地势越来越接近高大的鹘岭。水洞河流域由于北来的寒流受到鹘岭的阻隔，南来的暖湿气流受鹘岭的阻挡，沉积于鹘岭以南的河谷地带，故而造就了水洞河近似于四季常绿的景观。

两边的山势越来越高，河道越来越窄，车子行驶到了一个近似于一线天的路段，张修说："这个峡口我早年来过，当时没有公路，就没有再向前走了。"卢志濂让司机停车，说让张老师重游一下故地，看看风景。

两人下车。这段穿越峡谷的公路是从岩壁上掏出来的，只够一车通行，道路的上空，被掏空的岩石呈半圆弧状罩在上面，路下是湍急奔涌的河水。两人下车，刚刚站稳，都不约而同打了一个寒战。在这个隆冬时节，峡谷地带无疑成了一个风道风口，加上有下面激流的助力，人站立于此，瞬间就被这凛冽的寒冷吹得透心凉。两人站在道边，看了泛着白沫急速而去的河水，又抬头看了一圈陡峭壁立的岩石，在峡谷逼仄和阴冷寒风的裹挟中，不由得又接连打了几个寒战，就停止了观景，上到停在前方不远的车里。刚才这么一冷一刺激，卢志濂突然想到，今天从家里走的时候，忘记带大衣了，这里地势低都这么冷，处于高山的留侯村，气温肯定比这里低得多了。他见张修只穿着一个短袄，就担心到了山上，身体会吃不消，就问："张老师，您带没带厚衣服？上面温度低，小心着凉。"张修说："按照白云电话里的吩咐，专意带了大衣，在后备厢放着呢。"卢志濂应道："那就好，那就好。"他摸了摸自己身上的薄外套，心里说，这个李白云，也不提前说一声要去的地方,这一趟留侯,恐怕要挨冻啦。

车子接近留侯村,老远看见一座门楼横蹲在路上,看样子还没有完工,几个工人正站在脚手架上贴瓷砖。张修说:"这大概就是白云让我给题字的那个景区大门吧?"司机说:"是的,我们李局昨天专门去买了好多宣纸,说您马上要调动走了,请您多留几幅墨宝,这里好几家民宿也想请您题字呢。"卢志濂这才想起来,这个司机是个退伍军人,上年在复退军人集体安置时,李白云的文化文物局老司机退休,需要新进一个司机,人事局就从中给分配了一个。显然,这个司机对留侯村很是熟悉。

卢志濂也才知道,李白云把这个饯行放在老远的留侯村,是有原因的。卢志濂随口说:"可不能把张老师累坏了。"

司机说:"对对对,要控制范围,不能让老师太劳累。这次留侯之行的目的是放松观景,品尝高山美食,请老师和卢县长检阅我们局也是李局五年帮扶的成果。毕竟李局对这个地方是很有感情的,调到洪州后,来的机会就少了,这次来,也算是向留侯的父老辞个行,李局长这人挺情长的。"

李白云要走了?卢志濂只觉得脑子混沌一片。

张修的注意力似乎集中在周围的景色上,没有听清楚刚才司机的话,对卢志濂情绪的变化也不知晓,接着问道:"这个村位置这么远,搞旅游主打的是什么?"

司机说:"这个村是鹊岭探险游的前进基地,有点像西藏的珠峰大本营,所以打的招牌就是鹊岭大本营。据说这个名字还是卢县长当年在宣传部当部长时给起的。"

张修说:"这个名字起得好,很有创意。"

司机接着说:"我们这个大本营与珠峰大本营不同,他们是季节性的,我们长年都在运行。夏秋季为登山服务,其他季节靠不断变幻的高山景色和特色农家乐吸引人。所以一年四季客人不断,特别是节假日。"

听他这么一说,卢志濂下意识从车窗朝来路望了一眼,山下老远的盘山公路上,的确有几辆车在向上开进。他们这辆车早晨出发得早,应属于留侯今天的第一批客人。

司机谈兴正浓，继续说："这个大本营接待能力大得很，旺季的时候，几乎家家都可以接待客人。平时接待的主力是张、王、李这三个大院，还有那几个时尚的青年客栈，住上一两百人不成问题。特别是那三个改造后的老院子，很有特色。我们这次下榻的那个张家大院，是其中最好的，李局长昨天特意安排的。"

说话间车子已经进村。村子四周绿树环抱，显得颇有生机，而不似低海拔地带这个季节那一派灰溜溜的样子。大片的耕地显然已经过精心整理，靠近院落的地块都插上了木篱笆，田间修有游览小道，隔出不远还修有样式各异的亭子。地里的冬小麦已长出老高，那些白菜已经被棕叶龙须草之类拦腰扎起，像一群群可爱的企鹅，以独有的方式储存，随时等待着主人把它们引入温暖的厨房。还有不少空地，从泥土翻动的痕迹看，那里面分明住过萝卜、红薯、高山土豆之类，现在这些住客早已离开，去了农家的房后的地窖，在那里，它们如同待字闺中的女子，还保持着地里面的那份新鲜。它们在田野里留下的空位，只有待到来年开春，由各类花花绿绿的蔬菜来替补了。

农舍的外观似乎没有多大变化，白色灵动的楼房与庄重沉稳的瓦房鳞次栉比，散落在这片宽阔的山腰平地上，在背后高大的鹁岭映衬下，显示出高山村庄独有的那份高冷和静谧。虽然村里不时传出一声声欢笑和嘈杂，也丝毫不影响它独有的美感。通过刚才司机师傅的一番渲染，越接近村子越感觉到，这个村子是洁净的，也是富有活力的，散发着迷人的魅力。

车子通过村内的石子道路，直接开到了门前竖有"留侯府"小石碑的一座老宅院前，在门前的场坝上停了下来。

身着红色大衣的李白云，与几个人一道，从宅门里迎了出来。

57

随同李白云从院门内走出来的有三个人，齐腾飞，张长喜，还有一个年轻人。见面介绍后，卢志濂才知道，这个不到三十岁的小伙子叫张小喜，是张长喜的儿子，大专毕业后在外创业，年岁不大就干成了小老板，三年前村委会换届，回到留侯村，接替其父担任村主任。

当李白云给卢志濂等人介绍完这个穿着时尚的小伙子时，卢志濂对张长喜开玩笑说："好啊，你在留侯搞世袭呢。"年龄已经接近七十的张长喜咧着嘴说："没办法哦，齐书记非要把他叫回来，说是要大胆起用年轻人。"齐腾飞接话说："群众硬选出来的，我们不过是推荐了一下，几乎是满票。"卢志濂说："好好干，争取超过你爹。"张小喜说："感谢县长关心，我一定努力。"

卢志濂又朝齐腾飞说："腾飞，你在这里待了七八年了，实在不容易啊。"齐腾飞说："没事儿，鹘岭这地方空气好，挺养人的，你看白云局长一直联系我们鹘岭，经常来，人就越来越漂亮啦。"李白云说："还是齐墩墩会说话。"齐腾飞人长得敦实，性情开朗，李白云就开玩笑叫他齐墩墩。

一阵嘻哈之后，卢志濂见张修正在仰头朝村背后的鹘岭山观望，才想起张修是第一次到此地。就伸手把张修让到院坝的边上，指点着上下的群山、远处蜿蜒而来、隐隐约约的水洞河，给张修一一介绍了一遍。张修显然被背后高耸云端的鹘岭、四下起伏的群山、幽深的沟壑所震撼，不停地点头，说不虚此行，不虚此行啊。

看了周围的群山，张修又把眼光投向近处的村子。李白云见状，就指指点点给张修介绍说："这个庄院已经实施了全面改造，户与户之间的道路都做了硬化，老房外观保持不变，修旧如旧，屋子里头进行了改造提升，做了简单装修，居住条件大为改观。每户都有室内卫生间，室外修了沼气池，村里建了垃圾集中处理站，原来的脏乱问题就不存在了。"

张修说："这好得很，与城里的条件一样了。"李白云说："是的，若要从大环境上说，远远超过了城里面。"

李白云说到这儿，卢志濂好像突然发现了什么："咦，你们这个村干净利落，没有那些乱七八糟、花花绿绿的标语，就不怕上头检查时批评吗？"

齐腾飞说："咋个不怕？各类检查我都不朝这里安排，我给张小喜讲，让他们一心一意抓发展搞增收，其余的由乡上顶着。那些名目繁多的虚虚套套我让交通方便的河边村搞一下，应付应付就行了，不然哪有时间干正事呢？"

卢志濂笑了："难怪你老不进步，白书记在大会上不点名批评的，原来是你呀！"

齐腾飞哈哈一笑，他很清楚，卢志濂刚才的话，不是在批评他。

李白云等他们说完了，又用手指了指远处。远处的村庄中间，坐落着两座白墙灰瓦院子，很显眼地映衬在一簇簇树木之中。

李白云又回头指了指身边这个院子，她说："这三个四合院是留侯村目前保存最完整的三个老院子，都建于清朝乾隆年间，都是两进两个天井的布局，分属于这个村的张、王、李三个大姓。品相不错，前年向省里争取了一些补助资金，乡上和村集体也筹集了一些，做了内外整修，恢复了过去四合院的那种居住布局，购置了全套老家具。由村合作社经营，开辟成了三个民宿。除了这三家接待主力之外，齐书记他们又动员有条件的户，因户制宜，兴办不同类型的特色农家乐。还有张小喜他们这一帮年轻人兴办的青年客栈，内部装饰布局和整体风格不同寻常，既舒适又时尚。"

张修听后，用手依次指着这三个院子说："哦，李府、王府，还有这个张府，都是豪门大户啊。这三个老院子是留侯村的灵魂，恢复得好，用途也好。有些地方，比如我们老家那一带，把这些都改成了家族的祠堂了。"张长喜回应说："现在这三个院子的产权都作价收归集体了，长远讲还是做祠堂合适，各家族都有这个愿望，现在先经营几年。"

张长喜又把这三个院子三个家族的来历演绎了一阵子。张修听后说："三个家族分别来自张良、王莽、李世民这个说法，我来信县工作不久就听说了，有一年想来看看，因为路太难走，走到半道就回转了，今天一看果不其然，这地方有点桃花源的味道。"

这样指着看了一圈，齐腾飞招呼大家慢慢朝"张府"院内走，他边走边说："这次留侯之行的主题，是在这个桃花源式的地方为尊敬的张老师钱行,张老师把在信县工作的最后一站放在鹎岭,这是鹎岭和留侯村的荣幸。当然,今天还有一个主题,是欢送李局长到市上工作。这个主题李局不让我说,但是我觉得,留侯之所以有这么大的变化,最大的功臣是李局长,特别是旅游村建设,李局长那可真是亲力亲为啊。"李白云说:"你这个齐墩墩,让你别说你偏要说。"

张修这时才听清了,李白云也要调动走了。他惊奇地唉了一声,问李白云:"在老家工作多好啊,调到哪个单位了?是不是升了?"李白云说:"去市文化局,正科级待遇,没有升。"齐腾飞说:"我们信县糟糕得很,留不住人才,放走了张老师,又放走了才女白云。"说着还斜睇了一眼并排而行的卢志濂。卢志濂脸上毫无表情,木然的样子。

说话间就进了里院。在大家观看大门内迎面的照壁浮雕的当口,齐腾飞说:"按照过去大户人家的居住规矩,今天的住宿是这样安排的。张老师年岁最长,住里院正房上首那间。卢县长官职最高,住与张老师对过的正房下首那间。白云局长是个姑娘家,住里院上首那套厢房,我和两位县上来的司机师傅住里院下首那三间厢房,各位看这样安排是不是合适?"大家都说合适。齐腾飞又接着补了一句:"这样子安排,也是李局长的意思。"大家又说了一声好。

齐腾飞看见大家都在朝眼前这个下院两边的厢房张望,就说:"这个下院是后勤用房,两边的厢房一边是餐厅,一边是茶艺书画室。厨房操作间在餐厅后面的偏厦子里,这里看不见,但能闻得见。"

经他这么一提示,大家果然闻到了一阵炒菜的香味,这才意识到,快到吃午饭的时候了。

于是大家就往里院走,去各自的房间。卢志濂和张修房间的中间是堂屋。这堂屋里的摆设像个会客厅,三面都摆着布艺沙发,正面神龛里贴着领袖像,侧面墙壁上挂着一幅鹎岭大草甸照片。正房堂屋的这种布局布置,很有与时俱进的意味。

卢志濂把张修送入房间,就转身出来,通过客厅式的堂屋,进了对面自己的房间。这个房间与张修住的那个房间一模一样,是一个标准间。卢志濂一进门，就见里面那张大床雪白的床单上，平放着一件厚厚的衣物，他走近展开一看，原来是一件呢子大衣。他奇怪了：这个平时一毛不拔的齐腾飞今天这么舍得，还给房间配发大衣，他咋知道我没有带大衣？因为刚才送张修去对面房间时，他在帮忙放行李时，那张床上并没有放这个东西。他提起来准备上身试穿时，从大衣里掉下一张小纸条，纸条上的笔迹一看就知道是李白云的。

纸条上写着：天太冷，把这个穿上。

午餐后，张长喜、张小喜父子领着张修等人，在留侯村内转了一圈，回到"张府"。进了大门，就被领进了设于下院右厢房的书画室。

这个书画室是个通间。进门右侧是茶艺区，放置着一个树根雕成的大茶几，一组木沙发。进门左侧放置着一个大桌案，跟前也有一组木沙发。四周墙面上，挂了一圈彩绘展板。大家一进屋子，就被这些很有色彩的图版吸引住了。

这一组展板的题目叫"悠悠白云山，留侯辟谷地"。看了这个标题，张修回过头说："我记得志濂好像写过这个。"齐腾飞说："这个展室的资料，就来源于志濂县长的那篇大作，这是白云局长的主意，张良其他方面的资料还不太好找，先放放再说。"卢志濂柔柔地扫了一眼李白云说："承蒙引用，浅薄得很。"

张修说："那篇文章写得不错，把张良辟谷这个历史事件说清楚了。机会难得，谁来给大家讲解一下？"齐腾飞说："原创在这里，我们都不敢讲，还是有劳县长亲自讲讲。"张修等人都说好。

卢志濂就充当了一回讲解员，指着图版侃侃而谈。

卢志濂用历史上流传下来的一副联语，来概括张良这位西汉缔造者和"智圣"的一生。

五世报韩终有恨，一时兴汉本无心。卢志濂说，这副联语说的是张良一生的志向。张良祖上世代都是韩国贵族，人称五世相韩。韩国被秦灭后，张良便走上了复国之路，这才有了博浪沙一百二十斤铁锥对秦始皇副车的致命一击，以及逃亡隐居蓄能多年投靠刘邦，辅佐其成就兴汉大业的盖世功勋。刘邦开国之日，便是张良复国梦破灭之时，留侯选择辟谷避世这条路，方能安放自己心如死灰般的灵魂。

卢志濂说到这儿，张修插话说："你这个解释比较新颖，也富有创见。对张良辟谷的一般解读，都是将其辟谷原因归结为惧怕刘邦对异姓开国功臣的诛杀，就像韩信被杀前发出的悲愤叹息：狡兔死，良狗烹；高鸟死，良弓藏；敌国灭，谋臣亡。历史上这样诛杀功臣的例子很多，不胜枚举，所以千百年来这几句话也可称得上历史周期率。张留侯能躲过被诛杀的厄运，是费了一番心思的，不愧为智圣啊！"

"是的，张老师总结得很精辟。一个人做出人生的重大决定，往往不是单方面的原因，很大程度上可归结为复合性的因素，这需要断舍离的勇气，其中所遭受的身心磨难和痛苦是他人难以想象的。我们不能简单地把这种离开说成是逃避现实，或者硬说成是潇洒。"

卢志濂说到这儿，李白云不自觉地喉咙里吭吭了两声，只是吭的声音很是微弱，人群中可能只有卢志濂听得最清楚。

接下来，卢志濂给大家讲张良在什么地方辟谷，说好多地方都在争这个。听得此话，张长喜就抢着说："当然是在我们留侯了，不然哪有我们这些张门后人？"

卢志濂笑了："这个事情，留侯村和鹃岭就是要据理力争。我们可是有人证，又有物证。人证是你们这些张良的后裔，瓜瓞绵绵，根深叶茂。物证是鹃岭东西南北各处，有大量与张良有关的古地名，地名不是随便取的，肯定有它的来历。有争议不要紧，有时候还是好事。就拿这个很有争议的辟谷地点来说，由于汉朝开国之时，距离今天已经过去了两千多年，有的事情就成了历史之谜，谁也说服不了谁。我前几年查了一下，留侯辟谷之地，至少有七个地方在争，都有传说、遗迹之类的证据。这种文化现象表明，张良身上承载了中国历代读书人太多寄托和追求，故而才有那么多地方的人，用身边的山水附会张良。这样做的初衷，还是仰慕张留侯显赫的功绩，功成身退的潇洒飘逸。如果这么认为，这个辟谷地点，谁要争就让他们争去。从旅游上讲，争下去谁也说服不了谁，其结果是大家共同受益。你说是不是啊？"

卢志濂说完这段话，还转身问了一下张长喜。张长喜基本听明白了，就点头说："说得好，说得对。"

至于张良是怎么样辟谷的。卢志濂说："辟谷说到底是一种养生方法，据研究，它起源于人类社会初期的自然崇拜，追求的是长生不死，成神成仙。在早期人类众多的仙术秘术里，辟谷只是其中很普通的一种，在张良生活的秦汉时期，已经到了比较定型成熟的阶段，辟谷却食比较普及，也比较时髦，就像如今特别普及的广场舞一样。"

卢志濂这么一说，把大家都逗笑了。张修说："你这个解释通俗易懂，好着呢。"李白云对齐腾飞说："留侯的旅游解说词要朝这个方向走。"齐腾飞说："好的，好的。"

58

说到辟谷之术，张修说："如今有些人为了健身，搞什么过午不食，其实就是辟谷的遗风。一般人认为，辟谷就是不吃饭不食五谷，硬饿硬挺，其实这里面也有曲解的成分。你们在展示这一方面内容时，要适当引导一下，通过对辟谷这种古老养生术的深度解读，让游客在增进科学养生知识的同时，体验中国传统文化的魅力。"

李白云说："游客参观这个小型展览时，最感兴趣的还是这个辟谷术。张良所处的那个时代，人们是怎样辟谷的，卢志濂先生在他的那篇文章里，引用了20世纪70年代长沙马王堆汉墓出土的帛书《却谷食气》，这个资料产生的年代正好与张良同时代，我们在这个展览中做了全文展示。"

随即，李白云把大家领到一块展板前，对卢志濂说："这个资料不长，只有几百字，卢先生，你给各位讲解一下。"

卢志濂听到李白云接连两次把他称为先生，心里有些别扭，但是当着大家的面又不好说什么，就呵呵笑了一下说："先生不能乱叫，在这里只有一位先生，我们都是学生。"他随即指了指张修。张修也笑着说："在张良辟谷研究方面，你可以称得上先生。"卢志濂连说："不敢，不敢。"

接着，卢志濂就指着墙壁图版上的文字，把这篇《却谷食气》通读了一遍，并特意说明，这件帛书出土后，有几处破损残缺，有的文字湮灭缺失，经过当代学者马继兴的精心考释，并加了标题，才有了现在这个样子，不然就像天书一样。

　　却谷者食石韦，朔日食质，日加一节，旬五而止；旬六始匡，日去一节，至晦而复，与月进退。为首重、足轻、体胗，则呴吹之，视利止。

　　食谷者，食质而□。食气者为呴吹，则以始卧与始兴，凡呴中息而吹：年二十者朝二十，暮二十。二日之暮二百。年三十者朝三十，暮三十，三日之暮三百。以此数推之。

　　春食：一去浊阳，和以匡光、朝霞、昏清可。夏食：一去汤风，和以朝霞、沆瀣、昏清可。秋食：一去秋风、霜雾，和以输阳、昏清可。冬食：一去凌阴，和以正阳、匡光、输阳、输阴，昏清可。□□□。

　　□□，清风者，□四塞，清风折首者。霜雾者，□□□□□□。浊阳者，黑四塞，天之乱气也，及日出而雾也。汤风者□风也。热而中人者也。日□。凌阴者，入骨□□也。此五者不可食也。

　　朝霞者，□□□□□。□□者，□□□也。输阳者，日出二竿，春为浊□□。匡光者，云如盖，蔽□□□□者也。□□者，宛□□。沆瀣者，夏昏清风也。

　　凡食……食谷者食方，食气者食圆，圆者天也，方者地也。□□者北向……多食。……则和以正阳。夏气霞……多阴，日夜分……为清附，清附即多朝霞。朝失气为白附，白附即多匡光。昏失气为黑附，黑附即多输阳。……得食毋食……

通读了一遍之后，卢志濂进而解释说："从这篇文章可知，在张良所处的那个时代，辟谷的人用石韦这种药用植物代替粮食。服用的方法也很讲究，要按照月亮的消长盈虚来调整服药的剂量。如此看来辟谷并不是啥都不吃。食气通俗讲就是练气功。行气的时间选择在晚上临睡之前，以及清晨初醒之后。年龄段不同，修练的日子和次数要求也不同。比如像我这样四十来岁的年龄，就要逢四必练，每次要吐纳四百下。"

"呵，还有那么多讲究。"齐腾飞冒出一句。

卢志濂继续说："一年四季里，四时食气还有很多讲究。春天食气，应避免浊阳那样乌云迷雾的坏天气，宜在阳光和煦中锻炼。夏季食气，应避免阳风即干热风的气候，宜在太阳初升或日照正中的时候锻炼。秋天食气，应避免霜霞等气候，宜在阳光温暖的时候锻炼。冬天食气，应避开严寒凛冽的恶劣天气，宜在阳光温暖、阴气调和的时候锻炼，等等。总之有很多讲究，不能随意而为之。这些方法，对后世气功的发展产生了巨大的影响。"

张修听后说："辟谷这件事情，志濂把它基本说清了。今后讲解到这个环节时，要尽量像志濂表述的这样通俗易懂，再添加一些科学养生知识。再者，留侯的旅游具有季节性，比如目前这个阶段来，就无法去岭上的大草甸了，年纪太大的人，比如像我这样年龄的人，上去的可能性也小，打养生这张牌，可能是今后的方向。"

齐腾飞、张小喜连连点头说："好的，就按张老师说的办。"

在茶艺那边坐下来，品了一会儿茶，歇息片刻。李白云对张修说："张老师，您来留侯一趟很不容易，加之您就要离开信县去渭川工作了，大家都有一个愿望，想请您留一点墨宝。"张修刚才已经看见那边桌案上摆放着笔墨纸砚之类，就爽快地说："好嘛，此情此景，这么好的地方，我也产生了写字的冲动。"

于是，大家就起身去了桌案跟前，展纸、开笔、倒墨，围了一圈，开始欣赏张修挥毫。张修说："我先给留侯村写几幅，接下来给你们每人写一幅，好不好？"都说好的好的。

张修给留侯村书写了"鹃岭大本营""鹃岭大草甸""世外桃源""留侯世家""天籁"等几幅榜书，还写了几首历代文人墨客题咏鹃岭的律诗。给李白云题写了"惠风和畅""兰生幽谷"，接着，又给齐腾飞、张长喜父子各题了一幅，最后才轮到卢志濂。张修说："此时此刻此景，我想把老聃老子的几句话送给你。"

接着就提笔用卢志濂很是熟悉的篆书写道：

持而盈之，不如其已；揣而锐之，不可长保。金玉满堂，莫之能守；富贵而骄，自遗其咎。功遂身退，天之道也。

书毕，张修指着这幅书法，解读了一番。他说，这几句话出自老子《道德经》，其要旨可以理解为"不盈"，或者说得更直白一点就是"功成身退"。这里面的盈字，是满溢、过度的意思，锐、满、骄都是盈的表现。它告诫我们，贪图禄位的人往往得寸进尺，恃才傲物的人总是耀人眼目，富贵而骄常常自取祸患。与张良同时代的李斯、韩信的被杀，都是持盈过度的结果。只有持而不盈，揣而不锐、金玉不满、富贵不骄，自然可以长保长守。这几句话，与老子所讲的"功成而不居，功成而不有"是同一个意思。

卢志濂听后，连连向张修拱手："谨记，谨记，谢谢老师！"

欢送张修的晚宴，是在书画室对面的厢房举行的。这个右厢房内，设置着一个古色古香的餐厅。进门右侧是一组红木沙发，左侧是一个大八仙桌。红木沙发背后的墙上，挂着一幅留侯村鸟瞰照片。照片中的留侯村，上有高耸云端、白云缭绕的鹃岭，下有深切幽深的峡谷，绿树环绕四周，田野村落错落有致，一片生机中显露出淡淡的宁静。见张修在画前驻足，李白云说："这是用无人机从高空拍摄的。"张修赞叹说："什么叫美不胜收，什么叫世外桃源，这就是啊！"

宴席的规格，是信县传统的八大件，这是信县也是留侯接待贵客的最高礼仪。菜品讲究八凉八热，四荤四素四汤四菜，外带四个坐碗之类。入席时，张长喜特意说明："今天这桌八大件，请了水洞河一带手艺最好的师傅，用的食材都出自留侯本村，酒也是农户自产的陈年甘蔗酒。"

接着，卢志濂就主动上手，开始主导这个人数不多的宴席了。他这是按照与李白云的约定而行事的，按信县农村风俗来说，就是执事、执客这个角色。

未入席前，他对齐腾飞说："齐墩墩，这里虽然是你的地盘，按理讲应该由你来当这个执客，但是今天情况有点特殊，今天的主题是欢送我的老师和白云妹妹，是信县和我个人的大事，我就当仁不让了，你今天当好陪客就行。"齐腾飞笑了，说："在信县这个地方，走到哪里都是县长的地盘，你说了算，听你的。"

于是，卢志濂把张修请到了上席上首主客的位置，安排张长喜坐在了上席下首主客位置。张长喜开始不干，说他怎么能与张老师平起平坐，吃了豹子胆了。卢志濂给他解释说："这里面你年龄最长，又是留侯村的老领导，是东道主，坐在那个位置合适得很。"张长喜半推半就坐了上去。接着，让齐腾飞和张小喜坐了下首副客位置，两人推让，说他俩应该坐两边陪客的位置，卢志濂不容他们分辨，硬把两人扯搡了上去。又安排两个司机坐了陪客下首，他和李白云并排坐在了陪客位的上首。他解释说："今天也是给白云饯行，按理说白云应该坐在上席，但是白云又是张老师的学生，学生怎能和老师并排而坐呢？所以这样安排最为合适。"他刚刚说完这些，李白云说："卢大哥，你好啰嗦啊。"还报之以嫣然一笑。卢志濂瞬时心里一热。

从直观上感觉，卢志濂认为，李白云对这样的座次安排是满意的。

这时，八个凉菜已经上齐，可以开席了。卢志濂站起来开始说开场白，也是祝酒词。

"今天，这顿设在莽莽鹃岭之下的家宴，既是依依不舍的送别，也是一场亲人间的团聚……"

卢志濂是在五更时，被一两声不太清脆的鸡鸣，从迷迷糊糊中叫醒的。

他依稀记得，在昨天晚上的宴席上，除了起初满桌共同向张修和李白云敬酒之外，大家按照吃八大件的喝酒规矩，人人见面，打了一个"通关"，接着一桌人就把喝酒的矛头对准了李白云。卢志濂知道李白云的酒量，就替她左护右挡，最后发展到谁来给李白云敬酒，都是他来替代，往往是从李白云手中抢过酒杯，扬起脑袋一饮而尽。

他真的醉了。这是自打他学会喝酒后的第一次。即使是这样，他还是勉强坚持到了宴会散场，与众人一道把张修送至房间，才回到自己房间。他让送他到房间的齐腾飞、李白云、张小喜等人赶紧回去休息，然后关上房门，踉踉跄跄去卫生间冲了个热水澡，就倒在床上，昏昏睡去。

反正睡不着了，卢志濂起身洗漱穿衣，又在外面套上李白云为他准备的那件大衣。他拉开虚掩的正门，眼前出现了一片白光：啊，下雪了。

他裹紧大衣，顶着飘飘洒洒的雪花，步出四合院大门。覆盖在白雪之下的留侯村，如童话世界般静谧，偶尔传出的几声鸡鸣和犬吠，使这个云端村墟又显露出一种蓄势待发的灵动。头顶的鹳岭，此时正隐没在一片白色之中，连隐隐约约的影子都没有，卢志濂只能想象、揣摩它在白茫茫里的模样。水洞河上下的群山一片朦胧，同样淹没在无边无际的白茫茫之中。

雪还在下，轻盈的雪花，随意地落在卢志濂的发上、脖子上，落在身上这件藏青色的大衣上。这纯白无比的鹳岭之雪，渐渐地、温柔地裹住了他的周身。

卢志濂从茫茫的远处收回目光，转身踩着积雪，踏上一条平缓的步道，朝远处的一个高冈走去。那是一个制高点，平时站在那里，可以俯瞰整个水洞河的风光。

走出不远，卢志濂无意中把目光投向那个要去的高冈。

高冈之上，一个红色的身影，面朝茫茫群山，在微微飘动的雪雾里，在冰清玉洁的世界里，像一团圣洁的火焰！

创作手记

《乡约》动笔，是受一篇网文的启发。

2022年7月，网络上一篇名为《二舅》的网文引发了广泛的热议。这位据传因误诊而致残的老者智慧而艰辛的生存状态，让我这个穷山村长大的人，产生了不小的共鸣。我联想到幼年山居的时候，一位与"二舅"勤劳程度有过之而无不及的邻居。

这位六十多岁的老妇人，嘴唇上有一个因上树劳动跌落形成的豁口，一年到头、每时每刻都在手脚不停地"挖抓"，土里刨食，顽强硬朗。即使如此勤劳，日子还是过得艰辛异常。

我觉得应该为那位外号叫"耙耙婆"（舅婆）的邻居老人写点什么，于是就有了这个长篇开头的那几千个文字。

我把追忆舅婆的短文，通过微信发给几位亲友，那位已经去世多年的老人他们都熟悉，他们读后也产生了共鸣。那一段时间，天气酷热难熬，我只能整日待在书房。为了消磨时间，就在那篇追忆短文后面，漫不经心续了几篇。写着写着，舅婆就进了城，慢慢就有了演绎的成分。小说的灵动自由，足以让思绪飞出那间闷热的小屋，到达任意时空，在叙事与思考中渐渐安静下来。

连续写了五个月，从盛夏到隆冬，中途只休息过三天。犹如那位对我影响至深的舅婆，几个月里，我像着魔一般，一直在不停地"挖抓"。直到前天下午，当我在文字处理页面上，用手指敲出这部长篇小说的最后一个字时，除了长舒一口气，伸展一下腰身之外，心里竟然没有预想的那份激动。

因为我清楚，这个一气呵成的作品，还需要一番打磨和修正。

《乡约》故事发生在信县，一个位于中国西部、汉江流域的偏僻县份，一个传统与现代交织交融的地方。那里正在经历一场以工业化、城镇化为主导的急剧变革。

西河省洪州市下辖的信县，在激荡的 21 世纪初期，由于发生了一起进城拾荒农民捡拾巨款，送还失主的新闻事件而名声大噪。信县顺势而为，掀起一场全方位诚信建设浪潮，带动经济步入快车道。作为主导这场大变局大发展的推动者，县长赵宇航、常务副县长卢志濂为官的品行和能力，在其中发挥了无形而巨大的作用。其后，由于大环境的变化，特别是人事的更替，信县发展思路变轨，政府债台高筑，民间高利贷失控，开始走下坡路，发展陷入低谷。

信县由弱到强，又由盛到衰的经历，就像一个人，诚信则立，不诚则废。《乡约》试图通过这个起伏跌宕过程的具体展开，来解析"县格如人格，诚则兴，不诚则败"这个浅显的道理。这也可以被称为信县在时代洪流中的成长规律。

上述故事梗概，很容易让人做出一个判断，这是一部官场小说。我的回应是：非也！

说到官场小说，在人们的印象里，要么是对权色金钱交易赤裸裸的揭露、猎奇式的演绎；要么是不食人间烟火般的高高在上；或者二者兼而有之。在《乡约》身上，这些特征似乎不太明朗。

我更愿意让读者看到和感受到的，是隐藏在官场叙事背后的东西。这个"东西"，就是在中国传承几千年的乡约文化。《乡约》这个书名，便是有意表达这种愿望。

《乡约》以农村老人"耙耙婆"进城捡拾垃圾，意外拾得巨款，又毫不犹豫交还失主这个寻常事件为开端和线索，展开信县跨度十年、大起大落的时代画卷。小说借历史文化学者张修之口，回望中国乡约制度演变历史，用卢志濂在云口镇和留侯村试点推行现代村民自治制度，来阐释乡约制度在现代的传承。以乡约文化作为全书的灵魂，提线牵偶式的布局方式，旨在揭示隐藏在现代人群诚信背后的一个深层次的遗传基因，也可以称之为"密码"。

这个"密码"，就是从遥远的周朝，一路传承、瓜瓞绵绵的中国乡村乡约制度、乡约文化。

这种乡约制度和乡约文化，以协商、订立村规民约的方式，促进村社邻里之间德业相劝、过失相规、礼俗相交、患难相恤。这种中国独有的乡村自我教育、自我发展、自我管理、自我监督的制度，历经各朝各代的传承、补辑，虽然形态叫法不同，但崇德向善、互助约束的特性并没有因时代的变迁而有大的变动。直至今天，它仍是乡村社会的根基，是载入国家宪法的基本政治制度；仍在乡村基层社会治理中发挥着不可替代的作用。毫无疑问，乡约文化是中国传统优秀文化的重要组成部分，在国人群体性格和道德养成中占有基础性位置。

乡约文化的传承演变，是一个大的学术课题。对它的深度探讨，已经超出了这部小说的职责范围。我想要做的，是通过信县这个当代乡约文化实例片段的展示，来诠释古老乡约文化在当代的基本状态。所好的是，由于工作岗位的巧合，我曾经直接参与过这种现代乡约制度的一些实践。我期望，尽力把自己知道的、经历过的，通过文学的方式表达出来，并争取在本质上不发生大的走样。

如此，我更希望读者把这部小说作为伦理小说来看待。希望达到的叙事效果是：乡约文化和乡约精神，是这部小说从头到尾、一以贯之的一条主脉。

再说这部小说的人物塑造。统观全篇，卢志濂无疑是一个主角。他出生和成长于一个叫"乡约"的农家小院，恰好又与小说中的拾荒老人是亲戚关系。"乡约"院子所在的燕子坪，地名来源于此地那座被毁的颜回庙。燕子坪早年出现的一位怀才不遇的儒林俊杰——卢贡爷，以及他主持制定的族规家训，还有身边那位善良勤劳的"耙耙婆"，对卢志濂官场正直性格的养成，有着明显的影响和传承。居于陋巷、甘于清贫而不改其志的颜渊，不谙世事变迁、与宦途擦肩而过、终生教书育人的卢克照，这两位历史人物的出场，为道德典型王平银的出现，以及卢志濂极力在信县推广的基层群众自治，提供了历史的深度和渊源。有了这种文化背景，卢志濂竭力推进诚信体系建设、穷尽方法解债、对失信的焦虑等，就有了比较清晰的历史背景和文化支撑。

卢志濂并非是一个纯粹的"伟光正"形象，而是一个有血有肉有弱点的人。有其智慧、开拓、无畏的一面，也有不愿离开故土的保守，遇到挫折向往张良那样的隐居逃避的缺陷，还有与灵魂伴侣李白云的感情缠绵。小说的最后，卢志濂陷入工作环境恶化、精神导师张修调走、灵魂伴侣李白云黯然离开的多重烦恼之中。卢志濂被夹持于传统道德与现代浮躁之间，精神陷入极度苦闷与空虚。他与李白云道别的地点，是桃花源般的留侯村。茫茫原野、微微落雪中，失态失魂的卢志濂，远远望见一袭红衣的李白云，形单影只伫立寒雪。此刻，同样形单影只的他，一如这白茫茫大地，唯余茫茫……

《乡约》里，出场不多，但每到关键点都会出现的学者张修，以书法赠言的方式，在三个节点，先后给卢志濂送了三幅字：关学大儒张载关于修身的《西铭》、孟子的《诚者天之道》篇、老子的《持而盈之》篇。这种安排，意在为卢志濂的心绪变化，以至不断适应变化的环境，提供一种乡约文化意义的指引。

小说里，从省里下派来的信县县长赵宇航，一身正气，有魄力有智慧，又极具忍耐力。面对新任县委书记白世伟盲目跃进，他有以大局为重极力补台的豁达之举，有服从和无奈，也有与老方丈古寺对话里流露出来的"出世"端倪，最后还动了逃避离开信县的念头。他也是一个现代意义的矛盾体，心存正义，却在某些现实面前无能为力，最后只有一逃了之。

至于作品中的几个"负面"人物塑造，总体上讲着墨不多，并且多以比较间接、隐匿的方式处理，没有典型官场小说那样的大开大合。这就涉及我意欲表达的一个看法："地方全靠一官"既是历史，也是现实。正如小说中文化学者张修所言，遇到一个好的官员，是一个地方的福分，反之亦然。官员个人的道德品行是其行为的主导，社会因素是其做坏事的催化剂。一个有问题的官员，有其两面性，做好事也做坏事。也有安的好心，结果做成了坏事。现实里，十恶不赦坏透顶的人有，但是没有想象的那么多。

还要说的是这部小说的叙事风格。这是本人创作的第一部长篇小说，文笔稚嫩，也谈不上文学表达的诸类技巧。自我审视，在文学表现形式上有下述特点。

叙事节奏紧凑明快。这部小说述说的内容，时间跨度接近十年。这么长的时段，最容易犯的毛病是拖拉和松散。为了避免这个致命缺陷，我在行文中有意掐去了枝叶，突出故事主线，适度加快叙述的速度和语言节奏。各个事件之间的过渡也做了跳远式的处理，以利于在所谓宏大叙事里承载更多的信息量。当然，这种跳跃不是以牺牲小说的文学性为代价的。所幸的是，叙事风格没有落入我一度熟悉的史志体和政论体的窠臼。

注重对现代乡约人文背景的勾勒。乡约这个主题主线，其背后场景应该是传统意义的田园牧歌、安然恬静，又不失人文底蕴。《乡约》以贯串信县的汉江和库河为轴，在信县南北两山各安排了一条河、一个村的场景。位于北边的是鹃岭之下的水洞河、留侯村。有高耸云端、横亘南北的鹃岭山和大草甸；有犹如世外桃源的张良隐居地留侯村；还有发源于溶洞、清澈幽深的水洞河。与世隔绝又与时俱进的状态，使这个古老而遥远的村落，有着洁净、隐世的象征，也有着排除纷扰、恪守乡约文化定力的意蕴。它代表了陷入困局的信县骨子里，蕴藏着强大的转进重生能量与希望。位于汉江以南的燕子坪，是乡约院子的所在地，也是这部小说的地域轴心。道德高洁的颜回，清朝儒林才子卢克照及他所撰堪称范本的家训，现代道德楷模王平银，形成了一组具有传承链的道德高地，也是乡约文化的高地。此处，也不得不提及那个处于信县城郊，产生过文豪、大吏、巨商的洇水湾古村落。它最后被一堆烂尾楼和渣土所包围，昭示盲目激进的城市化和权力异化对传统乡村文化的吞噬和瓦解。小说中对这三个村子的景色都有细腻而带有情感的描写。

力求展现一个更接近现实的县域"行政生态"（政治生态的概念太大，

也太笼统，我更倾向于使用行政生态这个称谓）。《乡约》以一组彼此关联的行政事件为故事主干，表现信县快速步入工业化、城镇化的不凡历程。通过对各行业各阶层信用故事的演绎，对行政行为典型场景的描绘，各色行政人物的塑造，以至不厌其烦的行政仪礼展示，意在全方位勾画大变革时代县域官员的生存空间和状态。展示其推进和解决诸多复杂"行政事件"的具体过程，映射其以诚为本的"行政智慧"和行政能力。

与之相关联的一点也不得不说。财政经济是一个县域发展的"命门"和基础，《乡约》用了较多篇幅，展示了信县诸多的财经故事，其间也不可避免需要若干组枯燥的财经数字作为支撑。这样做的目的，一方面是基于县域这个经济体的现实；另一方面，也是为了使小说对县域"行政生态"的描绘达到有血有肉的表达效果。

以上几个方面的自我评说，权当是小说基本完工后个人的心得汇报，难免有点先入为主的味道。作品推出后，评判的权力就交给了读者和众多的前辈大家，多说下去有害无益，就此打住吧。

又及，《乡约》书稿进入送审出版环节后，陕西人民出版社资深编审、著名作家张孔明先生不辞辛劳，对书稿进行了全面审读，提出系统修改意见。遵循孔明先生的指导意见，我对书稿做了相应修改，消除了原书稿的诸多"硬伤"。改稿的过程，也是一次难得的接受方家专业指导、汲取文学素养、学习提高的过程。自我感觉，历经这番"洗礼"，书稿明显变得清爽了。值此，谨向孔明先生致以诚挚的谢忱！

同时，我要向本书责任编辑、陕西人民出版社副编审姜一慧女士表示衷心感谢，感谢她的辛勤付出和多方面的帮助。我还要特别感谢本书美编蒲梦雅女士的精美设计。

陈德智

2022 年 12 月 18 日

2023 年 4 月 19 日修改